U0152016

當代辭章創作及研究評析

以成惕軒、羅門與王希杰、鄭頤壽、曾祥芹、趙山林等大師為對象

陳滿銘　著

目　次

下編 章法結構

附錄　作文評改

自序

一般說來，文評或書評，是最難寫好的，因為對他人之創作或研究成就，都必須看得透、看得深、看得廣，不然就變成「虛應故事」。所以一直以來，戰戰兢兢，不敢動筆，直到南京大學的王希杰教授與福建師範大學鄭頤壽教授，從 2001 年起，都先後對臺灣開創的科學化「章法學」寫了多篇評析文字，用他們的學術專業梳理，表示肯定、支持與鼓勵，於是在盛情難卻下，嘗試作了有限度的回應，這本書裡所收的十篇文章，就是在這種情況下逐漸寫成的。

必須特別強調的是：這本評析所選對象的創作或研究成就，是全達「大師」級之水準的：

首先是駢文大家成惕軒先生的作品。成先生的煌煌鉅構《楚望樓駢體文》與《楚望樓詩》，一直以來，都受到兩岸藝文界的推崇。去年適逢其百歲誕辰紀念，淡江大學中國文學系特於 6 月 14 日假該校臺北校園五樓「校友聯誼會館」舉行「中國語文表達學術研討討會——以成惕軒先生之詩文為主題」。由於在師大國文系時，我上過成老師的「駢文」課，這次就很榮幸地，臨時受邀以「創意神奇的語文表達——以成惕軒先生詩文之篇章意象為例作探討」為題作專題演講。本書收錄了他的一篇評析，即據此講稿補充而成，雖然文中所舉之例，僅是〈櫻花詩〉、〈玄武湖雜詩跋〉、〈悼盧聲伯教授〉三篇而已，卻希望能「以有限表現無限」，藉此見出「楚望樓」詩文篇章意象的神奇創意於一斑。

其次是大詩人羅門先生的詩作與詩論。十分湊巧地，就在去年和羅門先生結識於淡江大學中國文學系所舉辦之以「以成惕軒先生之詩文為主題」的「中國語文表達學術研討討會」上。他在聽完「專題演講」後，非常熱烈地前來握住我的手說：「講得太好了，你的螺旋說太棒了，你已解決了第三自然的問題，拿到了上帝的通行卡！」我們就這樣開始有了「螺旋式」的交往。本評析收了有關羅門的兩篇文章，一著眼於「篇章意象」評其最著名之詩作〈麥堅利堡〉，一著眼於「哲學意涵」評其詩論「第三自然螺旋結構」，結果發現其詩論是可用其詩作作來檢驗的，就像他自己說的「『看』、『聽』、『想』最後便一起交貨給『前進中的永恆』」，藉此可以凸顯他在詩作與詩論上對詩界所作出的重大貢獻。

又其次是修辭學、語言學界巨擘王希杰先生的章法觀與三一論。和王先生相識，是起於 1999 年 6 月在臺灣師大所主辦的「第一屆中國修辭學學術研討會」，他在會中對我的博士導生仇小屏（現為成大中文系副教授）之〈平提側注法的理論應用〉一文特別讚賞，就以此為橋樑，使我們在日後有了密切的交往。也從此，他對臺灣辭章章法學之研究，不僅在一般信函或電子郵件裡時予鼓勵、肯定，更形諸文字加以支援，指出「章法學作為一門學問，不是有關部門章法的個別的知識，而是章法知識的總和，是一種概念的系統。章法學是一門實用性很強的學問，也有極高的學術價值。它同文章學、修辭學、語用學、文藝學、美學、邏輯學等都具有密切關係。章法學已經初步形成了一門科學。陳滿銘教授初步建立了科學的章法學體系。」並進一步地加入行列，攜手推動。本評析即從其形諸文字之幾篇文章中特別提煉出「章法是客觀之存在」、「章法之零點與偏離」、「章法之潛顯與兼格」與「三一理論」等為重點，從不同角度切入，分三篇進行論述，以凸顯他對章法學、語言學研究之特殊貢獻。

再其次是海峽兩岸知名的漢語辭章學大家鄭頤壽的辭章學理論。能有幸認識鄭教授，是緣結於 2000 年 6 月在高雄師大所舉行的「第二屆中國修辭學學術研討會」。會中和王希杰教授一樣，獨對我的博士導生仇小屏在會中所發表之〈試談字句與篇章修飾的分野〉一文很感興趣。便在他離臺前，由修辭學會理事長蔡宗陽教授安排我們見面認識。在此次歡聚之後，鄭頤壽教授和我們之間，便經常以書信或電話交換研究心得。令人佩服的是，他對辭章學研究的熱忱與執著；而對臺灣辭章章法學研究的肯定與支持，更使我們感激不已。他不僅以書信或電話多所激勵，又先後在福州、蘇州所舉辦之海峽兩岸文化學術研討會上，特以臺灣辭章章法學之研究為主題發表論文，廣予宣揚，大力地替臺灣辭章章法學之研究打氣，認為臺灣辭章章法學之研究成果，是「豐碩的」、「空前」的，並且指出「一門新學科的建立，必須有自己的理論體系，這個『理論』必須是高屋建瓴的能夠統帥、籠罩學科的所有內容，正如網之有綱，綱舉而目張。這就是辭章章法的辯證法，是一種居高臨下的哲學思辨。陳教授為中心的辭章學隊伍的作品，這一特點十分突出。」這種學術襟懷與情誼，是極其珍貴的。由於鄭教授之研究成果既深且廣，而且著作甚豐，無法全面兼顧，所以本評析僅鎖定其中頗受人注目之「誠美律」，試從哲學意涵之角度切入作探討，以肯定他在辭章學界的優越地位。

然後是辭章閱讀學的名家曾祥芹先生的章法規律理論。曾先生承襲辭章學大師葉聖濤先生的辭章理論，而能推陳出新，成為一家之學，出版近三十種專著，約九百萬字。雖然我對他慕名已久，卻未見過面。記得在幾年前某日，突然接到他的贈書：《現代文章學引論》與《漢文閱讀學導論》，拜讀之下，更為欽慕，於是也回贈《章法學新裁》、《章法學論粹》與《章法學綜論》幾本拙著，從此就經由網路有了書信來往。對這幾本拙著，很感謝他能予重視，他說：「我不但一一拜讀，而且給研究生宣講，給大陸文章學者傳播。中華能有您這樣頂尖級的章法學專家，是文章學界的大幸，是祖國文論界的驕傲！」到了今年 7 月，又接到一封信，告知由中國閱讀學研究會發起，中國文章學研究會、中國高等教育學會語文教育專業委員會、河南師範大學共同倡議的「曾祥芹學術思想國際研討會」定於 2010 年 10 月 15-18 日在河南師範大學舉行，並邀請參加，且說「會後計畫公開出版的《研討會論文選集》不能沒有您的大作」。但因 10 月實在太忙，不克成行，所以就「以文代替參與盛會」，寫成了本評析，從辭章哲學觀點，確定其「章法四律」之普遍性，以「小」見「大」，見出他在辭章學、閱讀學上的不凡成就。

最後是以《詩詞曲藝術論》一書出名之文論大家趙山林先生的意象組合觀點。趙先生任教於華東師範大學中文系，是詞曲大師吳梅的再傳弟子。他的這本大作，是在八、九年前，由當時擔任《國文天地》主編鍾怡雯小姐（現為元智大學中文系教授）特地購贈的。拜讀之後，認為它角度多樣、見解新穎，值得中文所的博碩士生研讀。就因為這樣，後來所指導的不少博碩士論文便都將此書列為重要參考書，甚且直接引用，作為理論依據。前幾年受邀到東吳大學中文系兼課，講授「韻文導讀」時，即以此書作為教本，在其九章內容中特別著重第三章「詩詞曲的賦比興」、第四章「詩詞曲的意象結構」與第五章「詩詞曲的心理時空」，兩年下來，學生反應都相當不錯。本評析有關「意象組合」的兩篇文章，就是當時的教學心得，為姊妹之作，一發表於東吳大學《東吳中文學報》，一發表於臺灣師大《國文學報》。所得到的結論是：「意象之組合」雖屬「邏輯思維」的範疇，卻最好能兼顧「形象思維」中「意象之表現」，使兩者「互補與融合」，以求更趨完善。

以上六位大師的有關辭章之創作或研究成果，都極為豐盛，卻由於我本身之專業極有限，只能從有限專業中的「辭章哲學」、「篇章意象」、「章法結構」與「作文評改」等四個層面導入作評析，因此難免有「挂一漏萬」的缺憾，但是在此慎重地期盼即使這樣，也能無損於他們「大全」之成就。

而且也由於此份慎重，這十篇評析文字，一律用比較嚴謹的論文格式撰寫，又為了保持這種慎重，除將「題目」、「摘要」與「關鍵詞」之英譯刪去外，其餘的全完整地呈現在這本評析裡，希望能將缺憾減少到最低，從而由此可以窺見他們辭章創作或研究所作出的重大貢獻。

陳滿銘

序於《國文天地》雜誌社

2010 年 10 月 18 日

上編

辭章哲學

羅門詩國之 第三自然螺旋結構觀

摘　要

羅門詩國的第三自然螺旋結構觀，是一種「創作構想與觀念」，意圖對「人的世界」、「詩的藝術」的終極存在，在找一個「美」的著落點。而所謂「『美』是『真』與『善』的統一」，因此美學是合科學、哲學甚至神學為一的。本文即以「多二一（0）」螺旋結構切入，先探討羅門詩國第三自然螺旋結構觀之哲學意涵，再旁及教育、科技與邏輯等學科領域作延伸論述，然後引詩例略作驗證，以見羅門詩國第三自然螺旋結構觀對詩學之重大貢獻。

關鍵詞：羅門詩國、第三自然、螺旋結構、哲學意涵、延伸印證

一、前言

羅門詩國的第三自然螺旋結構觀，呈現出「『美』是『真』與『善』的統一」[1] 的最高境界，是冶科學、哲學與美學為一爐的。為此，繼今年五月拙作〈羅門詩國的真、善、美──以〈麥堅利堡〉一詩的篇章意象為例作探討〉[2] 之後，特鎖定其「第三自然螺旋結構」的「創作構想與觀念」，以被視為反映「普遍性存在」[3] 的「多二一（0）」螺旋結構切入[4]，先聚焦於哲學意涵加以探討，再旁及教育、科技與邏輯等學科領域，作延伸的論證，然後引詩例略作說明，以見羅門詩國第三自然螺旋結構觀之客觀性、周延性與普遍性。

1 見李澤厚〈美學三題議〉，《美學論集》（臺北：三民書局，1996 年 9 月初版），頁 167-168。

2 此文收入羅門《我的詩國》（臺北：文史哲出版社，2010 年 6 月初版），頁 35-55。

3 王希杰：「陳教授的專長是詩詞學，非常具體。章法學則要抽象多了。這部著作（即《「多」、「二」、「（0）一」螺旋結構論──以哲學、文學、美學為研究範圍》），就更抽象了。……我以為本書很值得一讀，因為這個螺旋結構是普遍性的存在，值得重視。」見王希杰《王希杰博客．書海採珠》（2008 年 1 月），頁 1。

4 見陳滿銘《多二一（0）螺旋結構論──以哲學、文學、美學為研究範圍》（臺北：文津出版社，2007 年 1 月初版），頁 1-298。

二、羅門第三自然螺旋結構觀之提出

羅門之詩國，在他〈「我的詩國」訪談錄〉裡指出：「這一創作構想與觀念，是 2000 年首先提出，看來是意圖對『人的世界』、『詩的藝術』的終極存在，在找一個『美』的著落點。」[5]而這一詩國、這一意圖，是以「第三自然螺旋型架構」世界為基地的，他自己說：

> 「第三自然螺旋型架構」：將「第一自然」與人為「第二自然」的景觀以及古今中外的時空範疇與已出現的各種藝術流派包裝形式，全心放進內心「第三自然」美的焚化爐它的主機器——「螺旋型架構」去作業，使之全面交流交感，於向左右四周前後旋轉時，便旋入停不下來的廣闊的遠方；於向上旋轉時，便旋昇到不斷超越與突破的高度；於向下旋轉時，便旋入無限奧秘神秘的深度；最後是讓有廣度、高度與深度美的世界，在詩與藝術轉動的「螺旋型架構」中，旋進它美的至高點與核心：去探視前進中的永恆。[6]

5 見羅門〈「我的詩國」引言〉，《我的詩國》，同注 2，頁 3。

6 見羅門〈第三自然螺旋型架構世界藝術創作美學理念〉，《我的詩國》，同注 1，頁 23-24。

可見在羅門的眼中，這個「第三自然螺旋型架構」之核心，就是「至美」，就是「永恆」。對此，他進一步指出：

> 由於人類的思想活動空間，形如一透明的玻璃鏡房，「思想」走進去，前面明，背面暗；暗面就是思想的盲點。因此，「螺旋型架構」採取 360°不停地旋轉與變化的視點，要儘量克服了可能在背後所看不見的盲點，讓多向度與多元性的開放世界，都能以確實可為的卓越性與傑出性進入「美」的展望與永恆的注視，並使一切存在，都從有約束的框架中，解放到全然的自由裡來，呈現出更為新穎、可觀與美好的存在。藝術家與詩人，便就是這樣站在「螺旋型架構」的世界中去拿到上帝的「通行證」與「信用卡」，去展開這一全然自由與理想的創作世界的。[7]

為了說明清楚，他先舉「圓形」，再舉「三角形」（頂尖、銳角），然後舉「三角形」（頂尖、銳角）吞沒「圓形」，最後「圓形」又包容且融化「三角形」、「方形」與「長方形」的現象，以凸顯這種螺旋關係。接著就以「螺旋形」作總結說：

7 見羅門〈第三自然螺旋型架構世界藝術創作美學理念的論談〉，《我的詩國》，同注 1，頁 25。

「螺旋形」便是由能融化「三角形」「方形」「長方形」的「圓形」，不斷向前旋轉衍生持續而成。……此處「螺旋形」便也就是「螺旋形架構」，它具有向 360° 彈性發展的多圓面所疊架的穩固圓底，也有向頂點突破的尖端，於是已完成統合了「三角形」與「圓形」雙項活動的實力與機能；同時由於突破的「頂點」，到突破後重又向 N 度空間展開的新「圓」，再又向新的突破「頂點」集攏等連續收放的動作，便使「螺旋形架構」的思想世界，無形中又掌握到「演繹」與「歸納」兩大邏輯思想系統，以及也兼有「微觀」與「宏觀」的思想形態。從上述的思想造型符號的特性中，「螺旋形架構」被作為人類創造思想與文化思想向前推進與發展的理想基型，應是相當確實可靠的。因為它不但能使詩與藝術的創作思想不斷演化，推陳出新，從傳統與已存的世界中，凸顯新的傳統與新的創造世界，而且能使「文明」在「三角形」的尖端，不斷獲得突破與前進的昇力，使文化在「圓形」的容涵中，獲得圓厚的實底與定力感，使具有精確銳角的理運空間與具有圓通的靈運空間相交合相互動，使物性與心性相交融相交流，同時更使時間的「螺旋形架構」中，是一「前進中的永恆」，有前後的連續性，有歷史感，不像目前的社會情況，它是被物質文明快速發展的齒輪切割下的碎片。此外「螺旋形架構」也無形中在思想活動的造型空間裡，以無限自由與開放的包容性，解構古、今、中、外的框架，納入貝多芬與尼采不斷超越與突破一切阻力的「介入」精神，也納入老莊與王維不斷轉化與昇華、進入純境的「脫出」思想；在最後，它更以「三角形」頂點的尖端，刺入世界無限的高度與深度；以「圓形」360°展開的多圓面、收容世界無限的廣闊而使詩人與藝術家能因此成為一個具有思想深廣度的創作者，使文化也成為具有思想深廣度且不斷向前邁進的博大文化。綜觀上述有序地發展下來的圖解，可見單面存在的「圖形」，雖富安定性與包容度，但保守缺乏突破與變化；而具有突破性的「三角形」尖端，卻難免帶來衝突對抗性、緊張、不安與冷酷性。至於「三角形」吞沒「圓形」，形成物質文明突進的強勢，人文精神發展的弱勢，有失衡現象，因而便不能不引起反彈，呈現出「圓形」反過來溶解「三角形」的現象，並以溫厚的文化力源，流入進步的「文明面」，讓人文與人本精神成為生命存在的主導力，使人性與物性、感性與知性、文明與文化，進入相交融相互動的中合情境，也使「三角形」與「圓形」終於在相抗拒中，趨向彼此間的融合，相輔相成的進入具有「三角形」尖端，也具有無數「圓」面的「螺旋形架構」造型世界，這世界使固定的單圓而演化為多圓

> 面的立體「圓形」，且有多圓面在旋昇中所形成的「三角形」尖端，去不斷迫近存在的前衛創新地帶與連續的突破點。如此，「螺旋形架構」的創作造形世界，便無形中掌握了存在與變化中無限地展開的創作世界及不斷向前突破與創新的實力，邁進「前進中的永恆」，而這正是所有詩人與藝術家乃至任何創作者所特別強調與希求的。[8]

這樣強調「吞沒」、「融化」的螺旋作用，以「邁進『前進中的永恆』」，已充分地呈現了他詩國第三自然螺旋結構的理念。這一理念一提出，就受到詩評界的重視。如寫當代中國詩史兼寫詩評的古繼堂就評論說：

> 羅門的詩歌理論「第三自然螺旋型架構」，以第三自然就內心再現的無限的自然為核心；將第一自然（田園型）與第二自然（都市型）的一切存在深入第三自然，轉化成詩的創作世界，這一特殊的創作理念，也是被詩壇注意的觀點，在寫台灣現代詩史，也是應該被提到的部分。談到這裡，想起我赴台灣造訪羅門蓉子的「燈屋」，便更具體與更深入的瞭解羅門的「第一自然」與「第二自然」的景況轉化人內心第三自然去呈現整個存在、運作與發展

8 見羅門〈第三自然螺旋型架構世界藝術創作美學理念的論談〉，《我的詩國》，同注 1，頁 27-28。

> 的具體景況與過程，而體認至羅門詩的創作精神世界，它之所以創造出這樣的深度與高度的水準，是因為他不像一般詩人只是靠一些靈感與一些詩句，而是靠他內在第三自然世界至為深入的思維與心靈的感知與覺識，這些並可從他「燈屋」的藝術理念與情況中領悟與體認得到。（見《從詩中走過來——論羅門蓉子》（謝冕教授等著，文史哲出版社 1997 年出版）[9]

他舉羅門、蓉子的「燈屋」作見證，證明羅門的「第三自然螺旋結構」是無所不在的。又如文學批評家古遠清教授評介說：

> 羅門的「第三自然」的理論主張，生動地說明了作為觀念形態的詩，是主體對客體的反應，是在田園、城市生活的基礎上產生出來的；但這種產生並不是機械的反應，而是詩人的觀察、體認、感受、轉化與升等等心靈活動所形成的結晶。它是現實社會群體和詩人審美理想的形象再現。「第三自然」既是反應，同時又是詩人心靈的創造；既是基於田園、城市的現實生活，又必須通過「白描」、「超現實」、「象徵」與「投射」等各種藝術手段。這兩

9 見〈學者、評論家、詩人、作家對「第三自然」世界的有關評語〉，《我的詩國》，同注 1，頁 33。

> 點，就其在現代詩創作中的體驗來說，任何超現實主義者也無法脫離田園、都市的現實；任何偏向寫實的作家也不應模擬、複制第一、第二自然，否則就會使詩質趨向單薄，缺乏意境，語言蕪雜鬆懈，走向散文化。羅門的這些觀點，雖然在前蘇聯高爾基的文化觀中及後來大陸詩人公木的《詩論》中也能見到，但將其同台灣的現代詩聯繫起來，把它和都市詩創作聯繫起來，把它和新詩創作的現代化聯繫起來，則是羅門的創造。(《心靈世界的回響——羅門詩作評論集》(龍彼德等著，文史哲出版社2000 年 10 月出版)[10]

他著眼於「詩論」加以討論，很能凸出羅門「詩國」的特色。再如在 2001 年 13 日的《商報》即載羅門〈學者、評論家、詩人、作家對我「第三自然」世界的有關評語（下)〉收周偉民教授的評語說：

> 「第三自然」的藝術觀念的提出，是羅門對自己創作質踐的體識。他在〈詩人藝術家創造了存在的「第三自然」〉一文的序中說：「這是廿年來我透過詩與藝術，對人類內心與精神活動進行探索所做的認定，並提出這一具冒險性的觀點：『詩人與藝術

10 見羅門〈第三自然螺旋型架構世界藝術創作美學理念的論談〉,《我的詩國》,同注 1，頁 25。

家創造了存在的第三自然』。同時，我深信這一觀點，非但可以解決當前詩與藝術所面臨的種種爭論與危險，並可指出詩人與藝術家所永遠站住的位置，以及人類心靈活動接近完美的企向。」這一觀念，是羅門在 1974 年提出的。當然，康德於 1790 年在《判斷力批判》（上卷）中，就已曾經提出美學的第三自然的觀念。康德認為，整個第三自然界，都是「由一種想像力的媒介超過了經驗的界限……這種想像力在努力達到最偉大東西追蹤著理性的前奏——在完全性裡來具體化，這些的東西在自然界裡是找不到範例的。」康德是在審美判斷的演繹理論中，從美的哲學的角度提出了自然與美的辯證關係的概念。而羅門，是從自己的創作實踐中領悟和闡釋形象王國裡的「第三自然」的理論，把哲學觀念具體化於詩歌創作中。[11]

他指出羅門「第三自然」的理論「把哲學觀念具體化於詩歌創作中」，強調了羅門對詩歌創作理論的偉大貢獻。

11 見羅門〈第三自然螺旋型架構世界藝術創作美學理念的論談〉，《我的詩國》，同注 7。

三、羅門第三自然螺旋結構觀之哲學意涵

古代的聖賢，探討宇宙萬物創生、含容的歷程，結果用「多 ←→ 二 ←→ （0）」的螺旋結構來呈現。大致說來，他們是先由「有象」（現象界）以探知「無象」（本體界），逐漸形成「多 → 二 → 一（0）」的逆向結構；再由「無象」（本體界）以解釋「有象」（現象界），逐漸形成「（0）一 → 二 →多」的順向結構的。就這樣一順一逆，往復探求、驗證，久而久之，終於形成了他們圓融的宇宙人生觀。而這種宇宙人生觀，各家雖各有所見，但若只求其同而不其求異，則總括起來說，都可以從「（0）一 → 二 → 多」（順）與「多 → 二 → 一（0）」（逆）的互動、循環而提昇的螺旋關係[12]上加以統合。茲以《周易》、《老子》為例，分別加以探討：

首先看《周易》，在《周易》的〈序卦傳〉裡，對這種「多 ←→ 二 ←→ 一（0）」螺旋結構形成之過程，就曾約略地加以交代，雖然它們或許「因卦之次，託以明義」[13]，但由於卦、爻，均為象徵之性質，乃一種概念性

12 凡「二元對待」之兩方，都會產生互動、循環而提昇的作用，而形成「多」、「二」、「一（0）」的螺旋結構。參見陳滿銘〈論「多」、「二」、「一（0）」的螺旋結構──以《周易》與《老子》為考察重心〉（臺灣師大《師大學報．人文與社會類》48 卷 1 期，2003 年 7 月），頁 1-21。

13 見戴璉璋《易傳之形成及其思想》（臺北：文津出版社，1988 年 11 月臺灣初版），頁 186-187。

符號，即一般所說的「象」，象徵著宇宙人生之變化與各種物類、事類。就以《周易》（含《易傳》）而言，它的六十四卦，從其排列次序看，就粗具這種特點[14]。而各種物類、事類在「變化」中，循「由天（天道）而人（人事）」來說，所呈現的是「（一）二、多」的結構，這可說是〈序卦傳〉上篇的主要內容；而循「由人（人事）而天（天道）」來說，則所呈現的是「多、二（一）」的結構了，這可說是〈序卦傳〉下篇的主要內容。其中「（一）」指「太極」，「二」指「天地」或「陰陽」、「剛柔」，「多」指「萬物」（包括人事）。雖然「太極」（「道」）與「陰陽」（「剛柔」）等觀念與作用，在〈序卦傳〉裡，未明確指出，卻皆含蘊其中，不然「天地」失去了「太極」（「道」）與「陰陽」（「剛柔」）等作用，便不可能不斷地「生萬物」（包括人事）了。再看《易傳》：

> 乾知大始，坤作成物。（《周易・繫辭上》）
>
> 一陰一陽之謂道，繼之者善也，成之者性也。……生生之謂易，成象之謂乾，效法之謂坤。（同上）
>
> 是故易有太極，是生兩儀，兩儀生四象，四象生八卦。（同上）

在這些話裡，《易傳》的作者用「易」、「道」或「太極」

14 參見徐復觀《中國人性論史・先秦篇》（臺北：臺灣商務印書館，1978年10月四版），頁202。

來統括「陰」(坤)與「陽」(乾),作為萬物生生不已的根源。而此根源,就其「生生」這一含意來說,即「易」,所以說「生生之謂易」;就其「初始」這一象數而言,是「太極」,所以《說文解字》於「一」篆下說「惟初太極,道立於一,造分天地,化成萬物」[15];就其「陰陽」這一原理來說,就是「道」,所以說「一陰一陽之謂道」。分開來說是如此,若合起來看,則三者可融而為一。關於此點,馮友蘭分「宇宙」與「象數」加以說明云:

> 《易傳》中講的話有兩套:一套是講宇宙及其中的具體事物,另一套是講《易》自身的抽象的象數系統。〈繫辭傳上〉說:「易有太極,是生兩儀,兩儀生四象,四象生八卦。」這個說法後來雖然成為新儒家的形上學、宇宙論的基礎,然而它說的並不是實際宇宙,而是《易》象的系統。可是照《易傳》的說法:「易與天地準」(同上),這些象和公式在宇宙中都有其準確的對應物。所以這兩套講法實際上可以互換。「一陰一陽之謂道」這句話固然是講的宇宙,可是它可以與「易有太極,是生兩儀」這句話互換。「道」等於「太極」,「陰」、「陽」相當於「兩儀」。〈繫辭傳下〉說:「天地之大德曰

15 參見黃慶萱《周易縱橫談》(臺北:三民書局,1995 年 3 月初版),頁 33-34。

生。」〈繫辭傳上〉說：「生生之謂易。」這又是兩套說法。前者指宇宙，後者指易。可是兩者又是同時可以互換的。[16]

他從實（宇宙）虛（象數）之對應來解釋，很能凸顯《周易》這本書的特色。這樣，其順向歷程就可用「一 → 二 → 多」的結構來呈現，其中「一」指「太極」、「道」、「易」，「二」指「陰陽」、「乾坤」（天地），「多」指「萬物」（含人事）。如果對應於〈序卦傳〉由天而人、由人而天，亦即「既濟」而「未濟」的循環來看，則此「一 → 二 → 多」，就可以緊密地和逆向歷程之「多 → 二 → 一」接軌，形成其螺旋結構[17]。

就這樣，《周易》先由爻與爻的「相生相反」的變化[18]，以形成小循環；再擴及這種變化到卦，由卦與卦「相生相反」的變化，以形成大循環。而大、小循環又互動、循環不已，形成層層上升之螺旋結構。關於這點，黃慶萱說：

16 見《馮友蘭選集》上卷（北京：北京大學出版社，2000 年 7 月一版一刷），頁 286。

17 見陳滿銘〈論「多」、「二」、「一（0）」的螺旋結構——以《周易》與《老子》為考察重心〉，同注 12。

18 勞思光：「爻辭論各爻之吉凶時，常有「物極必反」的觀念。具體地說，即是卦象吉者，最後一爻多半反而不吉；卦象凶者，最後一爻有時反而吉。」見《新編中國哲學史》〔一〕（臺北：三民書局，1984 年 1 月增訂修版），頁 85-86。

> 《周易》的周，……有周流的意思。《周易》每卦六爻，始於初，分於二，通於三，革於四，盛於五，終於上。代表事物的小周流。再看六十四卦，始於〈乾卦〉的行健自強；到了六十三掛的〈既濟〉，形成了一個和諧安定的局面；接著的卻是〈未濟〉，代表終而復始，必須作再一次的行健自強。物質的構成，時間的演進，人士的努力，總循著一定的周期而流動前進，於是生命進化了，文明日益發展。[19]

所謂「周流」、「終而復始」、「周期而流動前進」，說的就是《周易》變化不已的螺旋式結構。而這種結構，如對應於「三易」（《易緯・乾鑿度》）而言，則「多」說的是「變易」、「二」說的是「簡易」，而「一」說的是「不易」。因此「三易」不但可概括《周易》之內容與特色，也可以呈現「多 ⟷ 二 ⟷ 一」的螺旋結構。

然後看《老子》，這種螺旋結構在《老子》一書中，不但可以找到，而且更完整：

> 道可道，非常道；名可名，非常名。无，名天地之始；有，名萬物之母。（〈一章〉）
>
> 致虛極，守靜篤，萬物並作，吾以觀復。凡物芸

19 見《周易縱橫談》，同注 15，頁 236。

芸，各復歸其根。歸根曰靜，是謂復命，復命曰常。知常曰明。(〈十六章〉)

道之為物，惟恍惟惚。惚兮恍兮，其中有象。恍兮惚兮，其中有物。窈兮冥兮，其中又精。其精甚真，其中有信。(〈二十一章〉)

有物混成，先天地生，寂兮寞兮，獨立不改，周行而不殆，可以為天下母，吾不知其名，字之曰道，強為之名曰大。大曰逝，逝曰遠，遠曰反。(〈二十五章〉)

知其雄，守其雌，為天下谿；常德不離，復歸於嬰兒。知其白，守其黑，為天下式；為天下式，常德不忒，復歸於無極。知其榮，守其辱，為天下谷；為天下谷，常德乃足，復歸於樸。(〈二十八章〉)

反者道之動，弱者道之用。天下萬物，生於有，有生於无。(〈四十章〉)

道生一，一生二，二生三，三生萬物。萬物負陰而抱陽，沖氣以為和。(〈四十二章〉)

從上引各章裡，不難看出老子這種由「无（無）」而「有」而「无（無）」的主張。所謂「道可道非常道」、「道之為物，惟恍惟惚」、「道生一，一生二，二生三，三生萬物」、「有生於无」、「有物混成，先天地生，……可以為天下母」等，都是就「由无（無）而有」的順向過程來說的。而所謂「反者道之動」、「復歸於無極」、「復歸於

樸」，是就「有」而「无（無）」的逆向過程來說的。而這個「道」，乃「創生宇宙萬物的一種基本動力」，如就本末整體而言，是「无」（無）與「有」的統一體；如單就「本」（根源）而言，則因為它「不可得聞見」（《韓非子・解老》），「所以老子用一個『無（无）』字來作為他所說的道的特性」[20]。而「由无（無）而有」，所說的就是「由一而多」之宇宙萬物創生的過程，所以宗白華說：

> 道的作用是自然的動力、母力，非人為的，非有目的及意志的。「萬物生於有，有生於无」這個素樸混沌一團的道體，運轉不已，化分而成萬有。故曰：「大道氾兮，其可左右。」（〈三十四章〉）「周行而不殆。」（〈二十五章〉）「反者道之動。」（〈四十章〉）「樸，則散為器。聖人用之，則為官長。」（〈二十八章〉）道體化分而成萬有的過程是由一而多，由无形而有形。[21]

而徐復觀也說：

> 宇宙萬物創生的過程，乃表明道由無形無質以落向有形有質的過程。但道是全，是一。道的創生，應

20 見徐復觀《中國人性論史・先秦篇》，同注 14，頁 329。

21 見《宗白華全集》2（合肥：安徽教育出版社，1994 年 12 月一版二刷），頁 810。

當是由全而分，由一而多的過程。[22]

如就「有」而「无（無）」，亦即「多而一」來看，老子在此是以「反」作橋樑加以說明的。而這個「反」，除了「相反」、「返回」之外，還有「循環」的意思。勞思光闡釋「反者道之用」說：

「動」即「運行」，「反」則包含循環交變之義。「反」即「道」之內容。就循環交變之義而言，「反」以狀「道」，故老子在《道德經》中再三說明「相反相成」與「每一事物或性質皆可變至其反面」之理。[23]

而姜國柱也說：

「道」的運動是周行不殆，循環往復的圓圈運動。運動的最終結果是返回其根：「復歸其根」、「復歸於樸」。這裡所說的「根」、「樸」都是指「道」而言。「道」產生、變化成萬物，萬物經過周而復始的循環運動，又返回、復歸於「道」。老子的這個思想帶有循環論的色彩。[24]

22 見徐復觀《中國人性論史．先秦篇》，同注 14，頁 337。
23 見勞思光《新編中國哲學史》，同注 18，頁 240。
24 見姜國柱《中國歷代思想史〔壹、先秦卷〕》（臺北，文津出版社，1993

這強調的是「循環」，乃結合「相反」之義來加以說明的。

如此「相反相成」、循環不已，說的就是「變化」，而「變化」的結果，就是「返回」至「道」的本身，這可說是變化中有秩序、秩序中有變化之一個循環歷程。

這樣，結合《周易》和《老子》來看，它們所主張的「道」，如僅著眼於其「同」，則它們主要透過「相反相成」、「返本復初」而循環不已的作用，不但將「一 → 多」的順向歷程與「多 → 一」的逆向歷程前後銜接起來，更使它們層層推展，循環不已，而形成了螺旋式結構，以呈現宇宙創生、含容萬物之原始規律。

就在這「由一而多」（順）、「多而一」（逆）的過程中，是有「二」介於中間，以產生承「一」啟「多」的作用的。而這個「二」，從「道生一，一生二，二生三，三生萬物」等句來看，該就是「一生二，二生三」的「二」。雖然對這個「二」，歷代學者有不同的說法，大致說來，有認為只是「數字」而無特殊意思的，如蔣錫昌、任繼愈等便是；有認為是「天地」的，如奚侗、高亨等便是，有認為是「陰陽」的，如河上公、吳澄、朱謙之、大田晴軒等便是。其中以最後一種說法，似較合於原意，因為老子既說「萬物負陰而抱陽」，看來指的雖僅僅是「萬物的屬性」，但萬物既有此屬性，則所謂有其「委」（末）

年12月初版一刷），頁63。

就有其「源」（本），作為創生源頭之「一」或「道」，也該有此屬性才對，所差的只是，老子沒有明確說出而已。所以陳鼓應解釋「道生一」章說：

> 本章為老子宇宙生成論。這裡所說的「一」、「二」、「三」乃是指『道』創生萬物時的活動歷程。「混而為一」的『道』，對於雜多的現象來說，它是獨立無偶，絕對對待的，老子用「一」來形容『道』向下落實一層的未分狀態。渾淪不分的『道』，實已稟賦陰陽兩氣；《易經》所說「一陰一陽之謂『道』」；「二」就是指『道』所稟賦的陰陽兩氣，而這陰陽兩氣便是構成萬物最基本的原質。『道』再向下落漸趨於分化，則陰陽兩氣的活動亦漸趨於頻繁。「三」應是指陰陽兩氣互相激盪而形成的均適狀態，每個新的和諧體就在這種狀態中產生出來。[25]

而黃釗也說：

> 愚意以為「一」指元氣（從朱謙之說），「二」指陰陽二氣（從大田晴軒說），「三」即「叄」，「參」也。若木《薊下漫筆》「陰陽三合」為「陰陽參

25 見陳鼓應《老子今注今譯及評介》（臺北：臺灣商務印書館，1985 年 2 月修訂十版），頁 106。

> 合」。「三生萬物」即陰陽二氣參合產生萬物。[26]

他們對「一」與「三」（多）的說法雖有一些不同，但都以為「二」是指「陰陽二（兩）氣」。而這種「陰陽二氣」的說法，其實也照樣可包含「天地」在內，因為「天」為「乾」為「陽」，而「地」則為「坤」為「陰」；所不同的，「天地」說的是偏於時空之形式，用於持載萬物[27]；而「陰陽」指的則是偏於「二氣之良能」（朱熹《中庸章句》），用於創生萬物。這樣看來，老子的「一」該等同於《易傳》之「太極」、「二」該等同於《易傳》之「兩儀」（陰陽），因此所呈現的，和《周易》（含《易傳》）一樣，是「一→二→多」與「多→二→一」之原始結構。不過，值得一提的是：（一）即使這「一」、「二」、「多」之內容，和《周易》（含《易傳》）有所不同，也無損於這種結構的存在。（二）「道生一」的「道」，既是「創生宇宙萬物的一種基本動力」，而它「本身又體現了無（无）」[28]，那麼正如王弼所注「欲言無（无）耶，而物由以成；欲言有耶，而不見其形」[29]，老

26 以上諸家之說與引證，見黃釗《帛書老子校注析》（臺北：學生書局，1991年10月初版），頁231。

27 參見徐復觀《中國人性論史・先秦篇》，同注14，頁335。

28 林啟彥：「『道』既是宇宙及自然的規律法則，『道』又是構成宇宙萬物的終極元素，『道』本身又體現了『無』。」見《中國學術思想史》（臺北：書林出版社，1999年9月一版四刷），頁34。

29 見《老子王弼注》（臺北：河洛圖書出版社，1974年10月臺景印初版），頁16。

子的「道」可以說是「无」，卻不等於實際之「無」（實零）[30]，而是「恍惚」的「无」（虛零），以指在「一」之前的「虛理」[31]。這種「虛理」，如勉強以「數」來表示，則可以是「（0）」。這樣，順、逆向的結構，就可調整為「（0）一 → 二 → 多」（順）與「多 → 二 → 一（0）」（逆），以補《周易》（含《易傳》）之不足，這就使得宇宙萬物創生、含容的順、逆向歷程，更趨於完整而周延了。

可見羅門詩國的第三自然螺旋結構的觀點，從其哲學意涵來看，是可以互相對應、密合無間的。

四、羅門第三自然螺旋結構觀之延伸印證

所謂「螺旋」，早用於教育課程之理論上，就在十七世紀，由捷克教育家夸美紐斯所提出，《教育大辭典》解釋說：

螺旋式課程（spiral curriculum）圓周式教材排列的

30 馮友蘭：「謂道即是无。不過此『无』乃對於具體事物之『有』而言的，非即是零。道乃天地萬物所以生之總原理，豈可謂為等於零之『无』。」見《馮友蘭選集》上卷，同注 16，頁 84。

31 唐君毅：「所謂萬物之共同之理，可為實理，亦可為一虛理。然今此所謂第一義之共同之理之道，應指虛理，非指實理。所謂虛理之虛，乃表狀此理之自身，無單獨之存在性，雖為事物之所依循、所表現，或所是所然，而並不可視同於一存在的實體。」見《中國哲學原論．導論篇》（香港：人生出版社 1966 年 3 月出版），頁 350-351。

> 發展，十七世紀捷克教育家夸美紐斯提出，教材排列採用圓周式，以適應不同年齡階段的兒童學習。但這種提法，不能表達教材逐步擴大和加深的含義，故用螺旋式的排列代替。二十世紀六〇年代，美國心理學家布魯納也主張這樣設計分科教材：按照正在成長中的兒童的思想方法，以不太精確然而較為直觀的材料，儘早向學生介紹各科基本原理，使之在以後各年級有關學科的教材中螺旋式地擴展和加深。[32]

所謂「圓周」、「逐步擴大和加深」，指的正是「循環、往復、螺旋式提高」，《簡明國際教育百科全書》即指出：

> 螺旋式循環原則（Principle of Spiral Circulation）排列德育內容原則之一，即根據不同年齡階段（或年級），遵循由淺入深，由簡單到複雜，由具體而抽象的順序，用循環、往復螺旋式提高的方法排列德育內容。螺旋式亦稱圓周式。[33]

可見「螺旋」就是「互動、循環而提升」的意思。這種螺

32 見《教育大辭典》（上海：上海教育出版社，1990 年 6 月一版一刷），頁 276。

33 見《簡明國際教育百科全書》（北京：新華書局北京發行所，1991 年 6 月一版一刷），頁 611。

旋作用，可用下列簡圖來表示：

二元 → 互動 → 循環 → 提升

這是著眼於「陰陽二元」，即「二」來說的，若以此「二」為基礎，徹上於「一（0）」、徹下於「多」，則成為「多」、「二」、「一（0）」之系統。而這種系統，如同上述，可從《周易》（含《易傳》）與《老子》等古籍中獲知梗概，它們不但由「有象」而「無象」，找出「多、二、一（0）」之逆向結構；也由「無象」而「有象」，尋得「（0）一 、二、多」之順向結構；並且透過《老子》「反者道之動」（〈四十章〉）、「凡物芸芸，各復歸其根」（〈十六章〉）與《周易・序卦》「既濟」而「未濟」之說，將順、逆向結構不僅前後連接在一起，更形成循環不息的「多」、「二」、「一（0）」螺旋結構，以呈現中國宇宙人生觀之精微奧妙[34]。

如此照應「多」、「二」、「一（0）」整體，則「螺旋結構」之體系可用下圖來表示：

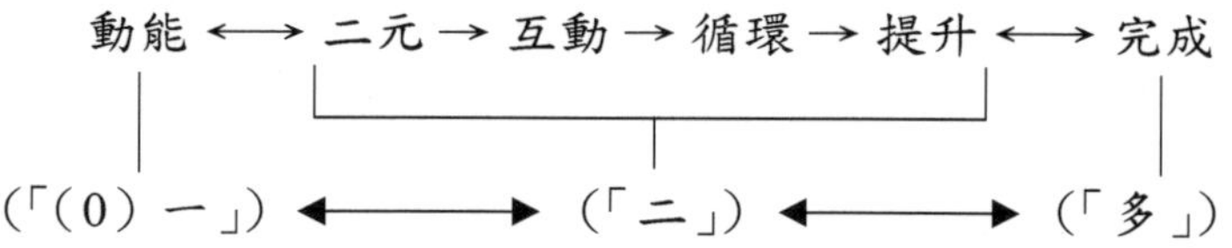

34 參見陳滿銘〈論「多」、「二」、「一（0）」的螺旋結構——以《周易》與《老子》為考察重心〉，同注 12。

又如果再依其順逆向，將「多」、「二」、「一（0）」加以拆解，則可呈現如下列兩式：

一、順向：「（0）一」──→ 「二」──→ 「多」
二、逆向：「多」 ──→ 「二」──→「一（0）」

而這兩式是可以不斷地彼此循環而銜接而提升，而形成層層螺旋結構，以體現宇宙人生生生不息之生命力的。

很值得注意的是：相對於人文，近年科技界亦發現生命之「基因」和「DNA」等都呈現雙螺旋結構，約翰·格里賓著、方玉珍等譯《雙螺旋探密──量子物理學與生命》以為：

> 生命分子是雙螺旋這一發現為分子生物學揭開了新的一頁，而不是標誌著它的結束。但在我們以雙螺旋發現為基礎去進一步理解世界之前，如果能有實驗證明雙螺旋複製的本質，那麼關於雙螺旋的故事就會更加完美了。[35]

對這種「雙螺旋結構」，歐陽周、顧建華、宋凡聖編著的《美學新編》也作解釋說：

35 見《雙螺旋探密──量子物理學與生命》（上海：上海科技教育出版社，2001年7月），頁225。

> 從微觀看，由於近代物理學與生物學、化學、數學、醫學等的相互交叉和滲透，對分子、原子和各種基本粒子的研究更加深入，並取得一系列的成果。……特別要指出的是，DNA 分子的雙螺旋結構模式，體現了自然美的規律：兩條互補的細長的核苷酸鏈，彼此以一定的空間距離，在同一軸上互相盤旋起來，很像一個扭曲起來的梯子。由於每條核苷酸鏈的內側是扁平的盤狀碱基，當兩個相連的互補碱基 A 連著 P，G 連著 C 時，宛若一級一級的梯子橫檔，排列整齊而美觀，十分奇妙。[36]

這樣，對應於「多」、「二」、「一（0）」螺旋結構來看，所謂「宛若一級一級的梯子橫檔」，該是「二」產生作用的整個歷程與結果，亦即「多」；所謂「當兩個相連的互補碱基 A 連著 P，G 連著 C」，該是「二」；而 DNA 本身的質性與動力，則該為「一（0）」。至於所謂「兩條互補的細長的核苷酸鏈，彼此以一定的空間距離，在同一軸上互相盤旋起來」，該是一順一逆、一陰一陽的螺旋結構。如果這種解釋合理，那麼，從極「微觀」（小到最小）到極「宏觀」（大到最大），都可由一順一逆的「多」、「二」、「一（0）」雙螺旋結構加以層層組織，以體現自然「真、

36 見《美學新編》（杭州：浙江大學出版社，2001 年 5 月一版九刷），頁 303。

善、美」之規律[37]。

可見人文與科技雖然各自「求異」，而有不同之內容，但所謂「萬變不離其宗」，在「求同」上，不無「殊途同歸」的可能。如果是這樣，則「多」、「二」、「一（0）」螺旋結構之「原始性」與「普遍性」，就值得大家共同重視了。

而這種「多」、「二」、「一（0）」螺旋結構所呈現之層次邏輯，是有別於「傳統邏輯」的邏輯形式的。「傳統邏輯」的邏輯形式，主要是經由求「同」（歸納）求「異」（演繹），以確定其真偽、是非為目的；而「層次邏輯」，則主要在求「同」（歸納）求「異」（演繹）過程中，呈現其時、空或內蘊之層次為內容。這種邏輯層次，通常都由多樣的「陰陽二元對待」為基礎，而經「移位與轉位」之過程與「『多』、『二』、『一（0）』螺旋結構」之終極統合，形成其完整系統[38]。

說得簡單一點，這種層次邏輯系統，是由萬事萬物產生的層層「本末先後」之次序所形成的。《禮記．大學》一開篇就說：

物有本末，事有終始，知所先後，則近道矣。

37 見陳滿銘〈論真、善、美與多、二、一（0）螺旋結構──以辭章章法為例作對應考察〉（高雄：中山大學《文與哲》學報 13 期，2008 年 6 月），頁 663- 698。。

38 見陳滿銘〈論層次邏輯──以哲學與文學作對應考察〉（臺灣師大《國文學報》37 期，2005 年 6 月），頁 91-135。

這所謂「本始所先，末終所後」[39]，正是層次邏輯形成其系統之基礎。如果著眼於「事」而又將「物」含於其中，配合「起點 → 過程 → 終點」的層次邏輯，並與「多」、「二」、「一（0）」作對應，則其系統或結構是這樣的：

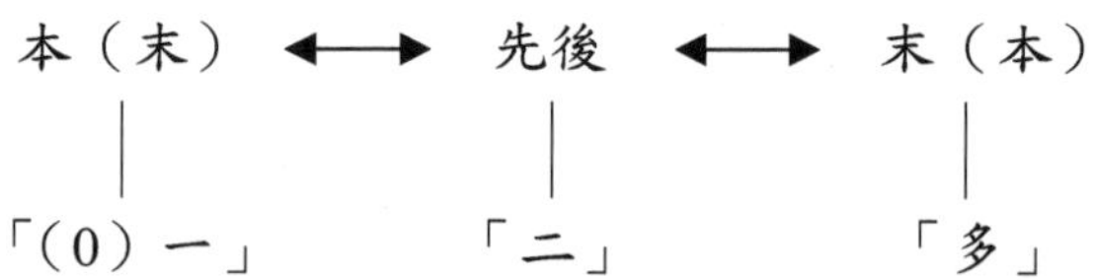

因此把「本末先後」，視為形成層次邏輯系統之基礎，是相當合理的。

而這所謂「本末」，就兩者關係言，就是「因果」。眾所周知，「因果」在哲學上，雖只看成是範疇之一，卻與「諸範疇」息息相關。張立文在《中國哲學邏輯結構論》中說：

> 就彼此相聯繫的範疇而言，中國佛教哲學中的「因」這個範疇，它自身包含著兩個事物或現象的聯繫，這種特定的聯繫，各以對方的存在為自己存在的前提或條件。其內在衝突的伸展，使「因」作為一方與「果」作為另一方構成相對相關的聯繫。
>
> 範疇這種衝突性格，使自身或與諸範疇都處於相互

39 見朱熹《四書集註．大學》（臺北：學海出版社，1984 年 9 月初版），頁 3。

> 聯繫、相互轉化之中，並在這種普遍的有機聯繫中，再現客觀世界的衝突及其發展的全進程。[40]

既然「因果」這一範疇能產生「普遍的有機聯繫」，其重要性就可想而知。也就難怪在邏輯學中，會那樣受到普遍的重視，而視之為「律」了。

從另一角度看，「因果律」涉及的是假設性之「演繹」與科學性之「歸納」，而假設性之「演繹」所形成的是「先果後因」的邏輯層次；與科學性之「歸納」所形成的是「先因後果」的邏輯關係，正好可以對應地發揮證明或檢驗的功能。陳波在其《邏輯學是什麼》一書中說：

> 因果聯繫是世界萬物之間普遍聯繫的一個方面，也許是其中最重要的方面。一個（或一些）現象的產生會引起或影響到另一個（或一些）現象的產生。前者是後者的原因，後者就是前者的結果。科學的一個重要任務就是要把握事物之間的因果聯繫，以便掌握事物發生、發展的規律。[41]

可見「因果」邏輯關係的重要。而這種「因果」邏輯，雖

40 見《中國哲學邏輯結構論》（北京：中國社會科學出版社，2002 年 1 月一版一刷），頁 11。

41 見《邏輯學是什麼》（北京：北京大學出版社，2002 年 1 月一版一刷），頁 167。

然一度受到羅素（B. Russell，1872-1970）偏執之影響，使研究沉寂了半個世紀；但到了 20 世紀 30 年代後卻有了新的發展。如美國當代哲學家、計算機理論家勃克斯（A. W. Burks），就提出了「因果陳述邏輯」，任曉明、桂起權介紹說：

> 作為一種證明或檢驗的邏輯，因果陳述邏輯在科學理論創新中能否起重要作用呢？答案是肯定的。第一，因果陳述邏輯對於解釋或預見事實有重要意義。就如同假說演繹法所起的作用一樣，因果陳述邏輯可以從理論命題推演出事實命題，或是解釋已知的事實，或是預見未知的事實。這種推演的基本步驟是以一個或多個普遍陳述，如定律、定理、公理、假說等作為理論前提，再加上某些初次條件的陳述，逐步推導出一個描述事實的命題來。這種情形就如同上一節所舉的「開普勒和火星軌道」的例子一樣。第二，因果陳述邏輯對於探求科學陳述之間的因果聯繫，進而對科學理論做出因果可能性的推斷有著重要作用。勃克斯所創建的這種邏輯對科學理論創新的貢獻在於：通過對科學推理的細緻分析，發現經典邏輯的實質蘊涵、嚴格蘊涵都不適於用來刻劃因果模態陳述的前後關係。於是，他提出了一種「因果蘊涵」，進而建立一個公理系統，為科

學理論中因果聯繫的探索奠定了邏輯上的基礎。[42]

勃克斯這樣以「因果蘊涵」作為「因果陳述邏輯」的核心概念，而建立了一個「公理系統」，「從具有邏輯必然性的規律或理論陳述中推導出具有因果必然性的因果律陳述，進而推導出事實陳述。這種推導過程，不僅能解釋已知的事實，而且能預見未知的事實。」[43] 這在科學理論方面，是有相當大的創新功能的。

這樣看來，相應於「本末先後」的「因果聯繫」，適應面極廣，如此自然可以建立層次邏輯系統，而形成「多」、「二」、「一（0）」之螺旋結構。而這種螺旋結構，不但可在哲學上，理出它的根本原理；也可在文學上，透過辭章章法規律與結構檢驗它的表現成果；甚且可在美學上尋得比「多樣的統一」更完整的審美體系。如此「一以貫之」，希望藉此可以凸顯「多」、「二」、「一（0）」螺旋結構之原始性與普遍性。

從這些角度或層面來看羅門詩國的第三自然螺旋結構的觀點，是可以印證它是能上天入地，通貫無礙的。

42 見黃順基、蘇越、黃展驥主編《邏輯與知識創新》（北京：中國人民大學出版社，2002年4月一版一刷），頁328-329。

43 見黃順基、蘇越、黃展驥主編《邏輯與知識創新》，同注42，頁332。

五、羅門第三自然觀與多二一（0）螺旋結構

從表面上看來，羅門的第三自然觀，好像與「多二一（0）」螺旋結構無直接關。其實，羅門所謂「尖」與「圓」就是關鍵性之「二」，其中「尖」為「陽」、「圓」為「陰」，就在「尖」（陽）與「圓」（陰）二元的交互作用下，彼此「吞沒」、「融合」，而下徹為各類型（如三角形、圓形、方形、長方形等）、上徹為螺旋形，形成「多←→二」「螺旋架構」，以體認真實中的「真實」（一：以情、理統合景、事），持續邁向「前進中的永恆」，呈現出藝術至美（0）。如此看待羅門的第三自然螺旋結構，應是十分合理的。

這樣的「多二一（0）」螺旋結構，落到辭章得篇章時，由於篇章結構所反映的就是陰陽互動的現象，其中徹下以形成核心結構與輔助結構的，就是「多←→二」，而徹上以凸出一篇之主旨與審美風貌（風格）[44]的，即「一（0）」[45]。在此，特舉羅門的〈麥堅利堡〉一詩為例加以

44 顧祖釗：「風格的成因並不是作品中的個別因素，而是從作品中的內容與形式的有機整體的統一性中所顯示的一種總體的審美風貌。」見《文學原理新釋》（北京：人民文學出版社，2001年5月一版二刷），頁184。

45 篇章結構，奠基於「陰陽二元」，藉「章法」加以呈現。目前所能掌握之「章法」，約四十種，那就是：今昔、久暫、遠近、內外、左右、高低、大小、視角轉換、知覺轉換、時空交錯、狀態變化、本末、淺深、

說明：

此詩作於 1960 年 10 月，雖然大家已十分熟悉，但為了與其篇章結構分析，尤其是結構分析表能完整對照，以方便廣大讀者，特引原詩如下：

超過偉大的
是人類對偉大已感到茫然

戰爭坐在此哭誰
它的笑聲　曾使七萬個靈魂陷落在比睡眠還深的地帶
太陽已冷　星月已冷　太平洋的浪被炮火煮開也都冷了

史密斯　威廉斯　煙花節光榮伸不出手來接你們回家
你們的名字運回故鄉　比入冬的海水還冷
在死亡的喧噪裡　你們的無救　上帝的手呢

血已把偉大的紀念沖洗了出來
戰爭都哭了　偉大它為什麼不笑
七萬朵十字花　圍成園　排成林　繞成百合的村

因果、眾寡、並列、情景、論敘、泛具、虛實（時間、空間、假設與事實、虛構與真實）、凡目、詳略、賓主、正反、立破、抑揚、問答、平側（平提側注）、縱收、張弛、插補、偏全、點染、天（自然）人（人事）、圖底、敲擊等。而這些章法可經由「移位」或「轉位」，使篇章結構趨於「秩序」、「變化」、「聯貫」與「統一」。見陳滿銘《篇章結構學》（臺北：萬卷樓圖書公司，2005 年 5 月初版），頁 1-428。

在風中不動　在雨裡不動
沉默給馬尼拉海灣看　蒼白給遊客們的照相機看
史密斯　威廉斯　在死亡紊亂的鏡面上　我只想知道
　　　　那裡是你們童幼時眼睛常去玩的地方
　　　　那地方藏有春日的錄音帶與彩色的幻燈片

麥堅利堡　鳥都不叫了　樹葉也怕動
凡是聲音都會使這裡的靜默受擊出血
空間與空間絕緣　時間逃離鐘錶
這裡比灰暗的天地線還少說話　永恆無聲
美麗的無音房　死者的花園　活人的風景區
神來過　敬仰來過　汽車與都市也都來過
而史密斯　威廉斯　你們是不來也不去了
靜止如取下擺心的錶面　看不清歲月的臉
在日光的夜裡　星滅的晚上
你們的盲睛不分季節地睡著

睡醒了一個死不透的世界
睡熟了麥堅利堡綠得格外憂鬱的草場

死神將聖品擠滿在嘶喊的大理石上
給昇滿的星條旗看　給不朽看　給雲看
麥堅利堡是浪花已塑成碑林的陸上太平洋
一幅悲天泣地的大浮雕　掛入死亡最黑的背景

七萬個故事焚毀於白色不安的顫慄
威廉斯　史密斯　當落日燒紅滿野芒果林於昏暮
神都將急急離去　星也落盡
你們是那裡也不去了
太平洋陰森的海底是沒有門的

這是首詠戰爭的作品，敘寫著麥堅利堡的故事，主要是用「先論（情←→理）後敘（景、事）」的結構寫成的。對此麥堅利堡，作者以無限的悲憫出之，是愴然、也是悵然！這是嚴肅的悲愴，是剎那，也是永恆！

「超過偉大的／是人類對偉大已感到茫然」，什麼是偉大呢？又是什麼讓人類對偉大感到茫然呢？那是──麥堅利堡。作者以「議論」（情←→理）開篇，承接著這段議論的，是佔著全詩絕大篇幅的「敘述」（景、事）部分。

在「敘述」（景、事）部分，作者採用了「凡（總提）、目（分應）、凡（總提）」的結構來統攝，亦即先總括述說、再條分敘寫、再總括述說。第一個「凡（總提）」是：「戰爭坐在此哭誰／它的笑聲　曾使七萬個靈魂陷落在比睡眠還深的地帶」，從中我們可以抽繹出兩個元素：「靈」（七萬個靈魂〉與「墓」（比睡眠還深的地帶），作者緊抓住這兩者，在其後的篇幅中作了深刻的鋪寫，並且在最後五行中又一筆總收（第二個「凡（總提）」〉。

在「目（分應）一」的部分，作者是就「靈」來寫，共有四行：「太陽已冷　星月已冷　太平洋的浪被炮火煮開也都冷了／史密斯　威廉斯　煙花節光榮伸不出手來接你們回家／你們的名字運回故鄉　比入冬的海水還冷／在死亡的喧噪裡　你們的無救　上帝的手呢」，「史密斯　威廉斯」是「七萬個靈魂」的代表，作者在此運用了「以少總多」的手法；他們的命運是如何呢？作者意欲表現出命運的慘酷，因此捕捉住觸覺的「冷」，來做放大般的描寫，「太陽」、「星月」、「太平洋的浪」、「你們的名字」，都是多麼的冷啊！並且在末尾用一個反問句收結：「你們的無救　上帝的手呢」？真真是無語問蒼天啊！

接著寫「目（分應）二」，作者環繞著「墓」〈亦即眼前實景〉來描繪。此處動用了視覺與聽覺，而且形成了「目（分應）、凡（總提）、目（分應）」的結構：整個第四節和第五節的首四行是「目（分應）一」，前者就視覺、後者就聽覺來敘寫；而「美麗的無音房　死者的花園　活人的風景區」則是「凡（總提）」，其中以「美麗的無音房」統括起對聽覺的描寫，又以「死者的花園　活人的風景區」統括起前、後對視覺的描寫；至於第五節中幅的十一行，則又是就視覺來描摹墓園，這是「目（分應）二」。所以在「目（分應）一」視覺的部分中，主要描寫墓園的蒼白停滯，一絲生命的氣息也聞嗅不到，所謂「七萬朵十字花　圍成園　排成林　繞成百合的村／在風中不動　在雨裡不動／沉默給馬尼拉海灣看　蒼白給遊客們的照相機看」，其實就是死亡的具象化，而且「百合的村」、

「遊客們的照相機」等語，是頗含「省思」意味的；而接著的三行，則是就鎖定墓園的靜寂無聲來描寫〈聽覺〉，其中「麥堅利堡　鳥都不叫了　樹葉也怕動／凡是聲音都會使這裡的靜默受擊出血」兩行，運用了「通感」的原理，以觸覺所感來描摹聽覺所得，讓這種靜默更是深刻沁人。接著出現的就是作為「凡（總提）」的一行：「美麗的無音房 死者的花園　活人的風景區」，「美麗的無音房」即點出了 無聲的死寂〈聽覺〉，而這種無聲是「美麗」的，這種說法是多麼的反諷啊！而且「死者的花園　活人的風景區」也是同樣的諷刺，並且這種反諷是貫穿在「目（分應）一」與「目（分應）二」對視覺的描寫中的。其後的十一行是「目（分應）二」，作者先寫：「神來過　敬仰來過　汽車與都市也都來過」，唉！多麼空洞啊！所謂「神」與「敬仰」，就如同「汽車與都市」，來過又走了，就算是裝飾，也是多麼空洞而易於凋謝的裝飾啊！然而「史密斯　威廉斯」呢？他們是「不來也不去了」，他們是睡著，然而這是一種醒不來的睡，因此最後四行點出死亡：「死神將聖品擠滿在嘶喊的大理石上／給昇滿的星條旗看　給不朽　看給雲看／麥堅利堡是浪花已塑成碑林的陸上太平洋／一幅悲天泣地的大浮雕　掛入死亡最黑的背景」，其中「昇滿的星條旗」、「不朽」，又是一個椎心的諷刺，令人省思不已。

前面的「目（分應）一」〈靈〉與「目（分應）二」（墓），作者都用結尾 的五行作個收束：「七萬個故事焚毀於白色不安的顫慄／史密斯　威廉斯　當落日燒紅滿野芒果林於昏暮／神都將急急離去　星也落盡／你們是那裡也不去了／太平洋陰森的海底是沒有門的」，前幅收「靈」、後幅收「墓」，可說是一筆兜攬，呼應得十分嚴密；而且時間也從「白白」發展到「昏暮」，令人揣想到一切的一切都彷彿即將墜入恆久的黑夜之中，而那種悲愴的感覺，就更深刻了。

令人喟嘆啊！讓人想及篇首那偈語般的句子：「超過偉大的／是人類對偉大已感到茫然」，什麼是偉大呢？又是什麼讓人類對偉大感到茫然呢？麥堅利堡當然是偉大的，可是又讓人感到多麼茫然啊！這其中顯示的，是作者對戰爭的反省與疑問。以及對死者高度的悼念與崇敬[46]。

附結構分析表供參考：

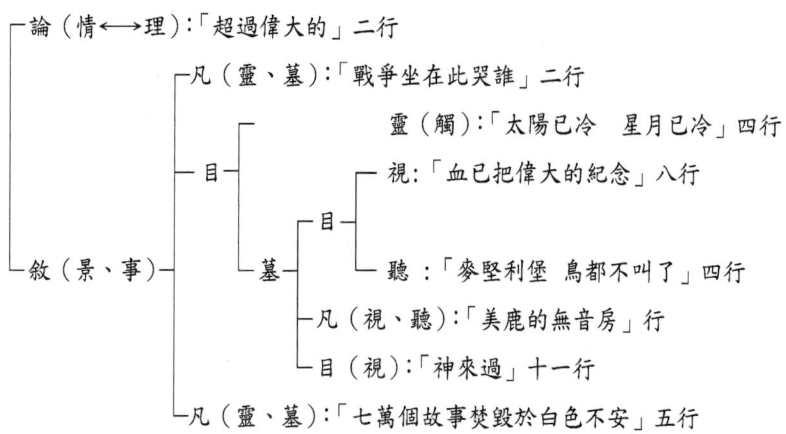

46 以上分析，見仇小屏《世紀新詩選讀》（臺北：萬卷樓圖書公司，2004年3月初版二刷），頁227-230。

這種結構如對應「多二一（0）」螺旋結構來看，則作者在麥堅利堡，將所見（視）、所聞（聽）與所感、所思（想），融合成其內容義旨，這是「一」；用「先論（情、理）後敘（事、景）」的「篇」結構為核心，來統合「凡目」（兩疊）、「並列（靈、墓）」「視、聽」的「章」結構，以反映宇宙人生「秩序」、「變化」、「聯貫」與「統一」的規律，這是「多 ←→ 二」；至於由此創造出「孤寂」、「蒼涼」與「肅穆」的審美風貌，並進行轉化、昇華，讓作者與讀者的心靈共同接受「美神」受洗的聖水而流淚，產生審美風貌，這就是「0」。這樣，剎那即成永恆，就像作者說的：「當『看』、『聽』、『想』運作過後，便一起交貨給『前進中的永恆』」[47]。這種「多二一（0）」的表現，如配合篇章結構，可將它們的關係呈現如下表：

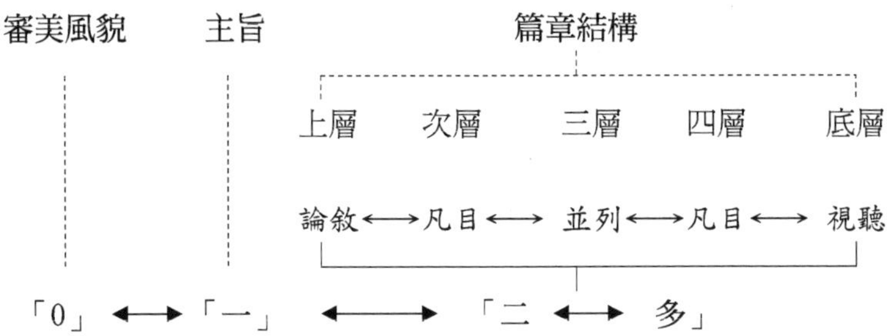

由此可見羅門〈麥堅利堡〉正是「多二一（0）」螺旋結構理論的一次成功實踐。

47 見羅門〈第三自然螺旋型架構世界藝術創作美學理念〉，《我的詩國》，同注1，頁23-24。

六、結語

綜上所述，可知羅門詩國第三自然的螺旋結構，從「多二一（0）」螺旋結構切入，探討其哲學意涵，並旁及教育、科技與邏輯等學科領域，作延伸的論證，可充分看出它呈現的是「『美』是『真』與『善』的統一」的最高境界。其客觀性、周延性與普遍性，無疑是可以確定的。雖然限於篇幅，只舉一首詩作為例作說明，用「小宇宙（剎那），來驗證「大宇宙」（永恆）而已，但所謂「以個別表現一般，以單純表現豐富，以有限表現無限」[48]，是可由此見出羅門詩國第三自然的螺旋結構之「完美」[49] 來的，如此，羅門這種「創作構想與觀念」對詩學之貢獻，就顯得非常偉大了。

（2010.10.5 完稿）

48 見葉朗《中國美學史大綱》（臺北：滄浪出版社，1986 年 9 月初版），頁 26。

49 羅門自己常說：「完美是最豪華的寂寞」，見〈羅門論詩集〉（《大海洋詩刊》，2009 年 7 月），頁 119。

引用文獻

王弼《老子王弼注》，臺北：河洛圖書出版社，1974 年 10 月臺景印初版。

王希杰《王希杰博客．書海採珠》，2008 年 1 月，頁 1。

仇小屏《世紀新詩選讀》，臺北：萬卷樓圖書公司，2004 年 3 月初版二刷。

朱熹《四書集註》，臺北：學海出版社，1984 年 9 月初版。

李澤厚《美學論集》，臺北：三民書局，1996 年 9 月初版。

林同華主編《宗白華全集》，合肥：安徽教育出版社，1994 年 12 月一版二刷。

林啟彥《中國學術思想史》，臺北：書林出版社，1999 年 9 月一版四刷。

姜國柱《中國歷代思想史〔壹、先秦卷〕》，臺北，文津出版社，1993 年 12 月初版一刷。

約翰．格里賓著、方玉珍等譯《雙螺旋探密——量子物理學與生命》，上海：上海科技教育出版社，2001 年 7 月。

唐君毅《中國哲學原論．導論篇》，香港：人生出版社，1966 年 3 月出版。

徐復觀《中國人性論史．先秦篇》，臺北：臺灣商務印書館，1978 年 10 月四版。

許建鉞編譯《簡明國際教育百科全書》，北京：新華書局北京發行所，1991 年 6 月一版一刷。

張立文《中國哲學邏輯結構論》，北京：中國社會科學出版社，2002 年 1 月一版一刷。

陳波《邏輯學是什麼》，北京：北京大學出版社，2002 年 1 月一版一刷。

陳鼓應《老子今注今譯及評介》，臺北：臺灣商務印書館，1985 年 2 月修訂十版。

陳滿銘〈論「多」、「二」、「一（0）」的螺旋結構——以《周易》與《老子》為考察重心〉，臺灣師大《師大學報・人文與社會類》48 卷 1 期，2003 年 7 月，頁 1-21。

陳滿銘《篇章結構學》，臺北：萬卷樓圖書公司，2005 年 5 月初版。

陳滿銘〈論層次邏輯——以哲學與文學作對應考察〉，臺灣師大《國文學報》37 期，2005 年 6 月，頁 91-135。

陳滿銘《多二一（0）螺旋結構論——以哲學、文學、美學為研究範圍》，臺北：文津出版社，2007 年 1 月初版。

陳滿銘〈論真、善、美與多、二、一（0）螺旋結構——以辭章章法為例作對應考察〉，中山大學《文與哲》學報 13 期，2008 年 6 月，頁 663- 698。。

黃釗《帛書老子校注析》，臺北：學生書局，1991 年 10 月初版。

黃順基、蘇越、黃展驥主編《邏輯與知識創新》，北京：中國人民大學出版社，2002 年 4 月一版一刷。

黃慶萱《周易縱橫談》，臺北：三民書局，1995 年 3 月初版。

勞思光《新編中國哲學史》，臺北：三民書局，1984 年 1 月增訂修版。

馮友蘭《馮友蘭選集》，北京：北京大學出版社，2000 年 7 月一版一刷。

葉朗《中國美學史大綱》，臺北：滄浪出版社，1986 年 9 月初版，頁 26。

歐陽周、顧建華、宋凡聖等《美學新編》，杭州：浙江大學出版社，2001 年 5 月一版九刷。

戴璉璋《易傳之形成及其思想》，臺北：文津出版社，1988 年 11 月臺灣初版。

羅門〈羅門論詩集〉，《大海洋詩刊》，2009 年 7 月，頁 119。

羅門《我的詩國》，臺北：文史哲出版社，2010 年 6 月初版。

顧明遠主編《教育大辭典》，上海：上海教育出版社，1990 年 6 月一版一刷。

顧祖釗《文學原理新釋》，北京：人民文學出版社，2001 年 5 月一版二刷。

貳

王希杰「零度與偏離」論之哲學意涵

——以《周易》與《老子》為考察重心

摘　要

語言學界有一套完整之偏離理論，由南京大學的王希杰提出，應用於語言學、修辭學上，形成零度和偏離之觀念。其中特別關注到零度和偏離——正偏離和負偏離之間的轉化問題，成為他「三一語言學」理論的核心內容。由於這種理論涉及「螺旋」，適用面甚廣，因此特地探討它與「陰陽二元」、「移位、轉位」與「多、二、一（0）螺旋結構」之關係，凸顯其哲學之意涵，以見其存在之普遍性。

關鍵詞：零度、偏離、哲學意涵、陰陽二元、移位、轉位、多二一（0）螺旋結構

一、前言

偏離理論以「零度」與「負偏離」、「正偏離」為主要內涵，成為王希杰「三一語言學」理論的重要一環[1]。其中「負偏離」（陰）與「正偏離」（陽）有著一陰一陽之關係，而「零度」則介於兩者之間，也一樣脫不開陰陽互動、轉化之作用。有鑒於此，本文特加研討，首先概介「零度與偏離」之理論，然後尋根於《周易》與《老子》，先辨明它與「陰陽二元」、「移位、轉位」之關係，再以「多、二、一（0）螺旋結構」加以統合，希望能藉此窺見「零度與偏離」在哲學層面之特殊意涵。

二、「零度與偏離」理論之提出

語言學界出現「三一」學派，由南京大學王希杰主導，提出「零度和偏離」、「潛顯」與「四個世界」三者統合為「一」的理論體系，應用於語言學、修辭學上，普受學界推崇。其中特別關注到零度和偏離——正偏離和負偏離之間的聯繫與轉化問題，成為他「三一語言學」理論之核心內容[2]。而所謂「偏離」，乃現代語言學、修辭學中

1 見李名方、鐘玖英主編《王希杰與三一語言學》（北京：中國文聯出版社，2006 年 11 月一版一刷），頁 190-222。

2 見李名方、鐘玖英主編《王希杰與三一語言學》，同注 1。

最重要而基本的概念，源自於西方索緒爾（Ferdinand de Saussure，1875-1913）和葉爾姆斯列夫（Louis Trolle Hjelmslev，1899-1965）的理論，但王希杰雖受此啟發，卻未受侷限，而加以引申、開創，不僅注意「零度」與「偏離」之對立，更提出「正偏離」與「負偏離」，並重視兩者之間之聯繫與轉化，而且也和「四個世界」（語言、物理、文化、心理）作了連結[3]，形成他「三一語言學」之主體內容。他在其《修辭學通論》中說：

> 如果把規範的形式稱之為「零度形式」（0），那麼對零度的超越、突破、違背或反動的結果，便是「偏離形式」（p）。零度和偏離存在於語言的四個世界之中，也存在於交際活動的一切因素和變量之中。偏離又可區分為「正偏離」（p +）和「負偏離」（p -）。不但在零度和偏離之間是可以互相轉化的，而且在正偏離和負偏離之間也是可以互相轉化的。而轉化的關鍵就在於一定的條件。修辭學就是研究這種轉化的，也可以說，修辭學就是一門轉化之學。[4]

3 參見王希杰〈作為方法論原則的零度和偏離〉，收入王未主編《語言學新思潮》（北京：中國社會科學出版社，2005 年 7 月一版一刷），頁 17。

4 見王希杰《修辭學通論》（南京：南京大學出版社，1996 年 6 月一版一刷），頁 211。

這種理論有著陰（零、正）陽（偏、負）二元互動、循環而提升之「螺旋」意涵[5]，王希杰在其〈零度和偏離面面觀〉中進一層地結合「潛顯」、「四個世界」與「陰陽對立」加以說明：

> 四個世界中都存在著零度和偏離兩個對立又相互聯繫相互轉化的方面。我的零度偏離論不是僵化的形而上學的。其實是隨著著眼點的不同而不同的。事實上，不僅每個世界中都存在著零度和偏離的關係。而且，在我看來，四個世界本身都有一各零度和偏離的問題。……如果仿造《周易》的陰陽對立的模式，我們可以把顯和潛的對立和聯繫看作一種相對的開放的模式：零度＝潛性＝語言＝物理世界＝本體＝規範＝理想，偏離＝顯性＝言語＝文化世界＝變體＝變異＝現實。在四個世界的任何一個世界中，零度形式總是顯性的，有限的，而其偏離形式總是潛性的，無限多的。[6]

5 凡「二元對待」之兩方，都會產生互動、循環而提升的作用，而形成「多」、「二」、「一（0）」的螺旋結構。參見陳滿銘〈論「多」、「二」、「一（0）」的螺旋結構——以《周易》與《老子》為考察重心〉（臺北：臺灣師大《師大學報．人文與社會類》48 卷 1 期，2003 年 7 月），頁 1-20。

6 見王希杰〈零度和偏離面面觀〉，收入鐘玖英主編《語言學心思維》（北京：中國文聯出版社，2004 年 6 月一版一刷），頁 26-29。

這樣將「三一」理論提升到一種方法論原則的高度來看待，所謂「每個世界中都存在著零度和偏離的關係」，它的適用面自然就很廣。下文僅僅以「詞語搭配規則」與「詞語附加意義」為例，引王希杰之說作進一步之說明：

首先看詞語搭配規則，王希杰指出：語言作為人類最重要的交際工具，它的生命在於被人們使用。使用中的語言的基本單位是句子，而句子是由詞語組合而成的。詞語的組合其實正是詞語之間的搭配關係。因此我們說，詞語的生命和它的存在價值，就在於它的搭配。詞語的運用的基礎便是詞語的搭配規則。而詞語搭配不當的毛病就是對於詞語搭配規則的一種偏離——負面值的偏離，而詞語運用的藝術也是對詞語搭配規則的一種偏離——正面值的偏離。……詞語的搭配首先是依據語法規則進行的。在語法中，任何一個詞語都同能夠與它搭配的及不能與它相搭配的詞語構成了該詞語的語法場（gramatical field）。在實際操作過程中，為了簡明，我們只把語法場用來指稱一個詞語同能夠與之相搭配的全部詞語所構成的一個關係的網絡。因此這語法場便表示了一個詞語在交際活動中常規形式的一切合法的搭配的可能性。於是對語法場的偏離便是語法錯誤。如：

> 剛剛<u>挑起</u>副處長<u>職務</u>的安熔南，又挑起了生產混凝土大樑總指揮的重擔。(〈光明日報〉1987 年 2 月 2 日）／書<u>啟蒙</u>我走上船台。(〈新民晚報〉1986 年 8

> 月 26 日）／新開河人參媲美高麗參（〈人民日報〉1987 年 2 月 24 日）／它們釀造一斤蜜，大約要採 50 萬朵左右的花粉。（鄧拓〈燕山夜話·咏蜂和養蜂〉）／中國，是一個古老、勤勞、聰明而帶有神話色彩的民族。（〈人民日報·海外版〉1987 年 4 月 21 日）。

便是對語法場的負面值的偏離。

但是制約影響著詞語搭配的因素並不只是語法場，即語法場並不是詞語搭配美醜好壞得失的唯一因素。於是，如果這對語法場的偏離能夠在其他方面得到合理的解釋，而對於此時此刻這一話語這一方面又比語法場顯得更為重要的話，如：

> 在一傘松蔭下　披一襲青葱　採一筐秀色　話一夕柔情（胡品清〈款步〉）／默讀莫地格林少女畫像（李佩征〈家〉）如今　我們是兩匹靜靜的葉子默默地相對於　薄暮之中（馮青〈鈴蘭之歌〉）／讀您　讀您的苦悶　您的冤屈　您的熱情和理想（鄭烱明〈牆〉）／您讀月光似的讀我的嘴唇（馮青〈鈴蘭之歌〉）

例如其中的動詞「讀」的用法已經偏離了「讀」的語法場，但由於隱含著一個比喻，把這些非書比喻為書籍了，

於是便不再是語言錯誤，而是語言的藝術，這乃是對詞語搭配的語法場的正面值的一種偏離[7]。

接著看詞語附加意義，王希杰以為：詞語附加意義，是修辭學研究的一個重要問題。首先要求交際中的詞語的附加意義同它自身所具有的附加意義相一致。換一句話說，也就是避免和克服錯誤運用詞語的附加意義。詞語的附加意義是多種多樣的。其中每一種附加意義都是詞語運用中所不可以忽視的。一旦用錯了，就會損害交際效果，出現交際短路現象。這可以叫做「詞語附加意義的負偏離」，修辭學的任務就是詞語附加意義的負偏離的零度化，或者正偏離化。

倪寶元在《修辭學的新篇章——從名家改筆中學習修辭》中有許多這方面的精彩的例子。例如：

> 【原句】……侵略者得寸進尺，氣勢越來越高。（巴金〈談春〉，見《新聲集》），按：「氣勢」改成「氣燄」。
>
> 【原句】敵人是相當狠毒，頑強的，要打他就不要教他有還手的機會。（吳伯蕭〈打簍子〉，〈解放日報〉1944 年 10 月 23 日）按：「頑強」改「冥頑」。
>
> 【原句】他二十年沒摸過公事，說不上劣跡，於是自然而然聯想到對方唯一特長：造謠。（沙汀〈炮

7 見何偉棠主編《王希杰修辭學論集》（廣州：廣東高等教育出版社，2000 年 9 月一版一刷），頁 408-410。

手〉）按：「唯一特長」改成「慣放使用的伎倆」。

【原句】我們就不談太廣泛的事情，單談文學藝術，那句話也很能揭發真理的。（秦牧〈惠能和尚的偈語〉）按：「揭發」改成「揭示」。

原句中詞語的附加意義的運用都偏離了本來的含義，損害了表達效果，是負的偏離現象。修改之後，在附加意義方面才是準確的，合適的（正偏離）[8]。

以上雖只從兩個層面加以舉例說明，卻已經可以看出王希杰偏離理論之梗概。而它和辭章分析與寫作指導之直接關係，也可從中窺之一、二。為此，先後以〈論王希杰「零點與偏離」之章法觀〉[9]、〈三一理論與作文評改〉[10]、〈論偏離理論與寫作指導〉[11]與〈偏離理論在作文教學上之運用〉[12]等四篇文章加以引申推衍，以見其存在之普遍性。所以能如此，是因為「零偏、正負（陰陽二元）」與「轉化（移位、轉位）」的說法，有著（二元）互

8 見王希杰《修辭學導論》（杭州：浙江教育出版社，2000 年 12 月一版一刷），頁 122-123。

9 見陳滿銘〈論王希杰「零點與偏離」之章法觀〉（遵化：《唐山學院學報》20 卷 4 期，2007 年 7 月），頁 1-3、62

10 見陳滿銘〈三一理論與作文評改〉（錦州：《渤海大學學報．哲學社會科學版》總 140 期，2007 年 11 月），頁 130-134。

11 見陳滿銘〈論偏離理論與寫作指導〉（高雄：高雄師大《國文學報》7 期，2007 年 12 月），頁 1-32。

12 陳滿銘〈偏離理論在作文教學上之運用〉（畢節：《畢節學院學報》26 卷 1 期，2008 年 2 月），頁 7-13。

動、循環而提升之「螺旋」意涵，與被視為「普遍性之存在」[13]之「多」、「二」、「一（0）」螺旋結構，關係是十分密切的[14]。

三、零度、偏離與陰陽二元

所謂「偏離」，實含「負偏離」、「零度」與「正偏離」等三層內涵。如對應於「陰陽二元」來看，「負偏離」乃偏就「陰」面、「正偏離」是偏就「陽」面，而「零度」則偏就「陰」與「陽」之介面而言。因此，偏離理論與「陰陽二元」之關係是非常密切的。

在哲學上，對「對立的統一」之概念，都非常重視，一向被視為自然中最重要的變化規律。而這所謂的「對立」，指的雖是對比性的「二元對待」，但也涵蓋了調和性的「二元對待」，因為兩者往往是互為包孕的，亦即對比中有調和、調和中有對比。底下就分開來探討。

在我國的哲學古籍裡，很容易尋出頗多含「二元對

13 王希杰：「陳教授的專長是詩詞學，非常具體。章法學則要抽象多了。這部著作（即《「多」、「二」、「（0）一」螺旋結構論——以哲學、文學、美學為研究範圍》），就更抽象了。……我以為本書很值得一讀，因為這個螺旋結構是普遍性的存在，值得重視。」見王希杰《吳希杰博客．書海採珠》（2008 年 1 月），頁 1。

14 參見陳滿銘〈論「多」、「二」、「一（0）」的螺旋結構——以《周易》與《老子》為考察重心〉，同注 5。又參見《「多」、「二」、「（0）一」螺旋結構論——以哲學、文學、美學為研究範圍》（臺北：文津出版社，2007 年 1 月初版一刷），頁 1-298。

待」觀念的論述，其中以《周易》（含《易傳》）與《老子》二書，最為明顯。

以《周易》（《易傳》）來看，它以陰陽為其一對基本概念，是由此陰陽二爻而衍為四象，再由四象而衍為八卦、六十四卦的。而八卦之取象，是兩相對待的，即乾（天）為「三連」而坤（地）為「六斷」、震（雷）為「仰盂」而艮（山）為「覆碗」、離（火）為「中虛」而坎（水）為「中滿」、兌（澤）為「上缺」而巽（風）為「下斷」，而所謂「三連」與「六斷」、「仰盂」與「覆碗」、「中虛」與「中滿」、「上缺」與「下斷」，正好形成四組兩相對待之關係，以呈現其簡單的「二元對待」之邏輯結構。後來將此八卦重迭，推演為六十四卦，雖更趨複雜，卻依然存有這種「二元對待」的關係，以象徵或反映宇宙人生之種種，也為人生行為找出準則，來適應宇宙自然之規律[15]。

以六十四卦而言，所形成之「二元對待」關係是這樣子的：

屯（坎上震下）和解（震上坎下）
蒙（艮上坎下）和蹇（坎上艮下）

15 徐復觀：「古人大概是以這六十四卦，三百八十四爻的相互衍變，來象徵甚至反映宇宙人生的變化；在這種變化中，找出一種規律，以成立吉凶悔吝的判斷，因而漸漸找出人生行為的規律。」見《中國人性論史．先秦篇》（臺北：臺灣商務印書館，1978 年 10 月四版），頁 202。

需（坎上乾下）和訟（乾上坎下）

師（坤上坎下）和比（坎上坤下）

小畜（巽上乾下）和姤（乾上巽下）

履（乾上兌下）和夬（兌上乾下）

泰（坤上乾下）和否（乾上坤下）

同仁（乾上離下）和大有（離上乾下）

謙（坤上艮下）和剝（艮上坤下）

豫（震上坤下）和複（坤上震下）

隨（兌上震下）和歸妹（震上兌下）

蠱（艮上巽下）和漸（巽上艮下）

臨（坤上兌下）和萃（兌上坤下）

觀（巽上坤下）和升（坤上巽下）

噬嗑（離上震下）和豐（震上離下）

賁（艮上離下）和旅（離上艮下）

無妄（乾上震下）和大壯（震上乾下）

大畜（艮上乾下）和遯（乾上艮下）

頤（艮上震下）和小過（震上艮下）

大過（兌上巽下）和中孚（巽上兌下）

鹹（兌上艮下）和損（艮上兌下）

恒（震上巽下）和益（巽上震下）

晉（離上坤下）和明夷（坤上離下）

家人（巽上離下）和鼎（離上巽下）

睽（離上兌下）和革（兌上離下）

困（兌上坎下）和節（坎上兌下）

井（坎上巽下）和渙（巽上坎下）

既濟（坎上離下）和未濟（離上坎下）

這些卦都是二二相偶的，如「坎上震下」（屯）與「震上坎下」（解）、「艮上巽下」（蠱）與「巽上艮下」（漸）、「乾上兌下」（履）與「兌上乾下」（夬）、「離上坤下」（晉）與「坤上離下」（明夷）……等，都很明顯地形成了二元對待的關係。此外，〈雜卦〉又云：

乾，剛；坤，柔。比，樂；師，憂。臨、觀之意，或與或求。……震，起也；艮，止也。損、益，衰盛之始也。大畜，時也；無妄，災也。萃，聚，而升，不來也。謙，輕；而豫，怡也。……兌，見；而巽，伏也。隨，無故也；蠱，則飭也。剝，爛也；複，反也。晉，晝也，明夷，誅也。井，通；而困，相遇也。鹹，速也；恒，久也。渙，離也；節，止也。解，緩也；蹇，難也。睽，外也；家人，內也。否、泰，反其類也。……革，去故也；鼎，取新也。小過，過也；中孚，信也。豐，多故也；親寡，旅也。離，上；而坎，下也。……大過，顛也；頤，養正也。既濟，定也；未濟，男之窮也。姤，遇也，柔遇剛也；……夬，決也；剛決柔也。君子道長，小人道憂也。

這些卦的要義或特性，都兩兩相待，如剛和柔、樂與憂、與和求、起和止、衰和盛、時和災、見和伏、速和久、離和止、外和內、否和泰、去故和取新、多故和親寡、上和下……等等，都可輕易從字面上看出其對待關係來，這可稱之為「異類相應的聯繫」[16]，而這種「異類相應的聯繫」，說的就是「對比」。

相對於「異類相應的聯繫」，當然也有「同類相從的聯繫」。這種「同類相從的聯繫」，說的就是「調和」，是由史伯、晏嬰「同」的觀念發展出來的。原來的「同」，指「同一物的加多或重複」，到了《周易》、《老子》，則指同類事物的「相從」；這類「相從」，乃著眼於「調和性」，與「相應」的「對比性」，又形成「二元對待」的關係。以《周易》而言，它有六十四卦，每卦在形成「秩序」與「變化」之同時，也使卦卦「聯繫」在一起，成為一個「統一」的整體。而形成「聯繫」，最明顯的，是使兩相對待者以「對比」（正反）或「調和」（正正、反反）方式聯結在一起。如見於〈雜卦〉的剛和柔、樂與憂、與和求、起和止。衰和盛、時和災、見和伏、速和久、離和止、外和內、否和泰、去故和取新、多故和親寡、上和下……等等，其中除了起和止、速和久、外和內、上和下等，未必形成「對比」而有「調和」可能性外，其餘的都

16 戴璉璋：「以上各卦所標示的特性或要義：剛和柔、樂和憂、與和求、起和止、盛和衰等等，都是異類相應的聯繫。」見《易傳之形成及其思想》（臺北：文津出版社，1988 年 11 月臺灣初版），頁 196。

比較偏向於「對比」，而都產生「聯繫」的作用。

由此可知在六十四卦的排序與變化裡，可看出「異類相應」（對比）和「同類相從」（調和）兩種聯繫，也凸顯了由互相「聯繫」而形成「統一」的整體結構。其中「同類相從的聯繫」，在《周易》裡，也是頗值得注意的。譬如它的八卦：

> 乾（乾上乾下）、坤（坤上坤下）
> 坎（坎上坎下）、離（離上離下）
> 震（震上震下）、艮（艮上艮下）
> 巽（巽上巽下）、兌（兌上兌下）

這是以乾與乾、坤與坤、坎與坎、離與離、震與震、艮與艮、巽與巽、兌與兌等的重迭而形成了「同類相從的聯繫」，亦即調和性的「二元對待」。除此之外，〈雜卦〉云：

> 屯，見而不失其居；蒙，雜而著。……大壯，則止；遯，則退也。大有，眾也；同人，親也。……小畜，寡也；履，不處也。需，不進也；訟，不親也。……歸妹，女之終也；漸，女歸待男行也。

這是以「止」和「退」、「眾」和「親」、「寡」和「不處」、「不進」和「不親」、「女之終」和「女歸待男行」等

的相類而形成「同類相從的聯繫」（調和）。關於這點，戴璉璋在《易傳之形成及其思想》中說：

> 依〈序卦傳〉，屯與蒙都是代表事物始生、幼稚時期的情況，〈雜卦傳〉作者用「見而不失其居」、「雜而著」來描述屯、蒙兩卦的特性，也都是就始生的事物而言。此外引大壯以下各卦的「止」和「退」、「眾」和「親」、就始生的事物而言。此外引大壯以下各卦的「止」和「退」、「眾」和「親」、「寡」和「不處」、「不進」和「不親」、「女之終」和「女歸待男行」，都是同類相從的聯繫。[17]

他把這種調和性的二元「聯繫」，說明得極清楚。

而這兩種二元「聯繫」，無論「對比」或「調和」，在《老子》中也處處可見。先拿「異類相應的聯繫」（對比）而言，兩相對待者，如：

> 天下皆知美之為美，斯惡已；皆知善之為善，斯不善已。故有無相生，難易相成，長短相較，高下相傾，音聲相和，前後相隨。（〈二章〉）
>
> 曲則全，枉則直，窪則盈，敝則新，少則得、多則惑，是以聖人抱一，為天下式。（〈二十二章〉）

17 見《易傳之形成及其思想》，同注 16，頁 195。

知其雄，守其雌，為天下溪；常德不離，複歸於嬰兒。知其白，守其黑，為天下式；為天下式，常德不忒，複歸於無極。知其榮，守其辱，為天下谷；為天下谷，常德乃足，復歸於樸。（〈二十八章〉）

將欲歙之，必固張之；將欲弱之，必固強之；將欲廢之，必固興之；將欲奪之，必固與之；是謂微明。（〈三十六章〉）

故貴以賤為本，高以下為基，是以侯王自謂孤寡不穀，此非以賤為本耶？（〈三十九章〉）

明道若昧，進道若退，夷道若纇。（〈四十一章〉）

大直若曲，大巧若拙，大辯若訥。躁勝寒，靜勝熱，清靜為天下正。（〈四十六章〉）

禍兮福之所倚，福兮禍知所伏。（〈五十八章〉）

正言若反。（〈七十八章〉）

如上所引，「美」（喜）與「惡」（怒）、「善」（是）與「不善」（非）[18]、「有」與「無」、「難」與「易」、「長」與「短」、「高」（上）與「下」、「前」與「後」、「曲」（偏）與「全」、「枉」（曲）與「直」、「窪」與「盈」、「敝」與「新」、「少」與「多」、「重」 與「輕」、「靜」與「躁」、

18 王弼注二章：「美者，人心之所進樂也；惡者，人心之所惡疾也。美、惡，猶喜、怒也；善、不善，猶是、非也。喜、怒同根，是、非同門；故不得而偏舉也。此六者，皆陳自然不可偏舉之名數。」見《老子王弼注》（臺北：河洛圖書出版社，1974 年 10 月臺景印初版），頁 3。

「雄」與「雌」、「白」與「黑」、「左」與「右」、「歙」與「張」、「弱」(柔)與「強」(剛)、「廢」與「興」、「奪」與 「與」、「貴」與「賤」、「明」與「昧」、「進」與「退」、「夷」(平)與「纇」(不平)、「巧」與「拙」、「辯」與「訥」、「寒」與「熱」、「禍」與「福」、「正」與「反」……等,都兩相對待,藉由「運動」而「互相轉化」,而形成「異類相應的聯繫」(對比)。

次由「同類相從的聯繫」(調和)來看,如:

> 道可道,非常道;名可名,非常名。(〈一章〉)
>
> 是以聖人處無為之事,行不言之教;萬物作焉而不辭,生焉而不有;為而不恃,功成而弗居。夫唯弗居,是以不去。(〈二章〉)
>
> 不上賢,使民不爭;不貴難得之貨,使民不為盜;不見可欲,始民心不亂。(〈三章〉)
>
> 居善地,心善淵,與善仁,言善信,正善治,事善能,動善時;夫唯不爭,故無尤。(〈八章〉)
>
> 金玉滿堂,莫之能守;富貴而驕,自遺其咎。(〈九章〉)
>
> 五色,令人目盲;五音,令人耳聾;五味,令人口爽;馳騁畋獵,令人心發狂;難得之貨,令人行妨。是以聖人為腹不為目,故去比取此。(〈十二章〉)

以上都是呈現「同類相從的聯繫」的例子，如一章的「常道」與「常名」，二章的「無為之事」與「不言之教」、「作焉」與「生焉」、「不辭」與「不有」與「不恃」與「弗居」，三章的「不上賢」與「不貴難得之貨」與「不見可欲」、「不爭」與「不為盜」與「心不亂」……等，皆以「同類相從」而聯繫在一起。此類例子，在《老子》一書裡，是不勝枚舉的。

一般而論，所謂「調和」，是對應於「陰」或「柔」來說的；而所謂「對比」，是對應於「陽」或「剛」而言的[19]。如說得徹底一點，即一切「調和」與「對比」，都是由於陰（柔）陽（剛）相對、相交、相和的結果。《易傳》云：

> 一陰一陽之謂道。（〈繫辭上〉）
>
> 剛柔者，立本者也；變通者，趣時者也。（〈繫辭下〉）
>
> 剛柔相推而生變化。……變化者，進退之象也；剛柔者，晝夜之象也。（〈繫辭上〉）
>
> 窮則變，變則通，通則久。（〈繫辭上〉）
>
> 乾坤其易之門邪！乾，陽物也；坤，陰物也。陰陽合德而剛柔有體，以體天地之撰，以通神明之德。

19 見歐陽周、顧建華、宋凡聖等《美學新編》（杭州：浙江大學出版社，2001 年 5 月一版九刷），頁 81。又參見仇小屏《古典詩詞時空設計美學》（臺北：文津出版社，2002 年 11 月初版一刷），頁 332。

>（〈繫辭下〉）
>
> 天地絪縕，萬物化醇，男女構精，萬物化生。（〈繫辭下〉）
>
> 天尊地卑，乾坤定矣；卑高以陳，貴賤位矣；動靜有常，剛柔斷矣。（〈繫辭上〉）

《周易》（含《易傳》）的作者，就在前人「有象而無象」、「無象而有象」之努力基礎下，終於確認陰陽乃一切變化，形成多樣對待之根源。就拿八卦與由八卦重迭而成的六十四卦來說，即全由陰陽二爻所構成，以象徵並概括宇宙人生的各種變化，〈說卦〉說的「觀變於陰陽而立卦」，就是這個意思。他以為宇宙之源，就在這種陰陽的相對、相交、相和之作用下，變而通之，通而久之，於是創造了天地萬物（含人類），達於「統一」（和諧）的境地[20]。而這種「統一」（和諧），可說是陰陽（剛柔）之統一，是陰陽（剛柔）相濟的，如以上引的天地（乾坤）、晝夜、高低、男女、尊卑、進退、貴賤、動靜而言，天（乾）、晝、高、男、尊、進、貴、動等為剛，地（坤）、夜、低、女、卑、退、賤、靜等為柔，它們是相應地相對而為一的。

20 陳望衡：「《周易》中的陰陽理論強調的不是相反事物的對立，而是相反事務的相交、相和。……因此，陰陽相交、相合的規律就是創造的規律。」見《中國古典美學史》（長沙：湖南教育出版社，1998 年 8 月一版一刷），頁 182。

而《老子》直接談到「陰陽」或「剛柔」的地方雖不多，卻有幾處是值得注意的：

> 萬物負陰而抱陽。(〈四十二章〉)
>
> 柔弱勝剛強。(〈三十六章〉)
>
> 弱者，道之用。天下萬物生於有，有生於無。(〈四十章〉)
>
> 堅強者，死之徒；柔弱者，生之徒。(〈七十六章〉)
>
> 強大處下，柔弱處上。(〈七十六章〉)
>
> 弱之勝強，柔之勝剛，天下莫不知、莫能行。(〈七十八章〉)

老子談到陰陽的，僅一見，在此，他雖然只落到「萬物」(多)上來說，卻該推源到「一生二」以尋其根。而談到「剛柔」的，則往往牽「強」牽「弱」，也落到「多」(萬物)上加以發揮，但「剛」為「陽」、「柔」為「陰」，是同樣該歸根於「一生二」予以確認的；因為這是老子觀察自然現象(萬物)時，從現象(萬物)中所抽離出來的二元對待之基本範疇；而所謂「弱者，道之用」，是以「道」(無)為「體」，而以「弱上剛下」(「強大處下，柔弱處上」)，針對著「有生於無」之「有」，來說其「用」的[21]。可見老子的「二」，就「求同」的觀點

21 參見陳鼓應《老子今注今譯及評介》(臺北：臺灣商務印書館，1985 年 2 月修訂十版)，頁 155。

而言，與《周易》是彼此相容的。

這種陰陽之互相包孕，必趨於「統一」，而此「統一」，好像只能容許陰陽各半以相濟，達於絕對「陰陽各半」的地步，但是天地之運，一刻不息，以致剛柔（陰陽）隨時都在互相滲透，互相轉化之中，所謂「陽卦多陰，陰卦多陽」（〈繫辭下〉），這樣往往就產生「陽中寓陰」（偏陽）或「陰中寓陽」（偏陰）的「小統一」情況；而「陽中寓陰」所造成的是「對比式統一」，「陰中寓剛」所造成的是「調和式統一」[22]。這樣的「統一」思想，不但對中國哲學有影響，就是對文學、美學，也影響極深遠[23]。

如果將這種思想融入偏離理論來看，所謂「負偏離」該是偏於「陰中寓陽」（陰）、「正偏離」該是偏於「陽中寓陰」（陽），而「零度」則該是偏於「陰陽近半」（陰←→陽）的。此種關係可表示如下圖：

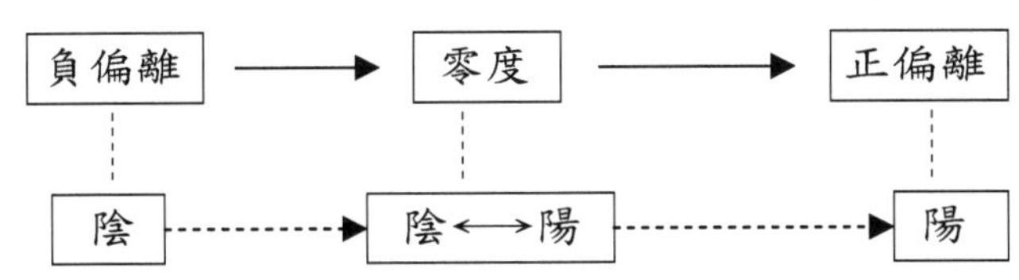

22 夏放：「『多樣的統一』包括兩種基本類型：一種是多種非對立因素相互聯繫的統一，形成一種不太顯著的變化，謂之『調和式統一』；一種是各種對立因素之間的相反相成，造成和諧，形成『對立式統一』。」見《美學——苦惱的追求》（福州：海峽文藝出版社，1988 年 5 月一版一刷），頁 108。

23 參見陳望衡《中國古典美學史》，同注 20，頁 186-187。

這樣「陰陽二元」之對待、含容，便形成了層次邏輯系統（「多」、「二」、「一（0）」）的基礎。

四、零度、偏離與移位、轉位

「負偏離」、「零度」與「正偏離」三者之間是可以「轉化」的，這種「轉化」涉及了陰陽的「移位」與「轉位」問題。而「移位」與「轉位」是使事物變化的主要因素。它們與陰陽之互動有關，可對應於哲學，在古代的哲學典籍裡，找到它們的動力來源[24]。

首先就「移位」來看，陰陽兩種動力是在對待往來中起伏消息、迭相推蕩而產生「移位」的。因為事物之發展是統一物分裂為兩相對待，而相互作用的過程，而此對待面的相互作用，在《周易》的《易傳》中以相互推移（剛柔相推）、相互摩擦（剛柔相摩），與相互衝擊（八卦相蕩）等各種表現形式[25]，為順向移位與逆向移位，提出了最精微的論證。

而其中之〈乾〉、〈坤〉兩卦，作為天地陰陽的對待、統一體，以六爻的變化，反映這個對待、統一體的發展過程。從〈乾〉、〈坤〉這個對待面，通過六爻的發展變化，

24 以下「移位」、「轉位」之論述，參見黃淑貞〈《周易》「移位」、「轉位」論〉（臺北：《孔孟月刊》44卷5、6期，2006年2月），頁4-14。

25 參見馮友蘭《中國哲學史新編》二（臺北：藍燈文化公司，1991年12月初版），頁376。

研究運動變化的開展[26]，可以揭示出陰陽如何向對待面轉化與推移。以〈乾卦〉六爻的變化為例：

> 初九，潛龍勿用。
> 〈象〉曰：潛龍勿用，陽在下也。
> 九二，見龍在田，利見大人。
> 〈象〉曰：見龍在田，德施普也。
> 九三，君子終日乾乾，夕惕若，厲無咎。
> 〈象〉曰：終日乾乾，反復道也。
> 九四，或躍在淵，無咎。
> 〈象〉曰：或躍在淵，進無咎也。
> 九五，飛龍在天，利見大人。
> 〈象〉曰：飛龍在天，大人造也。
> 上九，亢龍有悔。
> 〈象〉曰：亢龍有悔，盈不可久也。

《周易》講爻的變化，常依爻在卦中的「位」來解釋。位，是空間，有上下，有內外，有陰陽。爻位由下而上，依序排列，而有初、二、三、四、五、上等不同稱謂。它是一個發展的序列，每一個位，即代表事物發展的每一個階段。因此，爻位的變換可以導致卦的變化，爻位的升降

26 參考徐志銳《周易陰陽八卦說解》（臺北：里仁書局，2000 年 3 月初版四刷），頁 127-134。

也同時象徵著事物的發展[27]。因此，「卦象」含蘊著一個上升的發展過程與「物極必反」的思想。

故〈乾卦〉，由初九的「潛龍，勿用」，移向九二的「見龍在田，利見大人」，移向九三的「君子終日乾乾，夕惕若。厲，無咎」，再移向九四的「或躍在淵，無咎」，復移向九五的「飛龍在天，利見大人」，形成一連串的順向位移。上九，則因已到達了極限、頂點，會由吉變凶，漸次形成逆向移位，開始向對待面轉化，造成另一種轉位，故說是「亢龍有悔」了。可見這種「移位」有順、逆兩種，如配合陰陽之屬性[28]來看，即：

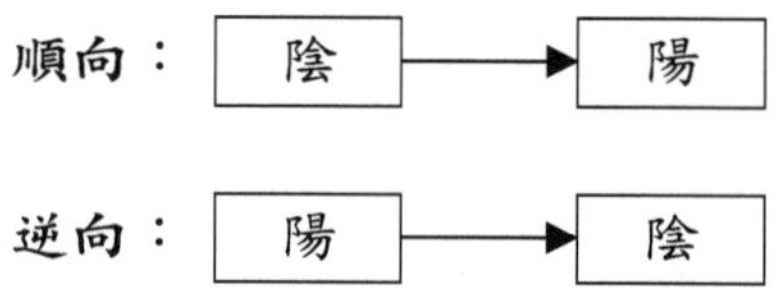

而六爻之所以能夠用以模擬事物的運動變化，是因「六位」能體現「道」的陰陽對待、統一之規律性。而此「六位」原則一確立，整個自然界與人類社會的基本規律全都可加以反映，故〈說卦傳〉將其概括為「分陰分

27 戴璉璋以為在《彖傳》中所見的「爻位」觀念，大致可區分為：上中下位、剛柔位、同位、反轉位、比鄰位、內外位等六種。見《易傳之形成及其思想》，同注 16，頁 80-86。

28 陰（柔）陽（剛）之屬性，本、先為陰；末、後為陽。陳望衡：「剛柔也與許多成組相對立的事物性質相連屬，如動靜、進退、貴賤、高低……剛爲動、爲進、爲貴、爲高；柔爲靜、爲退、爲賤、爲低。」見《中國古典美學史》，同注 20，頁 184。

陽」，「六位而成章」，正因「六位」體現著哲學原理。「六爻」體現著事物在一定規律支配下的發展運動過程，從時間性上可畫分為潛在的與暴露出來兩大階段，以一卦的卦象去體現，它的運動變化即可以清楚地瞭解而加以掌握[29]。因此，內外卦之間可以相互往來升降，六個爻畫之間也可以相互往來升降；通過這種往來升降的相互作用，就產生了種種的變化和運動，進而產生了一連串的順向移位與逆向移位。這種「移位」全離不開「陰陽」之作用。

《周易》哲學發展了一個開放的序列，這一序列不僅體現在〈乾〉、〈坤〉兩卦裡，更在其他為六十二卦發其通例。因此，不僅每一卦中的六爻，由初→二→三→四→五→上，存有著「移位」現象[30]。甚而，由〈乾〉→〈坤〉→〈屯〉→〈蒙〉→〈需〉→〈訟〉→〈師〉→〈比〉→〈小畜〉→〈履〉→〈泰〉→〈否〉→〈同人〉→〈大有〉→〈謙〉→〈豫〉→〈隨〉→〈蠱〉→〈臨〉→〈觀〉→〈噬嗑〉→〈賁〉→〈剝〉→〈複〉→〈無妄〉→〈大畜〉→〈頤〉→〈大過〉→〈坎〉→〈離〉→〈鹹〉→〈恒〉→〈遯〉→〈大壯〉→〈晉〉→〈明夷〉→〈家人〉→〈睽〉→〈蹇〉→〈解〉→〈損〉→〈益〉→〈夬〉→〈姤〉→〈萃〉→〈升〉→〈困〉→〈井〉→〈革〉→〈鼎〉→〈震〉→〈艮〉→〈漸〉→〈歸妹〉→

29 參見徐志銳《周易陰陽八卦說解》，同注 26，頁 60-73。

30 參見白金銑〈《周易》「位移性格」哲學初詮〉（臺北：臺灣師大《中國學術年刊》23 期，2002 年 6 月），頁 7。

〈豐〉→〈旅〉→〈巽〉→〈兌〉→〈渙〉→〈節〉→〈中孚〉→〈小過〉→〈既濟〉，卦與卦之間，也因「移位」，而產生相反相生的有秩序的變化歷程[31]。到了〈未濟〉，形成大反轉，則又是一個全新的變化歷程的開始。就這樣在陰陽兩種對待力量的「移位」作用下，使事物運動不息，變化不止；可見「移位」之普遍性。

然後就「轉位」來看，由於剛性質的力與柔性質的力相摩，陰陽相索，八卦相蕩，觸類以長，終至合成《周易》六十四卦物物對待、事事交感的旁通系統[32]。如上文所提，作為天地陰陽對立統一體的〈乾〉、〈坤〉兩卦，以六爻的變化，反映一序列的變化發展過程，產生了位移的情形。若再按陰陽的兩個側面來看，〈乾〉主「統」，居於剛健主導的地位；〈坤〉主「承」，居於含容順從的地位。通過六爻運動變化的展開，又可以揭示出陰陽如何漸次向對待方轉化而互相「移位」、並形成「轉位」的歷程。

《周易》六十四卦，每卦設六個爻位。唯有〈乾〉、〈坤〉二卦，於六爻之上，又特設「用九」、「用六」兩爻，用來論述陰陽向對立面互相轉位之理。如〈乾卦〉：

> 用九，見群龍無首，吉。(〈爻辭〉)
> 〈象〉曰：用九，天德不可為首也。

31 此六十四卦的卦序，乃是依〈序卦傳〉的順序。

32 「旁通」，形成了異類相應，也形成位移。見曾春海《儒家哲學論集》(臺北：文津出版社，1989 年 5 月出版)，頁 438。

又如〈坤卦〉：

> 用六，利永貞。
>
> 〈象〉曰：用六「永貞」，以大終也。

乾陽發展到上九，已成「亢龍」而「盈不可久」。只有發揮九變六的作用[33]，才可「見群龍無首」[34]。因為數變，爻必變；爻變，卦亦變。六爻的六個九變成六個六，〈乾卦〉就變成了〈坤卦〉。與此同時，〈坤卦〉則變成了〈乾卦〉。因〈乾〉、〈坤〉互調其位，故〈乾卦〉「六龍」仍能繼續存在，故言「見群龍無首」。因此，「天德不可為首」，天道循環沒有終了之時。這即是九、六互變，陰陽對轉，〈乾〉、〈坤〉易位的內在思想邏輯關係。而且，乾陽就在由初九→九二→九三→九四→九五，一序列的順向移位中，漸次向對立面轉化；然後九六互變，在整個變動歷程中，完成了「轉位」。於是陰陽對轉，乾坤易位，〈乾卦〉變成了〈坤卦〉。

再看〈坤卦〉的「用六」。六之大用，在於可變為九。〈坤卦〉六爻的六個六皆變為九，〈坤卦〉變成了〈乾卦〉，所以「利永貞」。由於〈乾〉、〈坤〉兩卦發展到上

33 參見徐志銳《周易陰陽八卦說解》，第二章《說解著》一文，同注 26，頁 15-36。

34 見，現也；首，終也。《象傳》解「見群龍無首」說：「天德不可為首也。」下文有關用九、用六的說明部分，大都參考徐志銳的說法。《周易陰陽八卦說解》，同注 26，頁 127-138。

爻，〈乾〉為「亢龍」而「盈不可久」，〈坤〉又與「龍戰」而「其道窮」。因此，對立統一體既不正固又不能長久。唯有「用六」發揮六變九的作用，六、九互變，〈乾〉變〈坤〉，〈坤〉變〈乾〉，〈乾〉、〈坤〉易位，再重新組成一個對待統一體，才有利於正固而長久。所以〈象傳〉解釋「用六」爻辭：「『用六永貞』，以大終也」。「以大終」，說的即是「〈坤卦〉之終終以乾」。唯有〈坤卦〉之「終終以乾」，才能「群龍無所終」；唯「群龍無所終」，才有利於對待、統一體的正固而長久。而在九、六互變，〈乾〉變〈坤〉，〈坤〉變〈乾〉，再重新組成了一個對待、統一體的變動歷程中，也漸次由順向移位轉為逆向移位，最後完成了〈乾〉、〈坤〉互「轉位」。

《周易》通過〈乾〉、〈坤〉二卦的六爻與用九、用六，論述了陰陽的對待轉化，揭示了萬事萬物的存在，其自身都有一個發生、發展、衰亡、與轉化的過程。此一事物的終結，也就是另一事物的開始、發展，而形成無限的變化。〈繫辭傳〉將這一無限變化概括為：「易，窮則變，變則通，通則久」。又說：「天地之大德曰生」、「生生之謂易」。這幾句話，正是《周易》陰陽變化學說的精髓。

由於陰陽相易、生生而一，《周易》哲學發展了一個開放的序列。這一序列正體現在〈乾〉、〈坤〉兩卦的「用九」、「用六」上。因此，「用九」、「用六」並不侷限於

〈乾〉、〈坤〉兩卦，而是為六十四卦發其通例[35]，然後每一卦位在九、六互變中，均可一一尋出因「移位」而造成「轉位」的變動歷程。

因此，勞思光在論「《易經》中的『宇宙秩序』觀念」時便指出：六十四重卦，以〈既濟〉、〈未濟〉二者為終，「既濟」是「完成」之意，「未濟」則指「未完成」。由〈乾〉、〈坤〉開始，描述宇宙生成運動過程，至〈既濟〉而止；然而，宇宙的生滅變化永不停止，故最後又加一〈未濟〉，以表宇宙變動過程本身的無窮盡[36]。由〈乾〉、〈坤〉，而至〈既濟〉、〈未濟〉，〈序卦〉不但說明了由運動變化而形成秩序的無窮盡歷程，也表示了宇宙萬物由六十四卦的位位互移，運動變化到達極點時，即會形成大反轉，反本而回復其根，形成另一個循環系統。這一個大反轉，就是一個「大轉位」。這種「大轉位」可用下圖來表示：

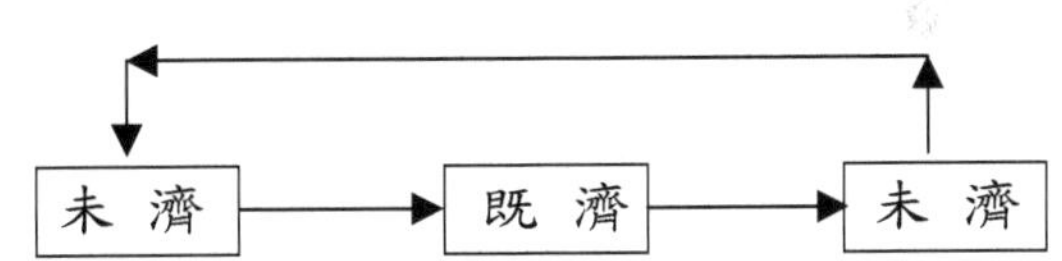

這雖是就「大轉位」而言，但「小轉位」又何嘗不是如此呢？就在這「循環系統」中，自然涵蘊著無限的陰陽之

35 參見徐志銳《周易陰陽八卦說解》，同注 26，頁 127-138。

36 參見勞思光《新編中國哲學史》一（臺北：三民書局，1984 年 1 月增訂修版），頁 85-86。

「轉位」如下圖：

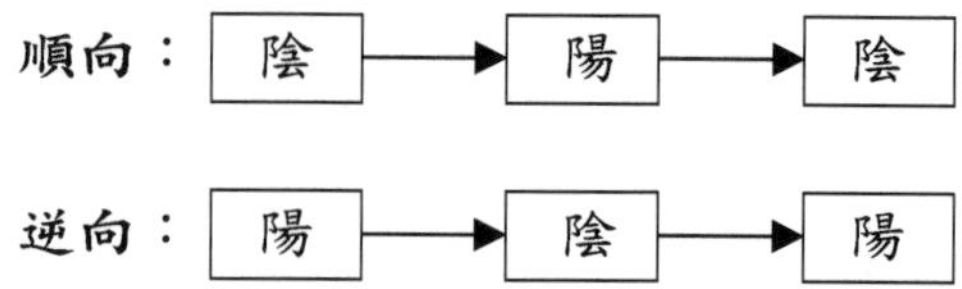

這種「循環系統」，由陰陽剛柔的相摩相推，太儀而兩儀，兩儀而四象，四象而八卦，八卦而六十四卦；再由六十四卦的位位互移、反轉，運動變化到達極點，形成大位移、大反轉，反本而回復其根，使萬物生生而無窮。因此，《周易》講「生生之德」的「生生」，即不絕之意，也深具新陳代謝之意[37]。說明了陰陽變轉，宇宙萬物就在一次又一次的大小「移位」、「轉位」中[38]，循環反復，永無止境。

如果將這種「移位」與「轉位」的思想融入偏離理論來看，則由「負偏離」而「零度」而「正偏離」的過程當中，都會關涉到「移位」與「轉位」。其中「移位」有「陰→陽」（順）與「陽→陰」（逆）兩種、「轉位」有「陰→陽→陰」（拗向陰）與「陽→陰→陽」（拗向陽）兩種。由於這種陰陽經由「移位」與「轉位」的流動，所形

37 參見楊政河《中國哲學之精髓與創化》（臺北：文津出版社，1982 年 5 月出版），頁 157。

38 參見唐君毅《中國哲學原論．原道篇》卷二（臺北：學生書局，1976 年 8 月修訂再版〔臺初版〕），頁 335。

成之「勢」[39] 的大小強弱，是會有所不同的。如果將「順」之「移位」取「勢」之數爲「1」(倍)、「逆」之「移位」取「勢」之數爲「2」(倍)、「轉位」之「拗」取「勢」之數爲「3」(倍)，則這些「勢」之數（倍），雖然由於一面是出自推測，一面又為了便於計算，以致精確度會有所不足，卻也已可約略地藉以推測出陰陽所佔成分之比例來。而且可由這種陰陽成分比例之高低，大概分為三等：(甲）首先為純陰或純陽：其「勢」之數為「66.66 → 71.43」；(乙）其次為偏陰或偏陽：其「勢」之數為「54.78 → 66.65」；(丙）又其次為陰陽各半：其「勢」之數為「45.23→54.77」。其中「71.43」是由轉位結構的陰陽之比例「5/7」推得，這可說是陰陽之比例之上限；而「66.66」是由移位結構的陰陽之比例「2/3」推得，這可說是陰陽之比例之中限；至於「45.23」與「54.77」是以「50」為準，用上限與中限之差數「4.77」上下增損推得。如果取整數並稍作調整，則可以是：

1. 純陰、純陽者，其「勢」之數為「65 → 72」。
2. 偏陰、偏陽者，其「勢」之數為「55 → 65」。
3. 陰、陽近半者，其「勢」之數為「45 → 55」。

如此雖病粗糙，但已可初步為姚鼐〈復魯絜非書〉「夫陰

39 陰陽流動可造成「勢」(力度）之變化，見涂光社《因動成勢》(南昌：百花洲文藝出版社，2001 年 10 月一版一刷)，頁 256-265。

陽剛柔，其本二端，造萬物者糅而氣有多寡、進絀，則，於不可窮，萬物生焉」的說法，作較具體的印證[40]。這樣對應偏離三大內涵來看，其關係可表示如下圖：

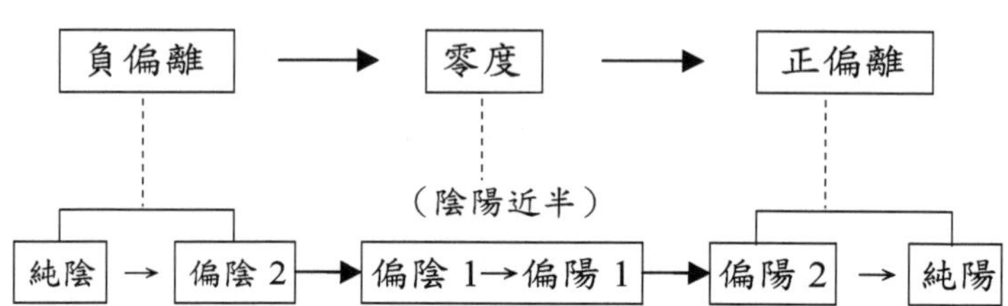

這樣，整個運動變化的歷程是由「陰陽二元」所推動之「移位」與「轉位」而形成的，以「偏離」之內涵而言，那就是：由「負偏離（純陰→偏陰 2）」而「零度（偏陰 1→偏陽 1：陰陽近半）」而「正偏離（偏陽 2→純陽）」，各形成二刻度，共六刻度；而這種刻度，並非固定不變，而是可依需要加以調整的。這是「多」、「二」、「一（0）」層次邏輯系統[41]由「初程」走向「終程」之必經橋樑。

40 詳見陳滿銘〈章法風格論——以「多、二、一（0）」結構作考察〉（臺南：《成大中文學報》12 期，2005 年 7 月），頁 147-164。

41 見陳滿銘〈論層次邏輯與意象系統——以「多」、「二」、「一（0）」螺旋結構切入作考察〉（銀川：《西北第二民族學院學報》總 72 期，2006 年 11 月），頁 19-24。

五、零度、偏離與多二一（0）螺旋結構

由「負偏離」而「零度」而「正偏離」，既然與「陰陽二元」與「移位」、「轉位」有關，而「陰陽二元」與「移位」、「轉位」又是形成「多、二、一（0）」的螺旋結構之基礎、橋樑，因此「偏離理論」是脫離不開「多、二、一（0）」的螺旋結構之牢籠的。

古代的聖賢，探討宇宙萬物創生、含容的歷程，結果用「多」、「二」、「一（0）」的螺旋結構來呈現。大致說來，他們是先由「有象」（現象界）以探知「無象」（本體界），逐漸形成「多、二、一（0）」的逆向結構；再由「無象」（本體界）以解釋「有象」（現象界），逐漸形成「（0）一、二、多」的順向結構的。就這樣一順一逆，往復探求、驗證，久而久之，終於形成了他們圓融的宇宙人生觀。而這種宇宙人生觀，各家雖各有所見，但若只求其同而不其求異，則總括起來說，都可以從「（0）一、二、多」（順）與「多、二、一（0）」（逆）的互動、循環而提升的螺旋關係[42]上加以統合。茲以《周易》、《老子》為

42 凡「二元對待」之兩方，都會產生互動、循環而提升的作用，而形成「多」、「二」、「一（0）」的螺旋結構。參見陳滿銘〈論「多」、「二」、「一（0）」的螺旋結構——以《周易》與《老子》為考察重心〉，同注5，頁 1-20。而所謂「螺旋」，本用於教育課程之理論上，早在十七世紀，即由捷克教育家夸美紐思所提出，見《簡明國際教育百科全書》（北京：新華書局北京發行所，1991 年 6 月一版一刷），頁 611。又，

例，分別加以探討：

首先看《周易》，在《周易》的〈序卦傳〉裡，對這種「多」、「二」、「一（0）」結構形成之過程，就曾約略地加以交代，雖然它們或許「因卦之次，託以明義」[43]，但由於卦、爻，均為象徵之性質，乃一種概念性符號，即一般所說的「象」，象徵著宇宙人生之變化與各種物類、事類。就以《周易》（含《易傳》）而言，它的六十四卦，從其排列次序看，就粗具這種特點[44]。而各種物類、事類在「變化」中，循「由天（天道）而人（人事）」來說，所呈現的是「（一）二、多」的結構，這可說是〈序卦傳〉上篇的主要內容；而循「由人（人事）而天（天道）」來說，則所呈現的是「多、二（一）」的結構了，這可說是〈序卦傳〉下篇的主要內容。其中「（一）」指「太極」，「二」指「天地」或「陰陽」、「剛柔」，「多」指「萬物」（包括人事）。雖然「太極」（「道」）與「陰陽」（「剛柔」）等觀念與作用，在〈序卦傳〉裡，未明確指出，卻皆含蘊其中，不然「天地」失去了「太極」（「道」）與「陰陽」（「剛柔」）等作用，便不可能不斷地「生萬物」（包括人事）了。再看《易傳》：

相對於人文，科技界亦發現生命之「基因」和「DNA」等都呈現螺旋結構。參見約翰．格里賓著、方玉珍等譯《雙螺旋探密——量子物理學與生命》（上海：上海科技教育出版社，2001年7月），頁271-318。

43 見戴璉璋《易傳之形成及其思想》，同注16，頁186-187。

44 參見徐復觀《中國人性論史．先秦篇》，同注15，頁202。

> 乾知大始，坤作成物。(《周易・繫辭上》)
>
> 一陰一陽之謂道，繼之者善也，成之者性也。……生生之謂易，成象之謂乾，效法之謂坤。(同上)
>
> 是故易有太極，是生兩儀，兩儀生四象，四象生八卦。(同上)

在這些話裡，《易傳》的作者用「易」、「道」或「太極」來統括「陰」(坤)與「陽」(乾)，作為萬物生生不已的根源。而此根源，就其「生生」這一含意來說，即「易」，所以說「生生之謂易」；就其「初始」這一象數而言，是「太極」，所以《說文解字》於「一」篆下說「惟初太極，道立於一，造分天地，化成萬物」[45]；就其「陰陽」這一原理來說，就是「道」，所以說「一陰一陽之謂道」。分開來說是如此，若合起來看，則三者可融而為一。關於此點，馮友蘭分「宇宙」與「象數」加以說明云：

> 《易傳》中講的話有兩套：一套是講宇宙及其中的具體事物，另一套是講《易》自身的抽象的象數系統。〈繫辭傳上〉說：「易有太極，是生兩儀，兩儀生四象，四象生八卦。」這個說法後來雖然成為新儒家的形上學、宇宙論的基礎，然而它說的並不是

45 參見黃慶萱《周易縱橫談》(臺北：三民書局，1995 年 3 月初版)，頁 33-34。

> 實際宇宙，而是《易》象的系統。可是照《易傳》的說法：「易與天地準」（同上），這些象和公式在宇宙中都有其準確的對應物。所以這兩套講法實際上可以互換。「一陰一陽之謂道」這句話固然是講的宇宙，可是它可以與「易有太極，是生兩儀」這句話互換。「道」等於「太極」，「陰」、「陽」相當於「兩儀」。〈繫辭傳下〉說：「天地之大德曰生。」〈繫辭傳上〉說：「生生之謂易。」這又是兩套說法。前者指宇宙，後者指易。可是兩者又是同時可以互換的。[46]

他從實（宇宙）虛（象數）之對應來解釋，很能凸顯《周易》這本書的特色。這樣，其順向歷程就可用「一、二、多」的結構來呈現，其中「一」指「太極」、「道」、「易」，「二」指「陰陽」、「乾坤」（天地），「多」指「萬物」（含人事）。如果對應於〈序卦傳〉由天而人、由人而天，亦即「既濟」而「未濟」之的循環來看，則此「一、二、多」，就可以緊密地和逆向歷程之「多、二、一」接軌，形成其螺旋結構[47]。

就這樣，《周易》先由爻與爻的「相生相反」的變

46 見《馮友蘭選集》上卷（北京：北京大學出版社，2000 年 7 月一版一刷），頁 286。

47 見陳滿銘〈論「多」、「二」、「一（0）」的螺旋結構——以《周易》與《老子》為考察重心〉，同注 5，頁 1-24。

化[48]，以形成小循環；再擴及這種變化到卦，由卦與卦「相生相反」的變化，以形成大循環。而大、小循環又互動、循環不已，形成層層上升之螺旋結構。關於這點，黃慶萱說：

> 《周易》的周，……有周流的意思。《周易》每卦六爻，始於初，分於二，通於三，革於四，盛於五，終於上。代表事物的小周流。再看六十四卦，始於〈乾卦〉的行健自強；到了六十三掛的〈既濟〉，形成了一個和諧安定的局面；接著的卻是〈未濟〉，代表終而復始，必須作再一次的行健自強。物質的構成，時間的演進，人士的努力，總循著一定的周期而流動前進，於是生命進化了，文明日益發展。[49]

所謂「周流」、「終而復始」、「周期而流動前進」，說的就是《周易》變化不已的螺旋式結構。而這種結構，如對應於「三易」（《易緯‧乾鑿度》）而言，則「多」說的是「變易」、「二」說的是「簡易」，而「一」說的是「不易」。因此「三易」不但可概括《周易》之內容與特色，

48 勞思光：「爻辭論各爻之吉凶時，常有「物極必反」的觀念。具體地說，即是卦象吉者，最後一爻多半反而不吉；卦象凶者，最後一爻有時反而吉。」見《新編中國哲學史》〔一〕，同注 36，頁 85-86。

49 見《周易縱橫談》，同注 45，頁 236。

也可以呈現「多」、「二」、「一」的螺旋結構。

然後看《老子》，這種螺旋結構，在《老子》一書中，不但可以找到，而且更完整：

> 道可道，非常道；名可名，非常名。无，名天地之始；有，名萬物之母。（〈一章〉）
>
> 致虛極，守靜篤，萬物並作，吾以觀復。凡物芸芸，各復歸其根。歸根曰靜，是謂復命，復命曰常。知常曰明。（〈十六章〉）
>
> 道之為物，惟恍惟惚。惚兮恍兮，其中有象。恍兮惚兮，其中有物。窈兮冥兮，其中又精。其精甚真，其中有信。（〈二十一章〉）
>
> 有物混成，先天地生，寂兮寞兮，獨立不改，周行而不殆，可以為天下母，吾不知其名，字之曰道，強為之名曰大。大曰逝，逝曰遠，遠曰反。（〈二十五章〉）
>
> 知其雄，守其雌，為天下谿；常德不離，復歸於嬰兒。知其白，守其黑，為天下式；為天下式，常德不忒，復歸於無極。知其榮，守其辱，為天下谷；為天下谷，常德乃足，復歸於樸。（〈二十八章〉）
>
> 反者道之動，弱者道之用。天下萬物，生於有，有生於无。（〈四十章〉）
>
> 道生一，一生二，二生三，三生萬物。萬物負陰而抱陽，沖氣以為和。（〈四十二章〉）

從上引各章裡，不難看出老子這種由「无（無）」而「有」而「无（無）」的主張。所謂「道可道非常道」、「道之為物，惟恍惟惚」、「道生一，一生二，二生三，三生萬物」、「有生於无」、「有物混成，先天地生，……可以為天下母」等，都是就「由无（無）而有」的順向過程來說的。而所謂「反者道之動」、「復歸於無極」、「復歸於樸」，是就「有」而「无（無）」的逆向過程來說的。而這個「道」，乃「創生宇宙萬物的一種基本動力」，如就本末整體而言，是「无」（無）與「有」的統一體；如單就「本」（根源）而言，則因為它「不可得聞見」（《韓非子．解老》），「所以老子用一個『無（无）』字來作為他所說的道的特性」[50]。而「由　（無）而有」，所說的就是「由一而多」之宇宙萬物創生的過程，所以宗白華說：

> 道的作用是自然的動力、母力，非人為的，非有目的及意志的。「萬物生於有，有生於无」這個素樸混沌一團的道體，運轉不已，化分而成萬有。故曰：「大道氾兮，其可左右。」（〈三十四章〉）「周行而不殆。」（〈二十五章〉）「反者道之動。」（〈四十章〉）「樸，則散為器。聖人用之，則為官長。」（〈二十八章〉）道體化分而成萬有的過程是由一而多，由无形而有形。[51]

50 見徐復觀《中國人性論史．先秦篇》，同注 15，頁 329。

51 見《宗白華全集》2（合肥：安徽教育出版社，1994 年 12 月一版二

而徐復觀也說：

> 宇宙萬物創生的過程，乃表明道由無形無質以落向有形有質的過程。但道是全，是一。道的創生，應當是由全而分，由一而多的過程。[52]

如就「有」而「无（無）」，亦即「多而一」來看，老子在此是以「反」作橋樑加以說明的。而這個「反」，除了「相反」、「返回」之外，還有「循環」的意思。勞思光闡釋「反者道之用」說：

> 「動」即「運行」，「反」則包含循環交變之義。「反」即「道」之內容。就循環交變之義而言，「反」以狀「道」，故老子在《道德經》中再三說明「相反相成」與「每一事物或性質皆可變至其反面」之理。[53]

而姜國柱也說：

> 「道」的運動是周行不殆，循環往復的圓圈運動。運動的最終結果是返回其根：「復歸其根」、「復歸

刷），頁 810。

52 見徐復觀《中國人性論史．先秦篇》，同注 15，頁 337。

53 見勞思光《新編中國哲學史》，同注 36，頁 240。

> 於樸」。這裡所說的「根」、「樸」都是指「道」而言。「道」產生、變化成萬物，萬物經過周而復始的循環運動，又返回、復歸於「道」。老子的這個思想帶有循環論的色彩。[54]

這強調的是「循環」，乃結合「相反」之義來加以說明的。

如此「相反相成」、循環不已，說的就是「變化」，而「變化」的結果，就是「返回」至「道」的本身，這可說是變化中有秩序、秩序中有變化之一個循環歷程。

這樣，結合《周易》和《老子》來看，它們所主張的「道」，如僅著眼於其「同」，則它們主要透過「相反相成」、「返本復初」而循環不已的作用，不但將「一、多」的順向歷程與「多、一」的逆向歷程前後銜接起來，更使它們層層推展，循環不已，而形成了螺旋式結構，以呈現宇宙創生、含容萬物之原始規律。

就在這「由一而多」（順）、「多而一」（逆）的過程中，是有「二」介於中間，以產生承「一」啟「多」的作用的。而這個「二」，從「道生一，一生二，二生三，三生萬物」等句來看，該就是「一生二，二生三」的「二」。雖然對這個「二」，歷代學者有不同的說法，大致說來，有認為只是「數字」而無特殊意思的，如蔣錫昌、

54 見姜國柱《中國歷代思想史〔壹、先秦卷〕》（臺北，文津出版社，1993 年 12 月初版一刷），頁 63。

任繼愈等便是；有認為是「天地」的，如奚侗、高亨等便是，有認為是「陰陽」的，如河上公、吳澄、朱謙之、大田晴軒等便是。其中以最後一種說法，似較合於原意，因為老子既說「萬物負陰而抱陽」，看來指的雖僅僅是「萬物的屬性」，但萬物既有此屬性，則所謂有其「委」（末）就有其「源」（本），作為創生源頭之「一」或「道」，也該有此屬性才對，所差的只是，老子沒有明確說出而已。所以陳鼓應解釋「道生一」章說：

> 本章為老子宇宙生成論。這裡所說的「一」、「二」、「三」乃是指『道』創生萬物時的活動歷程。「混而為一」的『道』，對於雜多的現象來說，它是獨立無偶，絕對對待的，老子用「一」來形容『道』向下落實一層的未分狀態。渾淪不分的『道』，實已稟賦陰陽兩氣；《易經》所說「一陰一陽之謂『道』」；「二」就是指『道』所稟賦的陰陽兩氣，而這陰陽兩氣便是構成萬物最基本的原質。『道』再向下落漸趨於分化，則陰陽兩氣的活動亦漸趨於頻繁。「三」應是指陰陽兩氣互相激盪而形成的均適狀態，每個新的和諧體就在這種狀態中產生出來。[55]

55 見陳鼓應《老子今注今譯及評介》，同注 21，頁 106。

而黃釗也說：

> 愚意以為「一」指元氣（從朱謙之說），「二」指陰陽二氣（從大田晴軒說），「三」即「叁」，「參」也。若木《薊下漫筆》「陰陽三合」為「陰陽參合」。「三生萬物」即陰陽二氣參合產生萬物。[56]

他們對「一」與「三」（多）的說法雖有一些不同，但都以為「二」是指「陰陽二（兩）氣」。而這種「陰陽二氣」的說法，其實也照樣可包含「天地」在內，因為「天」為「乾」為「陽」，而「地」則為「坤」為「陰」；所不同的，「天地」說的是偏於時空之形式，用於持載萬物[57]；而「陰陽」指的則是偏於「二氣之良能」（朱熹《中庸章句》），用於創生萬物。這樣看來，老子的「一」該等同於《易傳》之「太極」、「二」該等同於《易傳》之「兩儀」（陰陽），因此所呈現的，和《周易》（含《易傳》）一樣，是「一、二、多」與「多、二、一」之原始結構。不過，值得一提的是：（一）即使這「一」、「二」、「多」之內容，和《周易》（含《易傳》）有所不同，也無損於這種結構的存在。（二）「道生一」的「道」，既是「創生宇宙萬物的一種基本動力」，而它「本身又體現了

56 以上諸家之說與引證，見黃釗《帛書老子校注析》（臺北：學生書局，1991 年 10 月初版），頁 231。

57 參見徐復觀《中國人性論史．先秦篇》，同注 15，頁 335。

無（无）」[58]，那麼正如王弼所注「欲言無（无）耶，而物由以成；欲言有耶，而不見其形」[59]，老子的「道」可以說是「无」，卻不等於實際之「無」（實零）[60]，而是「恍惚」的「无」（虛零），以指在「一」之前的「虛理」[61]。這種「虛理」，如勉強以「數」來表示，則可以是「（0）」。這樣，順、逆向的結構，就可調整為「（0）一、二、多」（順）與「多、二、一（0）」（逆），以補《周易》（含《易傳》）之不足，這就使得宇宙萬物創生、含容的順、逆向歷程，更趨於完整而周延了。

所謂「負偏離」、「零度」、「正偏離」三者，它們所反映的乃宇宙萬物的「原型」或「變型」現象；當然它們的產生、互動與轉化，不能自外於這種宇宙萬物創生、含容的普遍性規律：「多、二、一（0）螺旋結構」。從整個「互動、循環而提升」的歷程來看，「一（0）」是起點，也是終點，而「二←→多」則為過程。而「負偏離」、「零

58 林啟彥：「『道』既是宇宙及自然的規律法則，『道』又是構成宇宙萬物的終極元素，『道』本身又體現了『無』。」見《中國學術思想史》（臺北：書林出版社，1999年9月一版四刷），頁34。

59 見《老子王弼注》，同注18，頁16。

60 馮友蘭：「謂道即是无。不過此『无』乃對於具體事物之『有』而言的，非即是零。道乃天地萬物所以生之總原理，豈可謂為等於零之『无』。」見《馮友蘭選集》上卷，同注46，頁84。

61 唐君毅：「所謂萬物之共同之理，可為實理，亦可為一虛理。然今此所謂第一義之共同之理之道，應指虛理，非指實理。所謂虛理之虛，乃表狀此理之自身，無單獨之存在性，雖為事物之所依循、所表現，或所是所然，而並不可視同於一存在的實體。」見《中國哲學原論．導論篇》（香港：人生出版社，1966年3月出版），頁350-351。

度」、「正偏離」所呈現的正是「二←→多」過程中之一環。其關係可用如下簡圖表示：

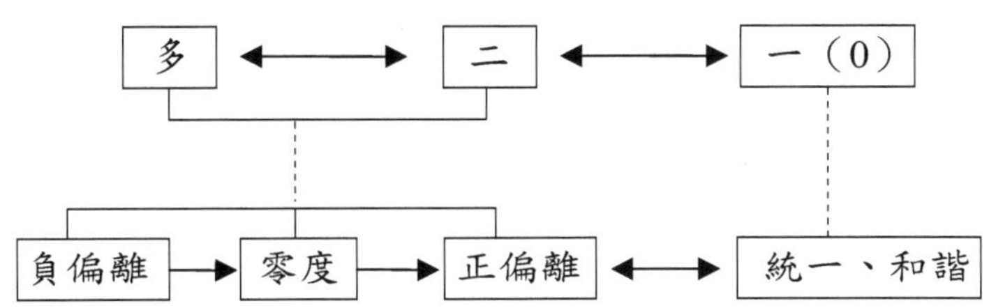

如此融入宇宙萬物創生、含容的普遍性規律：「多、二、一（0）螺旋結構」來看待「偏離理論」，是很可以凸顯其普遍性的。

就以《論語・述而》「志於道，據於德，依於仁，游於藝」這一章為例來觀察「仁」與「智」由「分立」而「互動」而「融合」之過程，則可以發現：其中「志於道」是目標，為「末」；「據於德」是依據，為「本」；而「依於仁」、「游於藝」二者，雖然照本章看來，是先「依仁」後「游藝」，亦即「先仁後知（智）」，這可說是循「由天而人」的順向來說的；但是換作「由人而天」的逆向來說，則先「游藝」後「依仁」，亦即「先知（智）後仁」，這可說是從「學」的次第來看的[62]。而這兩者互動、循環而提升，呈現的正是「負偏離→零度→正偏離」之整體歷程。這種關係，如結合「多、二、一（0）螺旋

62 見陳滿銘〈「志道」、「據德」、「依仁」、「游藝」臆解〉（臺北：臺灣師大《中國學術年刊》24 期，2003 年 6 月），頁 39-76

結構」，則可呈現如下表：

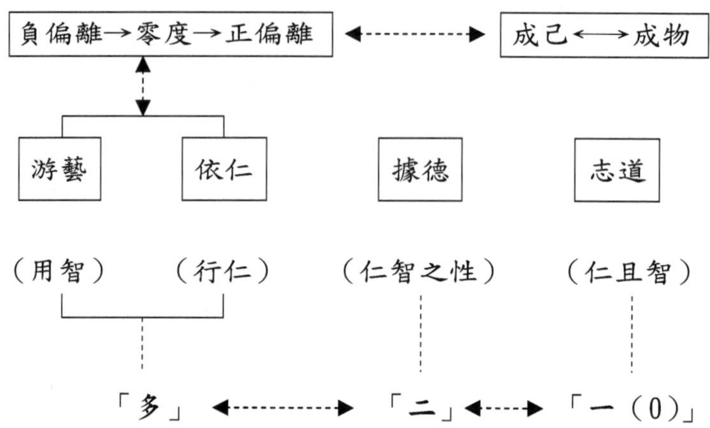

這樣，「仁」與「智」由「分立」（負偏離）而「互動」（負偏離→零度）而「融合」（零度→正偏離）之歷程，所呈現的正是「多、二、一（0）」螺旋結構[63]。

以上所舉雖僅一例，卻已足以證出「偏離理論」與「多、二、一（0）」螺旋結構之間的密切關係。

六、結語

綜上所述，可知王希杰之「偏離理論」以「負偏離」、「零度」、「正偏離」為主要內涵，而此三者是可以相互聯繫、轉化的。這種聯繫與轉化，經過探討，顯然與

63 詳見陳滿銘〈以偏離理論看孔子之仁智觀〉稿本，2008 年 7 月。

「陰陽二元」、「移位、轉位」與「多、二、一（0）螺旋結構」關係密切，這可由《周易》與《老子》兩部哲學經典的相關論述中獲得充分證明，也因而凸顯出其「普遍性存在」之高度。唯其「普遍性存在」，成為方法論原則[64]，其適應面也自然就十分廣大，不但適用於語言學、修辭學、辭章學與習作教學，更適用於其他領域。希望在不久之未來能有更多的研究成果證明這一點。

（2008.7.26.完稿）

64 見王希杰〈作為方法論原則的零度和偏離〉，同注 3。

引用文獻

王弼《老子王弼注》，臺北：河洛圖書出版社，1974 年 10 月臺景印初版。

王希杰《修辭學通論》，南京：南京大學出版社，1996 年 6 月一版一刷。

王希杰《修辭學導論》，杭州：浙江教育出版社，2000 年 12 月一版一刷。

王希杰〈零度和偏離面面觀〉，鐘玖英主編《語言學心思維》，北京：中國文聯出版社，2004 年 6 月一版一刷，頁 22-37。

王希杰〈作為方法論原則的零度和偏離〉，王未主編《語言學新思潮》，北京：中國社會科學出版社，2005 年 7 月一版一刷)，頁 1-18。

王希杰《王希杰博客・書海採珠》，2008 年 1 月，頁 1。

仇小屏《古典詩詞時空設計美學》，臺北：文津出版社，2002 年 11 月初版一刷。

白金銑〈《周易》「位移性格」哲學初詮〉，臺灣師大《中國學術年刊》23 期，2002 年 6 月，頁 7。

李名方、鐘玖英主編《王希杰與三一語言學》，北京：中國文聯出版社，2006 年 11 月一版一刷。

何偉棠主編《王希杰修辭學論集》，廣州：廣東高等教育出版社，2000 年 9 月一版一刷。

林同華主編《宗白華全集》，合肥：安徽教育出版社，1994 年

12 月一版二刷。
林啟彥《中國學術思想史》，臺北：書林出版社，1999 年 9 月一版四刷。
約翰・格里賓著、方玉珍等譯《雙螺旋探密——量子物理學與生命》，上海：上海科技教育出版社，2001 年 7 月。
姜國柱《中國歷代思想史〔壹、先秦卷〕》，臺北，文津出版社，1993 年 12 月初版一刷。
夏放《美學——苦惱的追求》，福州：海峽文藝出版社，1988 年 5 月一版一刷。
徐志銳《周易陰陽八卦說解》，臺北：里仁書局，2000 年 3 月初版四刷。
徐復觀《中國人性論史・先秦篇》，臺北：臺灣商務印書館，1978 年 10 月四版。
唐君毅《中國哲學原論・導論篇》，香港：人生出版社， 1966 年 3 月出版。
唐君毅《中國哲學原論・原道篇》，臺北：學生書局，1976 年 8 月修訂再版〔臺初版〕。
涂光社《因動成勢》，南昌：百花洲文藝出版社，2001 年 10 月一版一刷。
許建鉞編譯《簡明國際教育百科全書》，北京：新華書局北京發行所，1991 年 6 月一版一刷。
陳望衡《中國古典美學史》，長沙：湖南教育出版社，1998 年 8 月一版一刷。
陳鼓應《老子今注今譯及評介》，臺北：臺灣商務印書館，

1985年2月修訂十版。

陳滿銘〈「志道」、「據德」、「依仁」、「游藝」臆解〉，臺灣師大《中國學術年刊》24期，2003年6月，，頁39-76。

陳滿銘〈論「多」、「二」、「一（0）」的螺旋結構——以《周易》與《老子》為考察重心〉，臺灣師大《師大學報．人文與社會類》48卷1期，2003年7月，頁1-20。

陳滿銘〈章法風格論——以「多、二、一（0）」結構作考察〉，《成大中文學報》12期，2005年7月，頁147-164。

陳滿銘〈論層次邏輯與意象系統——以「多」、「二」、「一（0）」螺旋結構切入作考察〉，《西北第二民族學院學報》總72期，2006年11月，頁19-24。

陳滿銘《「多」、「二」、「（0）一」螺旋結構論——以哲學、文學、美學為研究範圍》，臺北：文津出版社，2007年1月初版一刷。

陳滿銘〈論王希杰「零點與偏離」之章法觀〉，《唐山學院學報》20卷4期，2007年7月，頁1-3、62。

陳滿銘〈三一理論與作文評改〉，《渤海大學學報．哲學社會科學版》總140期，2007年11月，頁130-134。

陳滿銘〈論偏離理論與寫作指導〉，高雄師大《國文學報》7期，2007年12月，頁1-32。

陳滿銘〈偏離理論在作文教學上之運用〉，《畢節學院學報》26卷1期，2008年2月，頁7-13。

陳滿銘〈以偏離理論看孔子之仁智觀〉稿本，2008年7月。

馮友蘭《中國哲學史新編》，臺北：藍燈文化公司，1991年12

月初版。

馮友蘭《馮友蘭選集》，北京：北京大學出版社，2000 年 7 月一版一刷。

曾春海《儒家哲學論集》，臺北：文津出版社，1989 年 5 月出版。

勞思光《新編中國哲學史》，臺北：三民書局，1984 年 1 月增訂修版。

黃釗《帛書老子校注析》，臺北：學生書局，1991 年 10 月初版。

黃淑貞〈《周易》「移位」、「轉位」論〉，《孔孟月刊》44 卷 5、6 期，2006 年 2 月，頁 4-14。

黃慶萱《周易縱横談》，臺北：三民書局，1995 年 3 月初版。

楊政河《中國哲學之精髓與創化》，臺北：文津出版社，1982 年 5 月出版。

歐陽周、顧建華、宋凡聖《美學新編》，杭州：浙江大學出版社，2001 年 5 月一版九刷。

戴璉璋《易傳之形成及其思想》，臺北：文津出版社，1988 年 11 月臺灣初版。

鄭頤壽之辭章「誠美律」說

摘　要

「誠」（真、善）與「美」，自古雖受到中西方學者之注意與詮釋，卻一直因深廣度都不足，而未成完整體系，於是鄭頤壽多年來特別對此加以研究，提出辭章之「誠美律」說，贏得了兩岸辭章學界之重視。其說所涉及的，有哲學、社會學、倫理學、心理學、文學、美學等相關學科，由於範圍太廣，因此本文僅從中選定「真、善、美」與「多二一（0）」螺旋結構兩方面，研討「誠美律」與它們之間的密切關係，確定其普遍性，從而肯定鄭頤壽辭章「誠美律」說對辭章學之重大貢獻。

關鍵詞：鄭頤壽、辭章、誠美律、「真、善、美」、「多二一（0）」螺旋結構

一、前言

「漢語辭章學」是由語言學大師呂叔湘、張志公等先驅極力倡建的一門新學科。鄭頤壽深受影響，積累了多年之研究與開發，已大大地為修辭學、語體學、風格學直至文學創作、文學批評的理論研究，開拓了一個新的視野，為「漢語辭章學」建立了學科最大的理論框架「四六結構」，並以之為統帥，解決了辭章學及其相關學科一系列宏觀、中觀、微觀的理論問題[1]，尤其是他從哲學高度，提出「誠美律」說，解決了過去爭論的、或懸而未決的、或被忽視了的不少問題。本文即以其「誠美律」說為範圍，聚焦於西方真、善、美的主張與源自中國古代哲學經典的「多二一（0）」螺旋結構論兩端，討討它們之間的關係，確定其普遍性，以見鄭頤壽辭章「誠美律」說之重大成就。

二、鄭頤壽辭章「誠美律」說之提出

鄭頤壽的辭章「誠美律」說，在醞釀了一段長時間後，終於由臺北萬卷樓圖書有限公司於 2003 年 11 月出版《辭章學導論》，特別於下編的第一部分，用八十多頁

1 見鄭頤壽《辭章學導論．上編》（臺北：萬卷樓圖書有限公司，2003 年 11 月初版），頁 39-380。

（431-515）之版面，正式隆重提出。茲擇要介紹，並略加論述如下：

鄭頤壽在論「辭章活動的最高原則」時，一開端即指出：

> 日月運行，春夏秋冬；做工種田，建樓鋪橋；行車走馬，吃飯睡覺……從自然界到人類社會，從宏觀到微觀，無不有律。循規蹈律，是成功的前提，違規背律，則失敗無疑。這是不以人的意志為轉移的。作為萬物之靈的人，要善於從司空見慣的現象中，發現規律，總結規律，並駕馭規律，而不是被動地成為規律的奴僕。辭章活動也一樣，也有它的規律。它有最高的總律「誠美律」，有言語的內律、外律和化畸律。總結這些規律，辭章活動才有則可依；深入地闡釋這些規律的真諦，才能充分發揮它們的導向作用。以「誠美」為例，從先秦已反覆被先賢所闡釋，到南朝梁，劉勰已明確地把它提到「金科玉牒」的地位。可是至今一千多年還未被很深刻地論析。[2]

從這段文字裡可看出鄭頤壽所以提出「誠美律」並加以深刻論析的理由。他首先論析「誠」說：

2 見鄭頤壽《辭章學導論》，同注 1，頁 431。

> 要闡釋「誠」的真義，必須把它放在特定的歷史時期（先秦），不僅要說明儒家所講之「誠」的深義，還要參之道家、墨家的觀點；不僅要闡釋先秦儒家（如《禮記)》對誠的述說，還要探求在歷史發展的過程中如何演變、引申（如「誠」合「小德」、「大德」、「仁、智、勇」於一體之說）；不僅要看中國的論述，還要以外國的理論為參照；不僅從詞彙學上進行解釋，還要參之社會學、倫理學、心理學、文學、美學等相關學科，才能探賾索微。在繼承、發揚優秀的文化遺產中，要釋古而不泥於古，論今而不把古人現代化，應該從深厚的文化積澱中實事求是地發揚其精華，用現代的語言做通俗的解說，做到有所揚棄，推陳布新，為今天的中國所用。[3]

又說：

> 辭章學（含修辭學），屬於言語學，是研究語言運用的學科。「運用」之者，是「人」──作為社會的人，因此，必與每個「人」之諸多因素、「社會」之諸多方面有極為密切的聯繫。我們把「有效、高效地表達、承載並藉以適切、深入地理解話

3 見鄭頤壽《辭章學導論》，同注2。

> 語信息」作為辭章這種「藝術形式」的修飾語，就是要闡明「辭」(辭章）與「意」(信息）間的辯證關係，要追求「有效、高效」，對社會產生良好的效應。辭章學具有融合性，它可融入哲學、社會學、倫理學、心理學、美學、文學等多種有關「誠」、「美」的理論，為我所用，建構誠美的理論體系。……辭章活動要求「誠」、「美」，在我國有兩三千年的優良傳統，而且歷代相承。儘管其間也有幾股「唯美」、「唯形式」論抬頭，但「誠美」論之脈不斷，始終都是一根主線。[4]

然後收結說：

> 誠是合乎事物發展規律（含自然規律），合乎社會倫理道德，反映客觀世界最真實的本質特徵，表達合乎上述要求的說寫者真誠的思想感情，又有智慧，能使聽、讀者感動、信服而收得最佳辭效，有助於國家、有益於人民的品德。這是「誠美律」的一個組成部分。[5]

以上是鄭頤壽「誠」論的重點，是「誠美律」的第一個組成部分。

4 見鄭頤壽《辭章學導論》，同注1，頁432。

5 見鄭頤壽《辭章學導論》，同注1，頁452。

其次論析「美」，他先指出：

> 「美」屬於社會歷史科學的範疇，它和哲學、倫理學、心理學、文藝學、言語學都有關係。辭章是有效、高效地表達、承載並藉以適切、深入地理解話語信息的「藝術形式」，它追求「言語之美」，這與美學、語言學就有特別密切的聯繫。辭章是言語藝術之美（審美）與實用之美（致用）的物質化。……我國先秦之孔子、老子、墨子、孟子、莊子、荀子，兩漢之揚雄、王充、劉安及至其後的葛洪、劉勰等文藝家、作家、詩人；西方之柏拉圖、亞里士多德、達·芬奇、荷加斯、柏克、費爾巴哈、鮑姆加登、黑格爾、馬克思等哲學家、美學家、文藝家、作家、詩人，都探討了「美」、「文藝之美」、「言語之美」的理論問題。[6]

又說：

> 美，和哲學關係密切，古今不同的美學觀點都是其一定的哲學觀點在對待美的看法上的反映。總的說來，西方從兩千多年前的古希臘、古羅馬以來，對美的諸多理論問題，唯心主義美學觀點和唯物主義

6 見鄭頤壽《辭章學導論》，同注 1，頁 459。

> 美學觀點始終進行著爭論。我國從兩千多年前的先秦以來，也產生了有關美學的理論，其後逐步發展，相對而言，總是用樸素的唯物辯證法，對美的諸多原則問題進行闡析，雖然也有唯心主義的美學觀點，但辯證的、唯物的觀點佔著主導的地位。[7]

然後收結說：

> 總之，「美」是「致用」與「審美」的藝術，是內美與外美的統一。這是古今中外有見地作家、詩人和理論家的共識。只強調其一而忽視其二不合乎言語實踐，不合乎辯證法。這是認識、創造、賞鑑、辭章之美的原則。[8]

以上是鄭頤壽「美」論的重點，是「誠美律」的第二個組成部分。

最後鄭頤壽將「誠」與「美」融合在一起，認為「誠美」是辭章活動的最高原則——規律，他先指出：

> 詩有「詩律」，詞有「詞律」，曲有「曲律」，言語活動有言語規律。劉勰云：「志足而言文，情信而辭巧，乃含章之玉牒，秉文之金科矣。」「志足」

7 見鄭頤壽《辭章學導論》，同注 6。

8 見鄭頤壽《辭章學導論》，同注 1，頁 492。

內容充實，思想深刻，與「情信」合起來，相近於「誠」字，「文」、「巧」為「美」的異名詞；「玉牒」、「金科」就是「規律」。……誠、美兼論，先秦以來，就受到先賢的重視。《周易》的「旨遠辭文」說，孔子的「情信辭巧」說，王充的「辭妍情實」說，陸機的「意巧言妍」說，沈約的「銜華佩實」說，劉勰的「理懿辭雅」說，歐陽修的「事信言文」、「意新語工」、「辭豐意雄」說，陸游的「有實有文」說，陳師道的「語意皆工」說，李東陽的「意象俱足」說，等等，雖然用語不同，大體都屬於「誠美」並論。其中「（旨）遠」、「（情）實」、「（事）信」、「（有）實」，都含有內「誠」的意思；「（辭）文」、「（辭）妍」、「（言）文」、「（有）文」，都含有外「美」的意思；其他的「意巧言妍」等則是內美與外美的兼備。而劉勰是漢語辭章學史上第一位把「誠美」提到「玉牒」、「金科」的高度。它是統管言語之內律與外律的最高規律。上文說過王驥德講「有規有矩」才能「眾美具」——「規」「矩」也就是「律」，從辭章講，就是言語規律。[9]

然後作總結說：

9 見鄭頤壽《辭章學導論》，同注 1，頁 506-507。

> 誠美律從內容與形式兩個側面，對合乎內律、外律之言語作全面的品評。凡是合乎誠美律者，辭章效果則佳；否則，就不佳。辭章以「有效」、「效佳」和「話語信息」、「藝術形式」作為定義的組成項目，就隱含有「誠美」之意。誠美律，就是合乎事物發展規律〈自然規律〉、社會倫理道德，反映言語主體真實思想感情和客觀事物本質事實，又有智慧，有助於通情達意，能感動人，說服人，而取得審美、致用之最佳效果的規律，是言語之最高層次的總規律。概言之，「誠美律」是既誠又美的辯證統一的規律。[10]

以上是合論「誠美律」之重點，由此可看出鄭頤壽「誠美律」所反映的為「普遍性的存在」，其適用面是極廣的。

先以「誠美律」之「誠」而言，他主要溯其源於儒家「五經」之一的《禮記・中庸》所指出的「誠者，天之道也」，將「天之道」理解為自然規律、宇宙規律來解釋「修辭立其誠」的道理；而且認為莊子把「誠」與「真」聯繫起來，說「真者，精誠之至也。不精不誠，不能動人」、「真者，所以受於天也，自然不可易也。故聖人法天貴真」（《莊子・漁父》），這與儒家的「誠者，天之道也」

10 見鄭頤壽《辭章學導論》，同注 1，頁 511。

之說是相通的。

再以「美」而言，他認為我們祖先論「美」，重「美」的客體，北齊劉晝就說：「物有美惡，施用有宜」（《劉子・適才》），這就把「美」與「物」與「用」聯繫起來了；既重藝術之「審美」、怡情作用，又重實際之「致用」，適用價值。這樣從哲學高度來加以梳理，確實解決了不少問題。

於是更明確地指出：「誠」的同義詞、近義詞有：真、信、忠信、樸、誠、真實、真率、德、善等；「美」的同義詞、近義詞有：達、文、工、妍、巧、妙等。古人常把它們結合起來鑑識、評論文學作品、言語活動。孔子的「情信辭巧」說、王充的「辭妍情實」說、陸機的「意巧言妍」說、劉勰的「理懿辭雅」說、歐陽修的「事信言文」說等等，都可以看成「誠美」的理論。從而指出「誠」側重在內容，「美」側重於形式，兩者兼論，這是合乎辯證法的。

這樣把「誠」、「美」提到「律」的高度的，首推劉勰，所謂「志足而言文，情信而辭巧，乃含章之玉牒，秉文之金科矣」（《文心雕龍・徵聖》），其中的「志足」、「情信」相近於「誠」，「文」、「巧」是「美」的異名詞，而「玉牒」、「金科」就是「律」。這樣的「誠美律」，對於辭章（含修辭）活動、文學創作、語文教學，甚至於待人接物，都是很有指導意義的。

三、鄭頤壽辭章「誠美律」說與真、善、美

鄭頤壽所提出之「誠美律」說，和「真、善、美」之論關係極密切。尤其是與西方之「真、善、美」論，若合符節，所不同的，就「求同」面來說，只是一「誠」含融「真」與「善」在內而已。

對「真」、「善」、「美」的探討，在西洋起源甚早。就以出生於西元四百多年前的柏拉圖（西元前 427－前 347）來說，認為對「美」的「理念」（「理式」）之認識，要經歷四個階段：首先是「有形領域中的美」，其次是「倫理政治領域中的美」（善），再其次是「數理學科領域中理智的美」（真），最後是：

> 所達到的涵蓋一切領域中理智的美，即貫通於形體美、倫理政治的善、各門科學的真的那種集真、善、美於一身的最高的美理念。[11]

所謂「有形領域中的美」，即客體之「美」；「倫理政治領域中的美」、「數理學科領域中理智的美」，即融合主客體之「善」與「真」，而「那種集真、善、美於一身的最高

11 見蔣孔陽、朱立元主編，范明生著《西方美學通史》第一卷（上海：上海文藝出版社，1999 年 10 月一版一刷），頁 310。

的美理念」，則為居於統攝地位之「美」的「理念」(「理式」) 或主體「分受」之「美感」。這樣，就含藏了如下之邏輯結構：

美（客體）——▶ 善、真（融合主、客體） --------▶美理念

對這種邏輯結構，鄔昆如從另外角度切入說：

> 我們綜合柏拉圖的觀念論和知識論加以探討之後，我們可以發現在柏拉圖的二元宇宙劃分之中，有兩條通路：從人到「善」觀念，以及從「善」觀念到人。甚至我們更進一步看來：從「善」觀念到感官世界，以及從感官世界到「善」觀念。很顯然地，一條是從下往上的道路，另一條是由上到下的道路。從下往上的路，通常是人性對真、善、美的追求；從上到下的道路，是「善」觀念對其它的觀念，感官世界，以及人類的「分受」。[12]

他分順、逆兩向來闡釋柏拉圖對真、善、美的看法，一是由上到下的順向道路，它的邏輯層次可以理解為：

（美理念）------▶ 善、真（融合主、客體）——▶ 美（客體）

[12] 見《希臘哲學趣談》（臺北：東大圖書公司，1976 年 4 月初版），頁151。

一是從下往上的逆向道路，它的邏輯層次則可以看成是：

美（客體）——▶善、真（融合主、客體）……▶（美理念）

如此一順一逆來看待柏拉圖的「美」的「理念」(「理式」)，是相當能掌握其邏輯思維的，這就可以解釋柏拉圖所說「美是善的原因」與「善為美的標準」[13] 之似矛盾問題了。而柏拉圖之所以用「『善』觀念」為核心來談「美」，含藏「善、真 ⟷ 美」之邏輯結構，乃受其「理式論」(「理型說」) 之影響。由柏拉圖看來，「萬事萬物有一個共同的本原，就是神，由神創造出各類事物的共相，就是理式。現實世界中的萬事萬物只是理式的摹本」，而且認為「完善的靈魂是形而上者，『主宰全宇宙』……清純不雜的靈魂受神的導引，在天國中見到過真實本體或理式，即感性事務的摹本。一旦犯了罪孽，靈魂便不完善，就『失去了羽翼』，依附肉體進入塵世之中。這樣無形無始的靈魂本身，就因肉體而現形」[14]。對這種理論，到了亞里士多德（西元前 384-前 322），則既有所繼承，也有所創新，朱志榮在《古近代西方文藝理論》中就指亞里士

13 范明生注：「就柏拉圖而言，在早期蘇格拉底學派對話中，有時將美看得高於善，在〈大希庇亞篇〉將美看作是善的原因……在〈國家篇〉中又有了變化，善的地位上升了，強調『善為美的標準』，將善理念看作是最高的。」見《西方美學通史》第一卷，同注 11，頁 429。

14 見朱志榮《古近代西方文藝理論》（上海：華東師範大學出版社，2002 年 8 月一版一刷），頁 13-17。

多德：

> 繼承了泰勒斯以來的哲學成就，特別是柏拉圖的思想成果。然而他的繼承是以批判為基礎，以創新為目標的。在方法論上，和他的老師柏拉圖相比，他在批判柏拉圖「理式」說的基礎上，創立自己的「四因」（質料因、形式因、創造因、目的因）說、「實體」論，並以此為基石提出了和柏拉圖根本分歧的「摹仿論」。他拋棄了柏拉圖的直觀的甚至神秘的哲學思辨，對客觀世界進行冷靜的科學分析。[15]

他「對客觀世界進行冷靜的科學分析」，於是而有「美在形式」的觀點[16]，這是他的創新，當然也影響了他對「真、善、美」的看法，鄔昆如以為亞里士多德：

> 在知識論裡，討論真、假、對、錯；倫理學中討論是、非、善、惡；在藝術哲學中，超越了真、假、對、錯和是、非、善、惡的問題，進入美與醜的分野，進入真、善、美的境界。這個境界，亞里士多

15 見朱志榮《古近代西方文藝理論》，同注 14，頁 42。

16 李杜：「亞氏對柏氏理型說非議，是理型超越感覺事物而獨立存在。他以為如理型獨自存在，則與感覺事物的關係無法講。故他以形式說代替理型說。」見《中西哲學思想中的天道與上帝》（臺北：聯經出版事業公司，1980 年 7 月初版二刷），頁 209。

德把他的神明、宗教、藝術、倫理道德完全綜合為一，成為一個完美的綜合人性。[17]

這種奠基於「美在形式」的觀點，影響所及，使得後來的托馬斯・阿奎那（西元約 1225-1274）就進一步「把美同形式聯繫起來，認為美和善一樣，都是建立在『真實的形式上面』」[18]，這就大致形成了眾所熟知的「真 → 善、美」之邏輯結構。

其實，對「真、善、美」三者的關係，是經過漫長時間的醞釀而逐步認識的，但爭議也不少。對此，歐陽周、顧建華、宋凡聖等在《美學新編》中就以為「對美與真、善的看法，歷來有很大分歧，大體可分為『無關論』、『等同論』和『有關又有區別論』三種」，其中第一種看法「認為美與真、善無關，甚至是對立的」，以德國古典主義美學家康德與俄國的列夫・托爾斯泰為代表；第二種看法「強調美與真、善有著密切關係，甚至將美與真、善等同起來」，以古希臘哲學家蘇格拉底與古羅馬新柏拉圖主義創始人普羅丁為代表；第三種看法「是認為美與真、善既有聯繫又有區別」：

在西方，古希臘亞里斯多德較早地把美與真、善聯繫在一起，但更多地勢強調美與真的聯繫，同時也

17 見《希臘哲學趣談》，同注 12，頁 237。
18 見朱志榮《古近代西方文藝理論》，同注 14，頁 93。

> 初步提出它們之間的區別。18 世紀法國唯物主義美學家狄德羅對美與真、善關係的論述較為中肯，他說：「真、善、美是緊密結合在一起的。在真或善上加上某種罕見的、令人注目的情景，真就變成美了，善也就變成美了。」(《畫論》) 他強調了真、善、美不可分的關係，同時也指出他們是不同的事物，既不可割裂，也不可等同。[19]

而最後一種是他們所贊同的，並且也進一步指出：

> 真是美的源頭和基礎，美以真為內容要素。……善是美的靈魂，美以善為內涵和目的。……雖然真是美的基礎，善是美的靈魂，但不能因而主觀地以為真的、善的就一定是美。這是因為真、善、美分屬於不同的範疇，標誌著不同價值：真屬於哲學的範疇，是人們在認識領域內衡量是與非的尺度，具有認知的價值；善屬於倫理學的範疇，是人們在道德領域內辨別好與壞的尺度，具有實用價值；美屬於美學的範疇，是人們在審美領域內觀照對象並在情感上判斷愛與憎的尺度，具有審美的價值。[20]

19 見《美學新編》(杭州：浙江大學出版社，2001 年 5 月一版九刷)，頁 50-52。

20 見《美學新編》，同注 19，頁 52-54。

這種「認為美與真、善既有聯繫又有區別」的看法，普遍為人所接受，所以鄭頤壽也說：

> 在兩三千年的爭論中，西方對真善（誠）與美的關係的認識也逐步辯證。柏拉圖的最大弟子亞里士多德就是其老師偏頗的文藝美學思想的異議者。從文藝復興道 18 世紀的許多美學家、藝術家，如達·芬奇、荷加斯等，其後的柏克、費爾巴哈、車爾尼雪夫斯基直至馬克思，對美的本質及其與「真」、「善」的關係的認識逐步科學化了。……莎士比亞有一段關於真、善、美和辭章的關係，談得十分深刻。他說：「真、善、美，就是我全部的主題，真、善、美，變化成不同的辭章，我底創造力就花費在這種變化裡，三題合一，產生瑰麗的景象。真、善、美，過去式各不相關，現在呢，三位同座，真是空前。」美學家王朝聞談真、善、美的關係最為科學，他說：「真、善、美，就其歷史的發展來說，只有當人在實踐中掌握了客觀世界的規律（真），並運用於實踐，達到了改造世界的目的，實現了善，才有美的存在。但作為歷史的成果，作為客觀對象來看，真、善、美，是同一客觀對象的密不可分地聯繫在一起的三方面。人類的社會實踐，就它體現客觀規律或符合於客觀規律的方面去看是真，就它符合於一定時代階級的利益、需要和

目的的方面去看是善，就它是人的能動的創造力量的客觀的具體表現方面去看是美。」（《美學概論》）真、善、美是既有密切聯繫又有區別的。[21]

可見真、善、美就這樣被認識為「既有密切聯繫又有區別的」，也就是說，真、善、美三者，如從「求同」一面來說，可統合為一；而若從「求異」一面來看，則可各自分立。就在「求異」一面裡，所謂「真屬於哲學的範疇」、「善屬於倫理學的範疇」、「美屬於美學的範疇」，所謂「就它體現客觀規律或符合於客觀規律的方面去看是真，就它符合於一定時代階級的利益、需要和目的的方面去看是善，就它是人的能動的創造力量的客觀的具體表現方面去看是美」，說的和上述鄔昆如對亞里斯多德學說的理解，在實質上沒有什麼差異。

而在「求同」一面裡，所謂「真是美的源頭和基礎，美以真為內容要素」、「善是美的靈魂，美以善為內涵和目的」，所謂「只有當人在實踐中掌握了客觀世界的規律（真），並運用於實踐，達到了改造世界的目的，實現了善，才有美的存在」，雖沒有明確指出真、善、美三者的先後，卻含藏了「真、善 → 美」（或真善 ⟷ 美）或「真 → 善 → 美」的邏輯結構，美學大師李澤厚說：

21 見《辭章學導論》，同注 1，頁 500。

> 從主體實踐對客觀現實的能動關係中，實即從「真」與「善」相互作用和統一中，來看「美」的誕生。……符合「真」（客觀必然性）的「善」（社會普遍性），才能夠得到肯定。……這樣，一方面，「善」得到了實現，實踐得到了肯定，成為實現了（對象化）的「善」。另一方面，「真」為人所掌握，與人發生關係，成為主體化（人化）的「真」。這個「實現了的善」（對象化的善）與人化了的「真」（主體化的真），便是「美」。……「美」是「真」與「善」的統一。[22]

雖然切入點不盡相同，但單從其所蘊含的邏輯結構來看，是一致的。不僅如此，如不理會對「真、善、美」涵義的界定有所差異，則將這種邏輯結構對應於上述柏拉圖、亞里斯多德和托馬斯．阿奎那的說法來觀察，也一樣可梳理得通。

這樣看來，從古以來對「真、善、美」涵義的界定，儘管不盡相同，然而所含藏「真、善 → 美」（真 ⟷ 善 → 美）或「真 → 善 → 美」等邏輯結構，卻變化不大。因為這種邏輯結構，相當原始，是可適用於宇宙形成、含容萬物「由上而下」之各個層面的。如果換成「由下而上」來看，則正好相反，各個層面所形成的是「美

22 見〈美學三題議〉，《美學論集》（臺北：三民書局 1996 年 9 月初版），頁 167-168。

→真、善」（美→善←→真）或「美→善→真」的邏輯結構。而這種「由上而下」與「由下而上」的順逆向結構，如同上文所述，可由後人（范明生、鄔昆如）所掌握柏拉圖有關「真、善、美」的義理邏輯裡得到充分證明。又如果把這順逆向的邏輯結構加以整合簡化，則可表示如下：

真 ←——→ 善 ←——→ 美

意即按「由上而下」的順向來看，它所呈現的是「真 → 善 → 美」的邏輯結構；而依「由下而上」的逆向來看，則它所呈現的是「美→善→真」的邏輯結構。

由此「邏輯結構」來對應鄭頤壽之「誠美律」，「誠」（真←→善）與「美」也可形成如下邏輯結構：

「誠」（真←→善） ←——→ 「美」

可見從「求同」面來看待鄭頤壽之「誠美律」說，與西方之「真、善、美」論，是彼此相通的。

四、鄭頤壽辭章「誠美律」說與「多二一（0）」螺旋結構

鄭頤壽所主張的「誠美律」，不但與西方之「真、

善、美」論，彼此相通，就是與源自《周易》與《老子》的「多二一（0）」的螺旋結構也又有密切之關係。

宇宙萬物創生、含容的歷程，是可以用「多」、「二」、「一（0）」的螺旋結構來呈現的。大致說來，古代的聖賢是先由「有象」（現象界）以探知「無象」（本體界），逐漸形成「多、二、一（0）」的逆向結構；再由「無象」（本體界）以解釋「有象」（現象界），逐漸形成「（0）一、二、多」的順向結構的。就這樣一順一逆，往復探求、驗證，久而久之，終於形成了他們圓融的宇宙人生觀。而這種宇宙人生觀，各家雖各有所見，但若只求其同而不其求異，則總括起來說，都可以從「（0）一、二、多」（順）與「多、二、一（0）」（逆）的互動、循環而提昇的螺旋關係上加以統合。

而這種結構形成之過程，在〈序卦傳〉裡即約略地加以交代，雖然它們或許「因卦之次，託以明義」[23]，但由於卦、爻，均為象徵之性質，乃一種概念性符號，即一般

23 戴璉璋：「韓康伯說：『凡〈序卦〉所明，非《易》之縕也。蓋因卦之次，託以明義。』（《周易注》卷九）孔穎達同意韓氏的說法，他找出六十四卦排列的原則是『二二相耦，非覆即變』（《周易正義》卷十四）。今天我們無法知道《周易》六十四卦當初是怎麼樣排列的。採取〈序卦傳〉所說的這種排列方式，也就是漢《石經》以來通行本的排列方式，究竟是基於甚麼理由，現在也很難找到正確答案了。比較〈序卦傳〉與孔氏『非覆即變』的說法，後者著眼於卦爻結構來解釋卦序，顯然比〈序卦傳〉更切合《周易》為占筮書的特性。因此說〈序卦傳〉寫作是『因卦之次，託以明義』，大體上是可信的。」見《易傳之形成及其思想》（臺北：文津出版社，1989 年 6 月臺灣初版），頁 186-187。

所說的「象」，象徵著宇宙人生之變化與各種物類、事類。就以《周易》（含《易傳》）而言，它的六十四卦，從其排列次序看，就粗具這種特色[24]。而各種物類在「變化」中，如循「由天（天道）而人（人事）」來說，所呈現的是「（一）二、多」的結構，這可說是〈序卦傳〉上篇的主要內容；如循「由人（人事）而天（天道）」來說，則所呈現的是「多、二（一）」的結構了，這可說是〈序卦傳〉下篇的主要內容。其中「（一）」指「太極」，「二」指「天地」或「陰陽」、「剛柔」，「多」指「萬物」（包括人事）。雖然「太極」（「道」）與「陰陽」（「剛柔」）等觀念與作用，在〈序卦傳〉裡，未明確指出，卻皆含蘊其中，不然「天地」失去了「太極」（「道」）與「陰陽」（「剛柔」）等作用，便不可能不斷地「生萬物」（包括人事）了。再看《易傳》：

> 乾知大始，坤作成物。（《周易・繫辭上》）
>
> 一陰一陽之謂道，繼之者善也，成之者性也。……

---

24 見徐復觀《中國人性論史・先秦篇》（臺北：臺灣商務印書館，1978 年 10 月四版），頁 202。又，馮友蘭：「〈繫辭傳〉說：『易者，象也。』又說：『聖人有以見天下之賾，而擬諸其形容，象其物宜，是故謂之象。』照這個說法，『象』是模擬客觀事物的複雜（賾）情況的。又說『象也者，象此者也』；象就是客觀世界的形象。但是這個模擬和形象並不是如照相那樣下來，如畫像那樣畫下來。它是一種符號，以符號表示事物的『道』或『理』。六十四卦和三百八十四爻都是這樣的符號。」見《馮友蘭選集》上卷（北京：北京大學出版社，2000 年 7 月一版一刷），頁 394。

> 生生之謂易，成象之謂乾，效法之謂坤。（同上）
>
> 是故易有太極，是生兩儀，兩儀生四象，四象生八卦。（同上）

在這些話裡，《易傳》的作者用「易」、「道」或「太極」來統括「陰」（坤）與「陽」（乾），作為萬物生生不已的根源。而此根源，就其「生生」這一含意來說，即「易」，所以說「生生之謂易」；就其「初始」這一象數而言，是「太極」，所以《說文解字》於「一」篆下說「惟初太極，道立於一，造分天地，化成萬物」[25]；就其「陰陽」這一原理來說，就是「道」，所以說「一陰一陽之謂道」。分開來說是如此，若合起來看，則三者可融而為一。關於此點，馮友蘭分「宇宙」與「象數」加以說明云：

> 《易傳》中講的話有兩套：一套是講宇宙及其中的具體事物，另一套是講《易》自身的抽象的象數系統。〈繫辭傳．上〉說：「易有太極，是生兩儀，兩儀生四象，四象生八卦。」這個說法後來雖然成為新儒家的形上學、宇宙論的基礎，然而它說的並不是實際宇宙，而是《易》象的系統。可是照《易

25 見黃慶萱《周易縱橫談》（臺北：東大圖書公司，1995 年 3 月初版），頁 33-34。

傳》的說法：「易與天地準」（同上），這些象和公式在宇宙中都有其準確的對應物。所以這兩套講法實際上可以互換。「一陰一陽之謂道」這句話固然是講的宇宙，可是它可以與「易有太極，是生兩儀」這句話互換。「道」等於「太極」，「陰」、「陽」相當於「兩儀」。《繫辭傳．下》說：「天地之大德曰生。」《繫辭傳．上》說：「生生之謂易。」這又是兩套說法。前者指宇宙，後者指易。可是兩者又是同時可以互換的。[26]

他從實（宇宙）虛（象數）之對應來解釋，很能凸顯《周易》這本書的特色。這樣，其順向歷程就可用「一、二、多」的結構來呈現，其中「一」指「太極」、「道」、「易」，「二」指「陰陽」、「乾坤」（天地），「多」指「萬物」（含人事）。如果對應於〈序卦傳〉由天而人、由人而天，亦即「既濟」而「未濟」之的循環來看，則此「一、二、多」，就可以緊密地和逆向歷程之「多、二、一」接軌，形成其螺旋結構[27]。

就這樣，《周易》先由爻與爻的「相生相反」的變化[28]，以形成小循環；再擴及這種變化到卦，由卦與卦

26 見《馮友蘭選集》上卷，同注24，頁286。

27 見陳滿銘〈論「多」、「二」、「一（0）」的螺旋結構——以《周易》與《老子》為考察重心〉（臺北：《師大學報．人文與社會類》48卷1期，2003年7月），頁1-20。

28 勞思光：「爻辭論各爻之吉凶時，常有「物極必反」的觀念。具體地

「相生相反」的變化，以形成大循環。而大、小循環又互動、循環不已，形成層層上升之螺旋結構。關於這點，黃慶萱說：

> 《周易》的周，……有周流的意思。《周易》每卦六爻，始於初，分於二，通於三，革於四，盛於五，終於上。代表事物的小周流。再看六十四卦，始於〈乾卦〉的行健自強；到了六十三卦的『既濟』，形成了一個和諧安定的局面；接著的卻是『未濟』，代表終而復始，必須作再一次的行健自強。物質的構成，時間的演進，人士的努力，總循著一定的周期而流動前進，於是生命進化了，文明日益發展。[29]

所謂「周流」、「終而復始」、「周期而流動前進」，說的就是《周易》變化不已的螺旋式結構。而這種結構，如對應於「三易」(《易緯・乾鑿度》)而言，則「多」說的是「變易」、「二」說的是「簡易」，而「一」說的是「不易」。因此「三易」不但可概括《周易》之內容與特色，也可以呈現「多」、「二」、「一」的螺旋結構。

說，即是卦象吉者，最後一爻多半反而不吉；卦象凶者，最後一爻有時反而吉。」見《新編中國哲學史》〔一〕(臺北：三民書局，1981 年 2 月增訂初板)，頁 85-86。

29 見《周易縱橫談》，同注 25，頁 236。

這種螺旋結構，在《老子》一書中，不但可以找到，而且更完整：

> 道可道，非常道；名可名，非常名。无，名天地之始；有，名萬物之母。(〈一章〉)
>
> 致虛極，守靜篤，萬物並作，吾以觀復。凡物芸芸，各復歸其根。歸根曰靜，是謂復命，復命曰常。知常曰明，不知常，妄作凶。知常容，容乃公，公乃王，王乃天，天乃道，道乃久，沒身不殆。(〈十六章〉)
>
> 道之為物，惟恍惟惚。惚兮恍兮，其中有象。恍兮惚兮，其中有物。窈兮冥兮，其中又精。其精甚真，其中有信。(〈二十一章〉)
>
> 有物混成，先天地生，寂兮寞兮，獨立不改，周行而不殆，可以為天下母，吾不知其名，字之曰道，強為之名曰大。大曰逝，逝曰遠，遠曰反。(〈二十五章〉)
>
> 知其雄，守其雌，為天下谿；常德不離，復歸於嬰兒。知其白，守其黑，為天下式；為天下式，常德不忒，復歸於無極。知其榮，守其辱，為天下谷；為天下谷，常德乃足，復歸於樸。(〈二十八章〉)
>
> 反者道之動，弱者道之用。天下萬物，生於有，有生於无。(〈四十章〉)
>
> 道生一，一生二，二生三，三生萬物。萬物負陰而

抱陽，沖氣以為和。(〈四十二章〉)

從上引各章裡，不難看出老子這種由「无（無）」而「有」而「无（無）」的主張。所謂「道可道非常道」、「道之為物，惟恍惟惚」、「道生一，一生二，二生三，三生萬物」、「有生於无」、「有物混成，先天地生，……可以為天下母」等，都是就「由无（無）而有」的順向過程來說的。而所謂「反者道之動」、「復歸於無極」、「復歸於樸」，是就「有」而「无（無）」的逆向過程來說的。而這個「道」，乃「創生宇宙萬物的一種基本動力」，如就本末整體而言，是「无」(無）與「有」的統一體；如單就「本」(根源）而言，則因為它「不可得聞見」(《韓非子・解老》)，「所以老子用一個『無（无）』字來作為他所說的道的特性」[30]。而「由无（無）而有」，所說的就是「由一而多」之宇宙萬物創生的過程，所以宗白華說：

> 道的作用是自然的動力、母力，非人為的，非有目的及意志的。「萬物生於有，有生於无」這個素樸混沌一團的道體，運轉不已，化分而成萬有。故曰：「大道氾兮，其可左右。」(〈三十四章〉)「周行而不殆。」(〈二十五章〉)「反者道之動。」(〈四十章〉)「樸，則散為器。聖人用之，則為官長。」

30 見徐復觀《中國人性論史・先秦篇》，同注 24，頁 329。

（〈二十八章〉）道體化分而成萬有的過程是由一而多，由无形而有形。[31]

而徐復觀也說：

宇宙萬物創生的過程，乃表明道由無形無質以落向有形有質的過程。但道是全，是一。道的創生，應當是由全而分，由一而多的過程。[32]

如就「有」而「无（無）」，亦即「多而一」來看，老子在此是以「反」作橋樑加以說明的。而這個「反」，除了「相反」、「返回」之外，還有「循環」的意思。陳鼓應引述「反者道之動」說：

在這裡「反」字是歧義的（ambiguous）：它可以作相反講，又可以作返回講（「反」與「返」通）。但在老子哲學中，這兩種意義都被蘊涵了，它蘊涵了兩個概念：相反對立與返本復初。這兩個概念在老子哲學中都很重視的。老子認為自然界中事物的運動和變化莫不依循著某些規律，其中的總規律就是「反」事物向相反的方向運動發展；同時事物的運

31 見《宗白華全集》2（合肥：安徽教育出版社，1996 年 9 月一版二刷），頁 810。

32 見徐復觀《中國人性論史・先秦篇》，同注 24，頁 337。

> 動發展總要返回到原來基始的狀態。[33]

在此談到了「反」的「相反」與「返回」兩種意涵。又，勞思光闡釋「反者道之用」說：

> 「動」即「運行」，「反」則包含循環交變之義。「反」即「道」之內容。就循環交變之義而言，「反」以狀「道」，故老子在《道德經》中再三說明「相反相成」與「每一事物或性質皆可變至其反面」之理。[34]

而姜國柱也說：

> 「道」的運動是周行不殆，循環往復的圓圈運動。運動的最終結果是返回其根：「復歸其根」、「復歸於樸」。這裡所說的「根」、「樸」都是指「道」而言。「道」產生、變化成萬物，萬物經過周而復始的循環運動，又返回、復歸於「道」。老子的這個思想帶有循環論的色彩。[35]

33 見陳鼓應《老子今註今譯及評介》（臺北：臺灣商務印書館，1985 年 2 月修訂十版），頁 154。

34 見勞思光《新編中國哲學史》，同注 28，頁 240。

35 見姜國柱《中國歷代思想史》〔壹、先秦卷〕（臺北：文津出版社，1993 年 12 月初版一刷），頁 63。

這強調的是「循環」，乃結合「相反」之義來加以說明的。

如此「相反相成」、循環不已，說的就是「變化」，而「變化」的結果，就是「返回」至「道」的本身，這可說是變化中有秩序、秩序中有變化之一個循環歷程。唐君毅釋此云：

> 道之自身，……既可稱為有，亦可稱為無，即兼具能有能無之有相與無相，已成其玄妙之常者。然彼道所生物，則當其未生為無，便只具無相，不具有相；唯其未生，即尚未與道分異。當物既生，即具有相，而離其初之無相，即與道分異而與道相對。至當物復歸於無，則復無其有相，以再具無相，又不復與道分異。以道觀物，物之由未生而生，以再歸於無，及物之以其一生之歷程，分別體現道之能有能無之有相與無相，亦即由與道不分異，而分異，再歸於不分異者。此正所以使道之能有能無之有無二相，依次表現於物，使道得常表現其自己之道相於物，以成其常久存在，而不得不如此者也。由是而物之一生，以其生壯老死之事中，表現更迭而呈現之既有還無之二相，所成之變化歷程，便皆唯是道體之自身，求自同自是，以常久存在之所顯；而物之一生之變化歷程之真實內容，即唯是此

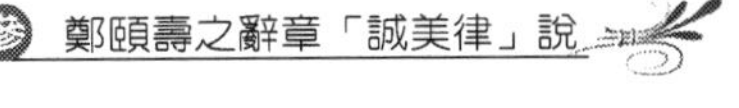

道之常久。[36]

他把「道」這種「有」與「无」,「依次」(秩序)、「更迭」(變化)而分分合合所形成循環不已(聯貫、統一)的「歷程」,說明得極清楚,而所呈現的就是「一、多」與「多、一」的螺旋結構。

這樣,結合《周易》和《老子》來看,它們所主張的「道」,如僅著眼於其「同」,則它們主要透過「相反相成」、「返本復初」而循環不已的作用,不但將「一、多」的順向歷程與「多、一」的逆向歷程前後銜接起來,更使它們層層推展,循環不已,而形成了螺旋式結構,以呈現宇宙創生、含容萬物之原始規律。

就在這「由一而多」(順)、「多而一」(逆)的過程中,是有「二」介於中間,以產生承「一」啟「多」的作用的。而這個「二」,從「道生一,一生二,二生三,三生萬物」等句來看,該就是「一生二,二生三」的「二」。雖然對這個「二」,歷代學者有不同的說法,大致說來,有認為只是「數字」而無特殊意思的,如蔣錫昌、任繼愈等便是;有認為是「天地」的,如奚侗、高亨等便是,有認為是「陰陽」的,如河上公、吳澄、朱謙之、大田晴軒等便是。其中以最後一種說法,似較合於原意,因為老子既說「萬物負陰而抱陽」,看來指的雖僅僅是「萬

36 見唐君毅《中國哲學原論・導論篇》(香港:人生出版社,1966 年 3 月出版),頁 387-388。

物的屬性」，但萬物既有此屬性，則所謂有其「委」（末）就有其「源」（本），作為創生源頭之「一」或「道」，也該有此屬性才對，所差的只是，老子沒有明確說出而已。所以陳鼓應解釋「道生一」章說：

> 本章為老子宇宙生成論。這裡所說的「一」、「二」、「三」乃是指『道』創生萬物時的活動歷程。「混而為一」的『道』，對於雜多的現象來說，它是獨立無偶，絕對對待的，老子用「一」來形容『道』向下落實一層的未分狀態。渾淪不分的『道』，實已稟賦陰陽兩氣；《易經》所說「一陰一陽之謂『道』」；「二」就是指『道』所稟賦的陰陽兩氣，而這陰陽兩氣便是構成萬物最基本的原質。『道』再向下落漸趨於分化，則陰陽兩氣的活動亦漸趨於頻繁。「三」應是指陰陽兩氣互相激盪而形成的均適狀態，每個新的和諧體就在這種狀態中產生出來。[37]

而黃釗也說：

> 愚意以為「一」指元氣（從朱謙之說），「二」指陰陽二氣（從大田晴軒說），「三」即「叁」，「參」

37 見陳鼓應《老子今注今譯及評介》，同注 33，頁 106。

也。若木《薊下漫筆》「陰陽三合」為「陰陽參合」。「三生萬物」即陰陽二氣參合產生萬物。[38]

他們對「一」與「三」（多）的說法雖有一些不同，但都以為「二」是指「陰陽二（兩）氣」。而這種「陰陽二氣」的說法，其實也照樣可包含「天地」在內，因為「天」為「乾」為「陽」，而「地」則為「坤」為「陰」；所不同的，「天地」說的是偏於時空之形式，用於持載萬物[39]；而「陰陽」指的則是偏於「二氣之良能」（朱熹《中庸章句》），用於創生萬物。這樣看來，老子的「一」該等同於《易傳》之「太極」、「二」該等同於《易傳》之「兩儀」（陰陽），因此所呈現的，和《周易》（含《易傳》）一樣，是「一、二、多」與「多、二、一」之原始結構。不過，值得一提的是：（一）即使這「一」、「二」、「多」之內容，和《周易》（含《易傳》）有所不同，也無損於這種結構的存在。（二）「道生一」的「道」，既是「創生宇宙萬物的一種基本動力」，而它「本身又體現了無（无）」[40]，那麼正如王弼所注「欲言無（无）耶，而物

38 以上諸家之說與引證，見黃釗《帛書老子校注析》（臺北：學生書局，1991 年 10 月初版），頁 231。

39 徐復觀：「中國傳統的觀念，天地可以說是一個時空的形式，所以持載萬物的；故在程序上，天地應當生於萬物之先。否則萬物將無處安放。因此，一生二，即是一生天地。」見《中國人性論史．先秦篇》，同注 24，頁 335。

40 參見林啟彥《中國學術思想史》（臺北：書林出版社，1999 年 9 月一版四刷），頁 34。

由以成；欲言有耶，而不見其形」[41]，老子的「道」可以說是「无」，卻不等於實際之「無」(實零)[42]，而是「恍惚」的「无」(虛零)，以指在「一」之前的「虛理」[43]。這種「虛理」，如勉強以「數」來表示，則可以是「(0)」。這樣，順、逆向的結構，就可調整為「(0)一、二、多」與「多、二、一(0)」，以補《周易》(含《易傳》)之不足，這就使得宇宙萬物創生、含容的順、逆向歷程，更趨於完整而周延了。

若將鄭頤壽所主張之「誠美律」與此「多二一(0)」螺旋結構相對應，則可用如下簡圖來表示其關係：

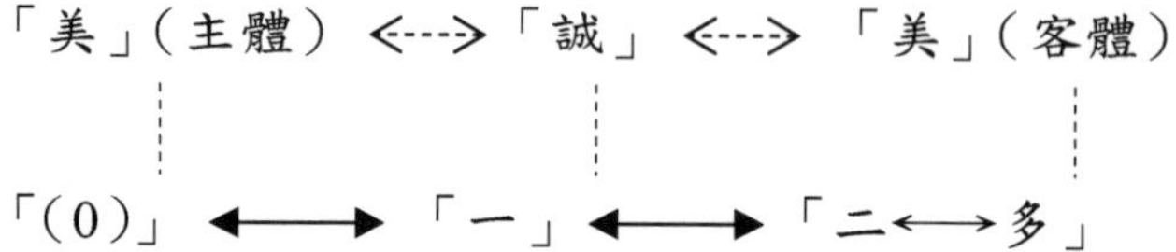

這樣，很清處地可看出兩者之間對應之密切關係。

41 見《老子王弼注》(臺北：河洛圖書出版社，1974 年 10 月臺景印初版)，頁 16。

42 馮友蘭：「謂道即是无。不過此『无』乃對於具體事物之『有』而言的，非即是零。道乃天地萬物所以生之總原理，豈可謂為等於零之『无』。」見《馮友蘭選集》上卷，同注 24，頁 84。

43 唐君毅：「所謂萬物之共同之理，可為實理，亦可為一虛理。然今此所謂第一義之共同之理之道，應指虛理，非指實理。所謂虛理之虛，乃表狀此理之自身，無單獨之存在性，雖為事物之所依循、所表現，或所是所然，而並不可視同於一存在的實體。」見《中國哲學原論·導論篇》，同注 36，頁 350-351。

五、鄭頤壽辭章「誠美律」說之綜合探討

鄭頤壽之辭章「誠美律」，在與西方美學與中國古代哲理，分別作了對應考察之後，在此特綜合中西兩者，尤其聚焦於《中庸》之「至誠」，略作探討。

從表面上看，西方「真」、「善」、「美」那種順逆向的邏輯結構，如要與「多二一（0）」的螺旋結構對應，首先要調整對「真」和「善」的認識。在西洋的早期，將「善」置於「真」之上，當作「神」或「上帝」來看待，是帶有神秘色彩的；後來「形式論」興起，才認為美和善一樣，都是建立在「真實的形式上面」，而把「善」放在「真」之下，從倫理學的層面加以把握。這樣一來，就像歐陽周、顧建華、宋凡聖他們所說的：

> 所謂真，指的世人們對客觀存在著的事物及其運動、變化、發展的規律性的正確認識。也就是說，一切事物的存在及其運動、變化、發展的內在聯繫和規律性是不依人的意志為轉移的外部現實世界。這裡所講的「規律性」，既包括自然界發展的規律，也包括人類社會發展的規律。……所謂善，指的是人類在社會實踐活動中所追求的有利、有益、有用的功利價值。凡是在實踐中符合人的功利目的

的東西就是善；反之就是不善甚至是惡。[44]

如今對「真」和「善」的認識，大致是如此，而這樣的認識，和「多」、「二」、「一（0）」是有些接不上頭的。因此需要作一些調整，先以「真」來說，要等同於「一（0）」，就必須追溯到宇宙創生、含容萬物之原動力來觀察，而這種原動力由「未形」而「已形之始」，為「一（0）」，其中之「（0）」，就和「至誠」（誠）或「无」有關[45]。朱熹注《中庸》，對所謂「至誠」，雖沒有直接解釋，但在《中庸》二十四章（（依朱熹《章句》），下併同）「至誠如神」下卻以「誠之至極」來釋「至誠」，意即「誠之極致」。而單一個「誠」，則在十六章「誠之不可揜如此夫」下注云：

誠者，真實無妄之謂。[46]

這個注釋，受到眾多學者的注意與肯定。如果稍加尋繹，便可發現這與《老子》與《周易》脫不了關係。《老子》第二十二章說：

44 見《美學新編》，同注 19，頁 52。
45 見陳滿銘〈《中庸》「多」、「二」、「一（0）」螺旋結構論〉，《第三屆中國經學國際學術研討會論文集》（臺北：洪葉文化事業有限公司，2003 年 11 月），頁 214-265。
46 見《四書集註》（臺北：學海出版社，1984 年 9 月初版），頁 31。

道之為物，惟恍惟惚。惚兮恍兮，其中有象。恍兮惚兮，其中有物。窈兮冥兮，其中又精。其精甚真，其中有信。

此所謂「真」、「信」，即「真實」，因為《說文》就說：「信，實也」。而此「真實」，指的就是《老子》「无，名天地之始」(一章)、「有生於无」(〈四十章〉)之「无」[47]，亦即「无極」。馮有蘭說：

「恍」、「惚」言其非具體之有；「有象」、「有物」、「有精」，言其非等於零之无。第十四章「无狀之狀，无物之象」，王弼注云：「欲言无耶，而物由以成；欲言有耶，而不見其形」，即此意。[48]

因此朱熹以「真實」釋「誠」，該與老子「无」之說有關，而且加上「无妄」兩字，取義於《周易・无妄》，表示這種「真實而不是虛無（零）」的特性；看來是該有周敦頤「太極本无極」之義理邏輯在內的。這樣，「至誠」也因此可看作是「先天地而自生的道體」[49]了。《中庸》第

47 宗白華即引《老子》二一章云：「道是无名，素樸，混沌。這個先天地而自生的道體，它本身雖是具體的，然尚未形成任何有形的事物，所以不能有名字。它是素樸混沌，不可視聽與感觸。正是『道常无名樸』(三十二章)。」見《宗白華全集》2，同注29，頁810。

48 見《馮有蘭選集》上卷，同注24，頁85。

49 見《宗白華全集》2，同注29，頁810。

二十六章：

> 故至誠（「0」）無息，不息則久，久則徵（「一」），徵則悠遠，悠遠則博厚，博厚則高明。博厚，所以載物也；高明，所以覆物也（「二」）；悠久，所以成物也（「多」）。

這段文字指出：「至誠」作用不已，先經過「久」的時間歷程，而有所徵驗，成為「（0）一」。再由時間帶出空間，經過「悠遠」的時空歷程，終於形成「博厚」之「地」與「高明」之「天」。而此「天」為「乾元」、「地」為「坤元」，前者指陽氣之始，是「一種剛健的創生功能」；後者指陰氣之始，為「一種柔順的含容功能」，而萬物就在這兩種功能之作用下規律地生成、變化；此為「二」。如此先由「乾元」創生，再由「坤元」含容，萬物就不斷地依循規律，盡其本性而實現、完成自我，以趨於和諧之境界，這就是所謂的「悠久所以成物」，為「多」。可見這段文字所呈現的，就是「『（0）一』（元）、『二』（乾、坤）、『多』（萬物）」的過程[50]，這和上述《周易》與《老子》的「（0）一、二、多」的順向結構，是兩相疊合的。

因此，「真」歸本到這個層面來說，就是「太極」（本

50 見陳滿銘〈《中庸》「多」、「二」、「一（0）」螺旋結構論〉，《第三屆中國經學國際學術研討會論文集》，同注 45，頁 227-238。

无極）、「道生一」、「至誠無息，不息則久，久則徵」，即「（0）一」。換句話說，就是形成宇宙人生規律的源頭力量。

再以「善」來說，說得簡單一點，就是「規律」。《周易．說卦傳》說：「立天之道，曰陰與陽；立地之道，曰剛與柔；立人之道，曰仁與義；兼三才而兩之。」而這所謂「兼三才而兩之」的「陰陽」、「剛柔」、「仁義」，就是萬事萬物形成「規律」發展、變化之憑據。因此，人生的規律（禮），是對應於自然（天地）的規律（理）的。易言之，無論人生或自然的種種，只要在「至誠無息」的作用下，發揮「剛健」與「柔順」兩種最基本之創生、含容功能，必能依循「規律」發展、變化，而合乎人情（禮）天理（理），達於「善」的要求。《中庸》第二十六章說：

> 天地之道，可一言而盡也：其為物不貳，則其生物不測。天地之道，博也，厚也，高也，明也，悠也，久也。今夫天，斯昭昭之多，及其無窮也，日月星辰繫焉，萬物覆焉；今夫地，一撮土之多，及其廣厚，載華嶽而不重，振河海而不洩，萬物載焉；今夫山，一卷石之多，及其廣大，草木生之，禽獸居之，寶藏興焉；今夫水，一勺之多，及其不測，黿鼉蛟龍魚鱉生焉，貨財殖焉。

在這段話裡，《中庸》的作者首先告訴我們：天地之道是可以用一句話來概括的，那就是「其為物不貳，則其生物不測」，這所謂的「為物」，猶言「為體」，指的是天地「運行化育之本體」[51]；而「不貳」，義同「無息」、「不已」，乃「誠」的作用[52]。這是《中庸》的作者透過「內在的遙契」、「通過有象者以證無象」所獲致的結果[53]。瞭解了這點，那就無怪他在說明了天道之「為物不貳」後，

51 王船山：「其為物，物字，猶言其體，乃以運行化育之本體，既有體，則可名之曰物。」見《讀四書大全說》卷三（臺北：河洛圖書出版社，1974 年 5 月），頁 96。

52 王船山：「無息也，不貳也，也已也，其義一也。章句云：『誠故不息』，明以不息代不貳。蔡節齋為引申之，尤極分曉；陳氏不察，乃混不貳與誠為一，而以一與不貳作對，則甚矣其惑也。」見《讀四書大全說》卷三，同注 51，頁 312。

53 牟宗三在〈由仁、智、聖遙契性、天之雙重意義〉一文中，曾引《中庸》「肫肫其仁」一章，對「內在的遙契」做過如下之說明：「內在的遙契，不是把天命、天道推遠，而是一方把它收進來做為自己的性，一方又把它轉化而為形上的實體，這種思想，是自然地發展而來的。……首先《中庸》對於『至誠』之人做了一個生動美妙的描繪。『肫肫』是誠懇篤實之貌。至誠的人有誠意，有『肫肫』的樣子，便可有如淵的深度，而且有深度才可有廣度。如此，天下至誠者的生命，外表看來既是誠篤，而且有如淵之深的深度，有如天浩大的廣度。生命如此篤實深廣，自然可與天打成一片，洋然無間了。如果生命不能保持聰明聖智，而上達天德的境界，又豈能與天打成一片，從而了解天道化育的道理呢？當然，能夠至誠以上達天德，便是聖人了。」見《中國哲學的特質》（臺北：學生書局，1976 年 10 月四版），頁 35。又唐君毅：「中國先哲，初唯由『人之用物，而物在人前亦呈其功用』、『物之感人、而人亦感物』之種種事實上，進以觀天地間之一切萬物之相互感通，相互呈其功用，以生生不已，變化無窮上，見天道與天德。而此亦即孔子之所以在川上嘆『逝者之如斯，不舍晝夜』，而以『四時行，百物生』，為天之無言之盛德也。」見《哲學概論》（上）（臺北：學生書局，1985 年全集校訂版），頁 108-109。

要接著用聖人「至誠無息」之外驗來上貫於天地，而直接說「博厚」、「高明」、「悠久」就是「天地之道」，以生發下文了。很明顯地，這所謂「高明」指的就是下文「日月星辰繫焉，萬物覆焉」的天德；所謂「博厚」，總括來說，指的就是「載華嶽而不重（山），振河海而不洩（水），萬物載焉（山和水）的地德；分開來說，指的乃是「草木生之，禽獸居之，寶藏興焉」的山德與「黿鼉蛟龍魚鱉生焉，貨財殖焉」的水德；而「悠久」，指的則是天光及於「無窮」（高明）、地土及於「博厚、山石及於「廣大」、水量及於「不測」（博厚）的時、空歷程。《中庸》的作者透過此種天的「高明」與「地」（包括山、水）的「博厚」，經由「悠久」一路追溯上去，到了時、空的源頭，便尋得「斯昭昭」、「一撮土」、「一卷石」、「一勺水」等天地的初體，以致終於洞悟出天地會由最初的「昭昭」或「一」而「多」而「無窮」、「不測」，以至於「博厚」、「高明」，及是至誠在無息地作用所形成的規律性「外驗」，也就是「生物不測」的結果。

由於《中庸》所說「博厚，所以載物也；高明，所以覆物也；悠久，所以成物也。博厚配地，高明配天，悠久無疆」這幾句話，和《周易》「乾元」、「坤元」的道理是相通的。因此在這裡把「天」（陽）、「地」（陰），對應於「（0）一、二、多」的結構，看成是「二」（陰陽），該是不會太牽強的。既然「天地」可視為「二」，而它們是「為物不貳」的，所以能「無息」地發揮「剛健」與「柔順」兩種最基本之創生、含容功能，以創生、含容萬物，經過「悠久」之時空歷程，所謂「不見而章，不動而變，無為而成」，自然就達於「生物不測」的地步了。

「至誠」由不息而使天地發揮「剛健」與「柔順」兩種最基本之創生、含容功能，化生萬物，形成規律，便為和諧的至善之境構築了堅實的橋樑。而這種和諧的境界，便是所謂的「中和」。《中庸》首章說：

> 中也者，天下之大本也；和也者，天下之達道也。致中和，天地位焉，萬物育焉。

這所謂的「中和」，本來是指人的性情而言的，因為在這一節話之前，《中庸》的作者即已先為此二字下了定義說：「喜怒哀樂之未發，謂之中；發而皆中節，謂之和」，對這幾句話，朱熹曾作如下解釋：

> 喜怒哀樂，情也；其未發，則性也，無所偏倚，故謂之中。發而皆中節，情之正也；無所乖戾，故謂之和。[54]

可見「中」是以性言，屬「陰」；而「和」則以情言，屬「陽」。指的乃「無所偏倚」和「無所乖戾」的心理狀

54 見朱熹《四書集註》，同注46，頁21。

態，亦即至誠的一種存在與表現。很明顯地，先作了這番說明之後，《中庸》的作者才好接著就「性」說「中」是「天下之大本」、就「情」說「和」是「天下之達道」。這「大本」和「大道」的意義，照朱熹的解釋是：

> 大本者，天命之性、天下之理皆由此出，道之體也；達道者，循性之謂，天下古今之所共由，道之用也。[55]

「大本」既是天命之性、天下之理之所從出，而「大道」則為天下古今之所共由，那麼，一個人若能透過至誠之性（仁與智）的發揮，而達到這種是屬「大本」和「大道」的中和狀態，則所謂「天地萬物，本吾一體，吾之心正（中），則天地之心亦正矣；吾之氣順（和），則天地之氣亦順矣」[56]，不僅可藉「仁」之性以成己（盡其性、盡人之性），造就孝、悌、敬、信、慈等德行，以純化人倫社會；也可藉「智」之性以成物（盡物之性），使「萬物並育而不相害」（《中庸》第三十章），以改善物質環境[57]。於是《中庸》的作者便又接著說：「致中和，天地位焉，萬物育焉」，這三句話，從其涵義來看，顯然與《中庸》

55 見朱熹《四書集註》，同注 46，頁 22。
56 見朱熹《四書集註》，同注 55。
57 參見陳滿銘〈《中庸》的思想體系〉上、下，（臺北：《國文天地》12 卷 8、9 期，1997 年 1、2 月），頁 11-17、14-20。

「誠者非自成己而已」（二十五章）、「唯天下至誠，為能盡其性」（第二十二章）的兩段話，是彼此相通的，因為誠能盡性，則必然可以「致中和」，所以我們可以把這兩段話說成：

誠者，非自致其中和而已也，所以致物之中和也。

以及：

唯天下至誠，為能致其中和；能致其中和，則能致人之中和；能致人之中和，則能致物之中和；能致物之中和，則可以贊天地之中和；可以贊天地之中和，則可以與天地參矣。

這樣，意思是一點也不變的。而這所謂「中和」，若換個角度說，就是「和諧」，就是「美」。而有此「誠」（真）的動力，則所謂「人類在社會實踐活動中所追求的有利、有益、有用的功利價值」，才能因時因地作靈活的調整，以適應實際的需要，做到「善」，進而臻於「贊天地之中和」的和諧，亦即「至美」之境界。

由此看來，「真」、「善」、「美」與「多」、「二」、「一（0）」之螺旋結構，可製成如下簡圖，以表示其對應關係：

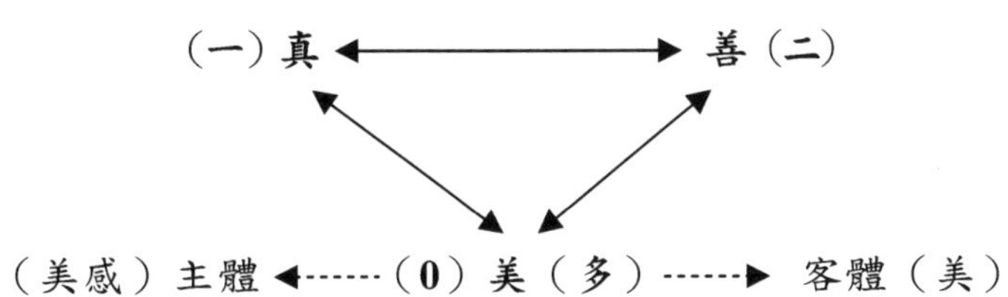

這種螺旋結構，如落在辭章上來看，則：

(一)創作（順向：寫）：美感（0）→真（一）→善（二）→美（多）

(二)鑑賞（逆向：讀）：美（多）→善（二）→真（一）→美感（0）

從創作（寫）面看，所呈現的是由「意」下貫到「象」的過程；從鑑賞（讀）面看，所呈現的是由「象」回溯到「意」的過程。這種流動性的雙向過程，無論是創作或鑑賞，都是經互動、循環而提升的作用，而形成「意→象→意」或「象→意→象」的螺旋關係的。

而其中的「(0)」，在美學上，指主體之「美感」，而這主體可以指作者，也可以指讀者；在辭章上，指風格、境界等。「一」，在美學上，指「真」；在辭章上，指作者所要表達的核心情、理，即一篇「主旨」。「二」，在美學上，指「規律」，「包括自然界發展的規律，也包括人類社會發展的規律」；在辭章章法上，指兩相對待之「陰陽二元」，一篇之核心結構與各輔助結構即由此而形成，以呈現一篇「規律」，而其中居於徹下徹上的關鍵性地位的，即核心結構。「多」，在美學上，指客體之「美」；在辭章章法上，指由「陰陽二元對待」所形成之各輔助結構，藉以組合各個別意象或材料。可見「真」、「善」、「美」也可形成可順可逆的螺旋結構，與「多」、「二」、「一（0）」之螺旋結構，是互相對應的。

如以此對應鄭頤壽之辭章「誠美律」，則可用如下簡圖來表示其關係；

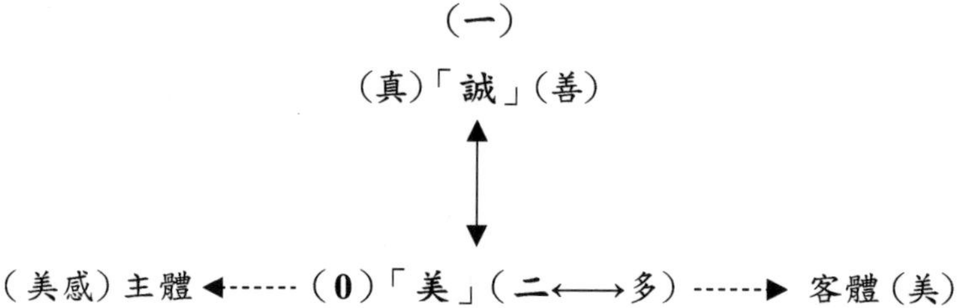

可見鄭頤壽之辭章「誠美律」說，是可與西方之美學與中國之哲學之理論，互相通貫的。

六、結語

經過上文聚焦於西方真、善、美的主張與源自中國古代哲學經典的「多二一（0）」螺旋結構論兩端，探討鄭頤壽「誠美律」說與它們之間的密切關係，雖然這種「誠美律」說所涉及的，在哲學與美學之外，還有社會學、倫理

學、心理學、文學等相關領域，但所謂「以個別表現一般，以單純表現豐富，以有限表現無限」[58]，因此大致上，還可藉以獲知鄭頤壽之辭章「誠美律」說，確實已推陳出新，建構了相當完整的思想體系。尤其它是和「多二一（0）」螺旋結構的關係，更為凸出，而這種螺旋結構，王希杰曾指出是「普遍性的存在」[59]，由此更足以見出鄭頤壽辭章「誠美律」說之重大成就以及它對辭章學不可磨滅的貢獻。

（2010.10.16.完稿）

58 葉朗《中國美學史大綱》（臺北：滄浪出版社，1986年），頁26。

59 此螺旋結構，見陳滿銘《多二一（0）螺旋結構論——以哲學、文學、美學為研究範圍》（臺北：文津出版社，2007年1月初版），頁1-298。王希杰：「陳教授的專長是詩詞學，非常具體。章法學則要抽象多了。這部著作（即《「多」、「二」、「（0）一」螺旋結構論——以哲學、文學、美學為研究範圍》），就更抽象了。……我以為本書很值得一讀，因為這個螺旋結構是普遍性的存在，值得重視。」見王希杰《王希杰博客．書海採珠》（2008年1月），頁1。

引用文獻

王弼《老子王弼注》，臺北：河洛圖書出版社，1974 年 10 月，臺景印初版。

王希杰《王希杰博客．書海採珠》，2008 年 1 月。

王船山《讀四書大全說》，臺北：河洛圖書出版社，1974 年 5 月。

朱熹《四書集註》，臺北：學海出版社，1984 年 9 月初版。

朱志榮《古近代西方文藝理論》，上海：華東師範大學出版社，2002 年 8 月一版一刷。

牟宗三《哲學概論》，臺北：學生書局，1985 年全集校訂版。

李杜《中西哲學思想中的天道與上帝》，臺北：聯經出版事業公司，1980 年 7 月初版二刷。

李澤厚〈美學三題議〉，《美學論集》，臺北：三民書局，1996 年 9 月初版，頁 167-168。

林同華主編《宗白華全集》，合肥：安徽教育出版社，1996 年 9 月一版二刷。

林啟彥《中國學術思想史》，臺北：書林出版社，1999 年 9 月一版四刷。

姜國柱《中國歷代思想史．先秦卷》，臺北：文津出版社，1993 年 12 月初版一刷。

唐君毅《中國哲學原論．導論篇》，香港：人生出版社，1966 年 3 月出版。

徐復觀《中國人性論史．先秦篇》，臺北：臺灣商務印書館，

1978 年 10 月四版。

陳鼓應《老子今註今譯及評介》，臺北：臺灣商務印書館，1985 年 2 月修訂十版。

陳滿銘〈《中庸》的思想體系・上、下〉，《國文天地》12 卷 8、9 期，1997 年 1、2 月），頁 11-17、14-20。

陳滿銘〈論「多」、「二」、「一（0）」的螺旋結構──以《周易》與《老子》為考察重心〉，臺北：《師大學報・人文與社會類》48 卷 1 期，2003 年 7 月，頁 1-20。

陳滿銘〈《中庸》「多」、「二」、「一（0）」螺旋結構論〉，《第三屆中國經學國際學術研討會論文集》，臺北：洪葉文化事業有限公司，2003 年 11 月，頁 214-265。

陳滿銘《多二一（0）螺旋結構論──以哲學、文學、美學為研究範圍》，臺北：文津出版社，2007 年 1 月初版。

馮友蘭《馮友蘭選集》，北京：北京大學出版社，2000 年 7 月一版一刷。

勞思光《新編中國哲學史》，臺北：三民書局，1981 年 2 月增訂初板。

黃釗《帛書老子校注析》，臺北：學生書局，1991 年 10 月初版。

黃慶萱《周易縱橫談》，臺北：東大圖書公司，1995 年 3 月初版。

葉朗《中國美學史大綱》，臺北：滄浪出版社，1986 年版。

鄔昆如《希臘哲學趣談》，臺北：東大圖書公司，1976 年 4 月初版。

蔣孔陽、朱立元主編，范明生著《西方美學通史》第一卷，上海：上海文藝出版社，1999 年 10 月一版一刷。

鄭頤壽《辭章學導論》，臺北：萬卷樓圖書有限公司，2003 年 11 月初版。

歐陽周、顧建華、宋凡聖等《美學新編》，杭州：浙江大學出版社，2001 年 5 月一版九刷。

戴璉璋《易傳之形成及其思想》，臺北：文津出版社，1989 年 6 月臺灣初版。

肆

曾祥芹之「章法四律」觀

——歸本於其哲學意涵作探討

摘　要

曾祥芹以文章學大師葉聖陶的「章法三原則」與「既要守常，又要求變」的觀點為基礎，開展出章法「層次」、「連貫」、「統一」與「變化」的四大規律。而此四大規律，如歸本於《周易》與《老子》加以考察，則可尋得其哲學意涵，確定其為「客觀性存在」，藉此可以凸顯出曾祥芹之「章法四律」觀對章法學的重要貢獻。

關鍵詞：曾祥芹、章法四律、哲學意涵、《周易》、《老子》

一、前言

「章法」是以「陰陽二元」之互動為基礎，經其「層次」、「連貫」、「統一」與「變化」之層層作用，而形成整體之「多 ⟷ 二 ⟷ 一（0）」之螺旋結構的[1]。而此「陰陽二元」、「層次」、「連貫」、「統一」、「變化」與「多 ⟷ 二 ⟷ 一（0）」螺旋結構，初看起來，好像只為「章法」服務，但實際上，卻可超越「章法」，提升至「普遍性存在」之高度加以確認。為此，本文特從中國古代的哲學經典《周易》與《老子》兩書裡探尋，分別找出它們相應的論述，確認曾祥芹繼承葉聖陶「章法觀」所開展出的章法「層次」、「聯貫」「統一」與「變化」四大規律之客觀性，以肯定曾祥芹「章法四律」觀對章法學的重大貢獻。

二、曾祥芹「章法四律」觀之提出

曾祥芹於 1987 年 9 月寫成一篇〈論葉聖陶的文章組織觀〉，發表於《開封教育學院學報》1988 年第 1 期[2]，

1 參見陳滿銘〈論章法結構之方法論系統——歸本於《周易》與《老子》作考察〉（臺北：臺灣師大《國文學報》46 期，2009 年 12 月），頁 61-94。

2 曾祥芹〈論葉聖陶的文章組織觀〉（開封：《開封教育學院學報》1988 年第 1 期），頁 17-25。

主要內容含：一、章法的四條基本規律，二、思路──章法的核心。其中論「章法的四條基本規律」，最根本的是根據是葉聖陶《文心・文章的組織》中的如下一段文字：

> 組織文章的原則只有三項，便是「秩序、聯絡、統一」。把所有的材料排列成適宜的次第，這是「秩序」；從頭至尾順當地連續下去，沒有勉強接榫的處所，這是「聯絡」；通體維持著一致的意見，同樣的情調，這是「統一」。這樣，寫出來的文章即使不怎樣好，至少是的確可以獨立的一個單位，至少是不愧為名副其實的「一篇」了。(《文心・文章的組織》)

曾祥芹認為「這段話精彩、扼要，概括了一切文體的組織法則，道出了文章章法的三條基本規律。」於是以此三律為基礎，又參考葉聖陶「既要守常，又要求變」的觀點，加入「變化」一律，形成章法的四大規律，且依序作了如下之說明：

1. 層次律

「一個思想在我們腦裡通過，先想到某一層，次想到某一層，最後終結在某一層，這一層層如果用口說出來，就是一串的語言，」用筆寫出來，就是一篇文章。(《論中學國文課程的改訂》) 思想內容的層次決定了語言結構的層次。前面講過，文章的語言單位可以有節、段、章、篇、書五個層級。節是對段的分割，段是對章的分割，章是對篇的分割，篇是對書的分割。這種分割為了顯示層次，既反映出作者思想和表達的秩序，又方便於讀者對文章內容和形式的把握。在《文章講話》一書裡，就專門講了文章的基層單位──段落。「段落是對於整篇的分割。把整篇的文章分成相當的幾個部分，各部分另行分寫，這叫做分段。」「分段的規則，最普通的是依照文章的內容。例如一篇文章，如果有一部分是總說，那麼總說就成為一段，一部分是分說，假如分三項，那麼每項各成一段，就成三段；最後如果還有總結，那麼也成一段。這樣，這篇文章就該有五個段落，應該分五段來寫了。這種分段法最合乎論理，為向來所採用」。分段的樣式可以變化，但必須遵循「文法的論理的法則」，考慮「作者心情的自然流露」以及「文章的意味和情調」，現在的文章段落逐漸趨向於短而多，用意是眉目清楚，使人易讀。由文篇劃分段落的規則，可以推知書本劃分章節的規則。文章不論長短，都得層次分明。

2. 連貫律

和層次律講劃分、講秩序相反，連貫律是講銜接、講聯絡。一篇文章是一連串的思想過程，必須環環相扣。「就一節一段說，前後要連貫，第二句接得上第一句，第三句接得上第二句。必須注意連詞的運用，語氣的承接，觀點的轉換不轉換。一個『所以』，一個『然而』都不可以隨便亂用。陳述、判斷、反詰、疑問等語氣都不可有一點含糊。觀點如須轉換，不可不特別點明。」（《中學國文學習法》）看文章「要把作者的思路摸清楚，先要看一句跟一句怎樣聯繫，再來看段，一段跟一段怎樣聯繫，一段一段清楚了，全篇文章也就清楚了。」（《讀語法修辭》）《文章講話》中《句子的安排》一節，專門從章法的角度講連貫律：「文法上的句子和文章中的句子，研究目標彼此不同。從文法上看來毫無毛病的句子，擺入文章中去並不一定就妥帖。」「一句句子在文章裡安排得好不好，問題不只在句子本身，還要看上下文的情形和條件。」要使文章中的句子安排得適當，必須根據主旨，立足篇章，以自然、貫通、和諧為原則，處理好句式、字面和字數等問題。句與句的連貫只是章法的起點，段與段的連貫，章與章的連貫，篇與篇的連貫，是作文、著書更需講究而且更加複雜的問題。

3. 統一律

「一篇文字的所以獨立，不得與別篇合併，也不得割分為數篇，只因它有一個總旨，它是一件圓滿的東西。」「一篇文字的各部分應環拱於中心。為著中心而存在。」「為要使各部分環拱於中心，就得致力於剪裁，把所有的材料逐步審查，而以是否與總旨一致為標準。」（《作文論・組織》）文章中「每句話全跟中心思想有關係，全該適應中心思想的要求。凡是適應要求的就是必要的。」（《關於使用語言》）可見，組織結構是為表達主旨服務的。「寫作一定有個中心，寫一張最簡單的便條，寫一篇千萬字的論文，同樣的有個中心，不像隨便談話那樣可以東拉西扯，前後無照應。……所有材料（就是要說的事物和意思）該向中心集中，用得著的毫無遺漏，用不著的淘汰淨盡。」（《中學國文學習法》）據此，章法上的統一律也可叫向心律或集中律。

4. 變化律

1940 年，葉聖陶在《論寫作教學》一文裡，猛烈地批判了八股精神，強調了文無定法論：「寫作文章，除了人類所共通的邏輯的法則與種族所共通的語言的法則不容違背以外，用什麼形式該是自由的，審度某種形式適於某種內容，根據內容決定形式，權衡全在作者。所謂文無定法，意思就在此。八股卻不然，無論你內容是什麼，不管你勉強不勉強，總得要配合那規定的間架與腔拍。這樣寫下來，寫得好的，也只是巧妙有趣的遊戲文字，寫得壞的，便成莫名其妙的怪東西了。」為了完全擺脫八股精神，1963 年，他進一步指出了章法的依據：「作文動筆之前，有兩件事要注意，一是認定對象，一是辨明用意（或者說『立意』）。作文決非無所為而為。換句話說，就是有的放矢。對象和用意是作文的『的』，認定了，辨明了，要寫什麼，不要寫什麼，該這樣寫，不該那樣寫，才有依

據。換句話說，這就是取材和組織的依據。」(《評改〈當我在工作中碰到困難的時候〉》) 1965 年 7 月 17 日，葉老在一封書信裡提出了章法之本：「啟發與指點，我意宜注重範文作者如何達到此思想認識，又如何表達之。所謂篇章結構，蓋皆由此而定。徒求之於篇章結構而不探其本，是為以文學文，恐非善道。」(《語文教育書簡》) 以上的話告訴我們，不要孤立地研究篇章結構，章法之本在於如何表達思想認識，組織形式要看讀者對象和作者用意而隨機應變，「文無定法」本身也是一種章法。在《文章講話》一書中，作者談到句子安排、段落劃分、首尾連貫、詳略顯隱、文氣加強等問題時，都論述了文章法則的變化活用，強調既要守「常」，又要施「變」。

曾祥芹總結起來說：

> 如果說層次律的對立面是連貫律，那麼統一律的對立面是變化律。葉聖陶的章法理論體現了「分」與「合」、「常」與「變」的辯證法。我們必須把「章法四律」視為不可分割的整體。

這不但點明了「章法四律」的邏輯結構，也蘊含了它的螺旋關係。

由上述可知：曾祥芹綜合葉聖陶的各種章法觀點，從「章法的三項原則」推衍為「章法的四條基本規律」，由於要形成「層次」、「連貫」甚至「統一」，都離不開「變化」，因此增加「變化」一律，可說是至關重要的。也就是說：如果「章法四律」缺了「變化」一律，就無法發揮其作用。曾祥芹這種推衍之功，是不可抹殺的。這樣一來，就可用其「分」與「合」、「常」與「變」之「邏輯」與「螺旋」的觀點切入，形成下列圖表，以表示它們的互動關係：

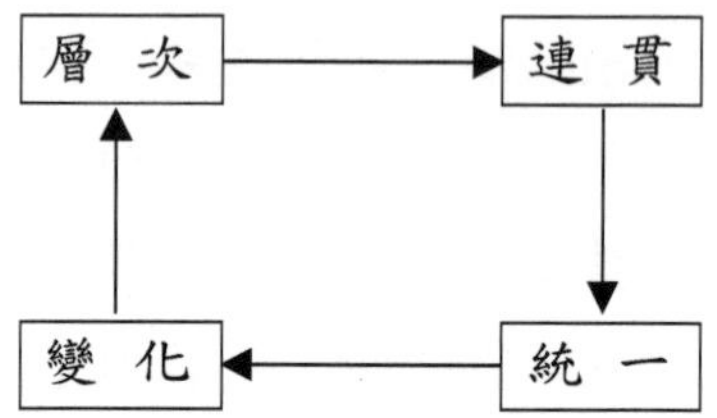

有了這種邏輯與螺旋之關係，就自然產生「互動、循環、提升」的作用，使「變化」層出不窮。因為「變化」具「通貫」之功，所以下文就據此調整為「變化、層次、連貫、統一」之順序，以探討其哲學意涵。

三、曾祥芹「章法四律」觀之哲學意涵

茲就曾祥芹之「章法四律」觀，分兩層加以探討，以見其哲學意涵：

1. 變化律與層次律

「變化」與「層次」，初看起來，好像可截然予以劃

分；而其實，它們是二而一、一而二的關係，差別只在於「層次」比較著眼於先後、「變化」比較著眼於變動而已。因為「變化」與「層次」兩者都離不開「動」，有「動」就有不斷之「變化」，而其歷程也必然形成「層次」。這種邏輯關係，在《周易》和《老子》兩書中，都可很容易地找到相應的思辯。

先以《周易》而言，它的八卦、六十四卦，都象徵、代表著各種不同之變化與秩序。針對著六十四卦，在〈序卦傳〉裡，特將卦和卦之間之變化與所形成之層次，說明得很清楚：

> 有天地，然後萬物生焉。盈天地之間唯萬物，故受之以屯；屯者，盈也。屯者，物之始生也，物生必蒙，故受之以蒙；蒙者，物之稚也。物稚不可不養也，故受之以需；需者，飲食之道也。飲食必有訟，故受之以訟。訟必眾起，故受之以師；師者，眾也。眾必有所比，故受之以比；比者，比也。比必有所畜，故受之以小畜。物畜然後有禮，故受之以履；履者，禮也。履然後安，故受之以泰；泰者，通也。物不可以終通，故受之以否。物不可以終否，故受之以同人。……物不可以終止，故受之以漸；漸者，進也。進必有所歸，故受之以歸妹。得其所歸者必大，故受之以豐；豐者，大也。窮大者必失其居，故受之以旅。旅而無所容，故受之以

巽；巽者，入也。入而後說之，故受之以兌；兌者，說也。說而後散之，故受之以渙；渙者，離也。物不可以終離，故受之以節。節而信之，故受之以中孚。有其信者必行之，故受之以小過。有過物者必濟，故受之以既濟。物不可窮也，故受之以未濟終焉。

以上說明，凸顯了六十四卦所產生相反相成的變化歷程與層次。對此，馮友蘭闡釋說：

《易傳》認為，「物極必反」是事物變化所遵循的一個通則。照〈序卦〉所說，六十四卦的次序，即表示這種通則。六十四卦中，相反卦常是在一起的。例如：泰卦和否卦、剝卦和復卦、震卦和艮卦、既濟卦和未濟卦，在卦象上都是相反的，可是在六十四卦的排列次序中，它們是在一起的。專就這個次序說，這可能是《易經》中原有的辯證法思想。〈序卦〉這個思想說：「泰者，通也。物不可以終通，故受之以否。」、「剝者，剝也物不可以終盡，剝窮上反下，故受之以復」、「震者，動也。物不可以終動，止之，故受之以艮；艮者，止也」。六十四卦的最後一卦是「未濟」。〈序卦〉說：「物不可窮也，故受之以未濟終焉。」「通」的事物「不可以終通」；「動」的事物「不可以終動」；這

> 就是說它們必然要轉化為其對立面。「物不可窮」，就是說，事物是無盡的；世界無論在什麼時候總是未完成（「未濟」），就是說，永遠處在轉化的過程中。這些是《易傳》中的辯證法思想。[3]

所謂「永遠處在轉化的過程中」，正說明了一切事物的變化，都相反而相成，是永無止境的。而這種「相反相成」的變化，在《周易》（含《易傳》）中，可推擴開來，涵蓋「正變正」、「正變反」、「反變反」、「反變正」等的變化，而形成循環不已的螺旋結構。六十四卦以「屯」起、「既濟」轉、「未濟」終，就表示這種由「屯」而「既濟」而「未濟」而「屯」的大循環系統，連結了天、地、人，以呈現其生生不息的變化與層次，也反映了宇宙與人生歷程的相應關係[4]。《易經》的這種觀念，對後代的哲學、文學、美學而言，其影響是極大的。

再從《老子》來看，簡單地說，老子是用「無、有、無」的結構[5]來組織其思想的，而其思想又以「道」作為

3 見《馮友蘭選集》上卷（北京：北京大學出版社，2000 年 7 月一版一刷），頁 412-413。

4 見勞思光《新編中國哲學史》〔一〕（臺北：三民書局，1984 年 1 月增訂初版），頁 85-86。

5 此即「（0）一、二、三（多）——三（多）、二、一（0）」的結構，如就「有」的部分而言，可造成「（0）一、二、多」與「多、二、一（0）」之循環，而成為螺旋結構。見陳滿銘〈論「多」、「二」、「一（0）」的螺旋結構——以《周易》與《老子》為考察重心〉（臺北：臺灣師大《師大學報・人文與社會類》48 卷 1 期，2003 年 7 月），頁 1-21。

重心，來統合「有」與「無」。所謂「無」，即「道常無名、樸」（三二章）之意，指無形無象；所謂「有」，是「樸散則為器」（二八章）之意，指有形有象。他認為宇宙人生是由「樸」（無）而「散為器」（有），又由「器」（有）而「復歸於樸」（無）的一個歷程。所以他說：

> 道可道，非常道；名可名，非常名。无，名天地之始；有，名萬物之母。（〈一章〉）
>
> 道生一，一生二，二生三，三生萬物。（〈四十二章〉）
>
> 反者，道之動；弱者，道之用。天下萬物生於有，有生於無。（〈四十章〉）
>
> 天下皆知美之為美，斯惡已；皆知善之為善，斯不善已。故有無相生，難易相成，長短相較，高下相傾，音聲相和，前後相隨。（〈二章〉）
>
> 曲則全，枉則直，漥則盈，敝則新，少則得、多則惑。（〈二十二章〉）
>
> 知其雄，守其雌，為天下谿；……知其白，守其黑，為天下式；……知其榮，守其辱，為天下谷；為天下谷，常德乃足，復歸於樸。（〈二十八章〉）
>
> 禍兮福之所倚，福兮禍之所伏。（〈五十八章〉）
>
> 物壯則老。（〈三十章〉）
>
> 兵強則不勝，木強則兵。（〈七十六章〉）
>
> 弱之勝強，柔之勝剛，天下莫不知、莫能行。（〈七

> 十八章〉）
>
> 有物混成，先天地生，寂兮寞兮，獨立不改，周行而不殆，可以為天下母，吾不知其名，字之曰道，強為之名曰大。大曰逝，逝曰遠，遠曰反。（〈二十五章〉）
>
> 致虛極，守靜篤，萬物並作，吾以觀復。凡物芸芸，各復歸其根。歸根曰靜，是謂復命，復命曰常。知常曰明，不知常，妄作凶。（〈十六章〉）

從上引各章裡，不難看出老子這種由「無」而「有」而「無」的循環[6]所形成宇宙人生變化與層次之思想。所謂「道生一」、「有生於無」、「有物混成，先天地生，……可以為天下母」等，主要是就原始的「無」來說的；「復歸於樸」、「遠曰反（返）」、「歸根」、「復命」，主要是就回歸的「無」來說的；其餘的，則主要在說「有」，專力著眼於「反者道之動」上，反覆闡述「物極必反」而又「相反相成」的 道理。這個「反」，含有「相反」與「返回」的意思。而「相反」，雖必有所對立，卻「相生」、「相成」，如上引的「有」與「無」、「美」與「惡」（醜）、

6 姜國柱：「『道』的運動是周行不殆，循環往復的圓圈運動。運動的最終結果是返回其根：『復歸其根』、『復歸於樸』。這裡所說的『根』、『樸』都是指『道』而言。『道』產生、變化成萬物，萬物經過周而復始的循環運動，又返回、復歸於『道』。老子的這個思想帶有循環論的色彩。」見《中國歷代思想史》〔壹、先秦卷〕（臺北：文津出版社，1993年12月初版一刷），頁63。

「善」與「不善」、「難」與「易」、「長」與「短」、「高」與「下」、「前」與「後」、「曲」與「全」、「枉」與「直」、「窪」與「盈」、「敝」與「新」、「少」與「多」、「雄」與「雌」、「白」與「黑」、「榮」與「辱」、「禍」與「福」、「壯」與「老」、「強」與「弱」、「柔」與「剛」等，都是如此。宗白華在談老子「常道之辯證因素」時說：

> 常道，即「反者道之動」、「萬物並作，吾以觀復」。在《老子》思想裡，是具有辯證法的思考因素的。它是了解物質的運動、變化此外，它亦了解事物的對立矛盾。六十一章說：「牝常以靜勝牡。」所以他常用剛柔、窪盈、雌雄、榮辱、善惡、禍福等對立的範疇說明事物與人生。他主張相對論以為事物是相對變化，相反相成。[7]

這主要說的是「相反」，也注意到了其中的「運動」與「變化」。至於「返回」，則說的是「相反」的最終結果。而「相反」必「相成」，其結果，就是「返回」至「道」的本身，這可說是變化中有層次、層次中有變化之一個無限歷程[8]。

7 見林同華主編《宗白華全集》2（合肥：安徽教育出版社，1996 年 9 月一版二刷），頁 811-812

8 見唐君毅《中國哲學原論‧導論篇》（香港：新亞研究所，1966 年 3 月出版），頁 387-388。

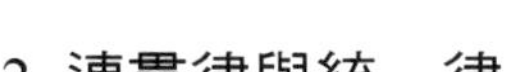

2. 連貫律與統一律

宇宙是離不開「動」的，而有了「動」，在過程中便一定會造成「變化」、形成「層次」。就在這造成「變化」、形成「層次」過程中，也一定會不斷地由局部與局部之「連貫」（對比或調和），而逐步趨於整體之「統一」。

就以《周易》來說，它的六十四卦，每卦在形成「秩序」與「變化」之同時，也使卦卦「連貫」在一起，成為一個「統一」的整體。而形成「連貫」，最明顯的，是使兩相對待者以「對比」（正反）或「調和」（正正、反反）方式聯結在一起。如見於〈雜卦〉的剛和柔、樂與憂、與和求、起和止。衰和盛、時和災、見和伏、速和久、離和止、外和內、否和泰、去故和取新、多故和親寡、上和下……等等，其中除了起和止、速和久、外和內、上和下等，未必形成「對比」而有「調和」可能性外，其餘的都比較偏向於「對比」，而都產生「連貫」的作用。針對著這種道理，張立文《中國哲學邏輯結構論》在說明中國哲學邏輯結構之「有序性」時，便舉《周易》為例加以論述說：

> 結構在中國哲學邏輯結構中，具有自我調節的作用。它具有兩方面的含義：一是指範疇的排列在時間上與空間上的有序性；二是指範疇排列的邏輯次

序。就前者而言，《周易》中的〈序卦傳〉，便是人類對有序性的自覺：「有天地，然後萬物生焉。盈天地之間唯萬物，故受之以屯；屯者，盈也。屯者，物之始生也，物生必蒙，故受之以蒙；蒙者，物之稚也。物稚可不養也，故受之以需；需者，飲食之道也。飲食必有訟，故受之以訟。……」萬物生長的過程是屯始，始而蒙稚，稚而需養，爭養而有訟，……以至於有過於物，過物必相既濟，然後發展無限，不可窮盡，便是未濟。從天地自然到人類社會以至倫理道德演化過程，構成了從天道到地道到人道的整體結構次序。即使從六十四卦的卦象來看，也是互相連結，相互作用，構成「和合體」化結構。就後者而言，《周易．繫辭上傳》：「天尊地卑，乾坤定矣。卑高以陳，貴賤位矣。」《家人．彖傳》：「女正位乎內，男正位乎外，男女正，天地之大義也。家人有嚴君矣，父母之謂也。父父，子子，兄兄，弟弟，夫夫，婦婦，而家道正，正家而天下定矣。」從天高地低比附為天尊地卑，或從經驗中發現某事與否事的必然聯繫，這種比附性的思維對於自身行為與自然現象的聯繫和自身行為與人事經驗的聯繫，便產生了一種確定無疑的信念。[9]

9 見張立文《中國哲學邏輯結構論》（北京：中國社會科學出版社，2002年1月一版一刷），頁72-73。

可見在六十四卦的排序與變化裡，可看出「異類相應」[10]（「和合」（局部）中有相反（對立）、相反（對立）中有「和合」（局部）的相互關係）和「同類相從」兩種聯繫，也凸顯了由互相「連貫」（聯繫）而形成「統一」（大「和合體」）的整體結構。其中「異類相應的聯繫」，也就是「有所對待」的部分，上文已談得很多，而「同類相從的聯繫」，如上引的「父父，子子，兄兄，弟弟，夫夫，婦婦，而家道正，正家而天下定矣」，又所謂的「天高地低比附為天尊地卑」，即屬此類；這在《周易》裡，是頗值得注意的。譬如它的八卦：

> 乾（乾上乾下）、坤（坤上坤下）
> 習（坎上坎下）、離（離上離下）
> 震（震上震下）、艮（艮上艮下）
> 巽（巽上巽下）、兌（兌上兌下）

這是以乾與乾、坤與坤、坎與坎、離與離、震與震、艮與艮、巽與巽、兌與兌等的重疊而形成了「同類相從的聯繫」。除此之外，〈雜卦〉云：

> 屯，見而不失其居；蒙，雜而著。……大壯，則止；遯，則退也。大有，眾也；同人，親也。……

10 見戴璉璋《易傳之形成及其思想》（臺北：文津出版社，1989 年 6 月臺灣初版），頁 196。

> 小畜，寡也；履，不處也。需，不進也；訟，不親也。…歸妹，女之終也；漸，女歸待男行也。

這是以「止」和「退」、「眾」和「親」、「寡」和「不處」、「不進」和「不親」、「女之終」和「女歸待男行」等的相類而形成「同類相從的聯繫」。關於這點，戴璉璋在《易傳之形成及其思想》中說：

> 依〈序卦傳〉，屯與蒙都是代表事物始生、幼稚時期的情況，〈雜卦傳〉作者用「見而不失其居」、「雜而著」來描述屯、蒙兩掛的特性，也都是就始生的事物而言。此外引大壯以下各卦的「止」和「退」、「眾」和「親」、就始生的事物而言。此外引大壯以下各卦的「止」和「退」、「眾」和「親」、「寡」和「不處」、「不進」和「不親」、「女之終」和「女歸待男行」，都是同類相從的聯繫。[11]

他把這種「聯繫」（連貫），說明得極清楚。

而這兩種「聯繫」，在《老子》中也處處可見。先拿「異類相應的聯繫」而言，兩相對待者，如「有」與「無」、「美」與「惡」（醜）、「善」與「不善」、「難」與「易」、「長」與「短」、「高」與「下」、「前」與「後」、

11 見《易傳之形成及其思想》，同注 10，頁 195。

「曲」與「全」、「枉」與「直」、「窪」與「盈」、「敝」與「新」、「少」與「多」、「雄」與「雌」、「白」與「黑」、「榮」與「辱」、「禍」與「福」、「壯」與「老」、「強」與「弱」、「柔」與「剛」等，都會藉由「運動」而「互相轉化」，以產生「連貫」的作用[12]。這樣由局部擴展到整體，以至於形成「統一」。次由「同類相從的聯繫」來看，如：

> 道可道，非常道；名可名，非常名。(〈一章〉)
>
> 是以聖人處無為之事，行不言之教；萬物作焉而不辭，生焉而不有；為而不恃，功成而弗居。夫唯弗居，是以不去。(〈二章〉)
>
> 不上賢，使民不爭；不貴難得之貨，使民不為盜；不見可欲，始民心不亂。(〈三章〉)
>
> 天地不仁，以萬物為芻狗；聖人不仁，以百姓為芻狗。(〈五章〉)
>
> 居善地，心善淵，與善仁，言善信，正善治，事善能，動善時；夫唯不爭，故無尤。(〈八章〉)
>
> 金玉滿堂，莫之能守；富貴而驕，自遺其咎。(〈九章〉)
>
> 載營魄抱一，能無離乎？專氣致柔，能嬰兒乎？滌除玄覽，能無疵乎？愛民治國，能無以知乎？天門

12 見《中國哲學邏輯結構論》，同注 9，頁 147。

> 開闔，能為雌乎？明白四達，能無以為乎？生之，畜之。生而不有，為而不恃，長而不宰，是謂玄德。（〈十章〉）
>
> 五色，令人目盲；五音，令人耳聾；五味，令人口爽；馳騁畋獵，令人心發狂；難得之貨，令人行妨。是以聖人為腹不為目，故去比取此。（〈十二章〉）
>
> 古之善為士者，微妙玄通，深不可識。夫唯不可識，故強為之容：豫焉若冬涉川，猶兮若畏四鄰，儼兮其若容，渙兮若冰之將釋，敦兮其若樸，曠稀其若谷，混兮其若濁。孰能濁以靜之徐清？孰能安以動之徐生？保此道者，不欲盈；夫唯不盈，故能蔽不新成。（〈十五章〉）

以上都是呈現「同類相從的聯繫」的例子，如一章的「常道」與「常名」，二章的「無為之事」與「不言之教」、「作焉」與「生焉」、「不辭」與「不有」與「不恃」與「弗居」，三章的「不上賢」與「不貴難得之貨」與「不見可欲」、「不爭」與「不為盜」與「心不亂」……等，皆以「同類相從」而聯繫在一起。此類例子，在《老子》一書裡，是不勝枚舉的。

這種「同類相從的聯繫」與屬於「調和」性的「異類相應的聯繫」，都會由於互動，以形成「調和」的作用。而「調和」與「調和」、「調和」與「對比」、「對比」與

「對比」的結構，又可以相互產生「同類相從」或「異類相應」的聯繫，形成另一層「二元對待」，而由局部擴及整體，趨於最後的「統一」。而這種「統一」，在《周易》（《易傳》）來說，即「一」，指的是「太極」（「道」或「易」）；在《老子》而言，即「一（0）」，指的是「道生一」[13]。

一般而論，所謂「調和」，是對應於「陰」與「柔」來說的；而所謂「對比」，是對應於「陽」與「剛」而言的[14]。如說得徹底一點，即一切「調和」與「對比」，都是由於陰（柔）陽（剛）相對、相交、相和的結果。《易傳》云：

> 一陰一陽之謂道。（〈繫辭上〉）
>
> 剛柔者，立本者也；變通者，趣時者也。（〈繫辭下〉）
>
> 剛柔相推而生變化。……變化者，進退之象也；剛柔者，晝夜之象也。（〈繫辭上〉）
>
> 窮則變，變則通，通則久。（〈繫辭上〉）

13 見陳滿銘〈論「多」、「二」、「一（0）」的螺旋結構——以《周易》與《老子》為考察重心〉，同注 5。

14 仇小屏：「造成最明顯、最大美感的，還是『對比』與『調和』兩種型態，因為『對比』會形成極大的反差，因此有強健、闊達、華美之感，所以趨向於『陽剛』；而『調和』則因質性之相近，產生優美、融洽、鎮靜、深沉等情緒，因此自然趨向於『陰柔』。」見《古典詩詞時空設計美學》（臺北：文津出版社，2002 年 11 月初版一刷），頁 332。

> 乾坤其易之門邪！乾，陽物也；坤，陰物也。陰陽合德而剛柔有體，以體天地之撰，以通神明之德。（〈繫辭下〉）
>
> 天地絪縕，萬物化醇，男女構精，萬物化生。（〈繫辭下〉）
>
> 天尊地卑，乾坤定矣；卑高以陳，貴賤位矣；動靜有常，剛柔斷矣。（〈繫辭上〉）

陰陽乃一切變化之根源，就拿八卦與由八卦重疊而成的六十四卦來說，即全由陰陽二爻所構成，以象徵並概括宇宙人生的各種變化，〈說卦〉說的「觀變於陰陽而立卦」，就是這個意思。《易傳》以為就在這種陰陽的相對、相交、相和之作用下，變而通之，通而久之，於是創造了天地萬物（含人類），達於「統一」的境地[15]。而這種「統一」，可說是剛柔之統一，是剛柔相濟的，如以上引的天地（乾坤）、晝夜、高低、男女、尊卑、進退、貴賤、動靜而言，天（乾）、晝、高、男、尊、進、貴、動等為剛，地（坤）、夜、低、女、卑、退、賤、靜等為柔，它們是相應地相對而為一的。《易傳》這種剛和柔相

15 陳望衡：「《周易》中的陰陽理論強調的不是相反事物的對立，而是相反事物的相交、相和。《周易》認為，陰陽相交是生命之源，新生命的產生不在於陰陽的對立，而在陰陽的交感、統一。因此陰陽的相合不是量的增加，而是新質的產生，是創造。因此，陰陽相交、相合的規律就是創造的規律。」見《中國古典美學史》（長沙：湖南教育出版社，1998年8月一版一刷），頁182。

對而又相濟為一之思想，可推源到「和」的觀念，而它始於春秋時之史伯，他從四支（肢）、五味、六律、七體（竅）、八索（體）、九紀（臟）到十數、百體、千品、萬方、億事、兆物、經入、姟極，提出「和」的觀點[16]，「作為對事物的多樣性、多元性衝突融合的體認」[17]，而後到了晏子，則作進一步之論述，認為「和」是指兩種相對事物之融而為一，即所謂「清濁、小大、短長、疾徐、哀樂、剛柔、遲速、高下、出入、周疏，以相濟也」[18]。如此由「多樣的和（統一）」（史伯）進展到「兩樣（對待）的和（統一）」（晏子），再進一層從對待多數的「兩樣」中提煉出源頭的「剛柔」，而成為「剛柔的統一」（《易傳》），形成了「『多』（多樣事物、多樣對待）→『二』（剛柔）→『一』（統一）」的順序，進程逐漸是由「委」（有象）而追溯到「源」（無象），很合於歷史發展的軌跡。而這種結構，如對應於「三易」（《易緯・乾鑿度》）而言，則「多」說的是「變易」、「二」說的是「簡易」，而「一」說的是「不易」。因此「三易」不但可概括《周易》之內容與特色，也可以呈現「多」、「二」、「一」的螺旋結構。

這種「多→二→一」的順序，若倒過來，由「源」

16 見《國語・鄭語》，《新譯國語讀本》（臺北：三民書局，1995 年 11 月初版），頁 707-708。

17 見張立文《中國哲學邏輯結構論》，同注 9，頁 22。

18 見《左傳・昭公二十年》，楊伯俊《春秋左傳注》（臺北：源流文化公司，1982 年 4 月再版），頁 1419-1420。

而「委」地來說，就成為「一 → 二 → 多」[19]了。在《老子》、《易傳》中就可找到這種說法，如：

> 道生一，一生二，二生三，三生萬物。萬物負陰抱陽，沖氣以為和。(《老子．四二章》)
>
> 易有太極，是生兩儀，兩儀生四象，四象生八卦。(〈繫辭上〉)

這樣，結合《周易》和《老子》來看，它們所主張的「道」，如僅著眼於其「同」，則它們主要透過「相反相成」、「返本復初」而循環不已的作用，不但將「一 → 多」的順向歷程與「多 → 一」的逆向歷程前後銜接起來，更使它們層層推展，循環不已，而形成了螺旋式結構，以呈現宇宙創生、含容萬物之原始規律。

就在這「由一而多」(順)、「多而一」(逆)的過程中，是有「二」介於中間，以產生承「一」啟「多」的作用的。而這個「二」，從「道生一，一生二，二生三，三生萬物」等句來看，該就是「一生二，二生三」的「二」。雖然對這個「二」，歷代學者有不同的說法，大致

19 就由「無」而「有」而「無」的整個循環過程而言，可以形成「(0)一、、二、三(多)」(正)與「三(多)、二、一(0)」(反)的螺旋關係。此種螺旋關係，涉及哲學、文學、美學……等，見陳滿銘〈意象「多」、「二」、「一(0)」螺旋結構論──以哲學、文學、美學作對應考察〉(濟南：《濟南大學學報．社會科學版》17 卷 3 期，2007 年 5 月)，頁 47-53。

說來，以為「二」是指「陰陽二（兩）氣」[20]。而這種「陰陽二氣」的說法，其實也照樣可包含「天地」在內，因為「天」為「乾」為「陽」，而「地」則為「坤」為「陰」；所不同的，「天地」說的是偏於時空之形式，用於持載萬物[21]；而「陰陽」指的則是偏於「二氣之良能」（朱熹《中庸章句》），用於創生萬物。這樣看來，老子的「一」該等同於《易傳》之「太極」、「二」該等同於《易傳》之「兩儀」（陰陽），因此所呈現的，和《周易》（含《易傳》）一樣，是「一 → 二 → 多」與「多 → 二 → 一」之原始結構。不過，值得一提的是：（一）即使這「一」、「二」、「多」之內容，和《周易》（含《易傳》）有所不同，也無損於這種結構的存在。（二）「道生一」的「道」，既是「創生宇宙萬物的一種基本動力」，而它「本身又體現了無（无）」[22]，那麼正如王弼所注「欲言無（无）耶，而物由以成；欲言有耶，而不見其形」[23]，老子的「道」可以說是「无」，卻不等於實際之「無」（實

20 以上諸家之說與引證，見黃釗《帛書老子校注析》（臺北：學生書局，1991 年 10 月初版），頁 231。

21 參見徐復觀《中國人性論史・先秦篇》（臺北：臺灣商務印書館，1978 年 10 月四版），頁 335。

22 林啟彥：「『道』既是宇宙及自然的規律法則，『道』又是構成宇宙萬物的終極元素，『道』本身又體現了『無』。」見《中國學術思想史》（臺北：書林出版社，1999 年 9 月一版四刷），頁 34。

23 見《老子王弼注》（臺北：河洛圖書出版社，1974 年 10 月臺景印初版），頁 16。

零）[24]，而是「恍惚」的「无」（虛零），以指在「一」之前的「虛理」[25]。這種「虛理」，如勉強以「數」來表示，則可以是「（0）」。這樣，順、逆向的結構，就可調整為「（0）一 → 二 → 多」（順）與「多 → 二 → 一（0）」（逆），以補《周易》（含《易傳》）之不足，這就使得宇宙萬物創生、含容的順、逆向歷程，更趨於完整而周延了。

而這種陰陽剛柔之統一，指的既然是它們之相濟、適中，好像只能容許它們各半以相濟，達於絕對「適中」，亦即「大統一」（「中和」）的地步，但是天地之運，一刻不息，以致它們隨時都在互相滲透，互相轉化中，所謂「陽卦多陰，陰卦多陽」（〈繫辭下〉）、「剛柔相推而生變化」（〈繫辭上〉）、「剛柔相易」（〈繫辭下〉），這樣往往就產生「剛（陽）中寓柔（陰）」（偏剛、剛中）或「柔（陰）中寓剛（陽）」（偏柔、柔中）的「小統一」情況；而「剛（陽）中寓柔（陰）」所造成的是「對立式統一」、「柔（陰）中寓剛（陽）」所造成的是「調和式統一」[26]。

24 馮友蘭：「謂道即是无。不過此『无』乃對於具體事物之『有』而言的，非即是零。道乃天地萬物所以生之總原理，豈可謂為等於零之『无』。」見《馮友蘭選集》上卷，同注 3，頁 84。

25 唐君毅：「所謂萬物之共同之理，可為實理，亦可為一虛理。然今此所謂第一義之共同之理之道，應指虛理，非指實理。所謂虛理之虛，乃表狀此理之自身，無單獨之存在性，雖為事物之所依循、所表現，或所是所然，而並不可視同於一存在的實體。」見《中國哲學原論・導論篇》，同注 8，頁 350-351。

26 夏放：「從構成形式美的物質材料的總體關係來說，最基本的規律是

這樣的「統一」的思想，不但對中國哲學有影響，就是對文學、美學，也影響極深遠[27]。

如果將「章法四律」對應於多二一（0）螺旋結構加以呈現，則是這樣子的：

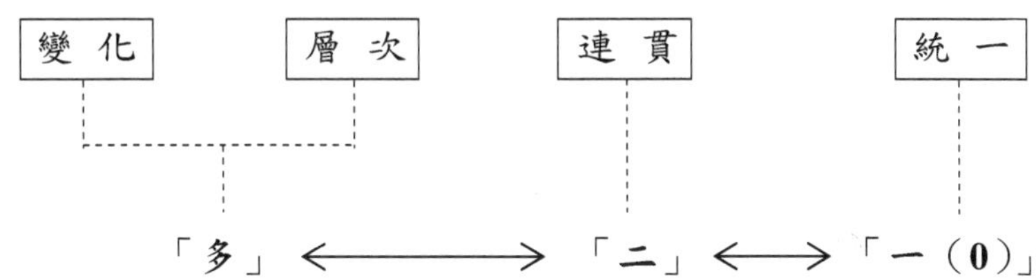

據此可知，章法的四大規律，恰恰形成「多、二、一（0）」的螺旋關係。其中「變化」與「層次」，相當於「多」（多樣）；「連貫」，以根本而言，相當於「二」（剛柔），以徹下（多）、徹上（一〔0〕）；而「統一」則相當於「一（0）」。如此由「多樣」而「二」而「統一」凸顯了「章法四律」所形成的，不是平列的關係，而是「多、二、一（0）」的螺旋結構。

『多樣的統一』，平時所謂的『和諧美』，意即是『多樣的統一』。……『多樣的統一』包括兩種基本類型：一種是多種非對立因素相互聯繫的統一，形成一種不太顯著的變化，謂之『調和式統一』；一種是各種對立因素之間的相反相成，造成和諧，形成『對立式統一』。」見《美學——苦惱的追求》（福州：海峽文藝出版社，1988 年 5 月一版一刷），頁 108。

27 見陳望衡《中國古典美學史》，同注 15，頁 186-187。

四、結語

綜上所述，可知章法的變化、層次、連貫、統一等律，可歸本於《周易》與《老子》加以考察，尋出其哲學意涵，確定其為「客觀性存在」。王希杰在論「章法學的方法論原則」時特別指出：「法則太多，可能顯得繁瑣、瑣碎，使人難以把握的。可貴的是，創建了四大原則：秩序（即層次）律、變化律、連貫律、統一律 ……這符合科學的最簡單性原則，而且也是變化無窮的。這其實就是《周易》的方法論原則，乾坤兩卦，生成六十四卦。所以……章法學是一個具有生成轉化潛能的體系，或者說是具有生成性。因此是具有生命力的。」[28]可見章法四大規律，是可超越「文章」、「章法」，提升至「普遍性存在」之高度，亦即方法論原則加以確認的。這樣來看待曾祥芹的章法規律觀，最可凸顯他對章法學甚至整個文章學的重大貢獻。

（2010.9.6.完稿）

28 見王希杰〈陳滿銘教授與章法學〉（畢節：《畢節學院學報》26 卷 1 期，2008 年 2 月），頁 4-5。

引用文獻

王弼《老子王弼注》，臺北：河洛圖書出版社，1974 年 10 月臺景印初版。

王希杰〈陳滿銘教授與章法學〉，《畢節學院學報》26 卷 1 期，2008 年 2 月，頁 1-5。

仇小屏《古典詩詞時空設計美學》，臺北：文津出版社，2002 年 11 月初版一刷。

左丘明著、楊伯俊注《春秋左傳注》，臺北：源流文化公司，1982 年 4 月再版。

左丘明著、易中天注釋《新譯國語讀本》，臺北：三民書局，1995 年 11 月初版。

林同華主編《宗白華全集》，合肥：安徽教育出版社，1996 年 9 月一版二刷。

林啟彥《中國學術思想史》，臺北：書林出版社，1999 年 9 月一版四刷。

姜國柱《中國歷代思想史》，臺北：文津出版社，1993 年 12 月初版一刷。

夏放《美學——苦惱的追求》，福州：海峽文藝出版社，1988 年 5 月一版一刷。

唐君毅《中國哲學原論．導論篇》，香港：新亞研究所，1966 年 3 月出版。

徐復觀《中國人性論史．先秦篇》，臺北：臺灣商務印書館，1978 年 10 月四版。

張立文《中國哲學邏輯結構論》，北京：中國社會科學出版社，2002 年 1 月一版一刷。

陳望衡《中國古典美學史》，長沙：湖南教育出版社，1998 年 8 月一版一刷。

陳滿銘〈論「多」、「二」、「一（0）」的螺旋結構——以《周易》與《老子》為考察重心〉，臺灣師大《師大學報・人文與社會類》48 卷 1 期，2003 年 7 月，頁 1-21。

陳滿銘〈意象「多」、「二」、「一（0）」螺旋結構論——以哲學、文學、美學作對應考察〉，《濟南大學學報・社會科學版》17 卷 3 期，2007 年 5 月，頁 47-53。

陳滿銘〈論章法結構之方法論系統——歸本於《周易》與《老子》作考察〉，臺灣師大《國文學報》46 期，2009 年 12 月，頁 61-94。

曾祥芹〈論葉聖陶的文章組織觀〉，《開封教育學院學報》1988 年第 1 期，頁 17-25。

黃釗《帛書老子校注析》，臺北：學生書局，1991 年 10 月初版。

馮友蘭《馮友蘭選集》，北京：北京大學出版社，2000 年 7 月一版一刷。

勞思光《新編中國哲學史》，臺北：三民書局，1984 年 1 月增訂初版。

戴璉璋《易傳之形成及其思想》，臺北：文津出版社，1989 年 6 月臺灣初版。

中編

篇章意象

成惕軒詩文之篇章意象

──創意神奇的語文表達

摘　要

創造思維是語文表達的原動力，而語文表達又與語文能力息息相關。通常，語文的能力，含「一般能力」、「特殊能力」與「綜合能力」等三層，這些能力皆關涉到語文的表達，並由此形成辭章。而辭章，單以其內涵而言，又一一與語文能力中的「特殊能力」相對應，有意象、詞彙、修辭、文（語）法、章法、主題、文體、風格等。凡此均源自於創造思維之運作。這樣，創造思維、語文能力、辭章內涵與語文表達便形成本末相應、融貫為一的關係。而本文特聚焦於「篇章意象」，舉成惕軒的詩文三首為例作探討，以概見語文表達之神奇創意。

關鍵詞：成惕軒詩文、篇章意象、創意思維、語文表達、語文能力、辭章內涵

一、前言

大致說來，語文能力可概分為三個層級來加以認識：即「一般能力」(含思維力、觀察力、記憶力、聯想力、想像力等)、「特殊能力」(含確立風格、選擇文體、立意取材、運用詞彙、修飾詞語、構詞組句、謀篇布局等能力)、「綜合能力」(含創造力）等[1]。不過，這三層能力的重心在「思維力」之運用，經由「形象」、「邏輯」與「綜合」等思維力之交互作用下，結合「聯想力」與「想像力」的主客觀開展，進而融貫各種、各層「能力」，而產生「創造力」。這些都可以由人類的思維（意象）系統切入作觀察、分析，以呈顯創意思維、語文能力、辭章內涵與語文表達的一體性。由於所涉範圍極廣，本文限於篇幅，除對其一體性之理論略予論述外，僅著眼於「篇章意象」部分，舉成惕軒《楚望樓詩》與《楚望樓駢體文》中的三篇作品為例加以探討，希望能「以有限表現無限」[2]，約略地由此看出成惕軒在語文表達上的神奇創意。

1 見仇小屏《限制式寫作之理論與應用》(臺北：萬卷樓圖書公司，2005年10月初版)，頁12-48。

2 見葉朗《中國美學史大綱》(臺北：滄浪出版社，1986年9月初版)，頁26。

二、語文表達與篇章意象

語文的表達，與創造思維、語文能力、辭章內涵與篇章意象，層層相應，關係密切。茲分層略述如下：

1. 語文表達與創造思維

語文的表達靠語文能力，語文能力之重心在「一般能力」，而「一般能力」的核心又在「思維」。因此，「思維力」可視為各種能力之母。而所謂的「一般能力」，正如彭聃齡主編《普通心理學》所言：「指在不同種類的活動中表現出來的能力。」[3] 也就是說，不只是寫作、閱讀時所必須具備，就是從事其他學科的學習或活動時也一樣需要，因此是相當基礎而廣泛的能力，其中包括思維力、觀察力、記憶力、聯想力、想像力等，而由此衍生出特殊能力與綜合能力，形成創造性之思維系統。

首先看思維力，周元主編《小學語文教育學》說道：「思維靠語言來組織。我們進行思考時，必須借助於單詞、短語和句子。因為思維的基本形式──概念，是用語言中的詞來標誌的，判斷過程和推理過程也是憑藉語句來進行的；也正是因為人憑藉語言進行思維，才使思維具有

[3] 見彭聃齡主編《普通心理學》（北京：北京師範大學出版社，2001 年 5 月二版，2003 年 1 月十五刷），頁 392。

間接性和概括性。」[4] 因為人類具有思維能力，所以不會只侷限於某個時空的直接感官接觸；而且思維力的鍛鍊與語言能力的進展，可說是密切相關，是可以互動、循環、提升的。周元主編《小學語文教育學》又說道：「語言是思維的直接現實。我們理解語言時，要經歷從語文形式到思想內容，又從思想內容到語文形式的思維；言語表達時則相反，要經過從內容到形式，又從形式到內容的思維過程。在這反覆的過程中，需要進行分析綜合、抽象概括、判斷推理，需要形象思維和邏輯思維的交替進行。」[5] 正因為語言與思維有著密切的關係，所以在語文教學的全過程中，都應有意識地進行思維訓練。思維力強，表現出來就是抽象、概括的能力強，亦即「求異」與「求同」的能力強，彭聃齡主編《普通心理學》甚至認為抽象概括力是一般能力的核心[6]。

其次看觀察力，彭聃齡《普通心理學》說：「外部感覺接受外部世界的刺激並反映它們的屬性，這類感覺稱外部感覺。如視覺、聽覺、嗅覺、味覺、皮膚感覺等。……內部感覺接受機體內部的刺激並反映它們的屬性（機體自身的運動與狀態），這種感覺叫內部感覺，如運動覺、平衡覺、內臟感覺等。」[7] 觀察力就是運用視、聽、嗅、

4 見周元主編《小學語文教育學》（上海：華東師範大學出版社，1992 年 10 月一版一刷），頁 26。
5 見周元主編《小學語文教育學》，同注 4。
6 見彭聃齡主編《普通心理學》，同注 3。
7 見彭聃齡主編《普通心理學》，同注 3，頁 76。

味、觸五種外部知覺，以及內部知覺，來獲取外在世界和機體內部訊息的能力。良好的觀察力對於寫作來說是相當重要的，因為正如周元《小學語文教育學》所言：觀察是獲得說寫素材的重要途徑，也是準確生動地表達的前提[8]。

又其次看記憶力，彭聃齡主編《普通心理學》:「記憶（memory）是在頭腦中積累和保存個體經驗的心理過程，運用信息加工的術語講，就是人腦對外界輸入的信息進行編碼、存儲和提取的過程。……記憶是一種積極、能動的活動。人對外界輸入的信息能主動地進行編碼，使其成為人腦可以接受的形式。現代心理學家認為，只有經過編碼的信息才能記住。」[9] 作為一種心理過程，記憶是一個識記、再認和再現的過程，是人們運用知識經驗進行思考、想像、解決問題、創造發明等一切智慧活動的前提。有了記憶，人們才能積累知識、豐富經驗；沒有記憶，一切心理現象的發展都是不可能的，我們的教育或教學也無法進行。

再其次看聯想力，童慶炳《中國古代心理詩學與美學》說道:「聯想是人的一種心理機制，主要指人的頭腦中表象的聯繫，即其中一個或一些表象一旦在意識中呈現，就會引起另一些相關的表象。」[10] 譬如我們看到月曆

8 見周元主編《小學語文教育學》，同注 4，頁 23。

9 見彭聃齡主編《普通心理學》，同注 3，頁 201。

10 見童慶炳《中國古代心理詩學與美學》(臺北：萬卷樓圖書有限公司，1994 年 8 月初版)，頁 133。

已撕到二月，就會想到冬去春來，由冬去春來又自然會想到萬物復甦，由萬物復甦又想到春景的美麗……等等。這種由一種事物想到另一種事物的能力就是聯想力，邱明正《審美心理學》將此聯想又分成接近聯想、相似聯想、對比聯想、關係聯想等類[11]。

接著看想像力，彭聃齡主編《普通心理學》說道：「想像（imagination）是對頭腦中已有的表象進行加工改造，形成新形象的過程。」[12] 其加工改造的方向有二：重組或變造。因此想像力的豐沛植基於兩個重要因素上：其一為腦中所儲存表象的豐富，其一為重組和變造的能力；也因為想像力是如此運作的，因此想像所得就會具有形象性和新穎性，這就是想像力迷人的地方。舉例來說，哈利波特童書系列中出現的「咆哮信」，就是將「信」和「生氣咆哮」重組起來，於是產生了新的表象——咆哮信；至於童話中常出現的可怕巨人，則往往是將某些特點加以誇大（譬如粗硬的皮膚、洪亮的聲音、巨大的眼睛等），這就是經過想像力變造的結果；不過更多的情況是在想像的過程中兼有重組與變造的特點。

至於由此衍生而出的「特殊能力」，乃是落到語文學科來說的，它直承「思維力」（含「聯想力」與「想像力」）而開展，分由「形象思維」、「邏輯思維」與「綜合

11 見邱明正《審美心理學》（上海：復旦大學出版社，1993 年 4 月一版一刷），頁 179。

12 見彭聃齡主編《普通心理學》，同注 3，頁 248。

思維」形成運用「意象」（含狹義、廣義）、「詞彙」、「修辭」、「文（語）法」、「章法」與確立「主旨」（綱領）、「風格」等各種特殊能力。而所謂的「綜合能力」，指的是統合「一般能力」、「特殊能力」所形成的整體能力。這種能力，如就「思維系統」而言，即「創造力」。彭聃齡主編《普通心理學》指出：「創造力（creative ability）是指產生新的思想和新的產品的能力。」因為一個人的創造力通常是透過進行創造活動、產生創造產品而表現出來，因此根據產品來判定是否具有創造力是合理的。所以，就寫作活動而言，構思新的人物形象、尋找不同的表達方式，「由意而象」地創造完整之新作品，就是一種創造力的整體展現；這呈現的是創作活動的過程。而換就閱讀活動來說，透過作品中之各種材料、各種表現手法，「由象而意」地凸出主旨、風格，以欣賞作者之創造力的，則是一種再創造之完整過程[13]。

上述能力，是以「思維力」為其重心，而形成系統的。其中的「觀察力」是為「思維力」而服務，「記憶力」乃用以記憶「觀察」以「思維」之所得，「聯想力」是「思維力」的初步表現，而「想像力」則是「思維力」的更進一步呈顯，以主導「形象」、「邏輯」與「綜合」三種思維。其中作比較偏於主觀聯想、想像的，屬「形象思維」；作比較偏於客觀聯想、想像的，屬「邏輯思維」；而

13 見陳滿銘〈論讀、寫互動〉（《泉州師範學院學報》23 卷 3 期，2005 年 5 月），頁 108-116。

兩者形成「二元」，是兩相對待的。至於合「形象」、「邏輯」兩種思維為一的，則為「綜合思維」，用於進一步表現「綜合力」，以發揮「創造力」。因此，它們的關係可用如下結構來表示：

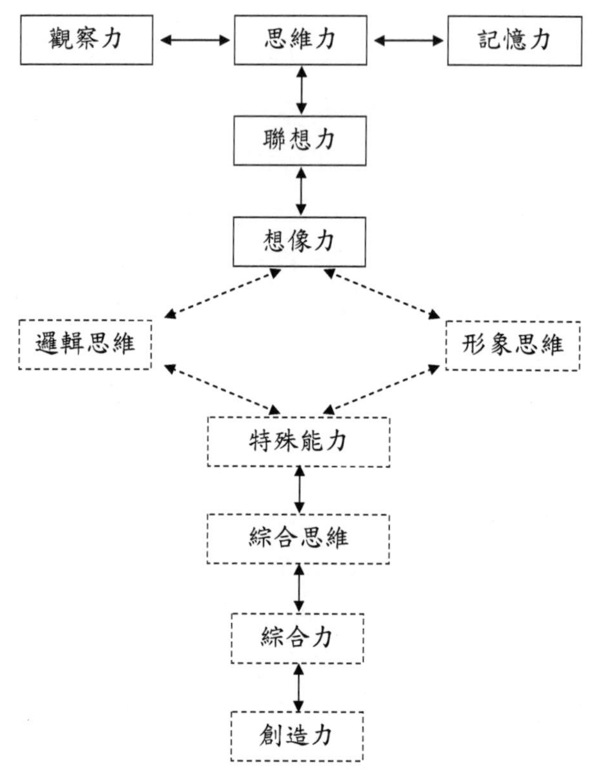

這樣，「思維力」先由「形象思維」、「邏輯思維」與「綜合思維」之互動而衍生各種「特殊能力」，然後綜合由各種「特殊能力」之互動而產生「創造力」，形成創造性之「思維系統」，以凸顯了創作（寫）的順向過程，這

是人所以能作「直觀表現」之先天憑藉，而這種憑藉，是必須經由後天之「模式探討」，亦即「辭章研究」作逆向的鑑賞（讀）之追溯，才能明白地加以確定的。

2. 創造思維與辭章內涵

整體來看，辭章所呈現的主要為「特殊能力」，是結合「形象思維」、「邏輯思維」[14] 與「綜合思維」而形成的。這三種思維，各有所主。如果是將一篇辭章所要表達之「情」或「理」，訴諸各種偏於主觀之聯想、想像，和所選取之「景（物）」或「事」接合在一起 [15]，或者是專就個別之「情」、「理」、「景」（物）、「事」等材料本身設計其表現技巧的，皆屬「形象思維」（運用典型的藝術形象來顯示各種事物的特質）；這涉及了「取材」與「措詞」等問題，而主要以此為研究對象的，就是意象學、詞彙學與修辭學等。如果是專就「景（物）」或「事」等各種材料，對應於自然規律，結合「情」與「理」，訴諸偏於客觀之聯想、想像，按秩序、變化、聯貫與統一之原則，前後加以安排、佈置，以成條理的，皆屬「邏輯思維」（用抽象概念來顯示各種事物的組織）；這涉及了「布局」與「構詞」等問題，而主要以此為研究對象的，就字

14 見吳應天《文章結構學》（北京：中國人民大學出版社，1989 年 8 月一版三刷），頁 345。

15 見彭漪漣《古典詩詞邏輯趣談》（上海：上海人民出版社，2001 年 9 月一版一刷），頁 13。

句言，即文（語）法學；就篇章言，就是章法學。至於合「形象思維」與「邏輯思維」而為一，探討其整個體性[16]的，則為「綜合思維」，這涉及了「立意」、「確立體性」等問題，而主要以此為研究對象的，為主題學、風格學等。而以此整體或個別為對象加以研究的，則統稱為辭章學或文章學。

因此辭章的內涵，對應於學科領域而言，主要含意象學、詞彙學、修辭學、文（語）法學、章法學、主題學、風格學……等。這是辭章研究的寶貴成果。茲分述如下：

首先是意象學，此為研究辭章有關意象的一門學問。我國對這種文學中的「意象」，很早就注意到，以為它是「馭文之首術、謀篇之大端」（見《文心雕龍‧神思》）。而所謂「意象」，黃永武認為「是作者的意識與外界的物象相交會，經過觀察、審私與美的釀造，成為有意境的景象。」[17]這裡所說的「物象」，所謂「物猶事也」（見朱熹《大學章句》），該包含「事」才對，因為「物（景）」只是偏就「空間」（靜）而言，而「事」則是偏就「時間」（動）來說罷了。通常一篇作品，是由多種意象組成的，也就是說意象有個別與整體之不同。而其形成，運用的是

16 陳望道：「語文的體式很多，……表現上的分類，就是《文心雕龍》所謂的『體性』的分類，如分為簡約、繁豐、剛健、柔婉、平淡、絢爛、謹嚴、疏放之類。」見《修辭學發凡》（香港：大光出版社，1961 年 2 月版），頁 250。

17 見《中國詩學‧設計篇》（臺北：巨流圖書公司，1999 年 6 月初版十三刷），頁 3。

偏於主觀的形象思維。

其次是詞彙學，為語言學的一個部門，研究語言或一種語言的詞彙組成和歷史發展。莊文中說：「如果把語言比作一座大廈，那麼語彙是這座語言大廈的建築材料，正是千千萬萬個詞語——磚瓦、預制件——建成了巍峨輝煌的語言大廈。張志公先生說：『語言的基礎是詞彙，語言的性能（交際工具，信息傳遞工具，思維工具）無一不靠語彙來實現』，還說『就教、學、使用而論，語彙重要，語彙難。』」[18] 可見語彙是將「情」、「理」、「景」（物）、「事」等轉為文字符號的初步，在辭章中是有其基礎性與重要性的。

再其次是修辭學，修辭學大師陳望道說：「修辭原是達意傳情的手段。主要為著意和情，修辭不過調整語辭使達意傳情能夠適切的一種努力。」[19]而黃慶萱以為「修辭的內容本質，乃是作者的意象」、「修辭的方式，包括調整和設計」、「修辭的原則，要求精確而生動」[20]。可見修辭，主要著眼於個別意象之表現上，經過作者主觀的調整和設計，使它達到精確而生動，以增強感染力或說服力的目的。這顯然是以形象思維為主的。

又其次是文（語）法學，乃研究語言結構方式的一門

18 見《中學語言教學研究》（廣州：廣東教育出版社，2001 年 1 月一版二刷），頁 29-30。

19 見《修辭學發凡》，同注 16，頁 5。

20 見《修辭學》（臺北：三民書局，2002 年 10 月增訂三版一刷），頁 5-9。

科學，它包括詞的構成、變化與詞組、句子的組織等。楊如雪在增修版《文法 ABC》中綜合呂叔湘、趙元任、王力等學者的說法說：「何謂文法？簡單地說，文法就是語句組織的條理。語句組織的條理不是一套既定的公式，而是從語文裡分析、歸納出來的規律，這種語句組織的規律，包括詞的內部結構及積辭成句的規則，因此文法可以說是語文構詞和造句的規律。」[21] 既然文（語）法是「語句組織的條理」、「語文構詞和造句的規律」，而所關涉的是個別概念之組合，當然和由概念所組合而成的意象與偏於語句的邏輯思維有直接之關聯。

接著是章法學，這所謂的「章法」，探討的是篇章內容材料的邏輯結構，也就是聯句成節（句群）、聯節成段、聯段成篇的關於內容材料之一種組織。對它的注意，雖然極早，但集樹而成林，確定它的範圍、內容及原則，形成體系，而成為一個學門，則是晚近之事[22]。到了現在，可以掌握得相當清楚的章法，約有四十種。這些章

21 見《文法 ABC》（臺北：萬卷樓圖書公司，2002 年 2 月再版），頁 1-2。

22 鄭頤壽：「臺灣建立了『辭章章法學』的新學科，成果豐碩，代表作是臺灣師大博士生導師陳滿銘教授的《章法學新裁》（以下簡稱「新裁」）及其高足仇小屏、陳佳君等的一系列著作。……臺灣的辭章章法學體系完整、科學，已經具備成『學』的資格。」見〈中華文化沃土，辭章學圃奇葩──讀陳滿銘《章法學新裁》及其相關著作〉，《海峽兩岸中華傳統文化與現代化研討會文集》（蘇州：「海峽兩岸中華傳統文化與現代化研討會」，2002 年 5 月），頁 131-139。又王希杰：「章法學已經初步形成了一門科學。陳滿銘教授初步建立了科學的章法學體系。」見〈章法學門外閑談〉（《國文天地》18 卷 5 期，2002 年 10 月），頁 92-95。

法，全出自於人類共通的理則，由邏輯思維形成，都具有形成秩序、變化、聯貫，以更進一層達於統一的功能[23]。而這種篇章的邏輯思維，與語句的邏輯思維，可以說是一貫的。

然後是主題學，陳鵬翔在《主題學理論與實踐》中以為「主題學是比較文學中的一部門（a field of study），而普通一般主題研究（thematic studies）則是任何文學作品許多層面中一個層面的研究；主題學探索的是相同主題（包套語、意象和母題等）在不同時代以及不同作家手中的處理，據以瞭解時代的特徵和作家的『用意意圖』（intention），而一般的主題研究探討的是個別主題的呈現」[24]，可見「主題」包含了「套語」、「意象」和「母題」等，如果單就一篇辭章，亦即「個別主題的呈現」來說，指的就是「情語」與「理語」、「意象」、「主旨」（含綱領）等；而「情語」與「理語」是用以呈現「主旨」（含綱領）的，可一併看待，因此「主題」落到一篇辭章裡，主要是指「主旨」（含綱領）與「意象」（整體含個別）來說，屬於綜合思維之範疇，是合形象思維與邏輯思維為一的。

最後是風格學，一般說來，風格是多方面的，而文學

23 見陳滿銘《章法學綜論》（臺北：萬卷樓圖書公司，2003 年 6 月初版），頁 17-58。

24 見陳鵬翔《主題學理論與實踐》（臺北：萬卷樓圖書公司，2001 年 5 月初版），頁 238。

風格更是如此，有文體、作家、流派、時代、地域、民族和作品等風格之異[25]。即以一篇作品而言，又有內容與形式（藝術）風格的不同，以內容來說，就關涉到主題（主旨、意象），而形式（藝術），則與文（語）法、修辭和章法等有關。而一篇作品之風格，就是結合內容與形式（藝術）所產生有整個機體所顯示的審美風貌[26]，這是合作者之形象思維與邏輯思維為一而形成，可以統攝主題、文（語）法、修辭和章法等種種個別風格，呈現整體風格之美。由於它涉及篇章之內容料，足以反映作品之篇章風格，乃綜合思維之範疇，也是合形象思維與邏輯思維而為一的。

以上這些辭章的內涵，都是針對辭章作「模式之探討」加以確定的。它們分別與形象思維、邏輯思維或綜合思維有著密切的關係。其中有偏於字句範圍的，主要為詞彙、修辭、文（語）法與意象（個別）；有偏於章與篇的，主要為意象（整體含個別）與章法；有偏於篇的，主要為主旨與風格。因此辭章的篇章，主要是以意象（個別到整體）與章法為其內涵，而以主旨與風格來「一以貫之」的。

25 見黎運漢《漢語風格學》（廣州：廣東教育出版社，2000 年 2 月一版一刷），頁 3。又見周振甫《文學風格例話》（上海：上海教育出版社，1989 年 7 月一版一刷），頁 1-290。

26 顧祖釗：「風格的成因並不是作品中的個別因素，而是從作品中的內容與形式的有機整體的統一性中所顯示的一種總體的審美風貌。」見《文學原理新釋》（北京：人民文學出版社，2001 年 5 月一版二刷），頁 184。

換另一個角度看，辭章是離不開「意象」的。而「意象」有廣義與狹義之別：廣義者指全篇，屬於整體，可以析分為「意」與「象」，形成「二元」；狹義者指個別，屬於局部，往往合「意」與「象」為一來稱呼。而整體是局部的總括、局部是整體的條分，所以兩者關係密切。不過，必須一提的是，狹義之「意象」，亦即個別之「意象」，雖往往合「意」與「象」為一來稱呼，卻大都用其偏義，造成「包孕」的效果，譬如草木或桃花的意象，用的是偏於「意象」之「意」，因為草木或桃花都偏於「象」；如「桃花」的意象之一為愛情，而愛情是「意」；而團圓或流浪的意象，則用的是偏於「意象」之「象」，因為團圓或流浪，都偏於「意」；如「流浪」的意象之一為浮雲，而浮雲是「象」。因此前者往往是一「象」多「意」，後者則為一「意」多「象」。而它們無論是偏於「意」或偏於「象」，通常都通稱為「意象」。如著眼於整體（含個別）的「意象」（意與象）來看，則它應於綜合思維，能統合形象思維與邏輯思維，並貫穿辭章的各主要內涵，以見意象在辭章上之地位[27]。

先從「意象」之形成與表現來看，是都與形象思維有關的，因為形象思維所涉及的，是「意」（情、理）與「象」（事、景）之結合及其表現。其中探討「意」（情、理）與「象」（事、景〔物〕）之結合者，為「意象學」，

27 見陳滿銘〈意、象互動論——以「一意多象」與「一象多意」為考察範圍〉（中山大學《文與哲》學報 11 期，2007 年 12 月），頁 435-480。

這是就意象之形成來說的。而探討「意」（情、理）與「象」（事、景〔物〕）本身之表現者，如就原型求其符號化的，是「詞彙學」；如就變型求其生動化的，則為「修辭學」。再從「意象」之組織來看，是與邏輯思維有關的，而邏輯思維所涉及的，則是意象（意與意、象與象、意與象、意象與意象）之排列組合，其中屬篇章者為「章法學」，屬語句者為「文法學」。至於綜合思維所涉及的，乃是核心之「意」（情、理），即一篇之中心意旨──「主旨」（統合內容材料）與審美風貌──「風格」。由此看來，形象思維、邏輯思維與綜合思維三者，涵蓋了辭章的各主要內涵，而都離不開「意象」。如單由「象」與「意」來說，如涉及後天之「辭章研究」（讀），所循的是「由象而意」逆向邏輯結構；如涉及先天之「語文能力」（寫）而言，所循的則是「由意而象」順向邏輯結構[28]。

總結上述，在創造性之思維（意象）系統下，結合語文能力與辭章內涵，其關係可呈現如下圖：

28 見陳滿銘〈辭章意象論〉（臺灣師大《師大學報．人文與社會類》50 卷 1 期，2005 年 4 月），頁 17-39。

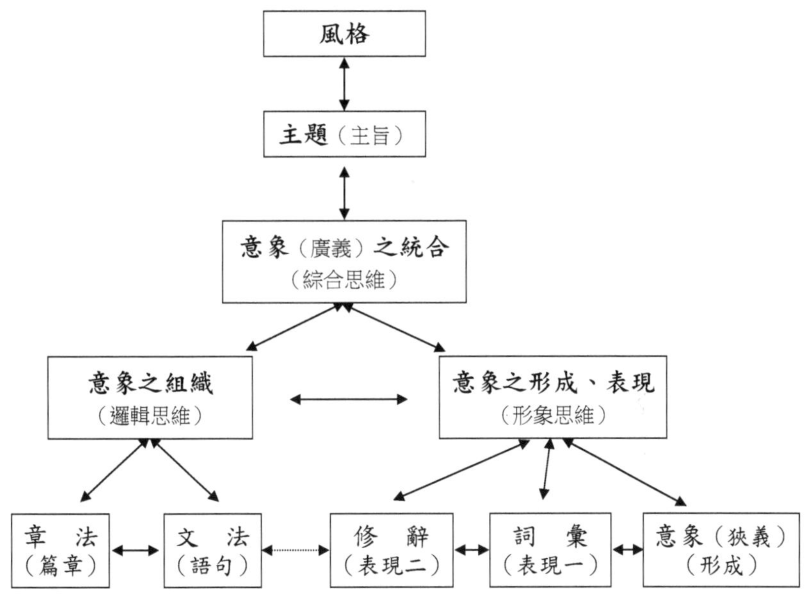

這些內涵，如就逆向之邏輯結構來說，首先是由「個別意象」、「詞彙」、「修辭」、「文（語）法」、與「章法」等所呈現之藝術形式（善）；其間藉「形象思維」（陰柔）與「邏輯思維」（陽剛），來產生徹下徹上之中介作用；然後是藉「綜合思維」所凸顯出來的「整體意象」（含主題、主旨）與「風格」等，這涉及了「修辭立其誠」《易・乾》之「誠」（真）與篇章有機整體之「美」，乃辭章之核心所在。這樣在創造性思維（意象）系統的牢籠下，回歸語文能力來看待辭章內涵，就能凸顯「形象思維」與「邏輯思維」這「二元」的居間作用，使辭章之呈現合乎「善」之要求，逐層將「個別意象」、「詞彙」、「修

辭」、「文（語）法」與「章法」等統一於「整體意象」（含主題、主旨）與「風格」，以臻於「真、善、美」的最高境界[29]。而這些都是辭章研究之成果，是不宜輕忽的。

3. 辭章內涵與篇章意象

以上各層能力，初由「一般能力」發展為「特殊能力」，再由「特殊能力」發展為「綜合能力」，然後由「綜合能力」又回歸到「一般能力」，而將「一般能力」推進一層，形成層層互動、循環而提升之螺旋結構[30]。這種結構既凸顯了螺旋的創造性思維系統，也藉以看出辭章內涵與語文表達一而二、二而一的關係。它可用下圖來表示：

29 見陳滿銘〈論「真」、「善」、「美」的螺旋結構——以章法「多」、「二」、「一（0）」結構作對應考察〉（臺灣師大《中國學術年刊》27 期春季號，2005 年 3 月），頁 151-188。

30 見陳滿銘〈論思維力與語文螺旋結構之形成——以「多」、「二」、「一（0）」螺旋結構加以考察〉（《肇慶學院學報》總 79 期，2006 年 6 月），頁 34-38。

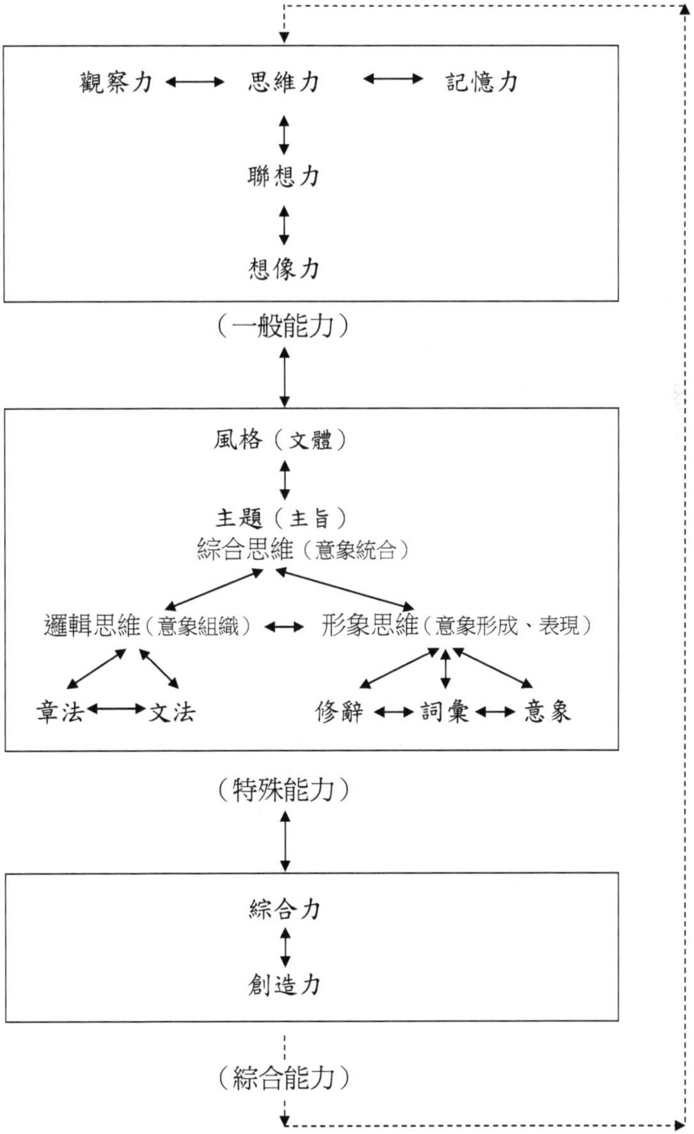

觀察力 ↔ 思維力 ↔ 記憶力

聯想力

想像力

（一般能力）

風格（文體）

主題（主旨）

綜合思維（意象統合）

邏輯思維（意象組織） ↔ 形象思維（意象形成、表現）

章法 ↔ 文法

修辭 ↔ 詞彙 ↔ 意象

（特殊能力）

綜合力

創造力

（綜合能力）

這種形成螺旋系統的語文能力，是可用「讀」與「寫」來印證的。由於「寫」之過程，乃由「意」而「象」，靠的是先天（先驗）自然而然的能力，這泰半是非出自理智的；而「讀」之過程，則由「象」而「意」，靠的是後天研究所推得的結果，用科學的方法分析作品內涵，理智地將先天自然而然的能力予以確定。因此「寫」是先天語文能力的順向發揮、「讀」是後天辭章研究的逆向（歸根）努力，兩者可說不能分割，是互動、循環而提升的。如此，辭章內涵與語文表達不可分割的關係就十分清楚了。

就在此系統中，「篇章意象」居於相當重要之地位，涉及了篇章意象之內涵與組織。其中「內涵」所探討的是篇章意象之成分，而「組織」所探討的是篇章意象之結構。

以篇章意象之成分而言，指的是篇章的情、理、事、景（物），其中情與理為「意」，屬核心成分；事與景（物）乃「象」，為外圍成分。而此情、理與事、景（物）之辭章內容成分，就其情、理而言，是「意」；就其事、景（物）而言，是「象」。由於核心成分之「情」或「理」，是一篇之主旨所在，亦即作者所要表達的思想情意，乃合形象思維與邏輯思維為一而成，涉及整體意象。而所謂外圍成分，是以事語或景（物）語來表出的。也就是說，形成外圍結構的，不外「物」材與「事」材而已。先就「物」之材來說，凡是存於天地宇宙之間的實物或東西都可以成為文章的材料。以較大的物類而言，如天（空）、地、人、日、月、星、山（陸）、水（川、江、河）、雲、風、雨、煙、嵐、花、草、竹、木（樹）、泉、石……等就是；以個別的物件而言，如桃、杏、梅、柳、菊、蘭、蓮、茶、鶴、雁、鶯、蟬、馬、猿、笛、笙、琴、瑟、琵琶、船、旗、轎……等就是。這些「物」材可說無奇不有，不可勝數。再就「事」材來說，凡是發生在天地宇宙之間的事情都可以成為文章的材料。以抽象的事類而言，如出入、聚散、逢別、迎送、仕隱、悲喜、苦樂、歌舞、來往、醒醉，甚至入夢、弔古、傷今、閒居、出遊、感時、恨別……等就是；以具體的事件而言，如乘船、折荷、讀書、醉酒、離鄉、還家、遊山、落淚、彈箏、倚杖、聽蟬……等就是。這些事材，可說俯拾皆是，多得數也數不清。作者通常都用具體的事件來寫，卻在無形中可由抽象的事類予以統括。以上所舉的「物材」，主要用於寫「景（物）」；而「事材」則主要用於敘「事」。所敘寫的無論是「景（物）」或「事」，皆各自有其表現之「意象」（個別）。這樣由個別（章）而整體（篇），便使核心成分與外圍成分融成一體了。

以篇章意象之結構而言，涉及章法，而章法又建立在「二元對待」之基礎上[31]。到了現在，可以掌握得相當清楚的章法，約有四十種，如今昔法、久暫法、遠近法、內

31 見陳滿銘〈論章法結構之方法論系統〉（《肇慶學院學報》總 95 期，2009 年 1 月），頁 33-37。

外法、左右法、高低法、大小法、視角變換法、時空交錯法、狀態變換法、知覺轉換法、本末法、淺深法、因果法、眾寡法、並列法、情景法、論敘法、泛具法、空間的虛實法、時間的虛實法、假設與事實法、凡目法、詳略法、賓主法、正反法、立破法、抑揚法、問答法、平側法、縱收法、張弛法、插敘法、補敘法、偏全法、點染法、天人法、圖底法、敲擊法等[32]。這些章法，全出自於人類共通的理則，由邏輯思維形成，都具有形成秩序、變化、聯貫，以更進一層達於統一的功能。而這所謂的「秩序」、「變化」、「聯貫」、「統一」，便是章法的四大律。其中「秩序」、「變化」與「聯貫」三者，主要是就材料之運用來說的，重在分析；而「統一」，則主要是就情意之表出來說的，重在通貫。這樣兼顧局部的分析與整體的通貫，來牢籠各種章法，是十分周全的[33]。

經由上文探討，不但可看出創意思維、語文能力、辭章內涵與語文表達的一體性，也足以凸顯語文表達與篇章意象不可分的關係。

32 詳見陳滿銘〈談辭章章法的主要內容〉，《章法學新裁》（臺北：萬卷樓圖書公司，2001 年 1 月初版），頁 319-360。又見〈論幾種特殊的章法〉（臺灣師大《國文學報》31 期，2002 年 6 月），頁 193-222。另見仇小屏《文章章法論》（臺北：萬卷樓圖書公司，1998 年 11 月初版）頁 1-510。

33 見陳滿銘《章法學綜論》，同注 23。

三、語文表達在篇章意象上的實例分析

茲舉成惕軒的詩文三篇為例加以分析探討：

1.〈櫻花詩〉

> 千株紅亂路三叉，隔霧驚看日又斜。枉自芳華衿絕代，未知飄蕩屬誰家。叢開慣倚參霄樹，易謝終成墮溷花。衹恐枝頭春意盡，隨風化作赤城霞。

這是首詠櫻花之作，作於中日斷交時，旨在借櫻花之開、飄、謝、化（象）來抒發對日本現狀及其前途的歎惋與憂慮（意）[34]。

通觀全詩，句句寫櫻花之各種「象」，而「象」中各有其含「意」，所謂「託形寫意」，深得比興之旨。首先在起聯詠櫻花盛開之「象」，以「千株紅亂」為主，而用「斜日」與「路三叉」作輔助，藉以蘊含「對島國的日本，給予一種窮途歧路、首鼠兩端的鄙夷」之「意」；其次在頷聯詠櫻花飄蕩之「象」，直接以「漂蕩屬誰家」表出，以歎惋的口吻，藉以蘊含「其隨人轉移，了無定見」

34 陳弘治：「此為作者在民國六十一年秋，中日斷交時所寫的一篇作品。全首表面上句句在詠櫻花，其實骨子裡句句在寫日本。因為櫻花是日本的國花，象徵著日本的國格。……日本目前雖尚未赤化，但證以共黨對其威脅利誘的情形，實在值得日本加倍警惕。」見〈論成惕軒教授詩中的時代意義〉（《幼獅月刊》47 卷 2 期，1978 年 2 月），頁 8。

之「意」；又其次在頸聯詠櫻花零落之「象」，以其「參霄樹」比喻強隣中共與美國、「墮溷花」直指糞土，藉以蘊含「日本諂事強隣，傍人門戶，將來一定不會有好結果」之「意」；最後在尾聯詠櫻花蛻變之「象」，以「赤城霞」（典出孫綽〈天臺山賦〉）借喻「赤化的景象」，藉以蘊含「慮其好景不常，如果薰蕕莫辨，自陷歧途，終將不免被共黨赤化」[35]之「意」。此詩篇章意象之內涵，由此可以概見。

這種篇章意象之內涵，是採「先實後虛」的邏輯加以組織而成的。它以首聯詠櫻花之盛開，是屬於「實」（現在）的部分，用「目、凡、目」[36]的結構加以呈現。以後面三聯，按時間之先後詠櫻花之飄蕩、零落與蛻變，都是屬於「虛」（未來）的部分：首先詠櫻花之飄蕩，是「先」，用「先揚後抑」的結構加以呈現；其次詠櫻花之零落，是「中」，用「先『先』後『後』」的結構加以呈

35 以上引號內文字均出自陳弘治〈論成惕軒教授詩中的時代意義〉一文，同注 34。

36 凡為總括、目為條分；古稱「總提分應」，俗稱「分合」，其形成，基本上是運用了歸納、演繹的邏輯思考；也就是說，歸納式的思考會形成「先目後凡」的結構，演繹式的思考會形成「先凡後目」的結構，而「凡、目、凡」、「目、凡、目」的結構，則是綜合運用了歸納、演繹的推理方式而形成的。所以「凡」是總括，具有統括的力量；「目」則是條分，條分的項目是並列的，因而有一種整齊美。而且「凡、目、凡」和「目、凡、目」結構還有一個特點，那就是具有對稱（均衡）與統一的美感。見陳滿銘〈談見於詩詞裡的凡目結構〉（臺北：《第一屆中國修辭學學術研討會論文集》，中國修辭學會、臺灣師大國文系，1999 年 6 月），頁 95-116；又見仇小屏《文章章法論》，同注 32，頁 341-363。

現；然後詠櫻花之蛻變，是「後」，用「先因後果」的結構加以呈現。此詩篇章意象之組織，由此可以概見。

這種內涵與組織，可用結構表作如下之呈現：

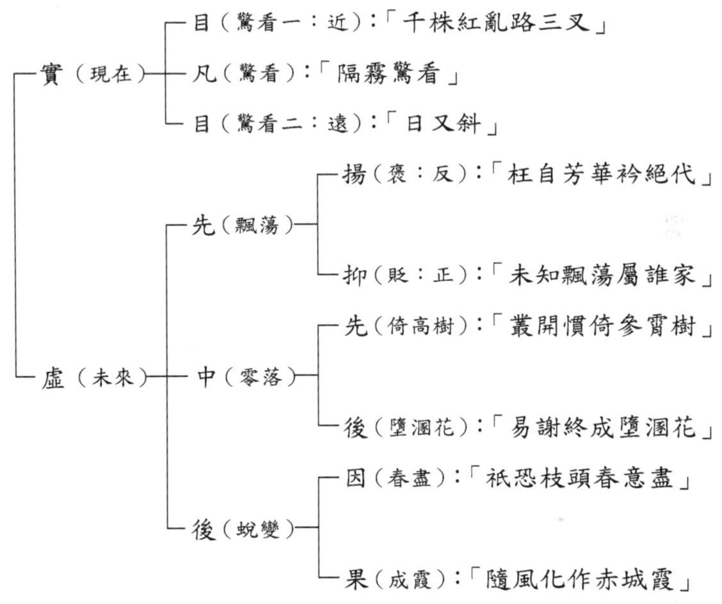

如此單從篇章意象之內涵與組織來看作者之「語文表達」，意象新奇，充滿創意，洵非一般「吟風雪、弄花草」者可比。

2.〈玄武湖雜詩跋〉：

金陵之為都會也，龍蟠虎踞，別有山川。牛首棲霞，環隣京邑，而林壑之美，近在負郭者，曰玄武

> 湖。湖在玄武門外，一名後湖，周迴四十許里。泜岸沙明，石橋虹霽。地遠氛垢，天開畫圖。行葦森其數叢，垂楊裊其千縷。錦鱗潛泳，水波不興。群鶯亂飛，雜花增媚。鏡月隨舫，屏山在門。好景備於四時，良朋期夫三徑。挹煙光而欲醉，祛塵慮以俱空。余於斯湖，夙有偏嗜。春秋佳日，未嘗去懷。偶拾餘閒，輒寄幽賞。或獨往，或偕行，或扣舷，或瀹茗。意有所屬，率宣於詩。游屐既頻，吟箋遂積。刪存百一，粗志二三。持較曩篇，儻亦竹垞鴛湖櫂歌、樊榭鶯脰雜詠之流亞乎。

這是一篇跋文，旨在敘明自己所以愛遊玄武湖，而又將遊湖詩結集成集的緣由，藉此表明自己對玄武湖之「情有獨鍾」。

遍覽全文，作者精心設計，用自身多次遊湖之經歷為「事材」、所見之水陸景致為「物材」，組成各種佳「象」，以交代自己「夙有偏嗜」，而「偶拾餘閒，輒寄幽賞」的原因與結果。以「物材」而言，就「湖」為中心，加以選取，其中大而遠者，如「金陵」、「龍蟠虎踞」、「牛首棲霞」、「林壑」、「地遠氛垢，天開畫圖」、「屏山」、「好景備於四時」等；小而近者，如「泜岸沙明」、「石橋」、「行葦」、「垂楊」、「錦鱗潛泳，水波不興」、「群鶯亂飛，雜花增媚」、「鏡月隨舫」等。以「事材」而言，就自身為中心，加以選取，其中較抽象者，如「余於斯湖，夙有偏

嗜。春秋佳日，未嘗去懷」、「良朋期夫三徑。挹煙光而欲醉，袪塵慮以俱空」等，較具體者，如「或獨往，或偕行，或扣舷，或瀹茗」、「意有所屬，率宣於詩。游屐既頻，吟箋遂積。刪存百一，粗志二三」等。而介於「物材」與「事材」之間者，則如「竹垞鴛湖櫂歌、樊榭鶯脰雜詠」[37]。經由這些佳「象」，作者對玄武湖「情有獨鍾」而常遊、多詩而成集的「意」，就因而表達出來了。此文篇章意象之內涵，由此可以概見。

對這種篇章意象之內涵，作者是採「目、凡、目」之邏輯加以組織而成的。自開篇起至「屏山在門」止，屬於「目一」，主要在寫玄武湖內外之「好景」（物材），就這個部分來看，又用「先底後圖」[38]的結構加以呈現：其中「底」自篇首起至「周迴四十許里」止，寫的主要是玄武湖之外在環境，用以襯托玄武湖；「圖」自「泜岸沙明」起至「屏山在門」止，寫的主要是玄武湖之內在景物，用以正寫玄武湖。自「好景備於四時」起至「袪塵慮以俱空」，屬於「凡」，以「好景備於四時」上收「目一」、「良

37 此用清代朱竹垞與厲鶚之典，見《楚望樓駢體文續編・註》（臺北：臺灣商務印書館，1984 年 5 月初版），頁 160。

38 陳滿銘：「作者在辭章中所用之時、空〔包括「色」〕材料，有一些是充當『背景』用的，也有某些是用來作為『焦點』的。就像繪畫一樣，用作『背景』的，往往對『焦點』能起烘托的作用，即所謂的『底』；而用作『焦點』的，則對『背景』而言，都會產生聚焦的功能，即所謂的『圖』。這種條理用於辭章章法上，也可造成秩序、變化、聯貫的效果，而形成『先圖後底』、『先底後圖』、『圖、底、圖』、『底、圖、底』等結構。」見〈論幾種特殊的章法〉，同注 32，頁 191-196。

朋期夫三徑，挹煙光而欲醉，祛塵慮以俱空」下啟「目三」，而本身又形成因果關係，發揮「承上啟下」的總括功能，以統一全篇。自「余於斯湖」起至篇末，屬於「目二」，主要在寫作者多次遊湖積詩而刪詩成集的經過與結果，而本身又再一次形成因果關係，呼應「凡」的部分，以收拾全文。此文篇章意象之組織，由此可以概見。

這種內涵與組織，可用結構表作如下之呈現：

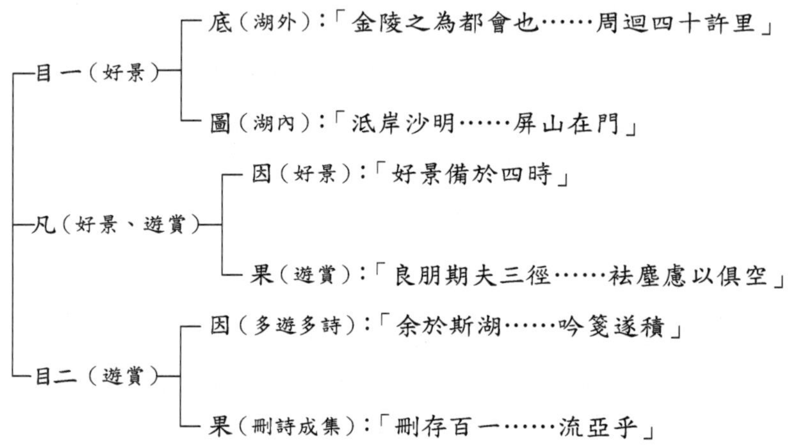

如此單從篇章意象之內涵與組織來看作者之「語文表達」，意象一樣新奇，而充滿創意，令人欣賞。

3.〈悼盧聲伯教授〉：

江右盧聲伯教授，夙工詞曲，妙解宮商，為長洲吳瞿庵先生再傳弟子。旅臺二十餘載，都講上庠，嘉

惠來學。頃歲主國立政治大學中文系，家住木柵指南宮下。每當晨光熹微之際，輒率諸生揣摩曲調，研習詞腔。豪情雲上，逸興飈舉。引吭高唱，響徹林皋。不啻眾仙之詠霓裳，郢客之歌白雪也。竊謂中土韻文，素重音節之美。凡短長高下，抑揚頓挫，必皆宣之於口，驗之於聲，始克曲體其妙。聲伯現身示範，振斯道於舉世不為之日，使仙音法曲，漸洗塵囂。大呂黃鐘，兼宏雨化。可謂有功藝苑，無忝人師者矣。故表而出之，俾世之習中土文學者，知所取鏡，而於古人聲入心通之說，特加意焉。聲伯原為中華學術院詩學研究所委員，今歲重九華岡登高，聲伯時已病篤，吟筵莫赴。客舘旋捐，桓景遘災，竟乏囊萸之效。山陽重過，但聞隣笛之聲。回溯舊游，豈勝嗚邑。

此一文章，收於《楚望樓駢體文續編‧雜文》，作於盧元駿教授去世時，藉他在詞曲上之非凡表現，以表達作者深切的哀悼之意。

誦讀全文，作者很直接地握定盧教授「夙工詞曲，妙解宮商」之特殊成就，由此切入，既敘且論，以強化他對盧教授「客舘旋捐」的無限哀悼之情。由於聚焦於「詞曲」、「宮商」，使得所選取之「物材」與「事材」，都與音律本身或其周邊相關。其中偏於「物材」的，如「晨光熹微」、「響徹林皋」、「隣笛之聲」等；偏於「事材」的，如

「都講上庠」、「輒率諸生揣摩曲調，研習詞腔」、「引吭高唱」、「眾仙之詠霓裳，郢客之歌白雪」、「吟筵莫赴」、「桓景遘災」、「山陽重過」、「回溯舊游」等。作者就統合這些「物材」與「事材」而形成「象」，以表達哀悼之「意」，此文篇章意象之內涵，由此可以概見。

對這種篇章意象之內涵，作者是採「先敲後擊」[39]之邏輯加以組織而成的。自開篇起至「特加意焉」止，屬於「敲」，主要用以寫盧教授在詞曲上之非凡表現，這對「哀悼之意」來說，不是正寫，而是「側寫」，所產生的乃「敲」的作用，也就是說：盧教授之成就越大，則對他去世的哀悼之情就越深。而於此部分，作者又用「先敘後論」的結構加以呈現，其中的「敘」，起自篇首至「郢客之歌白雪也」止，主要用「先泛後具」結構，來寫盧教授之簡歷及其「夙工詞曲，妙解宮商」之「現身示範」；「論」起自「竊謂中土韻文」至「特加意焉」止，作者用

39 「敲擊」一詞，一般用作同義的合義複詞，都指「打」的意思。但嚴格說來，「敲」與「擊」兩個字的意義，卻有些微的不同，《說文》說：「敲，橫擿也。」徐鍇《繫傳》:「橫擿，從旁橫擊也。」而《廣韻·錫韻》則說:「擊，打也。」可見「擊」是通指一般的「打」，而「敲」則專指從旁而來的「打」。也就是說，以用力之方向而言，前者可指正〔前後〕面，也可指側面，而後者卻僅可指側面。依據此異同，移用於章法，用「敲」專指側寫，用「擊」專指正寫，以區隔這種篇章條理與「正反」、「平側」〔平提側注〕、賓主等章法的界線，希望在分析辭章時，能因而更擴大其適應的廣度與貼切度。而這種篇章條理，也和其他章法一樣，可形成「先敲後擊」、「先擊後敲」、「敲、擊、敲」、「擊、敲、擊」等結構，以產生秩序、變化、聯貫〔呼應〕的作用。見陳滿銘〈論幾種特殊的章法〉，同注 32，頁 196-202。

「先實（即事說理）後虛（願望）」的手法，由盧教授「現身示範」之「音節之美」論到「聲入心通」之古說，要人「知所取鏡」、「特加意焉」，全力為「擊」的部分蓄勢。而「擊」的部分，是自「聲伯原為中華學術院詩學研究所委員」起至篇末，主要藉「先『先』後『後』」的結構，用以寫盧教授病逝的簡單經過，從而帶出「豈勝嗚邑」之一篇主旨。此文篇章意象之組織，由此可以概見。

這種內涵與組織，可用結構表作如下之呈現：

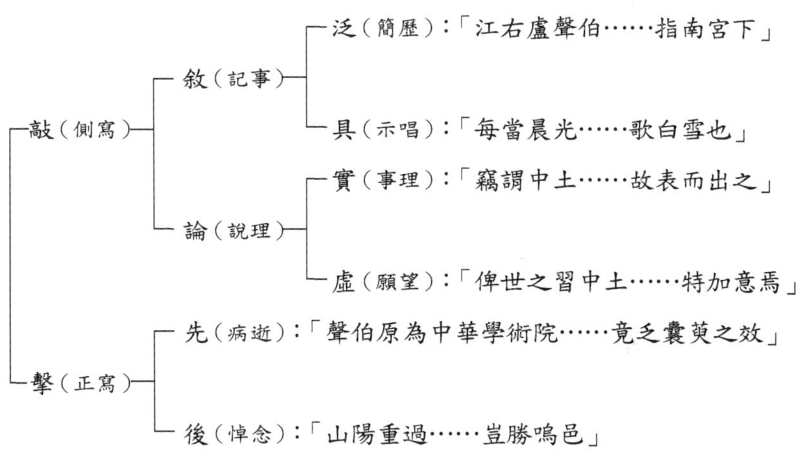

如此單從篇章意象之內涵與組織來看作者之「語文表達」，和上兩篇一樣，有豐富之意象與新奇之創意，讓人讀後感動不已。

上文說過：就寫作活動而言，構思新的人物形象、尋找不同的表達方式，「由意而象」地創造完整之新作品，就是一種創造力的整體展現。據此觀察成惕軒先生三篇作品之「篇章意象」表達，譬之為「創意神奇」，是一點也不為過的。

四、語文表達在篇章意象上的美學意涵

語文的表達在篇章意象上涉及篇章的「成分」與「組職」，主要關聯到「虛實」與「映襯」、「層次」與「統一」，而美感就由此產生。茲分述如下：

1. 虛實與映襯

「意」與「象」是「一虛一實」的二元對待關係，而「虛」與「實」又形成二元互動。從形式上看，「意」（情、理：心境）與「象」（事、景〔物〕：物境）之形成、互動，無論是「以虛化實」「以實化虛」，都可以產生「虛實相生」之美感。曾祖蔭即指出這種「虛實」一種美學特徵說：

> 就藝術反映生活的特點來看，如果說現實景物是「實」，通過景物所體現的思想感情是「虛」，那末，化實為虛就是要化景物為情思，這在我國詩詞中表現得尤為突出。……化虛為實突出地表現為將心境物化。把看不見、摸不著的思想感情、心理變化等，用具體的或直觀的感性形態表現出來，也就

> 是說，要變無形為有形。從這個意義上說，具體的或直觀的物象為實，無形的思想感情、心理變化等為虛。化虛為實就是把無形的思想、情趣、心理等轉化為具體生動的藝術形象。[40]

如此透過「轉化」，將「心境物化」、「物境心化」，確實可以解釋「意（虛）」與「象（實）」互動的藝術特色。也正因為它們能由互動而結合，便成為中國美學一條重要的原則，概括了中國藝術的美學特點。葉太平即認為：

> 藝術形象必須「虛實結合」，才能真實地反映有生命的世界。如果沒有物象之外的虛空，藝術品就失去了生命。[41]

而這種「轉化」或「結合」，如對應於生理、心理來說，則建立在「兩兩相對」或「二元對待」之基礎上。對此，宗白華便說：

> 有謂節奏為生理、心理的根本感覺，因人之生理，均兩兩相對，故於對稱形體，最易感人。[42]

40 見曾祖蔭《中國古代文藝美學範疇》（臺北：文津出版社，1987 年 8 月初版），頁 167-172。

41 見葉太平《中國文學的精神世界》（臺北：正中書局，1994 年 12 月臺初版），頁 290。

42 見《宗白華全集》1（合肥：安徽教育出版社，1996 年 9 月一版二刷），

而「兩兩相對」或「二元對待」形成藝術，即兩兩「映襯」或「襯托」之意。董小玉說：

> 襯托，原係中國繪畫的一種技法，它是只用墨或淡彩在物象的外廓進行渲染，使其明顯、凸出。這種技法運用於文學創作，則是指從側面著意描繪或烘托，用一種事物襯托另一種事物，使所要表現的主體在互相映照下，更加生動、鮮明。襯托之所以成為文學創作中一種重要的表現手法，是由於生活中多種事物都是互為襯托而存在的，作為真實地表現生活的文學，也就不能孤立地進行描寫，而必然要在襯托中加以表現。[43]

既然「生活中多種事物都是互為襯托而存在」，而「襯托」的主（意）客（象）雙方，所呈現的就是「二元對待」的現象。這種現象，形成「調和」的，相當於襯托中的「對稱」；而形成「對比」的，則相當於襯托中的「對立」。

以「對稱」而言，陳望道在《美學概論》中論述「美的形式」時，列有「對稱與均衡」一項：

頁 506。

43 見《文學創作與審美心理》（成都：四川教育出版社，1992 年 12 月一版一刷），頁 338。

> 對稱（symmetry）是與幾何學上所說的對稱指稱同一的事實。都是將一條線（這一條線實際並不存在，也可假定其如此），為軸作中心，其左右或上下所列方向各異，形象相同的狀態。……所謂均衡（balance）雖與它（按：指對稱的形式）極類似，就比它活潑得多；……均衡是左右的形體不必相同，而左右形體的分量卻是相等的一種形式。[44]

這種「美的形式」運用在辭章時，則不必如幾何學那麼嚴密，只要達到均衡的狀態即可。因此落到「意」與「象」之虛實來說，則一樣可凸顯出其對稱（均衡）美。

以「對立」而言，張少康說：

> 任何藝術作品的內部都包含著許多矛盾因素的對立統一。例如我國古代文藝理論中所說的形與神、假與真、一與萬、虛與實、情與理、情與景、意與勢、文與質、通與變等等。每一件藝術品，每一個藝術形象，都是這一組組矛盾關係的統一，是它們的綜合產物。[45]

44 見陳望道《美學概論》（臺北：文鏡文化事業公司，1984 年重排出版），頁 43-45

45 見張少康《中國古代文學創作論》（臺北：文史哲出版社，1991 年 6 月初版），頁 173。

而邱明正也表示：

> 這種既對立又統一的原則體現了矛盾著的雙方相互對立、相互排斥，又在一定條件下相互轉化，相互統一的矛盾運動法則，是宇宙萬物對立統一的普遍規律、共同法則在審美心理上的反映。[46]

由於「意」與「象」、「形象思維」與「邏輯思維」，甚至篇章意象之內涵與組織，都可形成「二元」，而所形成之「映襯」關係，無論為「對稱」或「對立」，均可趨向一種和諧統一的狀態，而獲得「相生相成」之美感效果。

2. 層次與統一

從微觀來看，所謂「層次」，主要是指「虛」與「實」本身之對應或或其他「二元」如邏輯結構所形成之先後或層級而言。而從宏觀來看，則層次中是有變化、變化中是有層次的，因為層次是變化造成的結果，變化是層次形成的主因。如林貴中在《文章礎石及其他》一書中指出：

> （層次）就是文章層面的次序。具體的說，就是文章內：理論的推展安排，情緒的滋長延引，事情的

46 見邱明正《審美心理學》，同注 11，頁 95。

> 呈現先後與物類的綱目歸屬等，都必須按其輕重、深淺、苦樂、悲喜、前後、大小、巨細……而表現出來。[47]

所謂「理論」、「情緒」，指的是「情、理」，即「主題」（主旨），為「意」；「事情」、「物類」，指的是「事、景（物）」，也就是「材料」，為「象」；而「輕重、深淺、苦樂、悲喜、前後、大小、巨細」為多樣的「二元對待」，則關涉到多樣的「虛實」與「映襯」。因此層次體現著由作者開展的意象系統，乃針對著辭章的內容（意象內涵）與脈絡（意象組織）加以把握。這雖是主要就「層次」加以詮釋，卻蘊含著有「甲（深、苦、悲、前、大、巨）與乙（淺、樂、喜、後、小、細）」有關「虛」（陰）與「實」（陽）的「二元變化」在內。正如鄭頤壽《辭章學概論》所言：

> 文章段落層次，或由前至後，或由後至前；或由上到下，或由下到上；或從表至裡，或從裡至表；或從大而小，或從小而大……一般說，都像螺旋似的，一層一層的推進；像剝筍一樣，一層一層地揭示中心。這就是文章的層次性。[48]

47 見林貴中《文章礎石及其他》（臺北：文津出版社，1990 年版），頁74。

48 見鄭頤壽《辭章學概論》（福州：福建教育出版社，1986 年版），頁 82。

所謂「由甲（前、後、上、下、表、裡、大、小）到乙（後、前、下、上、裡、表、小、大）」，指的主要是意象組織過程中陰陽互動的「二元變化」（含虛、實互動），所謂「像螺旋似的，一層一層的推進；像剝筍一樣」，說的主要是意象組織過程中所形成螺旋的「層次」。可見「層次中是有變化、變化中是有層次的」。由此推擴，可知凡是意象系統中關於篇章之前後呼應或邏輯組織，均可形成「層次美」與「變化美」；這是意象統合之基礎。

如此，篇章在層層的對比與調和的作用下，會使得層層結構，經由局部之「統一」而趨於整體之「和諧」。如就辭章整體結構而言，則是指聯結在時、空結構中，由「反復」（秩序）與「往復」（變化）所引起之「節奏」、「調和」與「對比」所呈顯之「剛柔」（陰陽），以串成整體「韻律」、凸出情或理（主題、主旨）、形成風格、氣象，而達於「統一」、「和諧」的一個境界。而這種「統一」或「和諧」，歐陽周、顧建華、宋凡聖等在其《美學新編》裡，加以闡釋說：

> 所謂統一，是指各個部分在形式上的某些共同特徵以及它們之間的某種關聯、呼應、襯托、協調的關係，也就是說，各個部分都要服從整體的要求，為整體的和諧、一致服務。有多樣而無統一，就會使人感到支離破碎、雜亂無章、缺乏整體感；有統一而無多樣，又會使人感到刻板、單調和乏味，美感

> 也難以持久。而在多樣與統一中，同中有異，異中求同，寓「多」於「一」，「一」中見「多」，雜而不越，違而不犯；既不為「一」而排斥「多」，也不為「多」而捨棄「一」；而是把兩個對立方面有機結合起來，這樣從多樣中求統一，從統一中見多樣，追求「不齊之齊」、「無秩序之秩序」，就能造成高度的形式美。……多樣與統一，一般表現為兩種基本型態：一是對比，二是調和。…… 無論對比還是調和，其本身都要要求在統一中有變化，在變化中求統一，把兩者巧妙地結合在一起，就能顯示出多樣與統一的美來。[49]

他們特將這種屬於「二元對待」的「調和」（陰）與「對比」（陽），結合「多樣」與「統一、和諧」作說明，對認識「篇章意象」所產生美感方面的認識而言，是有相當大的幫助的[50]。

而這個「統一、和諧」，如落在辭章中就是「主題（主旨）」與「風格」。而「風格」這種抽象力量，可直接用「剛」（對比）、「柔」（調和）」來概括。關於這點，姚鼐在其〈復魯絜非書〉中就已提出，大致是「姚鼐把各種

49 見歐陽周、顧建華、宋凡聖等《美學新編》（杭州：浙江大學出版社，2001 年 5 月一版九刷），頁 80-81。

50 見陳滿銘〈辭章「多」、「二」、「一（0）」螺旋結構論〉（中山大學《文與哲》學報 10 期，2007 年 6 月），頁 483-514。

不同風格的稱謂，作了高度的概括，概括為陽剛、陰柔兩大類。像雄渾、勁健、豪放、壯麗等都可歸入陽剛類；含蓄、委曲，淡雅、高遠、飄逸等都可歸入陰柔類。就這兩類看，認為『為文者之性情形狀舉以殊焉』，性情指作者的性格，跟陽剛、陰柔有關；形狀指作品的文辭，跟陽剛、陰柔有關。又指出這兩者『糅而氣有多寡進絀』，即陽剛和陰柔可以混雜，在混雜中，陰陽之氣可以有的多，有的少，有的消，有的長，這就造成風格的各種變化」[51]。據此，則陽剛（對比）和陰柔（調和），不但與風格有關，而為各種風格之母；也一樣與作者性情與作品文辭有關，而為韻律、氣象、境界等的決定因素。這其中，對一篇辭章之「篇章意象」中「二元」下徹之「多」與上徹之「一」，就產生了一定之影響。

對這種道理，吳功正在其《中國文學美學》裡，以美學的觀點，從「陰陽」這一範疇切入闡釋說：

> 由一個最簡括的範疇方式：陰陽，繁衍衍化出眾多的美學範疇：言與意、情與景、文與質、濃與淡、奇與正、虛與實、真與假、巧與拙等等，顯示出中國美學的一個顯著特徵：擴散型；又顯示出中國美學的另一個顯著特徵：本源不變性。這兩個特徵的組合，便顯示出中國美學在機制上的特性。如劉勰

51 見周振甫《文學風格例話》，同注 25，頁 13。

> 的《文心雕龍》就以此作為理論的結構框架。關於審美的主客體關係，劉勰認為，心（主體）「隨物以宛轉」，物（客體）「與心而徘徊」。關於情與物的關係：「情以物興，故義必明雅；物以情觀，故詞必巧麗」。其他關於文質、情文、通變等範疇和問題，也都是兩兩對舉，都有著陰陽二元的基本因子的構成模式。[52]

在此，他提出了兩個重要觀點：一是指出心（意）與物（象）……之通與變等範疇，都與「陰陽二元」有關。二為「陰陽二元」的特徵，既是「擴散」（徹下）的，也是「本源不變」（徹上）的。也正由於「陰陽二元」，是諸多範疇構成的基本因子，有著擴散（徹下）、本源不變（徹上）的特徵，所以既能繁衍為「多」（虛實、映襯與層次），也能歸本於「一」（統一、和諧）。

由此可知，陽剛（對比）和陰柔（調和）之重要，因而也凸顯了「二元」（陽剛、陰柔或調和、對比）在「多」（虛實、映襯與層次）、「一」（統一、和諧）之間不可或缺的地位；而「意」與「象」、「虛」與「實」、「剛」與「柔」……等此一「陰陽二元」系列之對待、互動，就在其中產生了應有之作用。

如果依此來觀察上舉成惕軒先生三篇作品在「篇章意

52 見《中國文學美學》下卷（南京：江蘇教育出版社，2001 年 9 月一版一刷），頁 785-786。

象」上之表達，可以發現它們的確都具有「虛實相生」、「兩兩映襯」與「層次」、「統一」之美感效果，使作品充滿了感染力。

五、結語

一般而言，語文的表達（寫），是由「意」而「象」，屬於直觀之表現，大都是非理智的；而辭章之鑑賞（讀），乃由「象」而「意」，緣自模式之探討，幾乎完全是理智的。前者所呈現的是「由意而象」之順向過程，後者所呈現的為「由象而意」的逆向過程。在此過程中，兩者一直互動、循環而提升，形成其螺旋結構，逐漸地融合，以求最後臻於完全合軌的境界，使得先天之直觀表現──語文表達得以與後天之模式探討──辭章鑑賞相互接軌，而使天人相互交流；而後天之辭章鑑賞──實例分析也得以與先天的神奇創意──語文能力之表達接軌，而使一切回歸生命。這種天人交流、回歸生命的道理，可由「篇章意象」此一角度切入成惕軒的三篇詩文予以驗證，雖不免「以有限表現無限」，卻已足以看出這種道理應用之可能，以及成惕軒詩文在語文表達上之神奇創意來了。

（2009.6.8.完稿）

引用文獻

王希杰〈章法學門外閑談〉，《國文天地》18 卷 5 期，2002 年 10 月，頁 92-95。

仇小屏《文章章法論》，臺北：萬卷樓圖書公司，1998 年 11 月初版。

仇小屏《限制式寫作之理論與應用》，臺北：萬卷樓圖書公司，2005 年 10 月初版。

吳功正《中國文學美學》，南京：江蘇教育出版社，2001 年 9 月一版一刷。

吳應天《文章結構學》，北京：中國人民大學出版社，1989 年 8 月一版三刷。

宗白華《宗白華全集》，合肥：安徽教育出版社，1996 年 9 月一版二刷。

周元主編《小學語文教育學》，上海：華東師範大學出版社，1992 年 10 月一版一刷。

周振甫《文學風格例話》，上海：上海教育出版社，1989 年 7 月一版一刷。

林貴中《文章礎石及其他》，臺北：文津出版社，1990 年版。

邱明正《審美心理學》，上海：復旦大學出版社，1993 年 4 月一版一刷。

莊文中《中學語言教學研究》，廣州：廣東教育出版社，2001 年 1 月一版二刷。

張少康《中國古代文學創作論》，臺北：文史哲出版社，1991

年6月初版。

黃永武《中國詩學．設計篇》，臺北：巨流圖書公司，1999 年 6 月初版十三刷。

黃慶萱《修辭學》，臺北：三民書局，2002 年 10 月增訂三版一刷。

陳弘治〈論成惕軒教授詩中的時代意義〉，《幼獅月刊》47 卷 2 期，1978 年 2 月，頁 6-8。

陳弘治、張仁青、陳慶煌等註《楚望樓駢體文續編．註》，臺北：臺灣商務印書館，1984 年 5 月初版。

陳望道《修辭學發凡》，香港：大光出版社，1961 年 2 月版。

陳望道《美學概論》，臺北：文鏡文化事業公司，1984 年重排出版。

陳滿銘〈談見於詩詞裡的凡目結構〉，臺北：《第一屆中國修辭學學術研討會論文集》，中國修辭學會、臺灣師大國文系，1999 年 6 月，頁 95-116。

陳滿銘《章法學新裁》，臺北：萬卷樓圖書公司，2001 年 1 月初版。

陳滿銘〈論幾種特殊的章法〉，臺灣師大《國文學報》31 期，2002 年 6 月，頁 175-204。

陳滿銘《章法學綜論》，臺北：萬卷樓圖書公司，2003 年 6 月初版。

陳滿銘〈論「真」、「善」、「美」的螺旋結構——以章法「多」、「二」、「一（0）」結構作對應考察〉，臺灣師大《中國學術年刊》27 期春季號，2005 年 3 月，頁 151-

188。

陳滿銘〈辭章意象論〉，臺灣師大《師大學報・人文與社會類》50 卷 1 期，2005 年 4 月，頁 17-39。

陳滿銘〈論讀、寫互動〉，《泉州師範學院學報》23 卷 3 期，2005 年 5 月，頁 108-116。

陳滿銘〈論思維力與語文螺旋結構之形成──以「多」、「二」、「一（0）」螺旋結構加以考察〉，《肇慶學院學報》總 79 期，2006 年 6 月，頁 34-38。

陳滿銘〈辭章「多」、「二」、「一（0）」螺旋結構論〉，中山大學《文與哲》學報 10 期，2007 年 6 月，頁 483-514。

陳滿銘〈意、象互動論──以「一意多象」與「一象多意」為考察範圍〉，中山大學《文與哲》學報 11 期，2007 年 12 月，頁 435-480。

陳滿銘〈論章法結構之方法論系統〉，《肇慶學院學報》總 95 期，2009 年 1 月，頁 33-37。

陳鵬翔《主題學理論與實踐》，臺北：萬卷樓圖書公司，2001 年 5 月初版。

童慶炳《中國古代心理詩學與美學》，臺北：萬卷樓圖書有限公司，1994 年 8 月初版。

曾祖蔭《中國古代文藝美學範疇》，臺北：文津出版社，1987 年 8 月初版。

董小玉《文學創作與審美心理》，成都：四川教育出版社，1992 年 12 月一版一刷。

葉朗《中國美學史大綱》，臺北：滄浪出版社，1986 年 9 月初版。

葉太平《中國文學的精神世界》，臺北：正中書局，1994 年 12 月臺初版)，頁 290。

彭聃齡主編《普通心理學》(北京：北京師範大學出版社，2003 年 1 月二版十五刷。

彭漪漣《古典詩詞邏輯趣談》，上海：上海人民出版社，2001 年 9 月一版一刷。

楊如雪《文法 ABC》，臺北：萬卷樓圖書公司，2002 年 2 月再版。

黎運漢《漢語風格學》，廣州：廣東教育出版社，2000 年 2 月一版一刷。

鄭頤壽〈中華文化沃土，辭章學圃奇葩——讀陳滿銘《章法學新裁》及其相關著作〉，《海峽兩岸中華傳統文化與現代化研討會文集》，蘇州：「海峽兩岸中華傳統文化與現代化研討會」，2002 年 5 月，頁 131-139。

鄭頤壽《辭章學概論》，福州：福建教育出版社，1986 年版。

歐陽周、顧建華、宋凡聖等《美學新編》，杭州：浙江大學出版社，2001 年 5 月一版九刷。

顧祖釗《文學原理新釋》，北京：人民文學出版社，2001 年 5 月一版二刷。

貳

羅門詩國的真、善、美

——以〈麥堅利堡〉一詩的篇章意象為例作探討

摘　要

鑑賞一篇辭章，無論是詩文或詞曲，有三個層面是必須掌握的，那就是「寫什麼」、「怎麼寫」，「好在哪裡」。其中「寫什麼」就關係到「真」（情、理）、「怎麼寫」就關係到「善」（規律、方法）、「好在哪裡」就關係到「美」（審美風貌）。由此來看羅門之新詩創作，表現「真、善、美」極為凸出，受到中外詩界的重視與讚許。本文即舉其最著名之〈麥堅利堡〉一詩為例，呈現其篇章意象「真、善、美」之成就，羅門詩國之完美於一斑。

關鍵詞：羅門、「真、善、美」、〈麥堅利堡〉、篇章意象

一、前言

意象系統，可由「象」而「意」，形成其逆向結構；也可由「意」而「象」，形成其順向結構；兩者不僅前後連接在一起，更形成互動、循環、提升不已的螺旋結構，以反映宇宙人生生生不息之基本規律。而這種規律，是可落到「篇章意象」上，對應於「真、善、美」加以檢驗的[1]。因此本文即以此為範圍，特著眼於羅門詩國的真、善、美，以其最著名之〈麥堅利堡〉一詩為例，先探討篇章意象與真善美之相關理論，再就篇章意象之表現，對應於「真、善、美」加以說明，然後對羅門詩國的「螺旋型架構」略作綜合探討，以見羅門詩國的真、善、美於一斑。

二、真、善、美與篇章意象

在此，分三層加以探討：

1. 關於真、善、美

「真」、「善」、「美」三者之關係，一直以來都認為是「美與真、善既有聯繫又有區別」的。而在西洋的早期，

1 見陳滿銘〈意象「多」、「二」、「一（0）」螺旋結構論——以哲學、文學、美學作對應考察〉（《濟南大學學報・社會科學版》17 卷 3 期，2007 年 5 月），頁 47-53。

是將「善」置於「真」之上，當作「神」或「上帝」來看待，帶有神學色彩；後來「形式論」興起，才認為美和善一樣，都是建立在「真實的形式上面」，而把「善」放在「真」之下，從倫理學的層面加以把握。

歐陽周、顧建華、宋凡聖等在《美學新編》中即指出：「真是美的源頭和基礎，美以真為內容要素。……善是美的靈魂，美以善為內涵和目的。」[2] 這種「認為美與真、善既有聯繫又有區別」的看法，普遍為人所接受，所以辭章學家鄭頤壽《辭章學導論》也說：「在兩三千年的爭論中，西方對真、善（誠）與美的關係的認識也逐步辯證。柏拉圖的最大弟子亞里士多德就是其老師偏頗的文藝美學思想的異議者。從文藝復興到 18 世紀的許多美學家、藝術家，如達·芬奇、荷加斯等，其後的柏克、費爾巴哈、車爾尼雪夫斯基直至馬克思，對『美』的本質及其與『真』、『善』的關係的認識逐步科學化了。……莎士比亞有一段關於真、善、美和辭章的關係，談得十分深刻。他說：『真、善、美，就是我全部的主題，真、善、美，變化成不同的辭章，我底創造力就花費在這種變化裡，三題合一，產生瑰麗的景象。真、善、美，過去式各不相關，現在呢，三位同座，真是空前。』」[3]

2 見歐陽周、顧建華、宋凡聖等《美學新編》（杭州：浙江大學出版社，2001 年 5 月一版九刷），頁 52-54。

3 見鄭頤壽《辭章學導論》（臺北：萬卷樓圖書公司，2003 年 11 月初版），頁 500。

如此真、善、美雖然在「求異」一面裡，所謂「真屬於哲學的範疇」、「善屬於倫理學的範疇」、「美屬於美學的範疇」，各有不同；然而若從「求同」一面來說，就所謂「三位同座」，可統合而為一。就在此「三位同座」中，所謂「真是美的源頭和基礎，美以真為內容要素」、「善是美的靈魂，美以善為內涵和目的」，顯然含藏了「真、善→美」（或真←→善→美）或「真→善→美」的邏輯結構。李澤厚〈美學三題議〉說：「『美』是『真』與『善』的統一」[4]，即是此意。

這樣看來，從古以來對「真、善、美」涵義的界定，儘管不盡相同，然而所含藏「真、善→美」（真←→善→美）或「真→善→美」等邏輯結構，卻變化不大。因為這種邏輯結構，相當原始，是可適用於宇宙形成、含容萬物「由上而下」之各個層面的。如果換成「由下而上」來看，則正好相反，各個層面所形成的是「美→真、善」（美→善←→真）或「美→善→真」的邏輯結構。而這種「由上而下」與「由下而上」的順、逆向結構，可由後人如范明生、鄔昆如等所掌握柏拉圖有關「真、善、美」的義理邏輯裡得到充分證明[5]。又如果把這順、逆向的邏輯結構加以整合簡化，則可表示如下：

4 見李澤厚〈美學三題議〉，《美學論集》（臺北：三民書局，1996 年 9 月初版），頁 167-168。

5 見蔣孔陽、朱立元主編，范明生著《西方美學通史》第一卷（上海：上海文藝出版社，1999 年 10 月一版一刷），頁 310。又見鄔昆如《希臘哲學趣談》（臺北：東大圖書公司，1976 年 4 月初版），頁 151。

意即按「由上而下」的順向來看，它所呈現的是「真 → 善 → 美」的邏輯結構；而依「由下而上」的逆向來看，則它所呈現的是「美 → 善 → 真」的邏輯結構；而兩者互動，循環而提升，就形成了螺旋結構。

2. 關於篇章意象

篇章是辭章中最重要的一環。就「辭章」而言，乃結合「形象思維」、「邏輯思維」與「綜合思維」而形成。這三種思維，各有所主。如果是將一篇辭章所要表達之「意」，訴諸各種偏於主觀之聯想、想像，和所選取之「象」連結在一起，或者是專就個別之「意」、「象」等本身設計其表現技巧的，皆屬「形象思維」（運用典型的藝術形象來顯示各種事物的特質）；這涉及了「取材」、「措詞」等有關「意象」之形成與表現等問題，而主要以此為研究對象的，就是意象學（狹義）、詞彙學與修辭學等。如果是專就各種「象」，對應於自然規律，結合「意」，訴諸偏於客觀之聯想、想像，按秩序、變化、聯貫與統一之原則，前後加以安排、佈置，以成條理的，皆屬「邏輯思維」（運用抽象概念來顯示各種事物的組織）；這涉及了「運材」、「佈局」與「構詞」等有關「意象」之組織等問題，而主要以此為研究對象的，就語句言，即文（語）法學；就篇章言，就是章法學。至於合「形象思維」與「邏輯思維」而為一，探討其整個「意象」體性的，則為「綜合思維」，這涉及了「立意」、「確立體性」等有關「意象」之統合等問題，而主要以此為研究對象的，為主題學、意象學（廣義）、文體學、風格學等。而以此整體或個別為對象加以研究的，則統稱為辭章學或文章學。

而這些辭章的內涵，都是針對辭章作「模式之探討」加以確定的。它們分別與形象思維、邏輯思維或綜合思維有著密切的關係。其中有偏於字句範圍的，主要為詞彙、修辭、文（語）法與意象（個別）；有偏於章與篇的，主要為意象（整體含個別）與章法；有偏於篇的，主要為一篇主旨與風格。因此辭章的篇章，是主要以意象（個別到整體）與章法為其內涵，而以主旨與風格來「一以貫之」的。

換另一個角度看，辭章是離不開「意象」的。而「意象」有廣義與狹義之別：廣義者指全篇，屬於整體，可以析分為「意」與「象」，形成「二元」；狹義者指個別，屬於局部，往往合「意」與「象」為一來稱呼。而整體是局部的總括、局部是整體的條分，所以兩者關係密切。不過，必須一提的是，狹義之「意象」，亦即個別之「意象」，雖往往合「意」與「象」為一來稱呼，卻大都用其偏義，造成「包孕」的效果，譬如草木或桃花的意象，用的是偏於「意象」之「意」，因為草木或桃花都偏於「象」；如「桃花」的意象之一為愛情，而愛情是「意」；而團圓或流浪的意象，則用的是偏於「意象」之「象」，因為團圓或流浪，都偏於「意」；如「流浪」的意象之一為浮雲，而浮雲是「象」。因此前者往往是一「象」多「意」，後者則為一「意」多「象」。而它們無論是偏於「意」或偏於「象」，通常都通稱為「意象」。如著眼於整體（含個別）的「意象」（意與象）來看，則它應於綜合思維，能統合形象思維與邏輯思維，並貫穿辭章的各主要內涵，以見意象在辭章上之地位[6]。

先從「意象」之形成與表現來看，是都與形象思維有關的，因為形象思維所涉及的，是「意」（情、理）與「象」（事、景）之結合及其表現。其中探討「意」（情、理）與「象」（事、景〔物〕）之結合者，為「意象學」，這是就意象之形成來說的。而探討「意」（情、理）與「象」（事、景〔物〕）本身之表現者，如就原型求其符號化的，是「詞彙學」；如就變型求其生動化的，則為「修辭學」。

再從「意象」之組織來看，是與邏輯思維有關的，而邏輯思維所涉及的，則是意象（意與意、象與象、意與象、意象與意象）之排列組合，其中屬篇章者為「章法學」，屬語句者為「文法學」。

然後從「意象」之統合來看，是與綜合思維有關的，而綜合思維所涉及的，乃是核心之「意」（情、理），即一篇之中心意旨：「主旨」（統合內容義旨）與審美風貌：

6 （見陳滿銘〈意、象互動論——以「一意多象」與「一象多意」為考察範圍〉（中山大學《文與哲》學報 11 期，2007 年 12 月），頁 435-480。

「風格」。

由此看來，形象思維、邏輯思維與綜合思維三者，涵蓋了辭章的各主要內涵，而都離不開「意象」。如單由「象」與「意」來說，如涉及後天之「辭章研究」（讀），所循的是「由象而意」之逆向邏輯結構；如涉及先天之「語文能力」（寫）而言，所循的則是「由意而象」之順向邏輯結構[7]。

而這些內涵，如就逆向之邏輯結構來說，首先是藉「形象思維」（陰柔）與「邏輯思維」（陽剛），將「個別意象」、「詞彙」、「修辭」、「文（語）法」、與「章法」等呈現其藝術形式，以求合乎「善」的表現；然後是藉「綜合思維」來統合「形象思維」（陰柔）與「邏輯思維」（陽剛），以凸顯「整體意象」（含主題、主旨）與「風格」等，這涉及了「修辭立其誠」《易・乾》之「誠」（真）與篇章有機整體之「美」。這樣使辭章各內涵產生互動，而統一於「整體意象」，以臻於「真、善、美」的最高境界[8]。而這些都是辭章研究之成果，是不宜輕忽的。

3. 篇章意象與真、善、美的螺旋結構

如果這樣將「真、善、美」與「篇章意象」結合起來

7 見陳滿銘〈辭章意象論〉（臺灣師大《師大學報・人文與社會類》50 卷 1 期，2005 年 4 月），頁 17-39。

8 見陳滿銘〈論「真」、「善」、「美」的螺旋結構——以章法「多」、「二」、「一（0）」結構作對應考察〉（臺灣師大《中國學術年刊》27 期〔春季號〕，2005 年 3 月），頁 151-188。

看，則在此層面，所謂的「真」，是表現在統合篇章意象的內容義旨上；所謂的「善」，是表現在組織篇章意象的邏輯結構上；所謂的「美」，是表現在統合篇章意象的「審美風貌」上。

如此將「篇章意象」與「真」、「善」、「美」三者對應，可製成下圖以表示其互動關係：

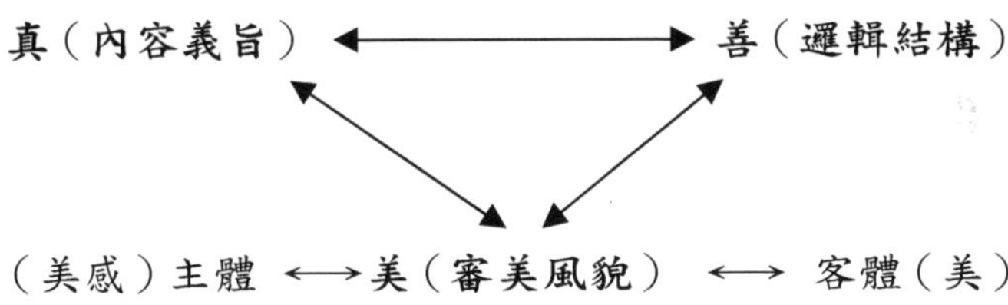

如此互動、循環而提升，就形成螺旋結構，如落在「篇章意象」來看，則是這樣子的：

（一）寫作（順向——由意而象）：

美感（作者） → 真 → 善 → 美（作品）

（二）閱讀（逆向——由象而意）：

美（作品） → 善 → 真 → 美感（讀者）

從寫作面來看，所呈現的是由「意」下貫到「象」的過程；從閱讀面看，所呈現的是由「象」回溯到「意」的過程[9]。這種流動性的雙向過程，無論是寫作或閱讀，都是經互動、循環而提升的作用，而形成「意→象→意」或「象→意→象」的螺旋關係的。而且如就同一作品而言，作者由「意」而「象」地在從事順向寫作的同時，也會一再由「象」而「意」地如讀者作逆向之檢查；同樣地，讀者由「象」而「意」地作逆向閱讀的同時，也會一再由「意」而「象」地如作者在作順向之揣摩。這樣順逆互動、循環而提升，形成螺旋結構，而最後臻於至善，自然使得「寫作」與「閱讀」合為一軌了。

三、〈麥堅利堡〉篇章意象的真、善、美

羅門的〈麥堅利堡〉詩，作於 1960 年 10 月，雖然大家已十分熟悉，但為了與其篇章意象分析，尤其是結構分析表能完整對照，以方便廣大讀者，特引原詩如下：

超過偉大的
是人類對偉大已感到茫然

戰爭坐在此哭誰
它的笑聲　曾使七萬個靈魂陷落在比睡眠還深的地帶

9 見陳滿銘〈論章法結構與意象系統——以「多」、「二」、「一（0）」螺旋結構切入作考察〉（《浙江師範大學學報・社會科學版》30 卷 4 期，2005 年 8 月），頁 40-48。

太陽已冷　星月已冷　太平洋的浪被炮火煮開也都冷了

史密斯　威廉斯　煙花節光榮伸不出手來接你們回家
你們的名字運回故鄉　比入冬的海水還冷
在死亡的喧噪裡　你們的無救　上帝的手呢

血已把偉大的紀念沖洗了出來
戰爭都哭了　偉大它為什麼不笑
七萬朵十字花　圍成園　排成林　繞成百合的村
在風中不動　在雨裡不動
沉默給馬尼拉海灣看　蒼白給遊客們的照相機看
史密斯　威廉斯　在死亡紊亂的鏡面上　我只想知道
　　　　那裡是你們童幼時眼睛常去玩的地方
　　　　那地方藏有春日的錄音帶與彩色的幻燈片

麥堅利堡　鳥都不叫了　樹葉也怕動
凡是聲音都會使這裡的靜默受擊出血
空間與空間絕緣　時間逃離鐘錶
這裡比灰暗的天地線還少說話　永恆無聲
美麗的無音房　死者的花園　活人的風景區
神來過　敬仰來過　汽車與都市也都來過
而史密斯　威廉斯　你們是不來也不去了
靜止如取下擺心的錶面　看不清歲月的臉
在日光的夜裡　星滅的晚上

你們的盲睛不分季節地睡著

睡醒了一個死不透的世界
睡熟了麥堅利堡綠得格外憂鬱的草場

死神將聖品擠滿在嘶喊的大理石上
給昇滿的星條旗看　給不朽看　給雲看
麥堅利堡是浪花已塑成碑林的陸上太平洋
一幅悲天泣地的大浮雕　掛入死亡最黑的背景
七萬個故事焚毀於白色不安的顫慄
威廉斯　史密斯　當落日燒紅滿野芒果林於昏暮
神都將急急離去　星也落盡
你們是那裡也不去了
太平洋陰森的海底是沒有門的

註：麥堅利堡（Fort Mckinly）紀念第二次大戰期間七萬美軍在太平洋地區戰亡；美國人在馬尼拉城郊，以七萬座大理石十字架，分別刻著死者的出生地與名字，非常壯觀也非常悽慘地排列在空曠的綠坡上，展覽著太平洋悲壯的戰況，以及人類悲慘的命運，七萬個彩色的故事，是被死亡永遠埋住了，這個世界在都市喧囂的射程之外，這裡的空靈有著偉大與不安的顫慄，山林的鳥被嚇住了都不叫了。靜得多麼可怕，靜得連上帝都感到寂寞不敢留下；馬尼拉海灣在遠處閃目，芒果林與鳳凰木連綿遍野，景色美得太過憂傷。天藍，旗動，令人肅然起敬；天黑，旗靜，周圍便黯然無聲，被死亡的感覺重壓著……作者本人最近因公赴菲，曾與菲華作家施穎洲、亞薇及畫家朱一雄家人往遊此地，並站在史密斯的十字架前拍照。1960年10月（以上為作者自註）

這是首詠戰爭的作品，敘寫著麥堅利堡的故事，主要是用「先論（意：情、理）後敘（象：景、事）」的結構寫成的。對此麥堅利堡，作者以無限的悲憫出之，是愴然、也是悵然！這是嚴肅的悲愴，是剎那，也是永恆！

「超過偉大的／是人類對偉大已感到茫然」，什麼是偉大呢？又是什麼讓人類對偉大感到茫然呢？那是——麥堅利堡。作者以「議論」（以意為主：情、理）開篇，承接著這段議論的，是佔著全詩絕大篇幅的「敘述」（以象為主：景、事）部分。

在「敘述」（以象為主：景、事）部分，作者採用了「凡（總提）、目（分應）、凡（總提）」的結構來統攝，亦即先總括述說、再條分敘寫、再總括述說。第一個「凡（總提）」是：「戰爭坐在此哭誰／它的笑聲　曾使七萬個靈魂陷落在比睡眠還深的地帶」，從中我們可以抽繹出兩個元素：「靈」〈七萬個靈魂〉與「墓」（比睡眠還深的地帶），作者緊抓住這兩者，在其後的篇幅中作了深刻的鋪寫，並且在最後五行中又一筆總收〈第二個「凡（總提）」〉。

在「目（分應）一」的部分，作者是就「靈」來寫，共有四行　：「太陽已冷　星月已冷　太平洋的浪被炮火煮開也都冷了／史密斯　威廉斯　煙花節光榮伸不出手來接你們回家／你們的名字運回故鄉　比入冬的海水還冷／在死亡的喧噪裡　你們的無救　上帝的手呢」，「史密斯　威廉斯」是「七萬個靈魂」的代表，作者在此運用了「以少總多」的手法；他們的命運是如何呢？作者意欲表現出命運的慘酷，因此捕捉住觸覺的「冷」，來做放大般的描寫，「太陽」、「星月」、「太平洋的浪」、「你們的名字」，都是多麼的冷啊！並且在末尾用一個反問句收結：「你們的無救　上帝的手呢」？真真是無語問蒼天啊！

接著寫「目（分應）二」，作者環繞著「墓」〈亦即眼前實景〉來描繪。此處動用了視覺與聽覺，而且形成了「目（分應）、凡（總提）、目（分應）」的結構：整個第四節和第五節的首四行是「目（分應）一」，前者就視覺、後者就聽覺來敘寫；而「美麗的無音房　死者的花園　活人的風景區」則是「凡（總提）」，其中以「美麗的無音房」統括起對聽覺的描寫，又以「死者的花園　活人的風景區」統括起前、後對視覺的描寫；至於第五節中幅的十一行，則又是就視覺來描摹墓園，這是「目（分應）二」。所以在「目（分應）一」視覺的部分中，主要描寫墓園的蒼白停滯，一絲生命的氣息也聞嗅不到，所謂「七萬朵十字花　圍成園　排成林　繞成百合的村／在風中不動　在雨裡不動／沉默給馬尼拉海灣看　蒼白給遊客們的照相機看」，其實就是死亡的具象化，而且「百合的村」、「遊客們的照相機」等語，是頗含「省思」意味的；而接著的三行，則是就鎖定墓園的靜寂無聲來描寫〈聽覺〉，其中「麥堅利堡　鳥都不叫了　樹葉也怕動／凡是聲音都會使這裡的靜默受擊出血」兩行，運用了「通感」的原理，以觸覺所感來描摹聽覺所得，讓這種靜默更是深刻沁人。接著出現的就是作為「凡（總提）」的一行：「美麗的無音房 死者的花園活人的風景區」，「美麗的無音房」即點出了 無聲的死寂〈聽覺〉，而這種無聲是「美麗」的，這種說法是多麼的反諷啊！而且「死者的花園　活人的風景區」也是同樣的諷刺，並且這種反諷是貫穿在「目（分應）一」與「目（分應）二」對視覺的描寫中的。其後的十一行是「目（分應）二」，作者先寫：「神來過　敬仰來過　汽車與都市也都來過」，唉！多麼空洞啊！所謂「神」與「敬仰」，就如同「汽車與都市」，來過又走了，就算是裝飾，也是多麼空洞而易於凋謝的裝飾啊！然而「史密斯　威廉斯」呢？他們是「不來也不去了」，他們是睡著，然而這是一種醒不來的睡，因此最後四行點出死亡：「死神將聖品擠滿在嘶喊的大理石上／給昇滿的星條旗看　給不朽　看給雲看／麥堅利堡是浪花已塑成碑林的陸上太平洋／一幅悲天泣地的大浮雕　掛入死亡最黑的背景」，其中「昇滿的星條旗」、「不朽」，又是一個椎心的諷刺，令人省思不已。

前面的「目（分應）一」〈靈〉與「目（分應）二」（墓），作者都用結尾 的五行作個收束：「七萬個故事焚毀於白色不安的顫慄／史密斯　威廉斯　當落日燒紅滿野芒果林於昏暮／神都將急急離去　星也落盡／你們是那裡也不去了／太平洋陰森的海底是沒有門的」，前幅收「靈」、後幅收「墓」，可說是一筆兜攬，呼應得十分嚴密；而且時間也從「白白」發展到「昏暮」，令人揣想到一切的一切都彷彿即將墜入恆久的黑夜之中，而那種悲愴的感覺，就更深刻了。

令人喟嘆啊！讓人想及篇首那偈語般的句子：「超過偉大的／是人類對偉大已感到茫然」，什麼是偉大呢？又是什麼讓人類對偉大感到茫然呢？麥堅利堡當然是偉大的，可是又讓人感到多麼茫然啊！這其中顯示的，是作者對戰爭的反省與疑問。以及對死者高度的悼念與崇敬[10]。

附其篇章意象結構分析表供參考：

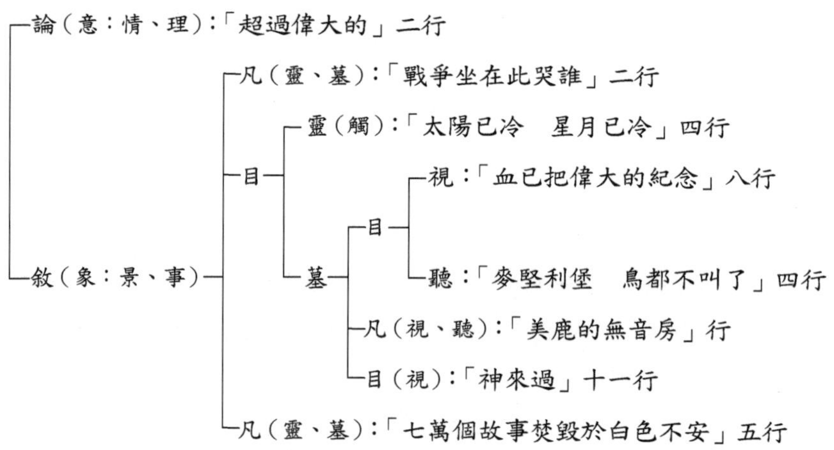

總結起來說，此詩作者在麥堅利堡，將所見（視）、所聞（聽）與所感、所思（想），融合成其內容義旨，這是「真」；用「先論（意：情、理）後敘（象：事、景）」

10 以上分析，參見仇小屏《世紀新詩選讀》（臺北：萬卷樓圖書公司，2004 年 3 月初版二刷），頁 227-230。

的「篇」結構為核心，來統合「凡目」（兩疊）、「並列（靈、墓）」「視、聽」的「章」結構，以反映宇宙人生「秩序」、「變化」、「聯貫」與「統一」的規律，這是「善」；至於由此創造出「孤寂」、「蒼涼」與「肅穆」的審美風貌，並進行轉化、昇華，讓作者與讀者的心靈共同接受「美神」受洗的聖水而流淚，這就是「美」。這樣，剎那即成永恆，就像作者說的：「『看』、『聽』、『想』最後便一起交貨給『前進中的永恆』」[11]。這種「真、善、美」的表現，如配合篇章結構，可將它們的關係呈現如下表：

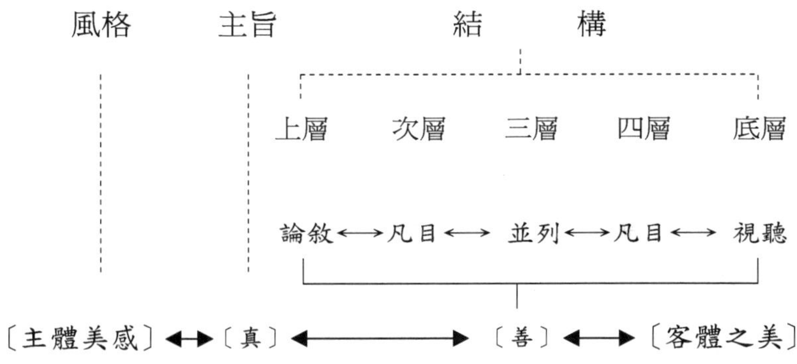

果然這首詩一發表，就引起國內外很大的迴響，讚美之聲，不絕於耳。這些迴響與讚美，羅門在其〈創作心靈告白〉一文中作了如此之概括：

11 羅門〈「第三自然螺旋型架構世界」藝術創作美學理念〉，見羅門《我的詩國》（臺北：文史哲出版社，2010 年 6 月初版），頁 23-24。

國內外十多位知名詩人以「麥堅利堡」為題材寫的戰爭詩，評論界都一致認為我寫的〈麥〉詩最好。……2008 年 12 月舉行的黃山文學會議晚宴上，我背誦〈麥堅利堡〉，此次會議策劃人名詩人評論家沈奇教授當場發表感言說 ：羅門寫的〈麥堅利堡〉應是華人詩壇近百年來寫得最好的一首戰爭詩，並親口對我說，他最近在大學班上講解〈麥〉詩，曾一面解讀一面掉淚，如此已有四位知名詩人作家讀我四十多年前的〈麥〉詩流淚，可見詩是有感人的偉大性與永恆性的。……曾任大陸社科院藝術文化研究所所長劉夢溪名學者評論家，在 1993 年海南大學舉行羅門蓉子文學世界學術研討會」於會議總結文章中曾特別談到〈麥〉詩並發表一段話「初讀〈麥〉詩我被驚呆了；完全是另外一種思維，另外一種意象，另外一種符號，彷彿是詩歌的天外來客……在羅門〈麥〉詩面前人類感到渺小……從以上的述說，可見我在「戰爭」主題詩，是的確寫出最好的詩之一。……我寫〈麥堅利堡〉，我沒有流淚，有四位詩人作家掉淚，可是這些年來只要我一面讀此詩，一面聽貝多芬「第九交響樂」，幾乎都抑不住流出淚來，我曾將流出的淚，說是我心靈接受「美神」受洗的聖水。從以上所述說的可見以「自我、時空、死亡（與永恆）」所寫的〈第九日的底流〉也是具特殊性的好詩之一。[12]

一首詩受到如此之迴響、讚美，是絕無僅有的。

四、羅門詩國的真、善、美螺旋結構

羅門的詩國，在他〈「我的詩國」訪談錄〉裡指出：「這一創作構想與觀念，是 2000 年首先提出，看來是意圖對『人的世界』、『詩的藝術』的終極存在，在找一個『美』的著落點。」而這一詩國、這一意圖，是以「第三自然螺旋型架構」世界為基地的，他自已說：

> 「第三自然螺旋型架構」：將「第一自然」與人為「第二自然」的景觀以及古今中外的時空範疇與已出現的各種藝術流派包裝形式，全心放進內心「第三自然」美的焚化爐它的主機器——「螺旋型架構」去作業，使之全面交流交感，於向左右四周前後旋轉時，便旋入停不下來的廣闊的遠方；於向上旋轉時，便旋昇到不斷超越與突破的高度；於向下旋轉時，便旋入無限奧秘神秘的深度；最後是讓有廣度、高度與深度美的世界，在詩與藝術轉動的「螺旋型架構」中，旋進它美的至高點與核心：去

12 見羅門〈創作心靈告白〉(《大海洋詩刊》，2010 年 1 月)，頁 23-24。

探視前進中的永恆。[13]

可見在羅門的眼中，這個「第三自然螺旋型架構」之核心，就是「至美」，就是「永恆」。對此，在 2001 年 13 日的《商報》載羅門〈學者、評論家、詩人、作家對我「第三自然」世界的有關評語（下）〉收周偉民教授的評語說：

> 「第三自然」的藝術觀念的提出，是羅門對自己創作質踐的體識。他在〈詩人藝術家創造了存在的「第三自然」〉一文的序中說：「這是廿年來我透過詩與藝術，對人類內心與精神活動進行探索所做的認定，並提出這一具冒險性的觀點：『詩人與藝術家創造了存在的第三自然』。同時，我深信這一觀點，非但可以解決當前詩與藝術所面臨的種種爭論與危險，並可指出詩人與藝術家所永遠站住的位置，以及人類心靈活動接近完美的企向。」這一觀念，是羅門在 1974 年提出的。當然，康德於 1790 年在《判斷力批判》（上卷）中，就已曾經提出美學的第三自然的觀念。康德認為，整個第三自然界，都是「由一種想像力的媒介超過了經驗的界限……這種想像力在努力達到最偉大東西追蹤著理

13 羅門〈「第三自然螺旋型架構世界」藝術創作美學理念〉，見羅門《我的詩國》，同注 11。

> 性的前奏——在完全性裡來具體化，這些的東西在自然界裡是找不到範例的。」康德是在審美判斷的演繹理論中，從美的哲學的角度提出了自然與美的辯證關係的概念。而羅門，是從自己的創作實踐中領悟和闡釋形象王國裡的「第三自然」的理論，把哲學觀念具體化於詩歌創作中。[14]

他指出羅們「第三自然」的理論「把哲學觀念具體化於詩歌創作中」，強調了羅門對詩歌創作理論的偉大貢獻。

從源頭上來看，這種理論涉及了「陰陽二元對待」（含二元對比與調和）的問題。就以中國哲學中的「理」與「氣」、「有」與「無」、「道」與「器」、「體」與「用」、「動」與「靜」、「一」與「兩」、「知」與「行」、「性」與「情」、「天」與「人」……等，都屬於「陰陽二元對待」之範疇[15]，就連「意」與「象」、「真」與「善」、「善」與「美」，亦皆如此。它們有本有末，無論是「由本而末」或「由末而本」，均可形成「順」或「逆」的單向本末結構。而一般學者也都習慣以此單向來看待它們，卻往往忽略了它們所形成之「互動、循環而提昇」的螺旋關係。

而這種關係，可從《周易》（含《易傳》）與《老子》

14 此文收入羅門《我的詩國》，同注 11，頁 31。

15 見葛榮晉《中國哲學範疇導論》（臺北：萬卷樓圖書公司，1993 年 4 月初版一刷），頁 1-650。

等古籍中獲知梗概，《老子》說：「道生一，一生二，二生三，三生萬物。萬物負陰而抱陽，沖氣以為和。」（四二章）」，《周易．繫辭上》說：「是故易有太極，是生兩儀，兩儀生四象，四象生八卦。」依據它們，不但可由「有象」（人）而「無象」（天），找出螺旋性之逆向結構；也可由「無象」（天）而「有象」（人），尋得螺旋性之順向結構；並且透過《老子》「反者道之動」（四十章）、「凡物芸芸，各復歸其根」（十六章）與《周易．序卦》「既濟」而「未濟」之說，將順、逆向結構不僅前後連接在一起，更形成循環不息的螺旋系統，以呈現中國宇宙人生觀之精微奧妙[16]。

而這種「螺旋」，在西方也曾用於教育課程之理論上，早在十七世紀，即由捷克教育家夸美紐斯所提出，許建鉞編譯《簡明國際教育百科全書》即指出：「螺旋式循環原則（Principle of Spiral Circulation）排列德育內容原則之一，即根據不同年齡階段（或年級），遵循由淺入深，由簡單到複雜，由具體而抽象的順序，用循環、往復螺旋式提高的方法排列德育內容。螺旋式亦稱圓周式」[17]。可見「螺旋」就是「互動、循環而提昇」的意思。這種螺旋作用，可用下列簡圖來表示：

16 參見陳滿銘〈論「多」、「二」、「一（0）」的螺旋結構——以《周易》與《老子》為考察重心〉（臺灣師大《師大學報．人文與社會類》48 卷 1 期，2003 年 7 月），頁 1-20。

17 見許建鉞編譯《簡明國際教育百科全書》（北京：新華書局北京發行所，1991 年 6 月一版一刷），頁 61。

二元對待 ↔ 互動 ↔ 循環 ↔ 提升

它們如此層層作用不息，就形成了有無限擴張性的螺旋系統。

很值得注意的是：相對於人文，近年科技界亦發現生命之「基因」和「DNA」等都呈現雙螺旋結構，約翰・格里賓著、方玉珍等譯《雙螺旋探密——量子物理學與生命》以為：「生命分子是雙螺旋這一發現為分子生物學揭開了新的一頁，而不是標誌著它的結束。但在我們以雙螺旋發現為基礎去進一步理解世界之前，如果能有實驗證明雙螺旋複製的本質，那麼關於雙螺旋的故事就會更加完美了。」[18]

如此，從極「微觀」（小到最小）到極「宏觀」（大到最大），都可由一順一逆的雙螺旋結構加以層層組織，以體現自然「真、善、美」之規律[19]。由此可見人文與科技雖然各自「求異」，而有不同之內容，但所謂「萬變不離其宗」，在「求同」上，就有「殊途同歸」的無限開展。這樣，雙螺旋結構之「原始性」、「普遍性」與「永恆性」，就值得大家共同重視了。

而羅門就以這種螺旋型架構來凸顯「第三自然」，他

18 見約翰・格里賓著、方玉珍等譯《雙螺旋探密——量子物理學與生命》（上海：上海科技教育出版社，2001 年 7 月），頁 225。

19 參見陳滿銘〈「真、善、美」螺旋結構論——以章法「多」、「二」、「一（0）」螺旋結構作對應考察〉，同注 8。

寫麥堅利堡，是藉麥堅利堡本身之「事」（過去、現在）與週遭之「景」（現在），來抒發作者所觸發之「情」（現在、未來）與昇華之「理」（永恆）的。所涉及的，雖全離不開「墓」和「靈」，但由「象」而「意」，由「第一自然」而「第二自然」，順利提昇到「第三自然」，就像作者所說的「在同一秒把『過去』、『現在』與『未來』存放入『前進中的永恆』的金庫」[20]（《「第三自然螺旋型架構世界」藝術創作美學理念》）。對此，大陸詩人、文評家公劉有論文說：

> 我讀〈麥堅利堡〉，只覺得彷彿自己走進了宇宙的深處，只感到前無古人，後無來者，無邊無涯的寥寂和蒼涼，只感到周身每一個毛孔都充溢著凜然的肅穆，但那並非壓迫，更不是窒息，相反，倒有一種徹底解脫的大痛快！像這樣一種感覺，是我幾十年讀新詩時絕少體驗到的。感謝羅門先生，是他，截至目前為此，也只有他，如此逼近、如此真實、如此充沛、如此本色、如此完美地正面詮釋了直到今天仍舊在人類生活中肆虐的大怪物——戰爭。還從來不曾有過哪位詩人，像羅門先生這樣，鑽進戰爭的肚子裡，諦聽戰爭的咒語，方得以盡揭戰爭的秘密，而不耽於一味的禮讚或唾罵。這說明了詩人

20 羅門〈「第三自然螺旋型架構世界」藝術創作美學理念〉，見羅門《我的詩國》，同注 11。

> 的超然脫俗。它使我聯想起羅門先生提倡的「第三自然」說。「第三自然」，是羅門先生在詩歌理論方面的一個具有穿透力的著名論點，我完全同意這個論點。我相信，〈麥堅利堡〉正是「第三自然」理論的一次成功實踐。[21]

他讚美「〈麥堅利堡〉正是「第三自然」理論的一次成功實踐」，一點也沒有溢美。

五、結語

綜上所述，可知「真」、「善」、「美」三者，可落到辭章上來加以呈現，在寫作層面可形成「美感 → 真 → 善 → 美」的順向結構，由此呈現出由「意」而成「象」之歷程；在閱讀層面可形成「美 → 善 → 真 → 美感」的逆向結構，由此呈現出由「象」而溯「意」之歷程。如果由此進一步落到「篇章意象」來探討，則可得出結論，那就是：以其真誠的內容義旨反映「真」、以其完善的邏輯結構反映「善」、以其優秀的審美風貌反映「美」。相信這樣來看待篇章意象的「真」、「善」、「美」，將有助於對「篇章意象」之深入了解與研究。而羅門的詩國所反映的乃第三自然的螺旋結構，呈現出「『美』是『真』與『善』的

21 此文收入羅門《我的詩國》，同注 11，頁 32。

統一」[22]的最高境界。雖然限於篇幅，僅舉其〈麥堅利堡〉一詩中真、善、美螺旋結構的「小宇宙（剎那），來驗證真、善、美螺旋系統的「大宇宙」（永恆）而已，但所謂「以個別表現一般，以單純表現豐富，以有限表現無限」[23]，是可由此見羅門詩國「真、善、美」之完美表現於一斑的，他自己常說：「完美是最豪華的寂寞」[24]，從這裡可完全體現出來。

（2010.5.7.完稿）

22 李澤厚〈美學三題議〉，見《美學論集》，同注 4。

23 見葉朗《中國美學史大綱》（臺北：滄浪出版社，1986 年 9 月初版），頁 26。

24 見羅門〈羅門論詩集〉（《大海洋詩刊》，2009 年 7 月），頁 119。

引用文獻

仇小屏《世紀新詩選讀》，臺北：萬卷樓圖書公司，2004 年 3 月初版二刷。

李澤厚《美學論集》，臺北：三民書局，1996 年 9 月初版。

約翰·格里賓著、方玉珍等譯《雙螺旋探密——量子物理學與生命》，上海：上海科技教育出版社，2001 年 7 月版。

許建鉞編譯《簡明國際教育百科全書》，北京：新華書局北京發行所，1991 年 6 月一版一刷。

陳滿銘〈論「真」、「善」、「美」的螺旋結構——以章法「多」、「二」、「一（0）」結構作對應考察〉，臺灣師大《中國學術年刊》27 期〔春季號〕，2005 年 3 月，頁 151-188。

陳滿銘〈論「多」、「二」、「一（0）」的螺旋結構——以《周易》與《老子》為考察重心〉，臺灣師大《師大學報·人文與社會類》48 卷 1 期，2003 年 7 月，頁 1-20。

陳滿銘〈辭章意象論〉，臺灣師大《師大學報·人文與社會類》50 卷 1 期，2005 年 4 月，頁 17-39。

陳滿銘〈論章法結構與意象系統——以「多」、「二」、「一（0）」螺旋結構切入作考察〉，《浙江師範大學學報·社會科學版》30 卷 4 期，2005 年 8 月，頁 40-48。

陳滿銘〈意象「多」、「二」、「一（0）」螺旋結構論——以哲學、文學、美學作對應考察〉，《濟南大學學報·社會科學版》17 卷 3 期，2007 年 5 月，頁 47-53。

陳滿銘〈意、象互動論——以「一意多象」與「一象多意」為考察範圍〉，中山大學《文與哲》學報 11 期，2007 年 12 月，頁 435-480。

葉朗《中國美學史大綱》，臺北：滄浪出版社，1986 年 9 月初版。

葛榮晉《中國哲學範疇導論》，臺北：萬卷樓圖書公司，1993 年 4 月初版一刷。

鄔昆如《希臘哲學趣談》，臺北：東大圖書公司，1976 年 4 月初版。

蔣孔陽、朱立元主編，范明生著《西方美學通史》第一卷，上海：上海文藝出版社，1999 年 10 月一版一刷。

歐陽周、顧建華、宋凡聖等《美學新編》，杭州：浙江大學出版社，2001 年 5 月一版九刷。

鄭頤壽《辭章學導論》，臺北：萬卷樓圖書公司，2003 年 11 月初版。

羅門〈羅門論詩集〉，《大海洋詩刊》，2009 年 7 月，頁 119。

羅門〈創作心靈告白〉(《大海洋詩刊》，2010 年 1 月，頁 23-24。

羅門《我的詩國》(臺北：文史哲出版社，2010 年 6 月初版。

下編

章法結構

王希杰之幾種章法觀

摘　要

王希杰是知名之語言學家、修辭學家，更是「三一語言學」學派之創始人。他對臺灣辭章章法學之研究，不僅在一般信函或電子郵件裡時予鼓勵、肯定，更形諸文字加以支援，並進一步地加入行列。自 2001 年起，先後寫了多篇有關章法學的論文，較著名的有〈章法學門外閒談〉、〈章法三論〉與〈陳滿銘教授和章法學〉等三篇。本文即以此為範圍，鎖定其有關「章法」之觀點，進行論述，以凸顯王希杰對章法學研究之貢獻。

關鍵詞：王希杰、章法觀

一、前言

辭章章法學之研究，在努力耕耘三十多年後，終於受到辭章學界之肯定，以為「其研究的深度廣度、科學性與實用性來講，雖非『絕後』，實屬『空前』」[1]，進而指出「臺灣的辭章章法學體系完整、科學，已經具備成『學』的資格。它的研究成果豐碩，以經『集樹而成林了。』」[2]並且認為「章法學已經初步形成了一門科學，……如果說唐鉞、王易、陳望道等人轉變了中國修辭學，建立了學科的中國現代修辭學，我們也可以說，陳滿銘及其弟子轉變了中國章法學的研究大方向，建立了科學的章法學，把漢語章法學的研究轉向科學的道路。」[3]其中王希杰不但肯定對臺灣辭章章法學之研究作持續之肯定，更進一步為章法學注入了活力，打從 2001 年起，先後寫了多篇有關章法學的論文，較著名的有〈章法學門外閒談〉[4]、〈章法三

1 見鄭頤壽〈漢語辭章學四十年述評〉（臺北：《國文天地》17 卷 2 期，2001 年 7 月），頁 96。

2 見鄭頤壽〈中華文化沃土，辭章學圃奇葩——讀陳滿銘《章法學新裁》及其相關著作〉，《海峽兩岸中華傳統文化與現代化研討會文集》（蘇州：「海峽兩岸中華傳統文化與現代化研討會」，2002 年 5 月），頁 131-139。

3 見王希杰〈章法學門外閒談〉（臺北：《國文天地》18 卷 5 期，2002 年 10 月），頁 92-101。

4 見王希杰〈章法學門外閒談〉，同注 3。

論〉[5] 與〈陳滿銘教授和章法學〉[6]等三篇。本章即以此為基礎，分「章法是客觀之存在」、「章法之零點與偏離」與「章法之潛顯與兼格」等三點，依序進行論述，以概見章法結構之相關理論。

二、章法是客觀之存在

對王希杰「章法是客觀存在」之論點，可分如下幾方面加以探討：

1.「客觀存在」觀點之提出

「章法學」是探討「辭章內容邏輯結構」的一門學問，而辭章的「內容邏輯結構」又與「自然規律」相對應，因此表現「辭章內容邏輯結構」之「章法」，和「自然規律」分不開，為「客觀之存在」，與「人為研究」之「章法學」是有所不同的。

對此，王希杰就闡釋得相當清楚。他首先認為：「章法」一詞是多義的。「章法」，是文章之法，但是，有兩種「章法」：一種是客觀存在的「章法」，它顯然是與文章同時出現的。有文章就有章法，不同的文章有不同的章法，

5 見王希杰〈章法三論〉（臺北：《國文天地》20 卷 9 期，2005 年 2 月），頁 84-89。

6 見王希杰〈陳滿銘教授和章法學〉，《陳滿銘教授七秩榮退志慶論文集》（臺北：萬卷樓圖書公司，2005 年 7 月），頁 31。

但是沒有完全沒有章法的文章，不過是章法的好和壞罷了。另一種「章法」是研究者的認識和主張，是知識和理論，是文章的研究者的辛勤勞動的成果，它當然是文章出現之後的事情。後一種「章法」，即對章法的研究也是早就有了的，中國古人對章法的論述很多。但是「章法學」的誕生是比較晚的事情。章法學作為一門學問，不是有關部門章法的個別的知識，而是章法知識的總和，是一種概念的系統。章法學是一門實用性很強的學問，也有極高的學術價值。它同文章學、修辭學、語用學、文藝學、美學、邏輯學等都具有密切關係。章法學已經初步形成了一門科學，建立了科學的章法學體系[7]。

然後指出：章法是客觀存在的。例如人類生活在時空中，人類不能夠超時空而生存。章法就是建立在無聊世界的時空基礎之上的。例如：

> 時間：今昔法，久暫法，時間虛實法……
>
> 空間：遠近法，左右法，高低法，空間虛實法……

章法的客觀性，是特定文化的選擇。例如空間的大和小是物理世界中的一種存在，然而不同文化可以有不同的選擇。大小法，中華文化是從大到小，例如：

7 王希杰〈章法學門外閒談〉，同注 3，頁 95。

中國江蘇南京江甯岔路口金盛路碧水灣 15 棟二單元 603 室

而某些西文化中，選擇的卻是從小到大的[8]。

最後強調：章法的客觀性也有心理世界的繼承。例如，古代東方很強調人的各種器官的交互、融合現象——通感。臺灣章法學所提出的時空交錯法，就是建立在心理世界上的一種章法規則。現代的意識流小說、荒誕牌詩歌，從傳統眼光看，荒謬無理，但是就超常心態而言，是合理的，換句話說，它是建立在超常的心理世界的繼承之上的[9]。

可見他這種「章法是客觀存在」的觀點，主要是建立在「時空」之基礎之上的，無論從「特定文化的繼承」或「心理世界的繼承」來看，都是如此。

2.「客觀存在」之哲學考察

這種觀點，如果進一步地推原於哲學之層面，以宇宙萬物創生、含容的歷程來看，則更為清楚。而宇宙萬物創生、含容的歷程，是可以用「多」、「二」、「一（0）」的螺旋結構來呈現的。

大致說來，古代的聖賢是先由「有象」（現象界）以探知「無象」（本體界），逐漸形成「多、二、一（0）」的

8 王希杰〈陳滿銘教授和章法學〉，同注 6，頁 31。

9 王希杰〈陳滿銘教授和章法學〉，同注 8。

逆向結構；再由「無象」（本體界）以解釋「有象」（現象界），逐漸形成「（0）一、二、多」的順向結構的。就這樣一順一逆，往復探求、驗證，久而久之，終於確認了兩者是互動、循環而提升的螺旋關係。

而這種結構形成之過程，在〈序卦傳〉裡就約略地加以交代，但由於卦、爻，均為象徵之性質，乃一種概念性符號，即一般所說的「象」，象徵著宇宙人生之變化與各種物類、事類。就以《周易》而言，它的六十四卦，從其排列次序看，就粗具這種特點。而各種物類、事類在「變化」中，循「由天（天道）而人（人事）」來說，所呈現的是「（一）二、多」的結構，這可說是〈序卦傳〉上篇的主要內容；而循「由人（人事）而天（天道）」來說，則所呈現的是「多、二（一）」的結構，這可說是〈序卦傳〉下篇的主要內容。再看《易傳》：

> 一陰一陽之謂道，繼之者善也，成之者性也。……生生之謂易，成象之謂乾，效法之謂坤。（《周易・繫辭上》）
>
> 是故易有太極，是生兩儀，兩儀生四象，四象生八卦。（同上）

在這些話裡，《易傳》的作者用「易」、「道」或「太極」來統括「陰」（坤）與「陽」（乾），作為萬物生生不已的根源。而此根源，就其「生生」這一含意來說，即

「易」，所以說「生生之謂易」；就其「初始」這一象數而言，是「太極」，所以《說文解字》於「一」篆下說「惟初太極，道立於一，造分天地，化成萬物」；就其「陰陽」這一原理來說，就是「道」，所以說「一陰一陽之謂道」。分開來說是如此，若合起來看，則三者可融而為一。這樣，其順向歷程就可用「一、二、多」的結構來呈現，其中「一」指「太極」、「道」、「易」，「二」指「陰陽」、「乾坤」（天地），「多」指「萬物」（含人事）。如果對應於〈序卦傳〉由天而人、由人而天，亦即「既濟」而「未濟」之的循環來看，則此「一、二、多」，就可以緊密地和逆向歷程之「多、二、一」接軌，形成其螺旋結構。

這種螺旋結構，在《老子》一書中，不但可以找到，而且更完整：

> 無，名天地之始；有，名萬物之母。（《一章》）
> 致虛極，守靜篤，萬物並作，吾以觀復。凡物芸芸，各復歸其根。歸根曰靜，是謂復命，複命曰常。知常曰明。（《十六章》）
> 道生一，一生二，二生三，三生萬物。萬物負陰而抱陽，沖氣以為和。（《四十二章》）

從上引文字裡，不難看出老子這種由「無」而「有」而「無」的主張。所謂「道生一，一生二，二生三，三生萬物」，是就「由無而有」，亦即「一而多」的順向過程來說的。而所謂「各復歸其根」，是就「有」而「無」，亦即「多而一」的逆向過程來說的。而在此兩者之間，老子是以「反」作橋樑加以說明的。而這個「反」，除了「相反」、「返回」之外，還有「循環」的意思。如此「相反相成」、循環不已，說的就是「變化」，而「變化」的結果，就是「返回」至「道」的本身，這可說是變化中有秩序、秩序中有變化之一個循環歷程。

這樣，結合《周易》和《老子》來看，在「由一而多」（順）、「多而一」（逆）的循環過程中，是有「二」介於中間，以產生承「一」啟「多」的作用的。而這個「二」，該就是「一生二，二生三」的「二」。而此「二」，乃指「陰陽二（兩）氣」。如此，老子的「一」該等同於《易傳》之「太極」、「二」該等同於《易傳》之「兩儀」（陰陽），因此所呈現的，和《周易》一樣，是「一、二、多」與「多、二、一」之原始結構。

不過，值得注意的是：「道生一」的「道」，既是創生宇宙萬物的一種基本動力，那麼老子的「道」可以說是「無」，卻不等於實際之「無」〔實零〕，而是「恍惚」的「無」（虛零），以指在「一」之前的「虛理」。這種「虛理」，如勉強以「數」來表示，則可以是「（0）」。這樣，順、逆向的結構，就可調整為「（0）一、二、多」（順）與「多、二、一（0）」（逆），以補《周易》之不足，這就使得宇宙萬物創生、含容的順、逆向歷程，更趨於完整而周延了[10]。

就這樣，在「天」、「人」互動之作用下，形成各種事物、各個層面之「多」、「二」、「一（0）」螺旋結構，而章法就在其中，成為「客觀存在」之一環。

3.「客觀存在」與「知識、理論」之融合

既然這種結構，可完整呈現宇宙萬物創生、含容的順、逆向歷程，如將它落於「章法」上看，當然也是可以完全適用的。而王希杰所謂的「客觀存在」的章法，主要著眼於「寫」，是指「（0）一、二、多」的順向結構而言，這在很多時候，作者本人是毫不自覺的，是習焉不察的。而所謂的「知識和理論」的章法，則除了主要著眼於「讀」，以指「多、二、一（0）」的逆向結構之外，有時也合「讀」與「寫」作觀察研究，來指「多」、「二」、「一（0）」的往復結構，這可說是完全自覺的，是科學化的[11]。

就在章法「多」、「二」、「一（0）」的螺旋結構中，所謂的「一（0）」，指主旨與風格（含韻律、境界等）；「二」指多樣「二元」的核心，即核心結構（通常為第一層，即「篇」結構），可徹下以統合「多」、徹上以歸根於

10 見陳滿銘〈論「多」、「二」、「一（0）」的螺旋結構——以《周易》與《老子》為考察重心〉（臺北：臺灣師大《師大學報．人文與社會類》48 卷 1 期，2003 年 7 月），頁 1-20。

11 見陳滿銘〈辭章章法的「多」、「二」、「一（0）」螺旋結構〉（臺北：《國文天地》21 卷 11 期，2006 年 4 月），頁 88-94。

「（0）」；而「多」則指核心結構以外的多樣結構。它們的關係可用表呈現如下：

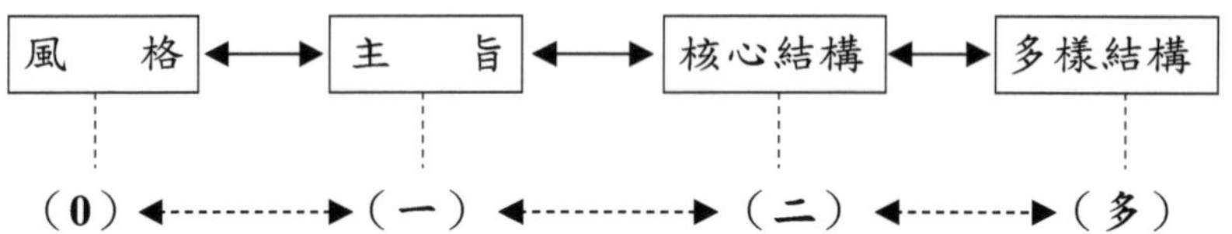

如此由「多」而「二」而「一（0）」來呈現「章法結構」，可完全地凸顯其蘊藏於辭章內容材料深處的邏輯關係 [12]。茲舉詩文為例加以說明，先看杜甫的〈聞官軍收河南河北〉詩：

> 劍外忽傳收薊北，初聞涕淚滿衣裳。卻看妻子愁何在，漫捲詩書喜欲狂。白日放歌須縱酒，青春作伴好還鄉。即從巴峽穿巫峽，便下襄陽向洛陽。

這首詩旨在寫「聞官軍收河南河北」時「喜欲狂」之情，是以「目（實）、凡、目（虛）」的結構寫成的。

作者「首先在起聯，針對題目，寫『聞官軍收河南河北』（因）時自己（主）喜極而泣的情形（果），藉『忽傳』、『初聞』寫事出突然，藉『涕淚滿衣裳』具寫喜悅；接著在頷聯，採取設問的形式，由自身移至妻子（賓）身

12 見陳滿銘〈辭章章法的「多」、「二」、「一（0）」螺旋結構〉，同注 11。

上，寫妻子聞後狂喜的情狀，很技巧地以『卻看』作接榫，帶出『漫捲詩書』作具體之描寫。以上全用以實寫『喜欲狂』，為『目一』的部分。而緊接著『漫捲詩書』而來的『喜欲狂』三字，正是一篇的主旨所在，為『凡』部分。繼而在頸聯，由實轉虛，以『放歌縱酒』上承『喜欲狂』、『作伴好還鄉』上承『妻子』，寫春日攜手還鄉的打算（時）；最後在結聯，緊接上聯『還鄉』之打算，一口氣虛寫還鄉所準備經過的路程（空）。以上全用以虛寫『喜欲狂』，為『目二』的部分。如此，由『忽傳』而『初聞』、『卻看』而『漫捲』、『即從』而『便下』，以單軌一氣奔注，將自己與妻子『喜欲狂』的心情，描摹得真是生動極了。」[13]附結構分析表如下：

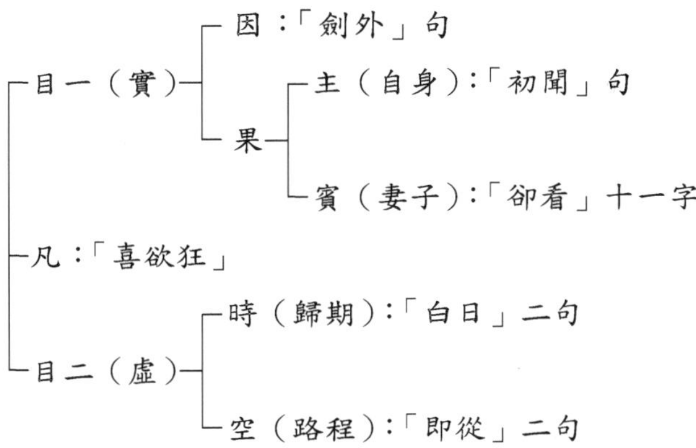

13 見陳滿銘《章法學新裁》（臺北：萬卷樓圖書公司，2001 年 1 月初版），頁 383。

由此看來，此詩結構，主要除了用「目（實）、凡、目（虛）」（篇）的轉位結構外，也用「先因後果」、「先時後空」（章）等的移位結構，以組合篇章，使全詩前後呼應，亦即「目」（實）與「目」（虛）、「因」與「果」、「賓」與「主」、「時」與「空」作局部之呼應，而以「凡」（喜欲狂）統攝一「實」一「虛」的兩個「目」，以統一全詩的情意。其分層簡圖如下：

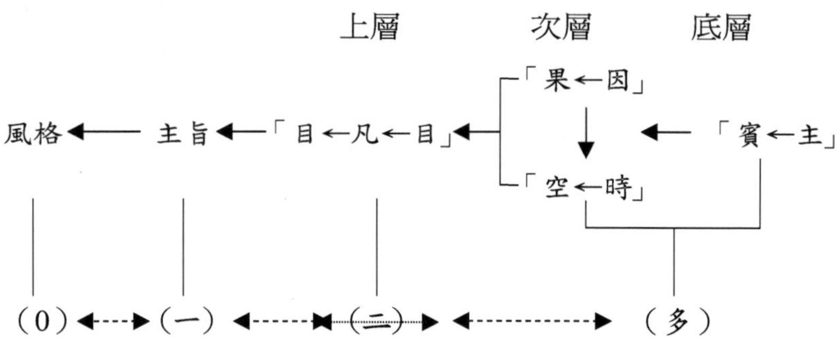

如對應於「多、二、一（0）」來看，則由「因果」、「時空」、「賓主」各一疊所形成之移位性調和結構與節奏（韻律），可視為「多」、由「凡」自為陰陽徹下徹上所形成之變化（轉位）性結構與節奏（韻律），可視為「二」，而由此呈現的「喜欲狂」之主旨與「酣暢飽滿」[14]的風格，則可視為「一（0）」。

再看王安石的〈讀孟嘗君傳〉一文：

14 見趙山林《詩詞曲藝術論》（杭州：浙江教育出版社，1998 年 6 月一版一刷），頁 241。

> 世皆稱孟嘗君能得士，士以故歸之，而卒賴其力，以脫於虎豹之秦。嗟呼！孟嘗君特雞鳴狗盜之雄耳，豈足以言得士！不然，擅齊之強，得一士焉，宜可以南面而制秦，尚何取雞鳴狗盜之力哉！雞鳴狗盜之出其門，此士之所以不至也。

這篇翻案文章，一開頭就直接以「世皆稱」四句，先立一個案，採「先因後果」的條理，藉世人之口，對孟嘗君之「能得士」，作一讚美，並從中拈出「卒賴其力，以脫於虎豹之秦」，隱含「雞鳴狗盜」之意，以作為「質的」，以引出下文之「弓矢」。再以「嗟呼」句起至末，在此用「實、虛、實」的條理，針對「立」的部分，以「雞鳴狗盜」扣緊「卒賴其力，以脫於虎豹之秦」，予以攻破。所謂「質的張而弓矢至」，真是一箭而貫紅心，雖文不滿百字，卻有極強的說服力。附結構分析表如下：

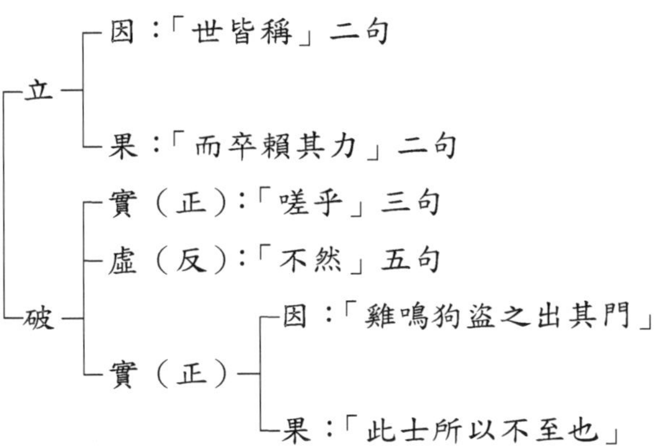

可見此文在「篇」的部分，以「先立後破」的移位性核心結構，形成對比。但一樣的在對比中卻含有調和的成分，因為就「章」而言，在「立」的部分，既以「先因後果」的移位性結構形成了調和；在「破」的部分，又先以「實（正）、虛（反）、實（正）」的轉位性結構形成對比，再以「先因後果」的移位性結構形成調和。這樣以「對比」、「移位」為主、「調和」、「轉位」為輔，其節奏（韻律）、風格自然趨於強烈、陽剛。其分層簡圖如下：

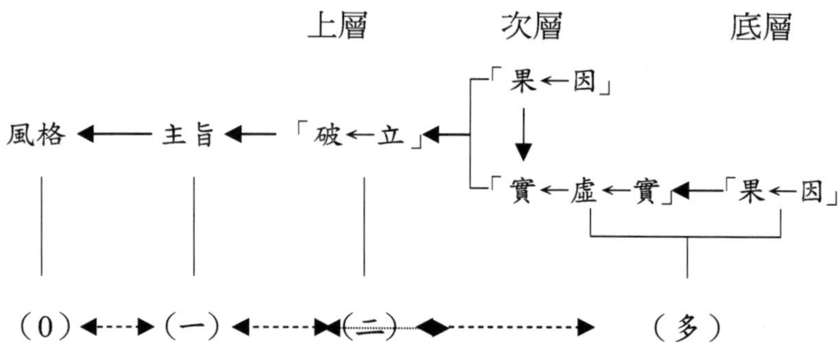

如此由底層而次層而上層，以兩疊「因果」、一疊「虛（反）實（正）」，來支撐一疊「立破」，其結構雖僅有四個，卻十分完整。如對應於「多、二、一（0）」而言，則此文以兩層移位性的「先因後果」與轉位性的「實、虛、實」結構與節奏（韻律），形成了「多」；以「先立後破」的移位性核心結構與節奏（韻律），自為陰陽對比，形成了「二」，以徹下徹上；而以孟嘗君「未足以言得士」之主

旨與所形成的毗剛風格、韻律，所謂「筆力簡而健」[15]，則形成了「一（0）」。這篇短文之所以有極強之氣勢與說服力，與這種邏輯結構有著密切之關係。

如此融合「客觀存在」（天）與「知識和理論」（人），以「多」、「二」、「一（0）」來呈現篇章結構，很能凸顯「章法是客觀存在」（天）與「章法是知識和理論」（人）之道理。

由此看來，王希杰這種「章法是客觀存在」的觀點，無論從文化、心理、哲學層面來看，都是確切不移的。也由此可以很有力地破除一直以來「章法無用」、「章法僵化」、「章法莫須有」、「章法庸人自擾」的種種誤會。

三、章法之零點與偏離

對王希杰「章法之零點與偏離」之觀點，可分如下幾方面加以探討：

1.「零點與偏離」理論之提出

語言學裡的偏離理論，是由比利時列日大學得學者所提出的。它引進中國後，由南京大學的王希杰加以擴展，應用於修辭學上，形成零度和偏離之觀念，注意到零度和偏離、正偏離和負偏離之間的轉化問題。這種成就已很了

15 見郭預衡《中國散文史》（上海：上海古籍出版社，2000 年 3 月一版一刷），頁 485。

不起，而現在又加以延伸，應用到章法學上，更令人敬佩。

王希杰指出：章法學的對象是文章，其任務是從眾多的文章中尋找到章法的規範形式，用我的話來說，其實就是：從眾多的具體的多種多樣的文章中歸納抽象出掌法的零度形式。章法學的功用就是，用這種規範的章法模式來指導文章的創作活動。

章法學能夠給人以規矩，但熟練地運用章法學規則的技巧、獨自匠心地創造出別具一格的藝術化的文章來，這還得依靠個人的才華和實踐。僅僅依照章法學的規則只能製作出合乎常規的四平八穩的文章，這就如同工廠裡所生產出來的工業品一樣，現代化大工廠是生產不出手工藝品的。文章歸根到底是個人的心靈的創造，單單靠章法學的規則還是不能創造出藝術化的文章來的。當然不同體裁的文章情況是不一樣的，對公文、法令、條約、各種應用文來說，章法的功能大一些，而對詩歌小說來說，章法規則只是一個起點而已，很難真正地解決創作中的問題。

如果把章法的規範形式叫做「零度章法」或「章法的零度」，那麼不符合這一規範的文章都是對零度章法的一種偏離，可以叫做「章法的偏離」或「偏離的章法」。事實上，章法學上的章法都是章法學家所歸納出來的、某種模式，是章法的理想形態。任何一篇具體的文章的結構方式都是對這種理想模式的或多或少的偏離。章法學家所用的例子其實只是理想章法的一個代表，最接近於理想模式的範例。章法的偏離也有兩種，一種時負面的，消極的，壞的；另一種時好的，正面的，積極的，藝術的。

章法是人類思維的產物，它建立在客觀世界的邏輯規則的基礎上。章法是一種文化現象，公認的理想的規範化的章法是一種文化的認同，是文章的創作和流傳過程中所逐步形成起來的。所以章法也是民族文化傳統的一個組成部分。

符合客觀世界運動規律的結構方式，可以看作是零度章法。例如在時間上，以過去—現在—未來順序排列的文章，是零度的章法。例如李白的〈長干行〉：

> 十四為君婦，羞顏未嘗開。低頭向暗壁，千喚不一回。
> 十五始展眉，願同塵與灰。常存抱柱信，豈上望夫台。
> 十六君遠行，瞿唐灩澦堆。五月不可觸，猿聲天上哀。
> ……
> 八月蝴蝶黃，雙飛西園草。感此傷妾心坐愁紅顏色老。

打亂了這樣的順序，就是「不講章法」或「沒有章法」，也就是一種章法的偏離現象。例如，我們把李白的這些詩句變動一下順序：

> 五月不可觸，猿聲天上哀。……
> 十五始展眉，願同塵與灰。常存抱柱信，豈上望夫台。
> 十六君遠行，瞿唐灩澦堆。八月蝴蝶黃，雙飛西園草。

感此傷妾心，坐愁紅顏老。

十四為君婦，羞顏未嘗開。低頭向暗壁，千喚不一回。

讀者絕不會認可的。校刊學家就會努力重新編排順序。換句話說，章法學也是校刊學家手中有權的重要武器。或者說，章法還具有校刊功用。出土文物中的竹簡，經常是錯落的，章法是校刊專家整理校刊這些古代文獻的極其有用的工具。他們的操作規程是先有一個零度的章法，然後按照零度章法重新排列，空缺的，或補充添加，或用□□□□之類代替（中學語文課作業中有一類是，把名作名篇中的某個段落中的句子打散——無序狀態，讓學生重新排列。目的是要求學生掌握章法常規——恢復有序狀態。有序就是章法的常規。這裏最重要的條件是，所選擇範文必須是符合章法常規的）。

章法的偏離如果沒有必要和充分的理由，是讀者所不能接受的，就會被指責為「不講章法」或「沒有章法」，這可叫做「章法的負偏離」。如果具有必要而充分的理由，得到了讀者的認可，甚至受到讚美，這就是「章法的正偏離」。如果這種正偏離得到了廣泛的認同，並流行了，不斷地被重複著，就是一種新的章法格式。它就從章法的正偏離轉化為章法的常規格式了，例如：倒敘、插敘等。

列舉分承，前面提出兩個以上的項目，後面分別一一進行敘述。這是零度章法。例如《西遊記》第七十二回中寫道：「飄揚翠袖，搖曳緗裙。飄揚翠袖，低籠著玉筍纖纖。搖曳緗裙，半露出金蓮狹窄」、「石橋高聳，古木森齊。石橋高聳，潺潺流水接長溪。古木森齊，聒聒幽禽鳴遠岱」，如果前面提出多個項目，後面只敍述其中的一部分，少了、漏掉了一些項目，如果這樣做沒有必要而充分的理由，讀者拒絕接受，這就是「文病」，就是「不講章法」或「沒有章法」。如果它是有必要而充分的理由的，能給人以美感，讀者樂意接受，而且能夠按照這一方式製作出好的文章來，這就是正的偏離，章法學家就給它一個名稱，叫做「列舉單承」。例如陸機的〈猛虎行〉：

渴不飲盜泉水，熱不息惡木蔭。
惡木豈無隱，志士多苦心。

前面並提盜泉和惡木，後面只說惡木，卻丟掉了盜泉，但讀者和評論家都不認為是毛病。章法學家歸納為「多提單承」式。

空間是文章結構的一個重要的依據。按照「東——西——南——北」，或「東——南——西——北」的順序來排列句子和段落，是中國人所習慣的。而「東——西——北——南」或「西——東——北——南」的順序，之所以很難被接受，也很少出現，就因為它是一種偏離的形式。這種空間的順序是一種習慣，是民族文化現象。

沒有必要而充分的理由，背離了物理世界中的時空關係，這是文章之病。但在現代的和後現代的文學作品中，這種時空錯亂成了一種重要的表現手段，甚至很有可能逐漸形成為一種新的章法[16]。

2.「零點、偏離」與「原型、變型」

王希杰這種「零點」與「正偏離」的觀點，恰好與臺灣章法研究所謂的「原型」與「變型」可互相呼應。仇小屏在〈論章法的原型與變型〉裡認為：

章法四大律：統一、聯貫、變化、秩序，與「(0)一、二、多」邏輯結構即可嚴密地對應起來。首先以章法之「聯貫」、「統一」二律而言，則所體現的是「由(0)一而二」：因為「(0)一」體現在篇章中，就會凝成「主旨」或「綱領」以貫穿各個節段（此為「一」），並成為辭章整體風格（此為「(0)」），這就是章法中的統一律；而結構單元彼此之間的呼應會造成聯貫的效果，這就是「二」。章法中的另外二律：「秩序」、「變化」，則會體現為秩序（順向或逆向）與變化種種不同的結構，如「先正後反」、「先凡後目」、「先立後破」、「先點後染」……等合乎秩序之順向結構，以及「先反後正」、「先目後凡」、「先破後立」、「先染後點」……等合乎秩序之逆向結構，加上「正、反、正」、「反、正、反」、「凡、目、凡」、「目、凡、目」、「立、破、立」、「破、立、破」、「點、

16 見王希杰〈章法三論〉，同注 5，頁 84-89。

染、點」、「染、點、染」……等變化結構，都可以呈現這種「多樣對待」(「多」) 的條理。這樣看來，上述章法的四大規律，恰恰切合於「(0) 一、二、多」的順序。其中「統一」則相當於「(0) 一」,「聯貫」，以其根本而言，相當於「二」,「秩序與變化」，相當於「多」(多樣)，即「多樣的二元對待」，凸顯了章法的四大規律所形成的，不是平列的關係，而是「(0) 一、二、多」的邏輯結構。

因為「秩序」與「變化」，相當於「多」(多樣)，所以此二者皆是由「(0) 一」而「二」而「多」漸次開展出來的樣貌，因此都蘊含著「變」的因素，所以此二者並非截然不同、可以作判然劃分的，正如陳滿銘所言：「這裡所說的『秩序』，也含有『變化』的成分，而『變化』，同樣含有『秩序』的成分，只是為了說明方便，就有所偏重地予以區隔而已。」之所以要對此著重地加以說明，是為了強調出一點：在「多」的種種不同型態之下，蘊藏的是同一個動力──「變」，因為「變」，才會開展出多樣紛繁的型態。以此扣上對章法結構「原型」與「變型」的探討，那麼我們當可得知：所謂的「原型」即就此章法所開展出來的較為初始的結構，因此最為貼合邏輯思維的原始樣貌，而「變型」則是經過變造之後所形成的結構，也是邏輯思維的樣式，但是更富變化；兩者雖有殊異之處，但是同樣都經過「變」才得以開展，只不過在「變」的過程中，改造的幅度或有不同而已，對於這種不同加以「原型」、「變型」的區別，與「秩序律」、「變化律」的區分來比較，應是更為精準、更可看出「變」的作用及其所造成的美感。

所以，「原型」結構必然是合乎秩序律之順向結構的，因此是一種「順變」，而「變型」結構則包含了秩序律中的逆向結構，與變化律中的變化結構，總的說起來，這是一種「拗變」。就以本論文所鎖定的三個章法——遠近法、今昔法、因果法而言，屬於原型者，有合乎秩序律者之順向結構：「由近而遠」、「由昔而今」、「由因及果」；屬於變型者，有合乎秩序律者之逆向結構：「由遠而近」、「由今而昔」、「由果溯因」，以及合乎變化律的結構：「遠近遠」、「近遠近」、「今昔今」、「昔今昔」、「因果因」、「果因果」，後者毫無疑問是變造程度更大的「變型」。「原型」章法單元之間的呼應，和「變型」章法單元之間的呼應是具有不同特性的，由此導致其「聯貫」（二）的方式不同，並在最終統一（(0)一）時造成不同的風格[17]。

可見「原型」（順向移位）、「變型」（逆向移位和轉位）與「零點」、「正偏離」是可互相呼應的。

3.「零點與偏離」在習作教學上之應用

習作之批改或評析，用章法的角度切入，以指導學生

17 見仇小屏〈論章法結構的原型與變型——以遠近法、今昔法、因果法為考察對象〉，《修辭論叢》第五輯（臺北：洪葉文化事業有限公司，2003年11月初版），頁405-440。

謀篇佈局之技巧，由「負偏離」引領至「零點」，甚或邁向「正偏離」，其成效是相當大的。既可以用章法之四大律（秩序、變化、聯貫、統一）加以梳理，以進行指導；也可以就某一些適用之章法加以組織，以進行批改或評析。如：

> 在上一輩人的心中，都市代表著進步、富貴，而鄉村卻代表著落後、貧賤。
>
> 然而風水輪流轉，在現代人眼中，都市卻是罪惡的淵藪，而鄉村竟是令人嚮往的樂園。
>
> 我出生在一個小村莊裡，小時候看到的，不是人，就是牛，而很少看到汽車。一直到七歲，還不知道都市這種地方。整天只知道在水河中嬉水、抓魚，在田埂上奔跑、釣青蛙。這種鄉村生活的情趣，經過了幾年都市繁華富裕的生活之後，到現在才真正體會出來。
>
> 都市除了生活枯燥無味外，更增添了不安與不適，整天懼怕不良分子的騷擾、宵小的光顧，和交通壅塞、空氣污染等。而鄉村現在又逐漸都市化了，大河成了水泥做的小水溝，田地、魚池也爭相聳立著大樓。我真怕有一天鄉村會從地球上消失，再也看不到小山、小河、樹木、花草，也聽不到鳥鳴、蟲叫、雞啼。
>
> 既然鄉村都市化，已是必然的趨勢，而都市也該鄉

村化，以減少它的缺點。所以讓都市與鄉村互助並存，才是我所希望的。

這篇文章題作〈都市與鄉村〉，撇開別的不談，單在篇章安排上，就有不少該修正的地方：

先就「秩序」（含變化）來說，作者在首段以今昔觀點說明一般人對都市與鄉村看法之轉變，次段用自己的經驗寫鄉村生活的情趣，三段論都市生活的不安和對鄉村都市化的憂慮，末段點明「都市與鄉村互助並存」的主旨。這樣寫，層次實在不夠分明。照末段的結論來看，最好先在第二段論鄉村都市化，再在第三段論都市鄉村化，以求合於「秩序」（含變化）的要求。

再就「聯貫」來說，第二段是由首段末尾「樂園」帶出的，而末段開端又與第三段「鄉村現在又逐漸都市化了」互相連絡，可說已注意到段落的「聯貫」；但第三段起句寫「都市除了生活枯燥無味外」，卻十分突然，顯然有「上無所頂」的缺憾，為了彌補這個缺憾，應該將第二段末尾「都市繁華富裕生活」句中的「繁華富裕」改為「枯燥無味」，來為下段的論述預鋪路子。

末就「統一」來說，這篇習作把一篇的主旨置於末段，主張經由「都市鄉村化，鄉村都市化」來「讓都市與鄉村互助並存」，但在前三段裡卻始終找不到針對這個主旨來論述的文字，所以應該大作調整，從第二段開始採「先目（條分）後凡（總括）」的形式來寫，以使全文能

「一以貫之」，收到「統一」的效果[18]。

這是用四大律切入作指導的例子。又如：〈夾縫〉（臺北市成功中學馬思源）

嘆息與落髮在我右側
左側一片空無
我不斷肢解自己，像一根枯枝在木塊中旋轉，摩擦
遠山日薄，金黃的風悼
念焦黑的今日

微笑和冷漠在我右側
跳躲的眼神急速奔離彼此的光芒
左側一片陰暗
不斷在脈動的瞬間
摘下面容，質疑神情
歌聲與啜泣在我右側
浪子拖著比影還短的自憐
在異地嚼著愛人的名字
左側一片闃靜
我不斷憑著聲響拼湊天空一隅

感知和謎語在我右側

18 見陳滿銘《作文教學指導》（臺北：萬卷樓圖書公司，1994 年 10 月初版），頁 363-364。

我不斷開門　走向另道門
當荒謬猝然再生
無門之門成了最後的謎
左側一片虛幻

嘆息與落髮在我右側
左側，左側一雙無形的手
默默拉引我　在瘦狹的眉間打開一扇亮窗……

附結構分析表如下：

- 反
  - 一
    - 賓
      - 右：「嘆息與落髮在我右側」
      - 左：「左側一片空無」
    - 主：「我不斷肢解自己，像」三行
  - 二
    - 賓
      - 右：「微笑和冷漠在我右側」二行
      - 左：「左側一片陰暗」
    - 主：「我不斷在脈動的瞬間」二行
  - 三
    - 賓
      - 右：「歌聲與啜泣在我右側」三行
      - 左：「左側一片闃靜」
    - 主：「我不斷憑著聲響拼湊天空一隅」
  - 四
    - 賓（右）：「感知和謎語在我右側」
    - 主：「我不斷開門　走向另道門」三行
    - 賓（左）：「左側一片虛幻」
- 正
  - 賓
    - 右：「嘆息與落髮在我右側」
    - 左：「左側，左側一雙無形的手」
  - 主：「默默拉引我　在瘦狹的眉間打開一扇亮窗……」

作者以右、左的配置凸顯出夾縫來，是全詩的重點所在。

全詩分五節，前四節以右側的方向、分別從不同的點切入，寫掙扎：在捨與不捨間掙扎、在溫暖與疏離間掙扎、在愛與不愛間掙扎、在清醒與未知間掙扎……；而左側一片空無、陰暗、闃靜、虛幻……，不確定的恐慌湧上，行將滅頂於不確定的恐慌……。然而這些全都是「反」，作用在為最末一節蓄勢。

最末一節的第一句回應首節，企圖造成首尾圓合的效果；並且前兩句仍保留「右、左」的形式，以呼應全篇。但這些仍不是重點所在，作者全力重擊的是最後一句：「默默拉引我　在瘦狹的眉間打開一扇亮窗……」，「瘦狹的眉間」是另一道夾縫，唯這道夾縫中隱約透出一線天光……，留予人多少希冀。

全詩詩思緊致，微有可議處，便是對右、左的處理稍嫌僵硬板滯，應可尋求更富藝術性的處理手法；若非如此，則此詩置入前二名中，當無愧色[19]。

這是用章法的角度切入，並藉結構分析表，來進行批改、評析的例子。

以上是「零點與偏離」用於習作指引、評析或檢討之上的初步成果。雖然已作了如此之嘗試，卻始終沒有發展成一套完整之理論。

綜上所述，可知王希杰教授這種「零點」與「偏離」的整套理論框架，對「章法學」的研究，尤其是章法的習作教學（批改）而言，實有著莫大的啟發價值。

19 見仇小屏〈下在我眼眸裡的雪——八十九學年度成功高中文藝新詩獎評介〉，《下在我眼眸裡的雪——新詩教學》（臺北：萬卷樓圖書公司，2001 年 2 月初版），頁 196-201。

四、章法之潛顯與兼格

對王希杰「章法之潛顯與兼格」這種觀點，可分如下幾方面加以探討：

1.「潛顯與兼格」理論之提出

章法有著眼於「求同」層面，而帶有「共相」性質者，這是比較表面而顯著的；也有著眼於「求異」層面，而帶有「特色」性質者，這是比較深入而潛伏的。也就是因為章法有潛與顯之別，所以每每造成了「兼格」之現象。

對此，王希杰先就「潛顯」問題，提出了精闢的見解。他說：

章法有顯性和潛性之分。顯性和潛性是相對的，多層次的。

語言文字方面的組合銜接方式，是看得見摸得著的，是一種顯性章法。內容的組合和銜接不能直接觀察，是潛性章法。運用一定形式標誌表現出來的章法關係，是顯性章法。不用明顯標誌表現的章法關係，是潛性章法。例如馬致遠的《越調．天淨沙．秋思》，運用的是傳統的以景抒情手法，章法學家叫做「情景法」，但顯性的只有景物，卻沒有情，或者說其情是潛性的。這裡的情是通過遠近對立來表現的：「枯藤老樹昏鴉，小橋流水人家，古道西風瘦馬。夕陽西下」，這近在咫尺的圖畫不是很美麗的嗎？為什麼要把近在咫尺的地方說成是「天涯」呢？為什麼面對這樣的如詩如畫的地方卻要說「斷腸」呢？說是近在咫尺，這是物理世界的事實，說是「天涯」海角，那是詩人的內心世界的感受——這小橋流水人家不是自己的家鄉！他的家鄉遠在那遙遠的地方，他現在不能回到他的家鄉去——他懷念的是屬於他的「小橋流水人家」。這首小令的深層章法是空間的兩種遠近對立：物理世界的空間和心理世界空間的遠近強烈的巨大的對立。而這對立是他所無法克服的—西風（秋天）、昏鴉（黃昏）、古道和枯藤（他已經老了）、瘦馬（貧寒）強合了這種不可克服的對立感。

詩歌的特點是含蓄。所謂含蓄，其實就是表層的顯性的章法和深層的潛性的章法之間的不一致性。詩歌的闡解釋和欣賞中最重要的是對其深層的潛性章法的揭示。例如王之煥的〈登鸛雀樓〉：

白如依山盡，黃河入海流。
欲窮千里目，更上一層樓。

顯性的章法是：情景法，前兩句是景，後兩句是情。也是主賓法，前兩句是賓，後一句是主。潛性章法是動靜對照法。這裡又有多層的動靜對照，初始態是：

靜：鸛雀樓＋詩人

動：黃河＋白日

繼續態是：

靜：鸛雀樓＋黃河＋白日

動：詩人

運動態中又有三種對立。第一種是運動方向的對立：

由東向西運動：白日

由西向動運動：黃河

第二種是高低的對立：

由高向低運動：黃河＋白日

由低向高運動：詩人

第三種是動和靜之間的運動：

由動轉為靜：黃河＋白日

由靜轉為動的：詩人

而同黃河、白日、詩人相對的是鸛雀樓永遠處在靜的狀態，沒有向動態轉化。這種動靜對立中還隱含著多和少的對立：

少：一層樓

多：千里目

日暮黃昏登樓，在中國文化中本是悲哀的意象，是同這首詩的表層章法不很一致的。所謂盛唐氣象，其實是通過這一詩歌的潛性章法結構表現出來的：

永遠靜止的鸛雀樓——由動到靜的：黃河＋白日——由靜而動的：詩人

詩人：由靜而動＋從低到高＋費力少（一）而所得多（千）

所以要想真正把握這首詩歌，就需要揭開其深層章法，即潛章法。

已經出現了的章法規則是顯性章法，可能有、但目前還沒有出現的章法，是潛性章法。已經出現了的章法雖然很多，但畢竟還是有限的。文章還將不斷地湧現出來，可能的章法將逐漸被開發出來，新章法的出現是必然的事情。這就是說，許多目前的潛性章法在條件成熟的時候是可以從潛性轉化為顯性章法的。同時，現有的某些章法也有可能不再被運用，由顯性章法轉化為潛性章法。從這個意義上說，章法學不但要研究顯性章法，還可以研究可能出現的章法，為新章法的開發利用作出應有的貢獻。就這個意義說，章法學不是凝固的學問，它是大有發展前途的，它是面向未來的學問[20]。

至於「兼格」問題，他也提出了如下看法：

陳滿銘不但提出了一整套的章法學理論，而且他和他的弟子已經揭示出三十多種章法，每一種章法都是作出了嚴格的界定，並同相關章法及修辭格和寫作手法等進行了細膩的比較，運用了大量的事例，詳盡地進行了分析描述。因此說，章法學大廈是已經出現在我們的面前了。

仇小屏在《篇章結構類型論》中詳細論述了三十六種章法，但是沒有對其進行分類。我們知道這些類型是陸續發現和建立起來的。也是從不同的角度上來構造的。例如，「大小」、「高低」、「遠近」、「內外」是空間的；「今昔」、「久暫」是時間的；「立破」、「賓主」、「抑揚」、「視角變換」、「時空交錯」、「感覺變換」是主觀的。這裡有一個內部的邏輯關係問題。例如，虛實是一個角度，主賓是另一個角度，詳略又是一個角度，其實，主有虛實，賓有虛實，主有詳略，賓也有詳略，虛有詳略，實也有詳略。

這三十六種章法之間是有某種共同性的。兩個對立面是對立的，不可混淆的，但卻又是有條件地相互轉化的。這三十六種章法中的每一種其實都有常規和超常形式，凡

20 見王希杰〈章法三論〉，同注 5，頁 84-89。

超常都是有條件的。例如主和賓，常規要求是明確主賓，不可相混，不可顛倒，要求主賓對等對稱。但是具有一定條件可以反客為主，主賓倒置。修辭學上的映襯格，寫作學中的「烘雲托月」法，就是主賓關係的變態。……章法學的科學化和實用化就需要、也可以從兩個方面進行：尋找和建立最基本的章法格式，尋找和建立基本章法的複雜化和藝術化的途徑和格式[21]。

2.「潛顯與兼格」之因果關係

王希杰這種「潛顯」與「兼格」的說法，涉及「零點與偏離」，本身就有帶有「因果」邏輯在內。大體而言，「潛顯」是「因」，而「兼格」是「果」。即以章法類型之運用來說，由於「潛」與「顯」的著眼層面不同，便產生「兼格」的現象。

就單拿「因果」章法來說，正如陳波在其《邏輯學是什麼》一書中所言「因果聯繫是世界萬物之間普遍聯繫的一個方面，也許是其中最重要的方面。一個（或一些）現象的產生會引起或影響到另一個（或一些）現象的產生。前者是後者的原因，後者就是前者的結果。科學的一個重要任務就是要把握事物之間的因果聯繫，以便掌握事物發生、發展的規律」[22]，往往具有顯性性格，而成為其他章

21 見王希杰〈章法學門外閒談〉，同注 3。

22 見陳波《邏輯學是什麼》（北京：北京大學出版社，2002 年 1 月 1 版 1 刷），頁 167。

法的共同歸趨。

關於此點，導生楊雅貴在〈談章法的兼法現象〉一文中談及：

章法的「兼法」現象，在鑑賞文章的實務分析過程中，是十分常見的。在深入文章義蘊，剖析文章脈絡的同時，分析者往往得藉由多方思考及多方嘗試後，才能呈現出較佳的篇章結構分析，以求達到最佳的鑑賞效果。陳滿銘在〈談篇章結構分析的切入角度〉一文[23]，首度用不同角度切入同一文章，並據所形成之結構，探討其優劣；又在「比較章法」一章[24]中說道：

> 就一篇辭章而言，在「二元」類型的認定上，卻會有相互替代或重迭的情形。這有兩種現象：一是章法本身彼此有關涉，以致有所重迭或替代者，如因果章法與一些其他章法，由於因果是邏輯關係中最基本、最普遍的一種，所以往往和其他章法有所關聯……但是，以「因果」這一邏輯，就想要牢籠所有宇宙人生、事事物物，形成「二元對待」既精且細之層次關係，實在是不可能的。……，因此「因果」章法只能用以「兼法」（如同修辭之「兼格」）

23 見陳滿銘〈談篇章結構分析的切入角度〉（臺北：《國文天地》15 卷 8 期，2000 年 1 月），頁 86-94。

24 見陳滿銘《章法學綜論》第七章（臺北：萬卷樓圖書公司，2003 年 6 月初版），頁 400-408。

> 之方式，輔助其他章法，……二是切入角度彼此有關涉，以致有所重迭或替代者。

在這段話中，首度提出了「兼法」一詞，且舉修辭之「兼格」為例，簡略點出了「兼法」的性質，並說明造成「兼法」的兩種現象：一是由於章法本身彼此有關涉；二是由於切入角度彼此有關涉。這兩種現象，其實也就是「兼法」產生的原因。另外，在《篇章結構學》一書中，亦專闢「章法分析的切入角度」一節，針對前文作更詳細的解說，指出「分析一篇文章的篇章結構，就現階段來說，由於沒有絕對的是非可言，而必須從不同角度切入，看看那一種角度最足以呈現它內容與形式的特色，所以掌握切入的角度便成為分析篇章結構成敗的關鍵所在。」[25] 強調由於章法的分析角度不同，就會呈現出不同的結構分析及鑑賞效果。

因此，我們也就常在章法分析的過程中，從而就「兼法」現象作比較，以期藉由多種角度鑑賞文章，進而判斷出最適合的章法。由於「兼法」是在詮釋及鑑賞文章時，採用多方的「分析角度」而得出的常見現象，自然也就有值得我們深入認識的必要了[26]。

這種「潛顯」與「兼格（法）」關係，可由下列「章

25 見陳滿銘《篇章結構學》（臺北：萬卷樓圖書公司，2005 年 5 月初版），頁 172-189。

26 見楊雅貴〈談章法的兼法現象〉（臺北：《國文天地》22 卷 5 期，2006 年 10 月），頁 86-93。

法家族分類表」[27]中略窺一二：

家族	章法		美感
圖底家族	(一) 時間類	1. 今昔法 2. 久暫法 3. 問答法	立體美
	(二) 空間類	1. 遠近法 2. 大小法 3. 內外法 4. 高低法 5. 視角變換法 6. 知覺轉換法 7. 狀態變化法	
因果家族	1. 本末法 2. 淺深法 3. 因果法 4. 縱收法		層次美
虛實家族	(一) 具體與抽象類	1. 泛具法 2. 點染法 3. 凡目法 4. 情景法 5. 敘論法 6. 詳略法	變化美
	(二) 時空類	1. 時間的虛實法 2. 空間的虛實法 3. 時空交錯的虛實法	
	(三) 真實與虛假類	1. 設想與事實的虛實法 2. 願望與實際的虛實法 3. 夢境與現實的虛實法 4. 虛構與真實的虛實法	
映襯家族	(一) 映照類	1. 正反法 2. 立破法 3. 抑揚法 4. 眾寡法 5. 張弛法	映襯美
	(二) 襯托類	1. 賓主法 2. 平側（平提側注）法 3. 天人法 4. 偏全法 5. 敲擊法 6. 並列法	

27 見陳佳君〈論章法的族性〉，《修辭學論文集》（福州：海潮攝影藝術出版社，2002 年 12 月 1 版 1 刷），頁 145-163。

在此表中除了同類的章法外，就是不同類的也可以有條件地彼此含容、轉化，只不過同類者多於不同類者罷了。這種情形在新章法不斷出現時，將會更形複雜。

3.「潛顯與兼格」之舉隅說明

這種「潛顯與兼格」之章法現象，隨處可見。如孟子〈齊人一妻一妾〉章：

> 齊人有一妻一妾而處室者，其良人出，則必饜酒而後反。其妻問所與飲食者，則盡富貴也。其妻告其妾曰：「良人出，則必饜酒肉而後反。問其與飲食者，盡富貴也，而未嘗有顯者來。吾將瞷良人之所之也。」
>
> 蚤起，施從良人之所之，遍國中無與立談者。卒之東墦間，之祭者乞其餘；不足，又顧而之他。此其為饜足之道也。其妻歸，告其妾曰：「良人者，所仰望而終身也；今若此！」與其妻訕其良人，而相泣於中庭。而良人未之知也，施施從外來，驕其妻妾。
>
> 由此觀之，則人之所以求富貴利達者，其妻妾不羞也而不相泣者，幾希矣。

此章文字凡四段，可分為「敘」(因)與「論」(果)兩截。其中前三段為「敘」(因)，末段為「論」(果)。

「敘」（因）一截，先以「齊人有一妻一妾」三句，泛敘齊人常「饜酒肉而後反」以「驕其妻妾」之事，作為故事的引子；這是「點」的部分。再以「其妻問」句起至「驕其妻妾」句止，具體敘述其妻、妾由起疑、跟蹤，以至於發現、哭泣，而齊人卻一無所覺的經過；這是「染」的部分；而「點」是「因」、「染」是「果」。「論」（果）一截，即末段四句，依據上述的故事，發出感慨，以為人追求富貴利達，很少人不像齊人那樣寡廉鮮恥，很充分地將諷喻的義旨表達出來。依此篇章條理，可將其結構表呈現如下：

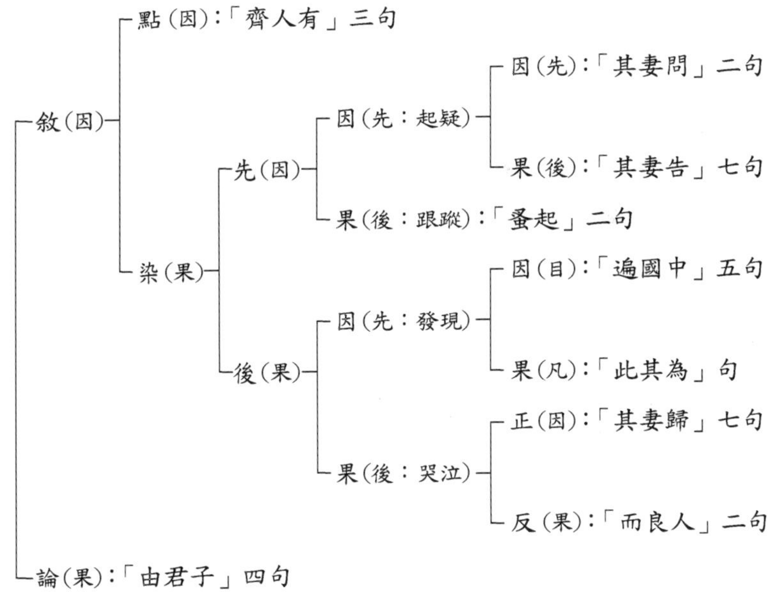

可見此文，經過「邏輯思維」的安排佈置，在「篇」以「先敘（因）後論（果）」形成其條理；而「章」則以「先點（因）後染（果）」、「先先（因）後後（果）」、「先因（先、目）後果（後、凡）」、「先正（因）後反（果）」等形成其條理。值得注意的是：在此形成了四個「先因後果」的「顯」結構，這是相當奇特的，究其原因，是由於「因果」章這種條理頗原始，既用得很早又用得很普遍的緣故。此外，「點染」是新開發的章法[28]，原為「潛」而如今則成為「顯」了。而尤其明顯的是：「敘論」、「點染」、「先（昔）後（今）」、「正反」等，也都可用「因果」加以代替，以呈現「因果」之「潛」性聯繫。這樣有「潛」有「顯」，自然就形成「兼格」（兼法）的現象。

再次看李白的〈黃鶴樓送孟浩然之廣陵〉詩：

> 故人西辭黃鶴樓，煙花三月下揚州。孤帆遠影碧空盡，惟見長江天際流。

28 「點染」本用於繪畫，指基本技巧。而移用以專稱辭章作法的，則始於清劉熙載。但由於他的所謂的「點染」，指的，乃是「情」〔點〕與「景」〔染〕，和「虛實」此一章法大家族中的「情景」法，恰巧相重疊，所以就特地借用此「點染」一詞，來稱呼類似畫法的一種章法：其中「點」，指時、空的一個落足點，僅僅用作敘事、寫景、抒情或說理的引子、橋樑或收尾；而「染」，則指真正用來敘事、寫景、抒情或說理的主體。也就是說，「點」只是一個切入或固定點，而「染」則是各種內容本身。這種章法相當常見，也可以形成「先點後染」、「先染後點」、「點、染、點」、「染、點、染」等結構，而產生秩序、變化、聯貫〔呼應〕之作用。見陳滿銘〈論幾種特殊的章法〉（臺北：臺灣師大《國文學報》31 期，2002 年 6 月），頁 181-187。

這首詩的結構很簡單，可分為兩個部分：一是敘「事」部分，即起二句，敘的是故人西辭武昌前往廣陵—揚州的事實，為「因」；二是寫「景」部分，即結二句，寫的是故人乘船遠去，消失於天際的景象，為「果」。作者就單單透過「事」與「景」，從篇外表出無限的離情來。喻守真在《唐詩三百首詳析》中說：「首句標出送別之地是『黃鶴樓』，二句標出送別之時是『三月』、送往之地是「揚州」。結構即非常綿密。三句始寫離情，望斷碧山，目送孤帆行人已去，長江自流。景物可畫，別情難遣。」[29] 將一篇之作意把握得很好。其結構表可呈現如下：

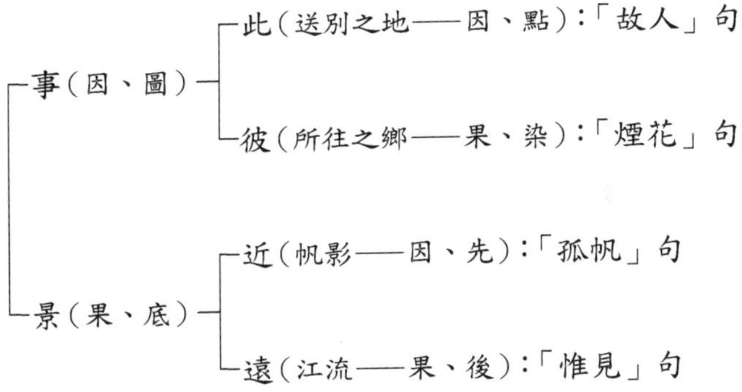

此詩以「先事後景」、「先此（點）後彼（染）」、「先近後遠」形成其篇章結構，卻都可用「先因後果」來代替，以

29 見喻守真《唐詩三百首詳析》（臺北：臺灣中華書局，1996 年 4 月 23 版 5 刷），頁 275。

呈現其層次邏輯。而其中「先事後景」、「先此後彼」與「先近後遠」，除「因果」外又依序含有「底圖」[30]、「點染」、「先後」之「潛」性邏輯在內，最能表現章法「彼此含容、轉化」之特性。

由此看來，王希杰教授的這種「潛顯」與「兼格」觀點，對未來章法學研究之深廣度上，將起相當大的催化作用。

五、結語

從以上研討，可知王希杰有關「章法是客觀之存在」、「章法之零點與偏離」與「章法之潛顯與兼格」的觀點，是十分新穎而深入的，對章法學之研究必定產生相當之影響。他曾鼓勵臺灣章法學之研究說：「陳滿銘教授成功地建立一個比較科學的章法學體系，他和他的弟子們在章法學成為獨立的學科方面做出了獨特的貢獻。章法學是大有可為的。」[31] 他不但隨時用語言文字鼓勵，還直接參

30 新發現章法之一。一般說來，作者在辭章中所用之時、空（包括「色」）材料，有一些是充當「背景」用的，也有某些是用來作為「焦點」的。就像繪畫一樣，用作「背景」的，往往對「焦點」能起烘托的作用，即所謂的「底」；而用作「焦點」的，則對「背景」而言，都會產生聚焦的功能，即所謂的「圖」。這種條理用於辭章章法上，也可造成秩序、變化、聯貫的效果，而形成「先圖後底」、「先底後圖」、「圖、底、圖」、「底、圖、底」等結構。見陳滿銘〈論幾種特殊的章法〉，同注 28，頁 191-196。

31 見王希杰〈陳滿銘教授和章法學〉，同注 6，頁 28。

與研究工作，作出了重大貢獻。相信有了他的鼓勵與參與，章法學之研究一定像他所說的，將「大有可為」，而「章法結構」之相關理論，也必推陳出新，更趨周全。

（2007.1.15.整理、2010.10.15.修正）

引用文獻

王希杰〈章法學門外閒談〉，《國文天地》18 卷 5 期，2002 年 10 月，頁 92-101。王希杰〈章法三論〉，《國文天地》20 卷 9 期，2005 年 2 月，頁 84-89。

王希杰〈陳滿銘教授和章法學〉，《陳滿銘教授七秩榮退志慶論文集》，臺北：萬卷樓圖書公司，2005 年 7 月初版。

仇小屏《下在我眼眸裡的雪——新詩教學》，臺北：萬卷樓圖書公司，2001 年 2 月初版。

仇小屏〈論章法結構的原型與變型——以遠近法、今昔法、因果法為考察對象〉，《修辭論叢》第五輯，臺北：洪葉文化事業有限公司，2003 年 11 月初版，頁 405-440。

郭預衡《中國散文史》，上海：上海古籍出版社，2000 年 3 月一版一刷。

陳波《邏輯學是什麼》，北京：北京大學出版社，2002 年 1 月 1 版 1 刷。

陳佳君〈論章法的族性〉，《修辭學論文集》，福州：海潮攝影藝術出版社，2002 年 12 月 1 版 1 刷，頁 145-163。

陳滿銘《作文教學指導》，臺北：萬卷樓圖書公司，1994 年 10 月初版。

陳滿銘〈談篇章結構分析的切入角度〉，《國文天地》15 卷 8 期，2000 年 1 月，頁 86-94。

陳滿銘《章法學新裁》，臺北：萬卷樓圖書公司，2001 年 1 月初版。

陳滿銘〈論幾種特殊的章法〉，臺灣師大《國文學報》31 期，2002 年 6 月，頁 181-187。

陳滿銘《章法學綜論》，臺北：萬卷樓圖書公司，2003 年 6 月初版。

陳滿銘〈論「多」、「二」、「一（0）」的螺旋結構——以《周易》與《老子》為考察重心〉，臺灣師大《師大學報・人文與社會類》48 卷 1 期，2003 年 7 月，頁 1-20。

陳滿銘《篇章結構學》，臺北：萬卷樓圖書公司，2005 年 5 月初版。

陳滿銘〈辭章章法的「多」、「二」、「一（0）」螺旋結構〉，《國文天地》21 卷 11 期，2006 年 4 月，頁 88-94。

喻守真《唐詩三百首詳析》，臺北：臺灣中華書局，1996 年 4 月 23 版 5 刷。

楊雅貴〈談章法的兼法現象〉，《國文天地》22 卷 5 期，2006 年 10 月，頁 86-93。

趙山林《詩詞曲藝術論》，杭州：浙江教育出版社，1998 年 6 月一版一刷。

鄭頤壽〈漢語辭章學四十年述評〉，《國文天地》17 卷 2 期，2001 年 7 月，頁 96。

鄭頤壽〈中華文化沃土，辭章學圃奇葩——讀陳滿銘《章法學新裁》及其相關著作〉，《海峽兩岸中華傳統文化與現代化研討會文集》，蘇州：「海峽兩岸中華傳統文化與現代化研討會」，2002 年 5 月，頁 131-139。

貳

趙山林之意象組合說

——以《詩詞曲藝術論》所論為考察範圍

摘　要

意象之組合方式，已有多人作過有益之探討，其中以趙山林《詩詞曲藝術論》所論承續、層遞、逆推、並置、對比、反諷、輻輳、輻射、交錯，與疊映等共十式，最為多樣，而受到重視。本文即以此為範圍，依序以「層次邏輯」所形成之「章法結構」切入，作一觀察，證出其「深層的因素和邏輯」可藉以「挖掘和探索」，以見「意象組織」和「章法結構」密不可分之關係。

關鍵詞：意象組合、深層因素、層次邏輯、章法結構、趙山林《詩詞曲藝術論》

一、前言

對於詩歌意象結構的組合方式，盛子潮、朱水湧《詩歌形態美學》（1987）、陳振濂《空間詩學導論》（1989）、李元洛《詩美學》（1990）、陳植鍔《詩歌意象論》（1990）、陳慶輝《中國詩學》（1994）等，已先後進行過一些有益的探討，而趙山林《詩詞曲藝術論》（1998）則總結為承續、層遞、逆推、並置、對比、反諷、輻輳、輻射、交錯，與疊映等十式、作了進一步之展開和深入討論，受到學界之重視[1]。而這些意象之組合方式，雖呈現其多樣面貌，卻正如王長俊等《詩歌意象學》所言「那些起連接作用的紐帶隱蔽著，並不顯露出來」[2]，因而有必要試著由直接與「意象之組織」相關的「章法（邏輯）結構」[3]切入作一系列探討，以挖掘「其深層的因素和邏

1 見趙山林《詩詞曲藝術論》（杭州：浙江教育出版社，1998 年 6 月一版一刷），頁 123-138。因本論文以趙說為討論重心，為免繁瑣，後文凡在此範圍引用其說者，一律只於引文後標註頁碼，不再一一附註。

2 王長俊等：「中國古典詩歌的意象雖然可以直接拼接，意象之間似乎沒有關聯，其實在深層上卻互相勾連著，只是那些起連接作用的紐帶隱蔽著，並不顯露出來，這就是前人所謂的『斷峰雲連』、『辭斷意屬』。」見《詩歌意象學》（合肥：安徽文藝出版社，2000 年 8 月一版一刷），頁 215。

3 參見陳滿銘〈論章法結構與意象系統──以「多」、「二」、「一（0）」螺旋結構切入作考察〉（無錫：《江南大學學報・人文社會科學版》4 卷 4 期，2005 年 8 月），頁 70-77。

輯」[4]。為此，本文特就此十種組合方式，用「章法（邏輯）結構」切入作探討，以見一斑。

二、承續之意象組合方式

對此組合方式，趙山林認為：「十八世紀德國美學家萊辛在《拉奧孔》一書中，對詩與畫的差別作了論述，其要點是：就媒介而言，畫用顏色與線條展開一個具有一定廣延的空間，而詩則用語言造成時間上前後連貫的延續的直線；就題材而言，畫的媒介長於表現空間中並列的物體，詩的媒介長於敍述時間上的先後承續的動作；就藝術的接受而言，畫是通過視覺來感受的，畫面上的形象可以同時被攝入眼簾，而詩主要是通過聽覺來感受，欣賞者是從先後承續的聲音中，亦即從事物的動作中得到滿足。萊辛此處著重論述詩畫的差別，對於詩畫的聯繫未作深入闡述，因而是不夠全面的，特別是當我們對中國古典詩歌時，尤其有這種感覺；但從總體上看，畫是空間藝術，詩是時間藝術，與畫相比，詩總是具備過程性，更注意縱向的時間延伸性，更適宜表現精神的運動、情感的流程，卻是沒有疑問的。由此表現在意象結構的組合上，承續式成

4 陳慶輝：「應該說意象的組合方式是多種多樣的，上述所舉只怕是掛一漏萬；而且複合意象的構成，作為一種審美創造，是一個複雜的心理過程，用所謂並列、對比、敘述、述議等結構形式加以說明，似乎是粗糙的、膚淺的，其深層的因素和邏輯還有待我們去挖掘和探索。」見《中國詩學》（臺北：文史哲出版社，1994 年 12 月初版），頁 74。

為一種最常見的組合方式，便是可以理解的了。」並且舉杜甫〈聞官軍收河南河北〉詩為例作說明：

> 劍外忽傳收薊北，初聞涕淚滿衣裳。卻看妻子愁何在？漫卷詩書喜欲狂。
> 白日放歌須縱酒，青春作伴好還鄉。即從巴峽穿巫峽，便下襄陽向洛陽。

他說：「這是一首情感真摯充沛佳作，但從意象結構上說，卻帶有一定的敍事特色。《杜甫詳注》引黃生說：『此通首敍事之體。』這是說得很有道理的。不僅從感情發展的內在脈絡說，即使從『忽傳』、『初聞』、『卻見』、『漫卷』、『即從』、『便下』這些字眼上，也可以明顯地看出前後續接、一脈相承的關係，錯亂不得，顛倒不得。這是典型的承續式意象組合。」（頁 123-124）

他的分析簡明扼要，如果改用「層次邏輯」[5]，亦即「章法結構」切入，則杜甫此詩旨在寫「聞官軍收河南河北」時「喜欲狂」之情，是以「先點後染」的結構寫成的，而「染」又自成「目、凡、目」的結構類型。它「首先在起聯，針對題目，寫『聞官軍收河南河北』時自己喜極而泣的情形，藉『忽傳』、『初聞』寫事出突然，藉『涕

[5] 參見陳滿銘〈層次邏輯系統論——以哲學與章法作對應考察〉（錦州：《渤海大學學報・哲學社會科學版》27 卷 6 期，2005 年 11 月），頁 1-7。

淚滿衣裳』具寫喜悅；接著在頷聯，採設問的形式，由自身移至妻子身上，寫妻子聞後狂喜的情狀，很技巧地以『卻看』作接榫，帶出『漫卷詩書』作具體之描寫。以上全用以實寫『喜欲狂』，為『目一』的部分。而緊接著『漫卷詩書』而來的『喜欲狂』三字，正是一篇的主旨所在，為『凡』部分。繼而在頸聯，由實轉虛，以『放歌縱酒』上承『喜欲狂』、『作伴好還鄉』上承『妻子』，寫春日攜手還鄉的打算（時）；最後在結聯，緊接上聯『還鄉』之打算，一口氣虛寫還鄉所準備經過的路程（空）。以上全用以虛寫『喜欲狂』，為『目二』的部分。如此，由『忽傳』而『初聞』、『卻看』而『漫卷』、『即從』而『便下』，以單軌一氣奔注，將自己與妻子『喜欲狂』的心情，描摹得真是生動極了。」[6]這樣，全詩就維持一致的情意了。附結構分析表如下：

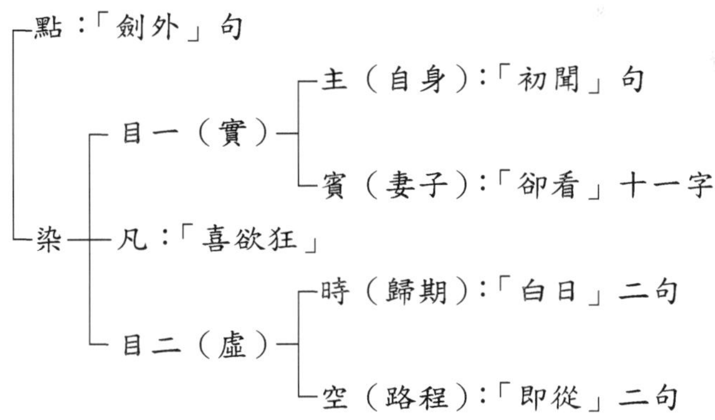

6 見陳滿銘《章法學新裁》（臺北：萬卷樓圖書公司，2001 年 1 月初版），頁 383。

由此看來，此詩主要除了用「目（實）、凡、目（虛）」（篇）的轉位結構外，也用「先點後染」、「先主後賓」、「先時後空」（章）等的移位結構，以組合篇章，使全詩前後呼應，亦即「目」（實）與「目」（虛）、「因」與「果」、「賓」與「主」、「時」與「空」作局部之呼應，而以「凡」（喜欲狂）統攝一「實」一「虛」的兩個「目」，在聯想與想像之作用下，統一全詩的意象[7]，以凸顯其「承續」之邏輯層次。附分層簡圖如下：

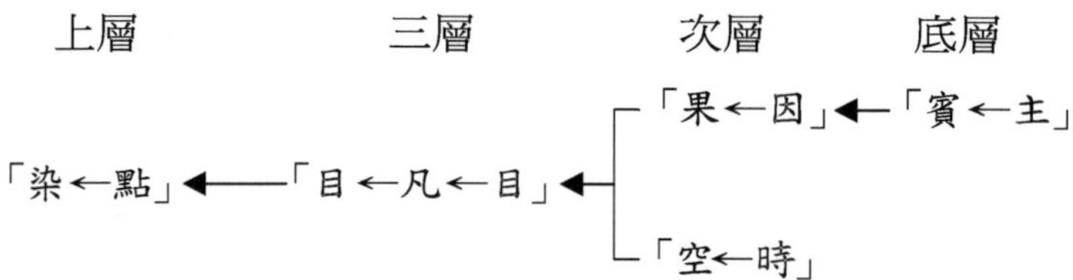

如對應於「多、二、一（0）」[8]來看，則由「賓主」、「因果」、「時空」、「點染」[9]各一疊所形成之移位性調和結構

7 見陳滿銘〈論意象與聯想力、想像力之互動——以「多」、「二」、「一（0）」螺旋結構切入作考察〉（金華：《浙江師範大學學報・社會科學版》31卷2期，2006年4月），頁47-54。

8 參見陳滿銘〈章法「多、二、一（0）」邏輯結構論〉（平頂山：《平頂山學院學報》20卷4期，2005年8月），頁68-72。又見陳滿銘〈論章法結構與意象系統——以「多」、「二」、「一（0）」螺旋結構切入作考察〉，同注2。

9 類似畫法的一種章法：其中「點」，指時、空的一個落足點，僅僅用作敘事、寫景、抒情或說理的引子、橋樑或收尾；而「染」，則指真正用來敘事、寫景、抒情或說理的主體。也就是說，「點」只是一個切入或固定點，而「染」則是各種內容本身。見陳滿銘〈論幾種特殊的章法〉

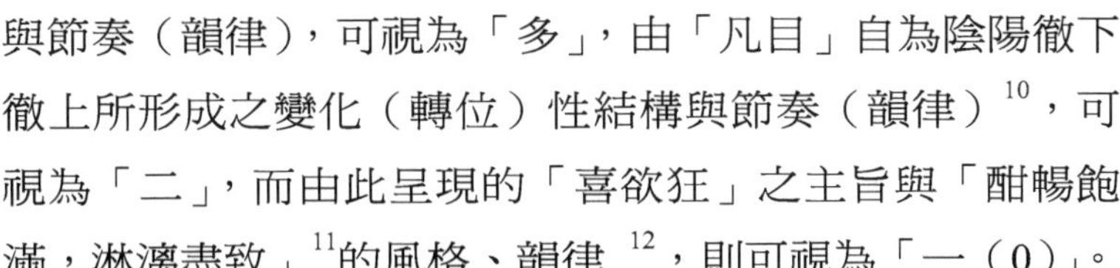

與節奏（韻律），可視為「多」，由「凡目」自為陰陽徹下徹上所形成之變化（轉位）性結構與節奏（韻律）[10]，可視為「二」，而由此呈現的「喜欲狂」之主旨與「酣暢飽滿，淋漓盡致」[11]的風格、韻律[12]，則可視為「一（0）」。

如此由「章」（賓主→因果、時空交錯→凡目）而成「篇」（點染）的四層邏輯結構來連結、統合各個意象，顯然比較能具體而完整地呈現「承續」之內蘊，見出「其深層的因素和邏輯」。

三、層遞之意象組合方式

對此組合方式，趙山林認為：「承續式意象組合中有一種表現出明顯的層次遞進性，可以稱為層遞式意象組合。」他先舉劉皂（一說賈島）〈渡桑乾〉詩作說明：

> 客舍并州已十霜，歸心日夜憶咸陽。無端更渡桑乾水，卻望并州是故鄉。

（臺北：臺灣師大《國文學報》31 期，2002 年 6 月），頁 181-187。

10 參見陳滿銘〈論章法「多、二、一（0）」結構的節奏與韻律〉（臺北：臺灣師大《國文學報》33 期，2003 年 6 月），頁 81-124。

11 見趙山林《詩詞曲藝術論》，同注 1，頁 241。

12 參見陳滿銘〈章法風格論——以「多」、「二」、「一（0）」螺旋結構作考察〉（臺南：成功大學《成大中文學報》12 期，2005 年 7 月），頁 147-164。

他說：「詩人故鄉為咸陽，而作客於咸陽以北的并州已經十載，心中無日不起歸思，此為第一層；思歸不得，卻又出於某種原因，北渡桑乾，連住并州亦不可得，更不知何日能返咸陽。此又進一層。詩人的鄉思便在這兩層遞進中抒發得淋漓盡致。俞陛雲《詩境淺說續編》評此詩『曲折寫出而仍能一氣，最為難到之境』，正好指出了此詩意象組合上層遞性的特點。」（頁 124）

梳理此詩之內容，其章法結構可用下表來呈現：

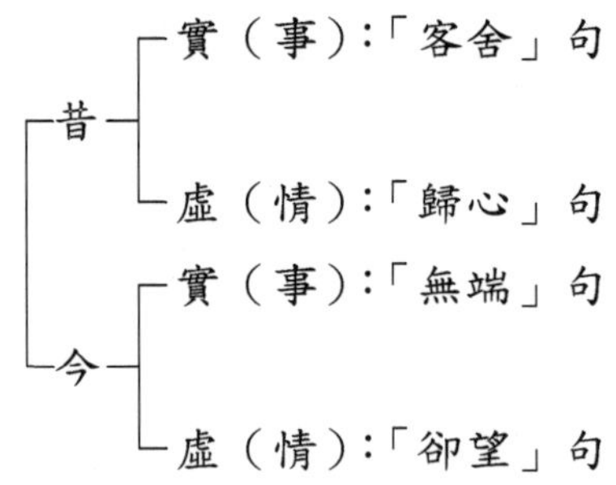

由此看來，此詩主要用了兩疊「先實後虛」（章）與一疊「先昔後今」的移位結構，以組合篇章，統一全詩意象，凸顯其「層遞」之邏輯層次。附分層簡圖如下：

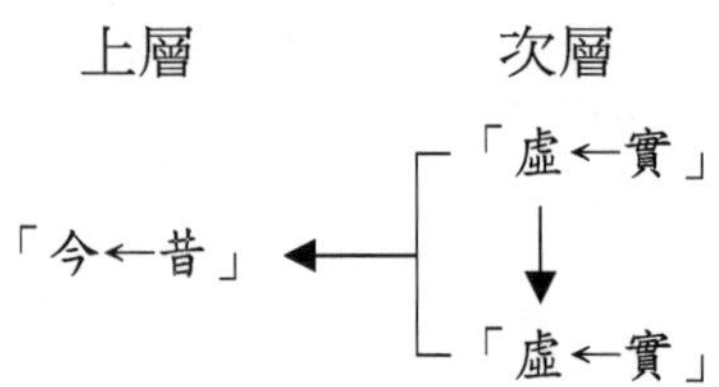

如對應於「多、二、一（0）」來看，則由「虛實」兩疊所形成之移位性調和結構與節奏，可視為「多」，由「今昔」自為陰陽，徹下徹上所形成之移位性結構與節奏（韻律），可視為「二」，而由此呈現的「思歸之切」之主旨與「曲折而迫切」的風格、韻律，則可視為「一（0）」。

接著，對詞中層遞式意象組合，趙山林又舉秦觀〈阮郎歸〉（瀟湘門外水準鋪）詞之下片作說明：

> 揮玉箸，灑真珠，梨花春雨餘。人人盡道斷腸初，那堪腸已無！

他說：「肝腸寸斷，已足使人難堪，更何況腸已斷盡！《續編草堂詩餘》評曰：『及云「腸已無」，如新筍發林，高出林上。』楊慎批語云：『此等情緒，煞甚傷心。秦七太深刻矣！』都看出此詞層遞性的特點。其他，如晏幾道〈阮郎歸〉結尾：『夢魂縱有也成虛，那堪和夢無』，秦觀另一首〈阮郎歸〉結尾：『衡陽猶有雁傳書，郴陽和雁無』，宋徽宗〈燕山亭〉結尾：『天遙地遠，萬水千山，知他故宮何處。怎不思量，除夢裡有時曾去。無據。和夢也新來不做。』也表現出層遞性的特點。」（頁 124-125）

根據這種分析，此半闋詞內容之邏輯結構，可呈現如下表：

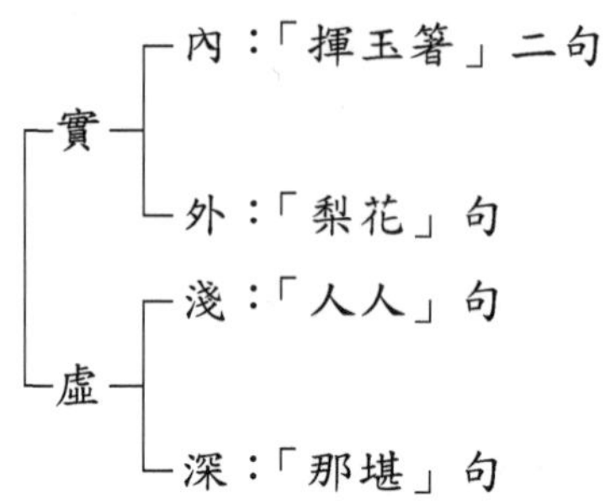

由此看來，此半闋詞主要用「先內後外」、「先淺後深」（章）各一疊與一疊「先實後虛」的移位結構，以組合篇章，統一全片的意象，凸顯其「層遞」之邏輯層次。附分層簡圖如下：

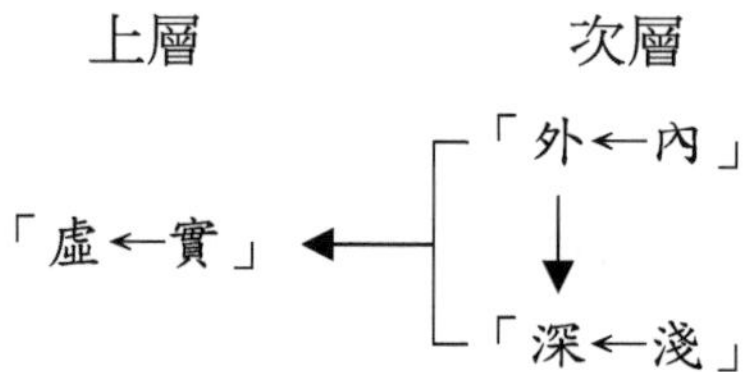

如對應於「多、二、一（0）」來看，則由「內外」、「淺深」兩疊所形成之移位性調和結構與節奏，可視為「多」，由「實虛」自為陰陽，徹下徹上所形成之移位性結構與節奏（韻律），可視為「二」，而由此呈現的「傷心」之主旨與「深刻纏綿」的風格、韻律，則可視為「一（0）」。

此外，趙山林又認為：「有的作品，層遞性特點表現得不是十分明顯，但略加分析，便可了然。」如歐陽修〈蝶戀花〉詞之下片：

> 雨橫風狂三月暮。門掩黃昏，無計留春住。淚眼問花花不語，亂紅飛過鞦韆去。

他解釋說：「毛先舒稱其『層深而渾成』，並分析說：『因花而有淚，此一層意也；因淚而問花，此一層意也；花竟不語，此一層意也；不但不語，且又亂落，飛過鞦韆，此一層意也。人愈傷心，花愈惱人，語愈淺而意愈入，又絕無刻畫費力之跡，謂非層深而渾成耶？』（王又華《古今詞論》引）既層層深入，又渾成一氣，這確是層遞式意象組合成功的一個標誌。」（頁 125）

依此分析，這闋詞下片之章法結構，可用下表來呈現：

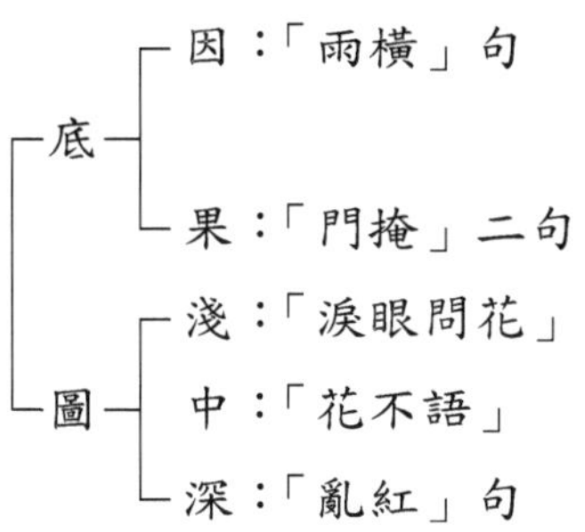

由此看來，此半闋詞主要用「先因後果」、「先淺後深」

（章）各一疊與一疊「先底（背景）後圖（焦點）」[13]的移位結構，以組合篇章，統一全片的意象，凸顯其「層遞」之邏輯層次。附分層簡圖如下：

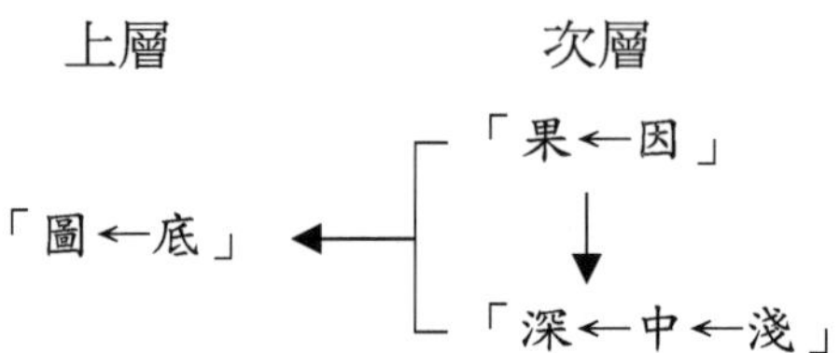

如對應於「多、二、一（0）」來看，則由「因果」、「淺深」兩疊所形成之移位性調和結構與節奏，可視為「多」，由「圖底」自為陰陽，徹下徹上所形成之移位性結構與節奏（韻律），可視為「二」，而由此呈現的「懷舊」之主旨與「縹緲綿邈」[14]的風格、韻律，則可視為「一（0）」。

可見首例由「章」（兩疊虛實）而成「篇」（今昔）的兩層邏輯結構來連結、統合各個意象，次例由「章」（內外、淺深→虛實）的兩層邏輯結構來連結、統合各個意

13 一般而言，作者在辭章中所用之時、空〔包括「色」〕材料，有一些是充當「背景」用的，也有某些是用來作為「焦點」的。就像繪畫一樣，用作「背景」的，往往對「焦點」能起烘托的作用，即所謂的「底」；而用作「焦點」的，則對「背景」而言，都會產生聚焦的功能，即所謂的「圖」。見陳滿銘〈論幾種特殊的章法〉，同注 9，頁 191-196。

14 吳翠芬評析，見唐圭璋主編《唐宋詞鑑賞集成》（香港：中華書局香港分局，1987 年 7 月初版），頁 311-313。

象，末例由「章」（因果、淺深→圖底）的兩層邏輯結構來連結、統合各個意象。這樣，顯然比較能具體而完整地呈現以「淺→深」與「實→虛」為基礎之「層遞」的內蘊，見出「其深層的因素和邏輯」。

四、逆推之意象組合方式

對此組合方式，趙山林認為：「逆推式意象組合與承續式意象組合均為直線型，不同處在於一者為順行，一者為逆行。現在我們就來討論逆行的逆推式意象組合。」他先舉唐金昌緒〈春怨〉詩為例說明：

> 打起黃鶯兒，莫教枝上啼。啼時驚妾夢，不得到遼西。

他說：「此詩起句有些突兀。好好的黃鶯，為什麼偏要打起？原來是不要牠啼。圓轉悅耳的黃鶯啼聲，為何不要聽？原來是怕啼聲驚夢。什麼好夢，值得如此留戀？原來是夢中與在遼西的親人相會。這首詩在意象組合上，雖採取倒敍的方式，但仍然表現出兩個特點：一是層次性，猶如剝蕉抽繭，剝去一層，又有一層；二是連續性，正所謂『篇法圓緊，中間增一字不得，著一意不得』（王世貞《藝苑卮言》卷四），『就一意中圓淨成章』（王夫之《薑齋詩話》卷下），『一氣蟬聯而下』（沈德潛《唐詩別裁

集》卷十九）。」（頁 125-126）

梳理此詩內容之章法結構，可用下表來呈現：

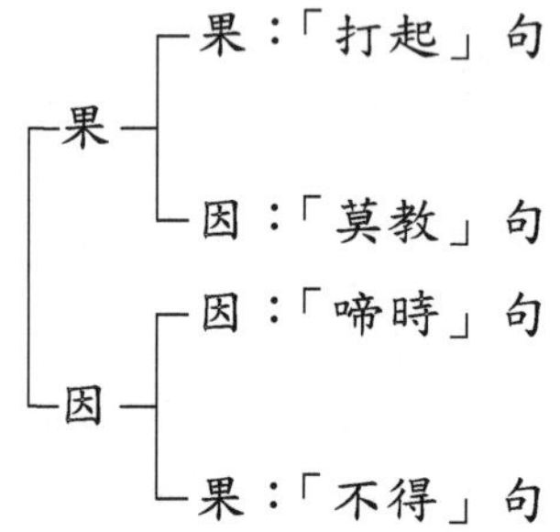

由此看來，此詩主要用了「先果後因」與「先因後果」（章）各一疊與一疊「先果後因」的移位結構，以組合篇章，統一全詩的意象，凸顯其「逆推」之邏輯層次。附分層簡圖如下：

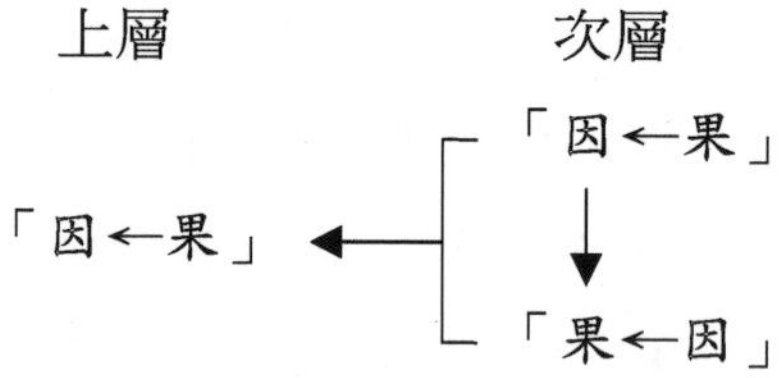

如對應於「多、二、一（0）」[15]來看，則由次層「因果」兩疊所形成之移位性調和結構與節奏，可視為「多」，由

15 參見陳滿銘〈章法「多、二、一（0）」邏輯結構論〉，同注 8。

上層「因果」自為陰陽，徹下徹上所形成之移位性結構與節奏（韻律），可視為「二」，而由此呈現的「懷念征夫的悲怨之情」之主旨與「自然天成」[16]的風格、韻律，則可視為「一（0）」。

接著趙山林又舉李煜〈浪淘沙令〉詞上片作說明：

> 簾外雨潺潺，春意闌珊。羅衾不耐五更寒。夢裡不知身是客，一晌貪歡。

它解析說：「這是詞的上片，用的是倒敍的手法。詞人身為降虜，只能於夢中暫時忘卻痛苦。一晌貪歡而遽然夢醒，倍覺五更之寒。淒寒失寐而臥聽簾外之潺潺雨聲，想到春天已將逝去，春意已經消歇。就意象組合說，用的也是逆推式的組合方式，其藝術效果是特別耐人尋味的。」（頁 126）

根據這種分析，此半闋詞內容之邏輯結構，可呈現如下表：

16 狄寶心評析，見孫育華主編《唐詩鑑賞辭典》（北京：北京燕山出版社，2000 年 11 月一版三刷），頁 931-932。

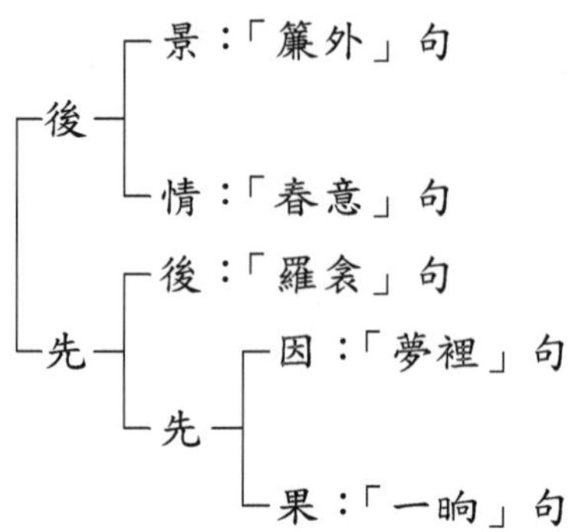

由此看來，此半闋詞主要用「先因後果」、「先景後情」、「先『後』後『先』」（章）各一疊與一疊「先『後』後『先』」的移位結構，以組合篇章，統一全片的意象，凸顯其「逆推」之邏輯層次。附分層簡圖如下：

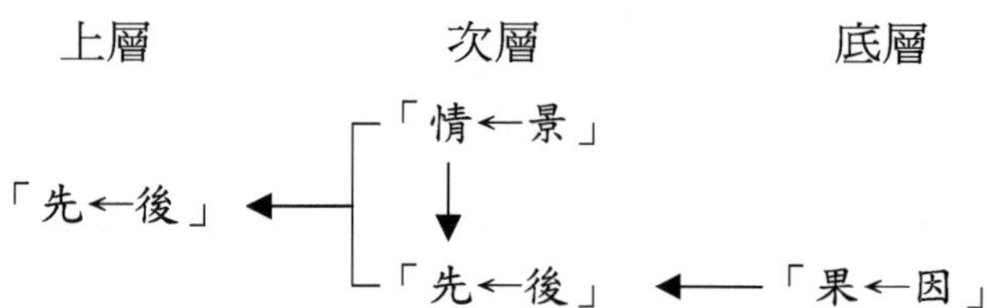

如對應於「多、二、一（0）」來看，則由「先後」兩疊、「情景」一疊所形成之移位性調和結構與節奏，可視為「多」，由「先後」自為陰陽，徹下徹上所形成之移位性結構與節奏（韻律），可視為「二」，而由此呈現的「故土之思、亡國之痛」之主旨與「自然流暢」[17]的風格、韻

17 高夢林評析，見唐圭璋主編《唐宋詞鑑賞集成》，同注 14，頁 137-138。

律，則可視為「一（0）」。

可見首例由「章」（兩疊因果）而成「篇」（因果）的兩層邏輯結構來連結、統合各個意象，次例由「章」（因果→情景、先後→先後）的三層邏輯結構來連結、統合各個意象。如此，顯然比較能具體而完整地呈現以「果→因」與「後→先」為基礎之「逆推」的內蘊，見出「其深層的因素和邏輯」。

五、並置之意象組合方式

對此組合方式，趙山林認為：「無論承續式、層遞式、逆推式意象組合中的哪一種，其意象之間存在的都是縱的方向上的承續關係。而當意象之間主要表現為平行的並置的關係的時候，便產生了並置式意象組合。明人謝榛《四溟詩話》曾按寫法將詩分為兩種，一種是『一篇一意』，『摘一句不成詩』，如前舉金昌緒〈春怨〉；另一種是『一句一意』，『摘一句亦成詩』。」

他舉杜甫〈絕句四首〉其三為例作說明：

> 兩個黃鸝鳴翠柳，一行白鷺上青天。窗含西嶺千秋雪，門泊東吳萬里船。

他說：「這種絕句，楊慎稱為『一句一絕』（《升庵詩話》卷五），四個畫面之間採取的正是並置式的組合方式。當

然更典型的並置式組合，不僅句與句之間意象並置，句子當中也是意象並置。」（頁 126-127）

他雖未作細密之說明，但所謂「一句一絕」，意思卻很清楚。如用章法結構切入，則似乎在「並置」之外，可尋得「縱的方向上的承續關係」。亦即在「篇」而言，可視為由「先近後遠」一疊形成其邏輯結構[18]，其中藉「含」、「泊」將空間推遠；於「章」部分，則可視為由「先低後高」、「先高後低」兩疊形成其邏輯結構，其中「翠柳」與「東吳」為低、「西嶺」與「青天」為高。如此可呈現其結構如下表：

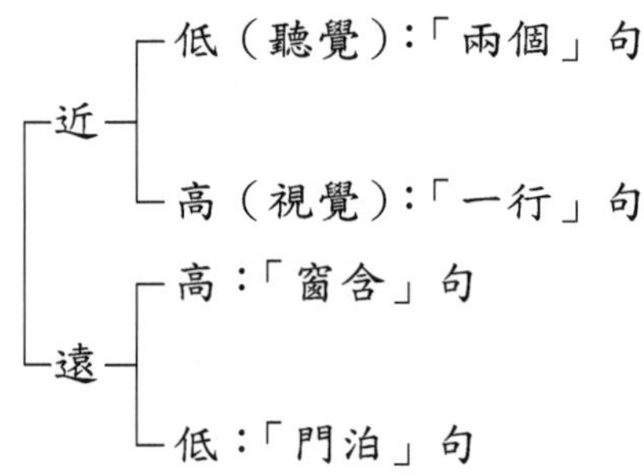

由此看來，此詩主要用了「先低後高」與「先高後低」（章）各一疊與一疊「先近後遠」的移位結構，以組合篇章，統一全詩的意象，凸顯其整體之邏輯層次。附分層簡

18 齊存田：「詩的前兩句寫近景、動景，寫有生命的東西。……後兩句詩寫遠景、靜景，寫無生命的東西。」見孫育華主編《唐詩鑑賞辭典》，同注 16，頁 433-434。

圖如下：

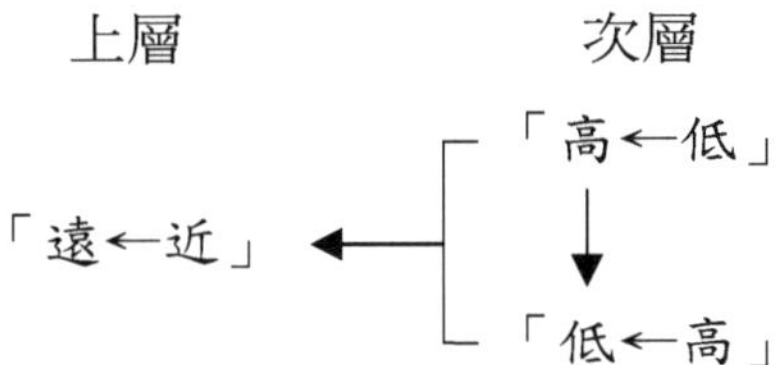

如對應於「多、二、一（0）」來看，則由次層「高低」兩疊所形成之移位性調和結構與節奏，可視為「多」，由上層「遠近」自為陰陽，徹下徹上所形成之移位性結構與節奏（韻律），可視為「二」，而由此呈現的「欣喜之情」之主旨與「鮮艷明麗」[19]的風格、韻律，則可視為「一（0）」。

而對「句子當中也是意象並置」，趙山林也舉了如下幾個例子：

首先如溫庭筠〈商山早行〉：

雞聲茅店月，人跡板橋霜。

其次如宋餘靖〈子規〉：

疏煙明月樹，微雨落花村。

19 齊存田評析，見孫育華主編《唐詩鑑賞辭典》，同注 18。

再其次如歐陽修〈秋懷〉：

西風酒旗市，細雨菊花天。

又其次如馬致遠〈天淨沙・秋思〉：

枯藤老樹昏鴉，小橋流水人家，古道西風瘦馬。

對上舉作品，他作綜合說明說：「值得注意的是，並不是將不同時空的幾個意象隨便並置在一起，便能形成並置式意象組合。要形成組合，必須有一種統一的感情基調，或曰情緒色調，這樣才能形成一個統一的意境。用古人的說法，就是要有一個貫穿全篇的『意』。『無論詩歌與長行文字，俱以意為主。意猶帥也。無帥之兵，謂之烏合。』（王夫之《薑齋詩話》卷下）比如杜甫『兩個黃鸝鳴翠柳』一首，看起來一句一景，是四幅獨立的風景畫圖，但詩人的內情感是一以貫之的。一開始，詩人看到成對的黃鸝在新綠的柳枝上歡快地歌唱，一行白鷺在碧藍如洗的天空裡自在地飛翔，而西山的晴雪正像鑲嵌在窗框裡的一幅圖畫，詩人的心情是極為舒暢的；而當一隻來自東吳，即將沿岷江，穿三峽，返回長江下游的船兒映入詩人眼簾的時候，便觸動了詩人的鄉思。這樣，四組似乎並無關聯的並置意象便完整地表現了詩人此時此地的特定情感。而馬致遠〈天淨沙・秋思〉在並置三組九種意象以後，接以『夕陽西下，斷腸人在天涯』，便給全詩的畫面抹上了一

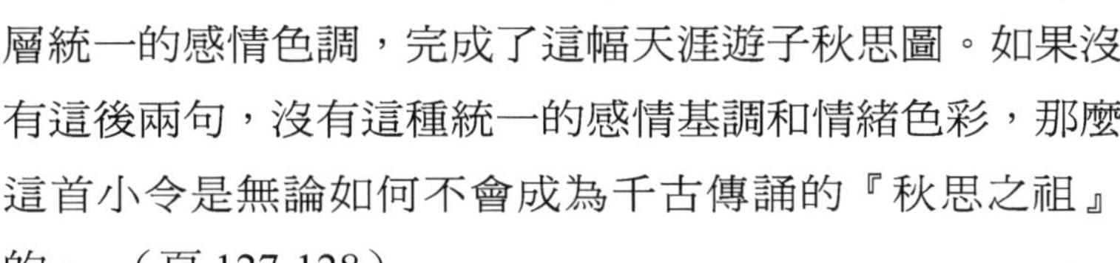

層統一的感情色調，完成了這幅天涯遊子秋思圖。如果沒有這後兩句，沒有這種統一的感情基調和情緒色彩，那麼這首小令是無論如何不會成為千古傳誦的『秋思之祖』的。」（頁 127-128）

以上例子之前三例，仍然在「並置」之外，可尋得「縱的方向上的承續關係」。

因為如試以層次邏輯切入分析，則似乎可依序將結構表作如下之呈現：

首先如溫庭筠〈商山早行〉：

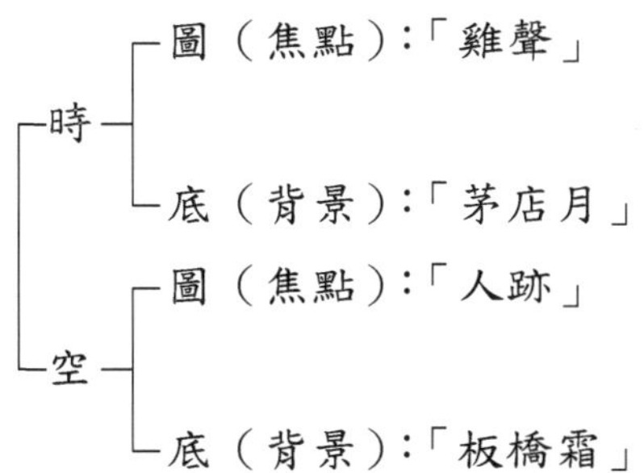

其次如宋餘靖〈子規〉：

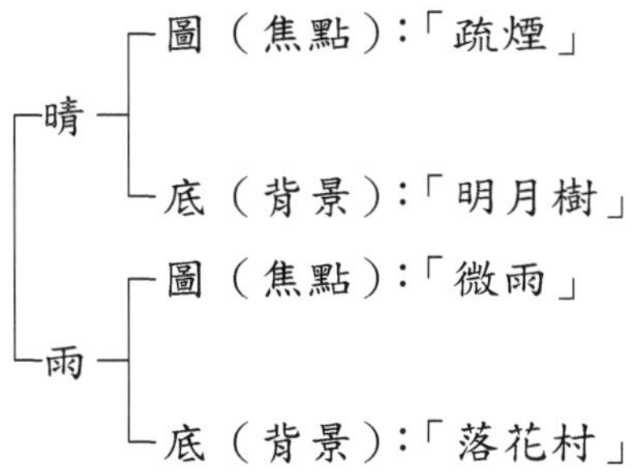

再其次如歐陽修〈秋懷〉：

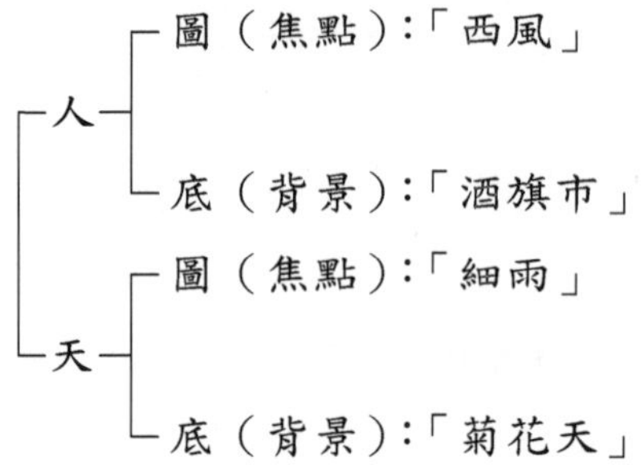

以上三例之次層結構全由兩疊「先圖後底」[20]所形成，而上層則依次由「先時後空」、「先晴後雨」、「先人後天」[21]所形成。如此凸顯其層次邏輯，似乎沒有不妥之缺憾。

至於馬致遠〈天淨沙・秋思〉，補上結二句「夕陽西下，斷腸人在天涯」，即為完整之一篇。而本曲旨在寫流浪天涯之苦，採「先底後圖」的結構寫成。在「底」的部分，主要用以寫景，它先就空間，以「枯藤」兩句寫道旁所見，以「古道」句寫道中所見；再就時間，以「夕陽」

20 見陳滿銘〈論幾種特殊的章法〉，同注 13。

21 所謂「天」，指的是「自然」；所謂「人」，指的是「人事」。通常在寫景或說理的時候，作者往往會涉及「天」與「人」。如就寫景來說，「天」就是自然之景，「人」就是人事之景；若就說理而言，則「天」就屬於天道，「人」就屬於人道。雖然「天人」一詞用於章法，有點格格不入，但由於一時找不到更貼切的語詞來代替，而且「天人」兩個字，在意義上也很明確，所以就勉強用於此，以稱呼這一種章法。見陳滿銘〈論幾種特殊的章法〉，同注 9，頁 187-191。

句指出是黃昏，以增強它的情味力量；在「圖」的部分，則由景轉情，點明浪跡天涯者「人生如寄」、「漂泊無定」的悲痛，亦即「斷腸」作結。

就在這首曲裡，可說一句一意象（狹義），形成了豐富之「意象」群，其中以「枯藤」、「老樹」、「昏鴉」、「古道」、「西風」、「瘦馬」、「夕陽西下」（黃昏）等「物」與「人在天涯」之「事」，針對著「斷腸」之「意」，透過「異質同構」[22]之作用，而形成正面「意象」，很技巧地與「小橋」、「流水」、「人家」等「物」所形成的反面「意象」，把流浪的孤苦與團圓的溫馨作成強烈對比，以推深作者「人在天涯」的悲痛。

這種內容組織，可用如下結構表加以呈現：

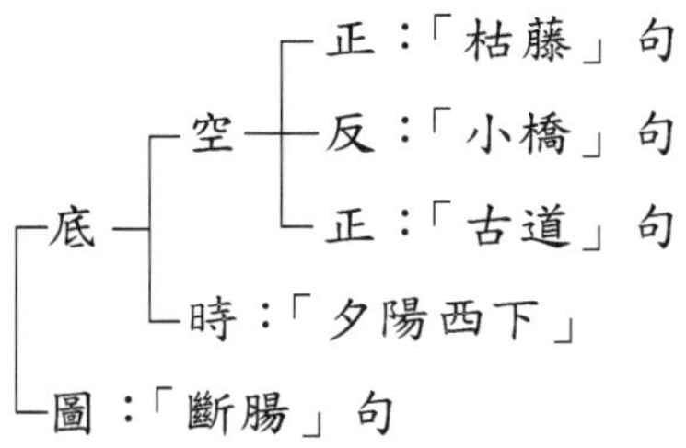

由此看來，此曲主要用了「正、反、正」、「先空後時」（章）與「先底後圖」（篇）各一疊的移位結構，以組合篇章，統一全曲的意象，凸顯其整體之邏輯層次。附分層

22 見陳滿銘〈論意與象之連結——以格式塔「異質同構」說切入〉（貴州畢節：《畢節學院學報》總84期，2006年2月），頁1-5。

簡圖如下：

上層　　　　次層　　　　底層

「圖←底」←──「時←空」←──「正←反←正」

如對應於「多、二、一（0）」來看，則由底層「正反」一疊所形成之轉位性對比結構與節奏與次層「時空」一疊所形成之移位性調和結構與節奏，可視為「多」，由上層「圖底」自為陰陽，徹下徹上所形成之移位性結構與節奏（韻律），可視為「二」，而由此呈現的「流浪之苦」之主旨與「自然精煉」[23]的風格、韻律，則可視為「一（0）」。

可見首例由「章」（兩疊高低）而成「篇」（遠近）的兩層邏輯結構來連結、統合各個意象。次例由「章」（兩疊圖底→時空交錯）的兩層邏輯結構來連結、統合各個意象。三例由「章」（兩疊高低→晴雨）的兩層邏輯結構來連結、統合各個意象。四例由「章」（兩疊圖底→天人）的兩層邏輯結構來連結、統合各個意象。末例由「章」（正→反→正）的一層邏輯結構來連結、統合各個意象。如此，由各層邏輯結構來連結、統合各個意象，似乎可在「並置」之外，尋繹出作品之內蘊，以見出「其深層的因素和邏輯」。

23 隋樹森評析，見賀新輝主編《元曲鑑賞辭典》（北京：中國婦女出版社，19885 月一版一刷），頁 218-219。

六、對比之意象組合方式

對此組合方式，趙山林認為：「在並置式意象組合中，有一種特殊形態——對比式意象組合，它通過揭示意象之間的矛盾和對立，產生相反相成，相得益彰的藝術效果。關於對比的作用，古人有過很多論述。如晉人葛洪《抱朴子・廣譬》說：『不睹瓊琨之熠爍，則不覺瓦礫之可賤；不覿虎豹之彧蔚，則不知犬羊之質漫；聆〈白雪〉之九成，然後悟〈巴人〉之極鄙。』清沈宗騫《芥舟學畫編》也說：『將欲作結密鬱塞，必先之以疏落點綴；將作平衍紆徐，必先之以峭拔陡絶；將欲虛滅，必先之以充實；將欲幽邃，必先之以顯爽。』他們都十分重視對比產生的非同一般的藝術效果。」

他又指出「對比式意象，如果細分起來，其組合的具體方式又是多種多樣的」：其一是「有的對比式意象組合在一個詩句之中」，如杜甫〈衡州送李大夫七丈勉赴廣州〉：

日月籠中鳥，乾坤水上萍。

他解釋說：「天空中日月運行，而自己卻像一隻小鳥，被關在狹窄的籠子裡，不能自由飛翔；乾坤莽莽，而自己卻像一葉浮萍，隨風漂流，無處可以安身。這是一種空間大小意象的對比組合，『日月』與『籠中鳥』比，『乾坤」與「水上萍』比。」

再如杜甫〈絕句〉：

江碧鳥愈白，山青花欲燃。

他解釋說：「這是不同色彩意象的對比組合。朱寶瑩《詩式》評曰：『因江碧而覺鳥之愈白，因山青而顯花之色紅，此十字中有多少層次，可悟煉句之法。』」

又如梁代王籍的〈若耶溪〉詩：

蟬噪林逾靜，鳥鳴山更幽。

他解釋說：「『蟬噪』對『林靜』，『鳥鳴』對『山幽』，這是動靜意象的對比組合。」

此外，他認為：「晚唐曹松的『一將功成萬骨枯』(〈己亥歲〉)，也是一句中對比意象組合的好例。其含意與張蠙的『可憐白骨攢孤冢，盡為將軍覓戰功』(〈弔萬人冢〉) 相同，但形式上更為凝煉，因而也更為警策。」(頁128-129)

以上三例，如以層次邏輯切入，則其結構可依次呈現如下表：

首例為：

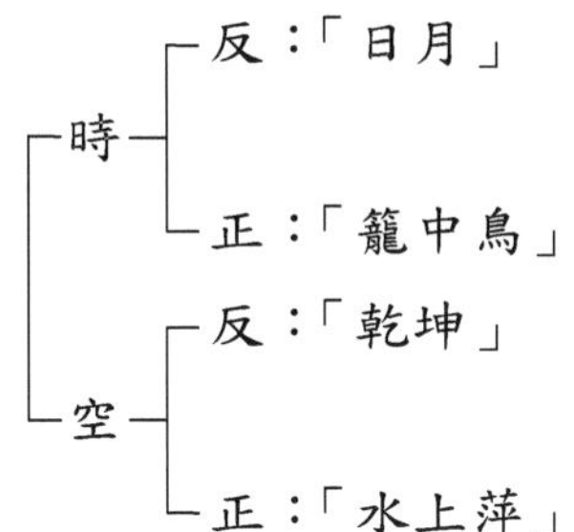

次例為：

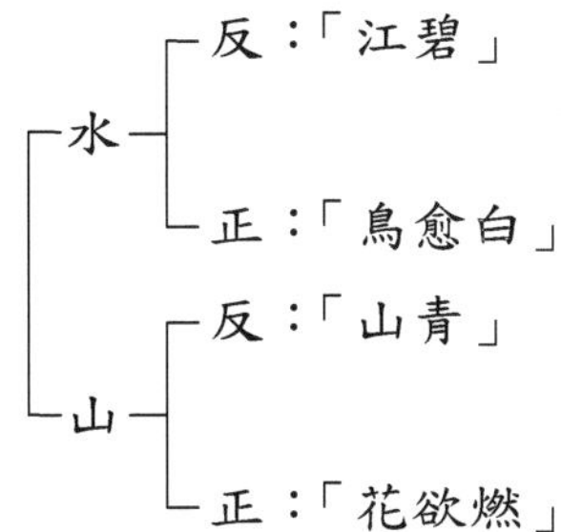

末例為：

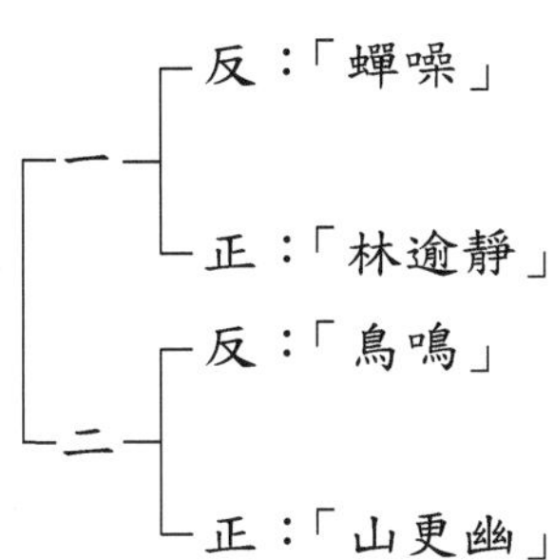

可見這三例，都在句中以「先反後正」之條理形成「對比」，而每例之前後兩句，則依次以「先時後空」、「先水（低）後山（高）」、「先一後二」（並置）形成其結構，這樣在「對比」之下，用章法結構呈現「其深層的因素和邏輯」，顯然比較周全、具體一些。

其二是「對比意象被組合在一聯詩句之中，這種情況更為常見。」（頁 129）如杜甫〈自京赴奉先縣咏懷五百字〉：

朱門酒肉臭，路有凍死骨。

高適〈燕歌行〉：

戰士軍前半死生，美人帳下猶歌舞。

以上兩例，如以層次邏輯切入，則其結構可依次呈現如下表：

首例為：

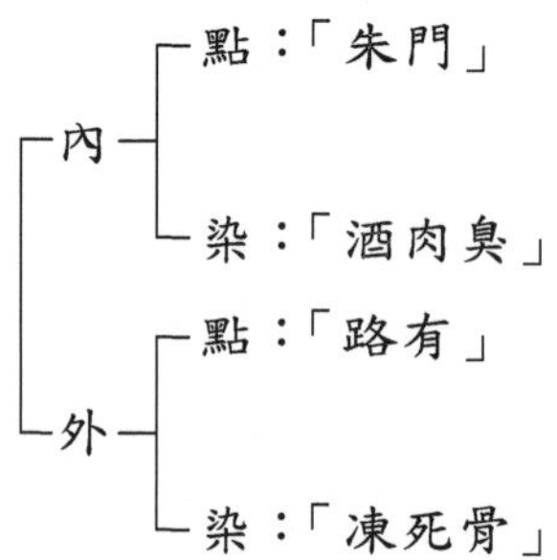

次例為：

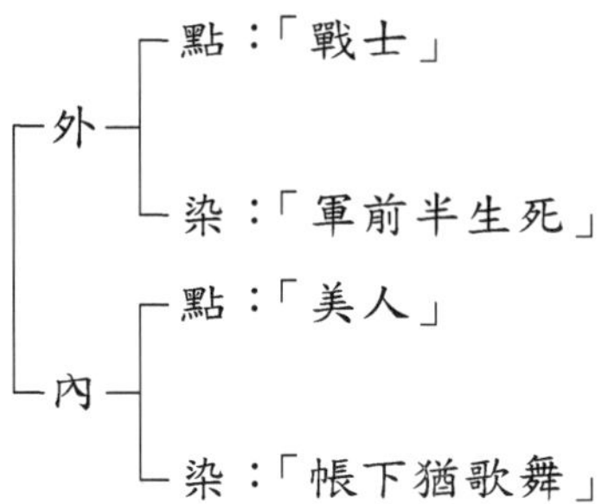

可見此二例，都在前後兩句，依序以「先內後外」、「先外後內」形成「對比」，而在句中則都以「先點後染」之條理形成其結構。如此於「對比」之下，用章法結構呈現「其深層的因素和邏輯」，是可以比較仔細地看出其意象之組合方式的。

其三是「有些對比意象的組合不止一個層次，而是有幾個層次，由這多層次對比形成一種有縱深感的立體意象組合。」如宋梅堯臣〈陶者〉：

> 陶盡門前土，屋上無片瓦。十指不沾泥，鱗鱗居大廈。

趙山林解釋說：「前兩句是第一組對比意象，說的是勞者不獲。後二句是第二組對比意象，說的是不勞而獲。這兩組對比意象之間又產生強烈的對比，形象地表現出當時社會裡處處存在的貧富不均的不平等現象。」

他又認為：「有的作品中這樣反覆對比較為隱蔽，但細加尋繹，仍不難發現。」如秦觀〈鵲橋仙〉：

> 纖雲弄巧，飛星傳恨，銀漢迢迢暗渡。金風玉露一相逢，便勝卻人間無數。　柔情似水，佳期如夢，忍顧鵲橋歸路！兩情若是久長時，又豈在朝朝暮暮。

他解釋說：「『纖雲弄巧』，狀七夕星空之美，『飛星傳恨』，寫牛、女相思之深，『巧』、『恨』是相反意象的對比；『金風玉露一相逢』言仙界相會之稀，『人間無數』言凡人相會之頻，『一』與『無數』對比；柔情似水，佳期如夢，都極令人陶醉，但暫會即別，來時之鵲橋亦即歸時之鵲橋，『柔情』、『佳期』與『歸路』對比；身雖分別，情卻長久，這地久長的『久長』又與頻繁卻短暫的『朝朝暮暮』對比。這四組對比，一、三兩組著重渲染離恨之纏綿，取向為負；二、四兩組著重強調愛情之永恆，取向是正。四組對比『負──正──負──正』，通過反覆強化，有力地表現出詞人的愛情觀和在愛情問題上的價值取向，具有非同凡響的藝術感染力。《草堂詩餘雋》卷三李攀龍眉批：『相逢勝人間，會心之語。兩情不在朝暮，破格之談。七夕歌以雙星會少別多為恨，獨少游此詞謂「兩情若是久長」二句，最能醒人心目。』」（頁 129-130）

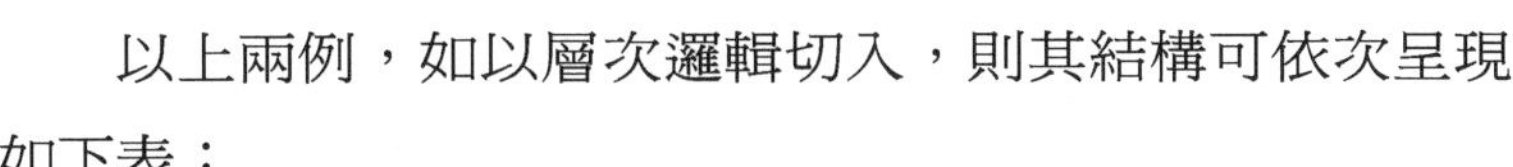

以上兩例，如以層次邏輯切入，則其結構可依次呈現如下表：

首例為：

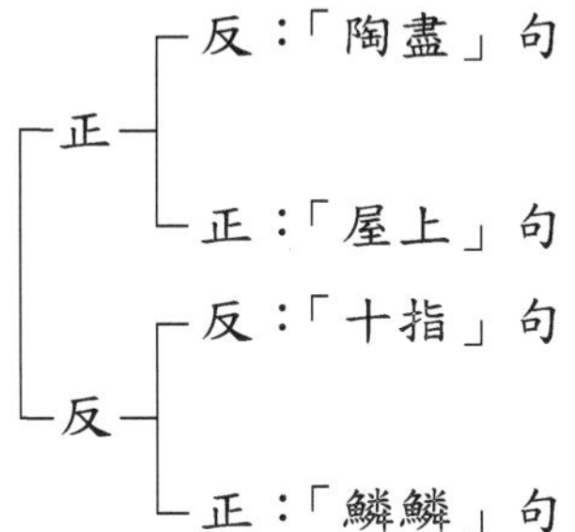

由此看來，此詩主要用了兩疊「先反後正」（章）與一疊「先正後反」（篇）的對比性移位結構[24]，以組合篇章，統一全詩的意象，凸顯其反覆「對比」之邏輯層次。附分層簡圖如下：

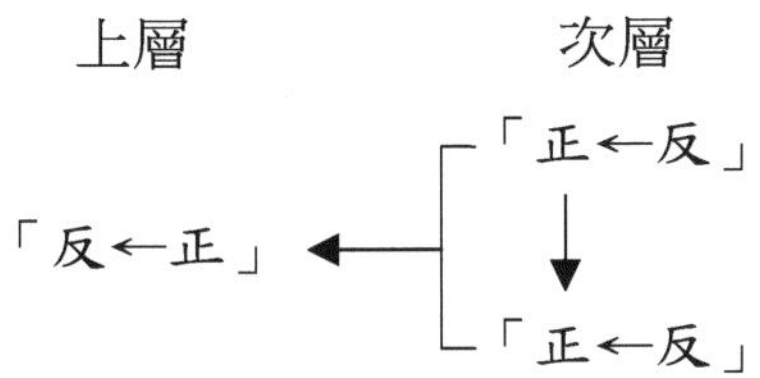

24 見陳滿銘〈論辭章章法的四大律〉,《章法學論粹》（臺北：萬卷樓圖書公司，2002 年 7 月初版），頁 3-18。又見仇小屏〈論章法的移位、轉位及其美感〉,《辭章學論文集》上冊（福州：海潮攝影藝術出版社，2002 年 12 月一版一刷），頁 98-122。

如對應於「多、二、一（0）」[25]來看，則由次層「正反」兩疊所形成之移位性對比結構與節奏，可視為「多」，由上層「正反」自為陰陽，徹下徹上所形成之移位性對比結構與節奏（韻律），可視為「二」，而由此呈現的「為貧富不均而不平」之主旨與「樸實無華」[26]的風格、韻律，則可視為「一（0）」。

次例為：

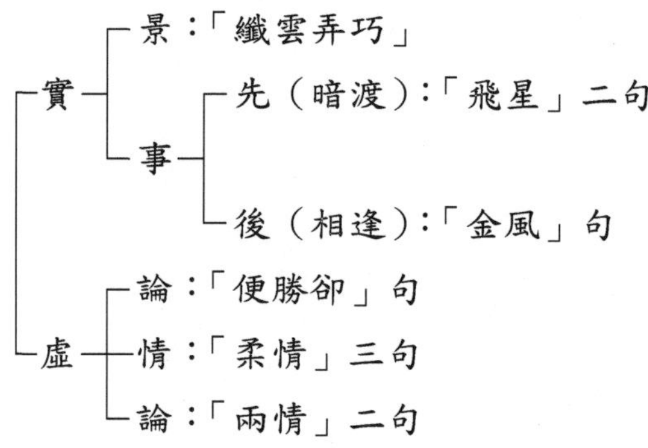

由此看來，此詞主要在「章」部分，用「先『先』後『後』」、「先景後事」各一疊的移位結構與「論、情、論」一疊的轉位結構，形成其邏輯層次；而在「篇」部分，則以一疊「先實後虛」的移位結構，以統「章」成「篇」，統一全詞的意象，凸顯其整體（含「對比」）之邏

25 參見陳滿銘〈章法「多、二、一（0）」邏輯結構論〉，同注 8。

26 陳光明析評，見袁行霈主編《歷代名篇賞析集成》下（北京：中國文聯出版公司，1988 年 12 月一版一刷），頁 1345-1347。

輯層次。附分層簡圖如下：

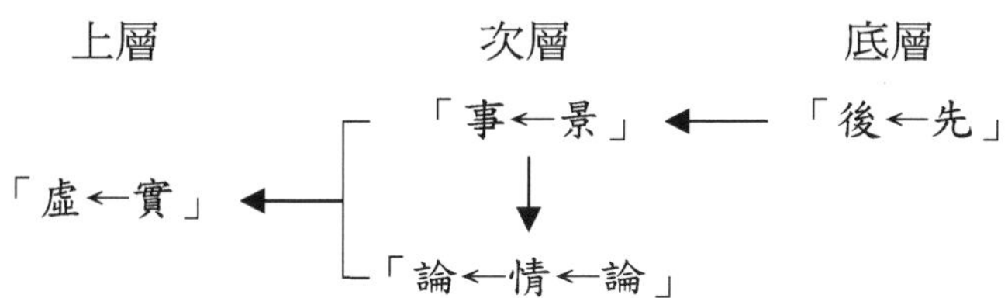

如對應於「多、二、一（0）」來看，則由「先後」、「景事」各一疊所形成之移位性與「情論」所形成之轉位性的結構與節奏，可視為「多」，由「虛實」自為陰陽，徹下徹上所形成之移位性結構與節奏（韻律），可視為「二」，而由此呈現的「愛情永恆」之主旨與「委婉曲折」[27]的風格、韻律，則可視為「一（0）」。

可見此二例，形成「對比」之同時，又和前數例一樣，以各種邏輯條理形成其結構。

從上舉數例可看出，首例由「章」（兩疊正反→時空交錯）的兩層邏輯結構來連結、統合各個意象。次例由「章」（兩疊正反→山〔高〕、水〔低〕）的兩層邏輯結構來連結、統合各個意象。三例由「章」（兩疊正反→並置）的兩層邏輯結構來連結、統合各個意象。四、五例由「章」（兩疊點染→內外）的兩層邏輯結構來連結、統合各個意象。六例由「章」（兩疊正反）而成「篇」（正反）

27 王成懷評析，見袁行霈主編《歷代名篇賞析集成》下，同注 26，頁 1558-1562。

的兩層邏輯結構來連結、統合各個意象。末例由「章」（先後→景事、情論）而成「篇」（虛實）的三層邏輯結構來連結、統合各個意象。由此可知各層章法結構來連結、統合各個意象，顯然比較能具體而完整地凸顯以「正反」為基礎之「對比」的內蘊，以見出「其深層的因素和邏輯」。

七、反諷之意象組合方式

對此組合方式，趙山林認為：「在對比式意象組合中，還有一種特殊的情況，就是對比的雙方不是勢均力敵，而是有著明顯的懸殊。詩人有意要打破均衡，以取得某種特殊的效果。」

他舉李白的〈越中覽古〉為例作說明：

> 越王勾踐破吳歸，戰士還家盡錦衣。宮女如花滿春殿，只今唯有鷓鴣飛。

對此，他解釋說：「按照黃叔燦《唐詩箋注》的說法，前三句極力渲染越王勾踐破吳的『雄圖伯業，奕奕聲光』，最後追出『鷓鴣』一句結局，是弔古傷今也。前三句推出一系列意象，但它們所構成的，只不過是一幅表象，是外在的、表層的；後一句意象較少，但它所表現的卻是一個內在的、深層的事實。這種『一次事實和一次表象之間的對比』（哈肯・傑弗利語，轉引自盛子潮等《詩歌形態美學》頁 77，厦門大學出版社 1987 年版），便是反諷式意象組合的基本特徵。」（頁 130-031）

這首詩由層次邏輯切入，其結構可呈現如下表：

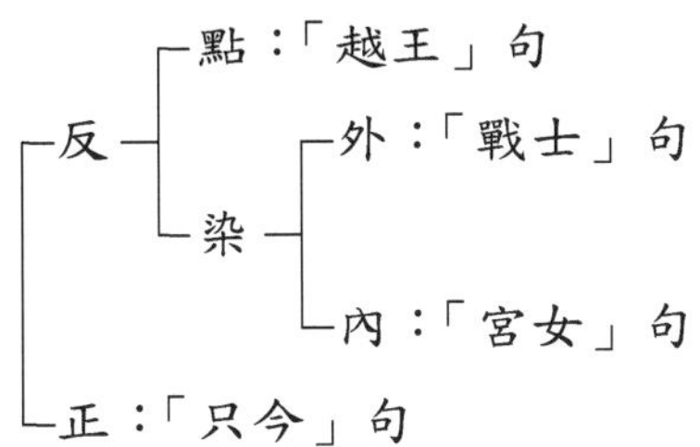

由此看來，此詩主要在「章」部分，用「先外後內」、「先點後染」各一疊的調和性移位結構，形成其邏輯層次；而在「篇」部分，則以一疊「先反後正」的對比性移位結構，以統「章」成「篇」，統一全詞的意象，凸顯其「反諷」之邏輯層次。附分層簡圖如下：

上層　　次層　　底層

「正←反」 ⟵ 「染←點」 ⟵ 「內←外」

如對應於「多、二、一（0）」來看，則由「內外」、「點染」各一疊所形成之調和性移位結構與節奏，可視為「多」，由「正反」自為陰陽，徹下徹上所形成之對比性移位結構與節奏（韻律），可視為「二」，而由此呈現的

「弔古傷今」之主旨與「流轉自然」的風格、韻律，則可視為「一（0）」。

除詩之外，趙山林說：「反諷式意象組合在詞中也不乏其例。」並舉周邦彥〈浣溪沙〉為例加以說明：

> 日射欹紅蠟蒂香，風乾微汗粉襟涼。碧紗對掩簟紋光。　　自剪柳枝明畫閣，戲拋蓮菂種橫塘。長亭無事好思量。

他分析說：「前五句寫抒情主人公夏日與愛人在畫閣上遊賞的情景，風光秀麗，兩情依依。讀此五句，使人感到好像是在實寫，即描繪眼前情事。讀罷第六句『長亭無事好思量』，這才恍然大悟：原來作者不是在畫閣上，而是在歸途中，在長亭裡回想往事。正因為『長亭無事』，所以才有時間把過去甜蜜的生活一一細加「思量」。前五句色彩明亮、鮮艷，最後一句卻來了一個大幅度的逆轉，給全詞蒙上了一層淒涼黯淡的色彩，表現出被迫分離給這一對戀人感情上造成創傷，具有令人玩味的藝術魅力。」（頁131）

依據此詞內容，梳理其邏輯層次，可呈現其結構如下表：

```
          ┌內（靜）：「日射」三句
┌反（昔：目）┤
│          └外（動）：「自剪」二句
└正（今：凡）
```

由此看來，此詞主要用了一疊「先內（靜）後外（動）」（章）調和性移位結構與一疊「先反後正」（篇）的對比性移位結構，以組合篇章，統一全詩的意象，凸顯其「反諷」之邏輯層次。附分層簡圖如下：

上層　　　　　　　　　　次層

「正（今：凡）←反（昔：目）」←——「外（動）←內（靜）」

如對應於「多、二、一（0）」來看，則由次層「內（靜）外」一疊所形成之調和性移位結構與節奏，可視為「多」，由上層「正（今：凡）反（昔：目）」自為陰陽，徹下徹上所形成之對比性移位結構與節奏（韻律），可視為「二」，而由此呈現的「懷舊」之主旨與「淒涼黯淡」的風格、韻律，則可視為「一（0）」。

可見首例由「章」（內外→點染）而成「篇」（正反）的三層邏輯結構來連結、統合各個意象，次例由「章」（內外）而成「篇」（正反）的兩層邏輯結構來連結、統合各個意象。這樣，似乎比較能具體而完整地呈現以「反→正」為基礎之「反諷」的內蘊，見出「其深層的因素和邏輯」；不過，「反→正」的邏輯結構本身，只能凸顯「對比」現象，卻不能凸顯「反諷」之意，這就表示在「邏輯結構」之外，還需注意其義蘊、情味，因此兩者最好是要加以兼顧的。

八、輻輳的意象組合方式

對此組合方式，趙山林認為：「承續、層遞、逆推式意象組合是直線型的，並置、對比、反諷式意象組合是平行型的，而下面要討論的輻輳式、輻射式意象組合均有一個中心點，可以說是環形的。在輻輳式意象組合中，有一個主導意象，其他意象都由外而內地趨向於這一主導意象，猶如車輪上的輻條都導向車輪中心的車轂一樣。論者在討論輻輳式意象組合時，常舉漢樂府〈江南〉（江南可採蓮）為例，其實在此之前的《詩．秦風．蒹葭》已經是輻輳式意象：

> 蒹葭蒼蒼，白露為霜。所謂伊人，在水一方。溯洄從之，道阻且長。溯游從之，宛在水中央。
> 蒹葭淒淒，白露未晞。所謂伊人，在水之湄。溯洄從之，道阻且躋。溯游從之，宛在水中坻。
> 蒹葭采采，白露未已。所謂伊人，在水之涘。溯洄從之，道阻且右。溯游從之，宛在水中沚。

這首詩的所有意象，都趨向於一個主導意象——伊人。這是詩人嚮往的目標，是詩人反覆追求而終於未得，但仍在不懈追求的美好事物。五代顧敻〈甘州子〉詞云：『每逢清夜與良晨，多悵望，足傷神。雲迷水隔意中人。』其境界似之。」（頁 132-133）

如果根據此詩內容來梳理章法結構，則可用下表來呈現：

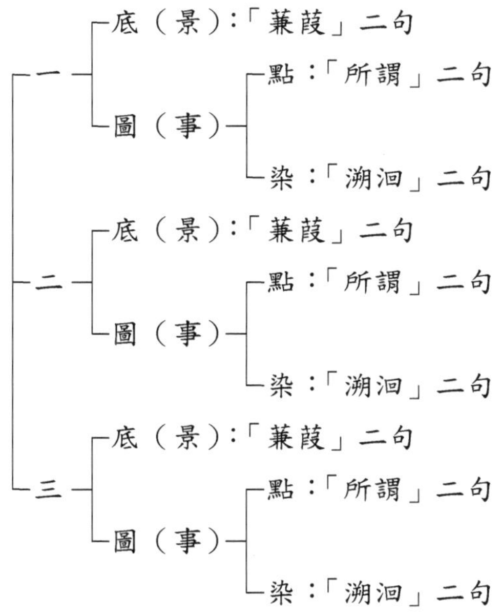

由此看來，此詩主要在底層用了三疊「先點後染」、次層用了三疊「先底後圖」的移位結構組合成「章」，在上層用一疊「並列（並置）」的移位結構，以統「章」成

「篇」，統一全詩的意象，凸顯其整體之邏輯層次。附分層簡圖如下：

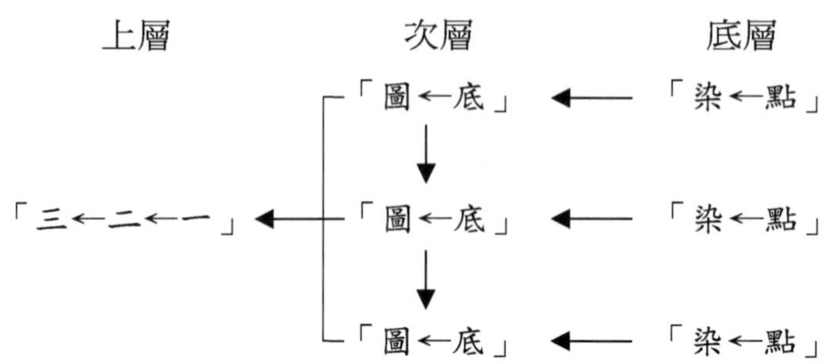

如對應於「多、二、一（0）」[28]來看，則由「點染」[29]、「圖底」[30]各三疊所形成之移位性調和結構與節奏（韻律），可視為「多」，由「並列」自為陰陽，徹下徹上所形成之移位性調和結構與節奏、韻律[31]，可視為「二」，而由此呈現的「主人公對所愛之人追求與失望惆悵交織的心情」之主旨與「整齊樸實」[32]的風格、韻律，則可視為「一（0）」。

此外，趙山林又舉杜甫的〈望嶽〉為例作說明：

28 參見陳滿銘〈章法「多、二、一（0）」邏輯結構論〉，同注 8。
29 見陳滿銘〈論幾種特殊的章法〉，同注 9。
30 見陳滿銘〈論幾種特殊的章法〉，同注 13。
31 參見陳滿銘〈論章法「多、二、一（0）」結構的節奏與韻律〉，同注 10。
32 王啟星評析，見任自斌、和近健主編《詩經鑑賞辭典》（北京：河海大學出版社，1989 年 12 月一版一刷），頁 254-256。

> 岱宗夫如何？齊魯青未了。造化鍾神秀，陰陽割昏曉。盪胸生層雲，決眥入歸鳥。會當凌絕頂，一覽眾山小。

他解釋說：「全詩字面上無一『望』字，但句句寫向嶽而望，視線是由遠而近，由下而上。首聯將泰山放到整個齊魯大地上來看，以距離之遠、範圍之廣來烘托出泰山之高。次聯是近望，是從整體上來看泰山：它神奇秀麗，彷彿大自然情之所鍾；它高峻挺拔，故山南為陽，山北為陰，判割分明。三聯是細望，觀察的重點是在泰山的上部。那裡雲氣層出不窮，使詩人心胸為之蕩漾；詩人目不轉晴地凝望著投林之鳥，直到眼眶有似決裂。末聯是由望嶽而產生的登嶽的意願，但詩人的視線此時必然集中於泰山絕頂，這是完全可以想像的。全詩四聯，遠望→近望→細望→極望，範圍逐漸收縮，恰如一組由外向內、逐層縮小的同心圓，最裡面的一個圓（『會當凌絕頂，一覽眾山小』）即是全詩的主導意象所在，也是全詩情感上的一個聚焦點。浦起龍《讀杜心解》說：『末聯則以將來之凌眺，剔現在之遙觀，是透過一層收也。』這是說得有道理的。」（頁 133-134）

依此內容可梳理出其邏輯結構如下：

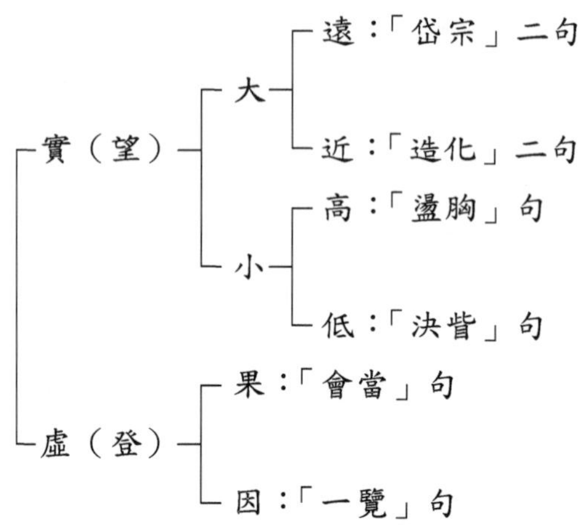

由此看來，此詩主要在底層用了「先遠後近」與「先高後低」、次層用了「先大後小」與「先果後因」」的移位結構形成「章」，在上層用了「先實後虛」的移位結構，以統「章」成「篇」，統一全詩的意象，凸顯其整體（含「輻輳」）之邏輯層次。附分層簡圖如下：

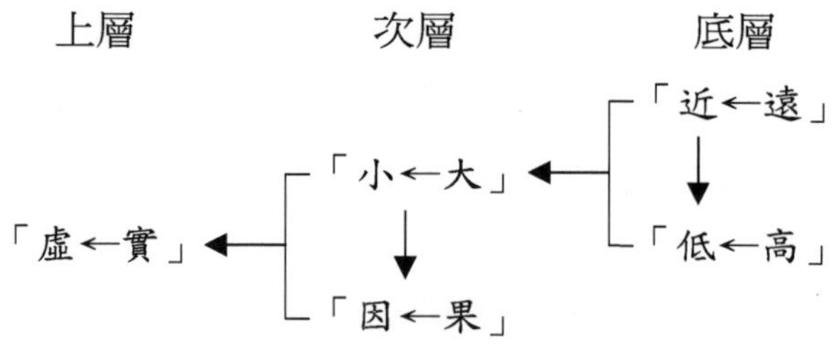

如對應於「多、二、一（0）」來看，則由底層「遠近」、「高低」各一疊所形成之移位性調和結構與節奏，與次層

「大小」、「因果」各一疊所形成之移位性調和結構與節奏，可視為「多」，由上層「虛實」自為陰陽，徹下徹上所形成之移位性調和結構與節奏、韻律，可視為「二」，而由此呈現的「寄托宏大抱負」之主旨與「崢嶸雄渾」[33]的風格、韻律，則可視為「一（0）」。

可見首例由「章」（三疊點染→三疊圖底）而成「篇」（並置）的三層邏輯結構來連結、統合各個意象。次例由「章」（遠近、高低→大小、因果）而成「篇」（虛實）的三層邏輯結構來連結、統合各個意象。如此，似乎比較能在「輻輳」之外具體而完整地呈現作品內蘊，以見出「其深層的因素和邏輯」。不過，這些形成「輻輳」現象之「邏輯結構」本身，並不能直接凸顯這種效果，因此在探討「意象之組合」時，有兼顧兩者之必要。

九、輻射的意象組合方式

對此組合方式，趙山林認為：「輻射式意象組合與輻輳式意象組合都是環形，都有一個中心意象，但意象組合的方向恰好相反：輻輳式意象組合是由外向內集中，或者說凝聚；輻射式意象組合是由內向外輻射，或者說發散。如李商隱〈無題四首〉：

33 韓兆琦評析，見張秉戍主編《山水詩歌鑑賞辭典》（北京：中國旅遊出版社，1989年10月一版一刷），頁241-242

颯颯東風細雨來，芙蓉塘外有輕雷。金蟾嚙鎖燒香入，玉虎牽絲汲井回。

賈氏窺簾韓掾少，宓妃留枕魏王才。春心莫共花爭發，一寸相思一寸灰。

本詩的抒情主人公是一位男子（有人認為是女子）。「颯颯東風，濛濛細雨，既傳達出春回大地的信息，又暗示出『春心』的萌動；芙蓉，即與春心共發之『花』，而芙蓉塘即蓮塘，在南朝樂府和唐人詩歌中，常用作男女相悅傳情之所；蟾形香爐中香煙繚繞，而有香則必有『灰』；玉石裝飾的虎狀轆轤上纏繞著絲質的井索，絲者，『相思』也。前四句，依次或隱或顯地出現『春心』、『花』、『灰』、『相思』的意象。『賈氏』二句，敍述女子之所以相思、之所以鍾情於自己的原因：一是因為自己像韓壽那樣的少年英俊，所以得到賈充女的青睞；二是因為自己像曹植那樣才華橫溢，所以贏得了宓妃的深情。而如今，自己華年已逝，才情已竭，一切美好的憧憬都已化為泡影。故末二句以充滿哀婉與悲憤的聲音唱出：『春心莫共花爭發，一寸相思一寸灰。』前面已經出現的四個意象至此遂得到綰合。四個意象中，應該說『相思』是主意象，其他三個是派生的意象：『春心』為相思的萌芽，『花』為春心的象徵，而『灰』則是相思的結局。全詩的意象結構就是由主意象而分意象，呈現出一種輻射式的組合方式。」（頁 134-135）

趙山林將此詩意象分析得非常清楚，依此可尋繹出其邏輯層次如下：

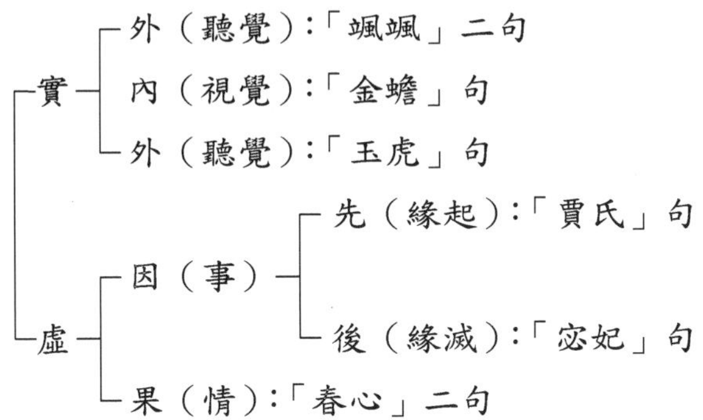

由此看來，此詩在「章」部分，主要用「先『先』後『後』」、「先因後果」各一疊形成其移位結構，以一疊「外、內、外」形成其轉位結構[34]，而在「篇」部分，則用一疊「先實後虛」形成其移位結構，以統一全詩的意象，凸顯其整體之邏輯層次。附分層簡圖如下：

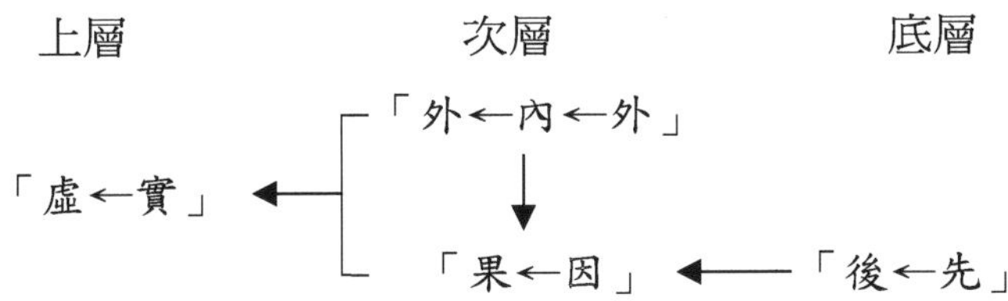

34 見陳滿銘〈論辭章章法的四大律〉，《章法學論粹》，同注 24。又見仇小屏〈論章法的移位、轉位及其美感〉，《辭章學論文集》上冊，同注 24。

如對應於「多、二、一（0）」來看，則由底層「先後」、次層「因果」各一疊所形成之移位性調和結構、節奏，與由次層「內外」一疊所形成之轉位性調和結構、節奏，可視為「多」，由上層「虛實」一疊自為陰陽，徹下徹上所形成之移位性結構與節奏（韻律），可視為「二」，而由此呈現的「愛情受阻的幽怨」之主旨與「含蓄委婉」[35]的風格、韻律，則可視為「一（0）」。

此外，趙山林又指出：「由於輻射式的意象組合是從一個主意象裂變出一系列的分意象，由主意象和分意象共同組成一種網絡形態，意象之間常常呈現出一種相互交叉、相互激射、相互滲透的多維向性，因此比較適合表達某種複雜、豐富的情感內容，能給讀者一種立體的、豐富的、變幻的美感。下面試從兩首作品的比較中略加說明」、「北宋章質夫的〈水龍吟〉（楊花）及蘇軾的次韻之作，二者究竟孰高，是一個眾說紛紜的問題。南宋魏慶之云：『余以為質夫詞中所謂「傍珠簾散漫，垂垂欲下，依前被、風扶起」，亦可謂曲盡楊花妙處，東坡所和雖高，恐未能及。』（魏慶之《詩人玉屑》卷二一）王國維則謂：『咏物之詞，自以東坡〈水龍吟〉為最工。東坡〈水龍吟〉咏楊花和韻而似原唱，章質夫詞原唱而似和韻，才之不可強也如是。』（王國維《人間詞話》）可謂見仁見智，各執一詞。如果從意象內涵的豐富性，意象結構的立

35 蕭躍先評析，見孫育華主編《唐詩鑑賞辭典》，同注 16，頁 837-839。

體性角度來考察，似有助於對這一藝術難題的解答。」（頁 135）

先來看章質夫的原作：

> 燕忙鶯懶芳殘，正堤上、柳花飄墜。輕飛亂舞，點畫青林，全無才思。閑趁游絲，靜臨深院，日長門閉。傍珠簾散漫，垂垂欲下，依前被、風扶起。
>
> 蘭帳玉人睡覺，怪春衣、雪霑瓊綴。繡床旋滿，香球無數，才圓卻碎。時見蜂兒，仰粘輕粉，魚吞池水。望章臺路杳，金鞍遊蕩，有盈盈淚。

趙山林解釋說：「此詞摹寫楊花隨風飄舞情態，十分生動。把楊花想像為一群天真無邪、調皮嬉鬧的孩子，也很傳神。從結構安排上說，由長堤而青林，而深院，而空閨，而蘭帳，而繡床，而轉入園中，其間承續遞進的脈絡十分清晰。下片帶入了思婦的意象，但相比之下，仍以楊花意象為主，所以全詞仍屬於一種平面的承續式的意象組合方式。」（頁 136）

如著眼於其層次邏輯，則此詞可用如下結構表來呈現：

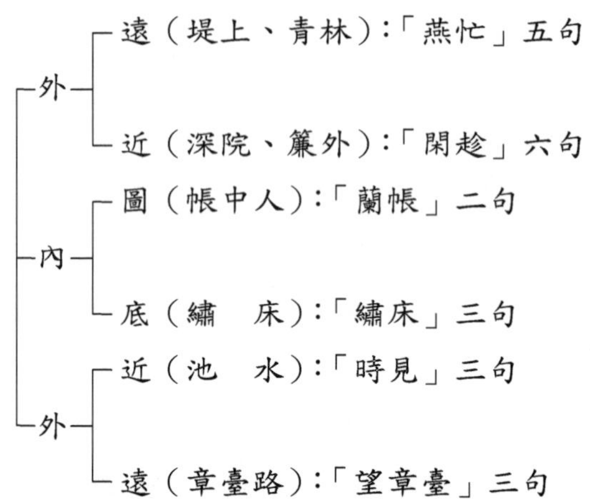

由此看來，此詞主要在次層用了「先遠後近」、「先圖後底」、「先近後遠」各一疊的移位結構形成「章」，在上層用了一疊「外、內、外」的轉位結構，以統「章」成「篇」，統一全詞的意象，凸顯其「平面承續」之邏輯層次。附分層簡圖如下：

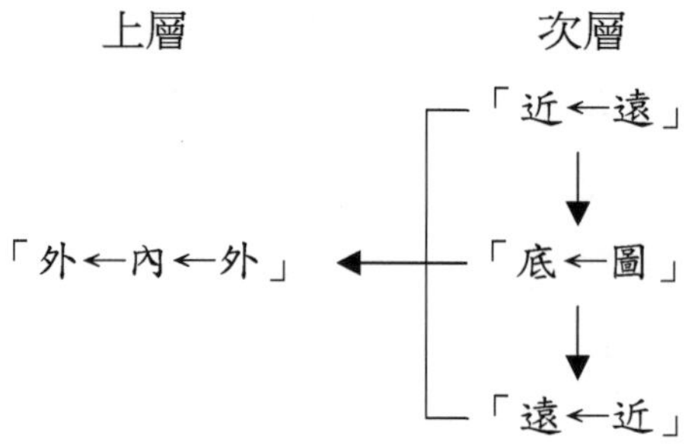

如對應於「多、二、一（0）」來看，則由「遠近」二疊與

「圖底」一疊所形成之移位性調和結構與節奏（韻律），可視為「多」，由「內外」自為陰陽，徹下徹上所形成之轉位性調和結構與節奏、韻律，可視為「二」，而由此呈現的「閨怨」之主旨與「舒捲盡致」的風格、韻律，則可視為「一（0）」。

再看蘇軾的和作：

> 似花還似非花，也無人惜從教墜。拋家傍路，思量卻是，無情有思。縈損柔腸，困酣嬌眼，欲開還閉。夢隨風萬里，尋郎去處，又還被、鶯呼起。
>
> 不恨此花飛盡，恨西園、落紅難綴。曉來雨過，遺蹤何在？一池萍碎。春色三分，二分塵土，一分流水。細看來，不是楊花，點點是離人淚。

趙山林解釋說：「此詞一開始便推出楊花的主意象，並以『似花還似非花』概括其基本特徵。『也無人惜從教墜』以下四句，寫楊花墜溷飄茵，無人憐惜。『縈損柔腸』三句，楊花意象已衍生出思婦意象，而其過渡則是柔腸（柳條）和嬌眼（柳眼）。『夢隨風萬里』三句寫思婦懷人不至，飄然入夢，而就吟咏物象而言，形楊花隨風飄舞，乍去還回、欲墜仍起的動態，亦頗為傳神。過片再從楊花意象衍生出落紅意象，再由落紅意象衍生出春色意象。尋訪楊花遺蹤，即是尋訪落紅遺蹤，亦即是尋訪春色遺蹤。最後，『細看來』兩句，全詞的意象組成一個複合體：它是楊花，又不是楊花，它是落紅，是春色，又是思婦，是思婦的青春，是思婦的點點淚水。此詞意象的裂變大致可分為兩條線：楊花——思婦——思婦的青春——思婦的淚水；楊花——落紅——春色——歸於塵土和流水的春色。這兩條線不僅在各個階段上交相映射，到最後更交織為一個複合的意象。此詞高就高在攝楊花之神，並攝春色之神，又兼攝思婦之神，真所謂『幽怨纏綿，直是言情，非復賦物』（沈謙《填詞雜說》），『只見精靈，不見文字』（《草堂詩餘正》卷五沈際飛評）。就意象內涵的豐富性，意象結構的立體性而言，蘇軾的和作確實在章質夫原詞之上。」（頁 136-137）

他的解析很精到，蘇軾此詞特藉詠楊花來抒發離情，確實值得品味，如以其篇章結構切入來看，則它是用「先凡後目」的結構寫成的。「凡」的部分，為起二句，針對所詠之楊花作一界定。唐圭璋以為此二句「詠楊花確切，不得移詠他花。人皆惜花，誰復惜楊花者？全篇皆從『惜』字生發」[36]，既由「惜」字生發，那麼「惜」就是一篇的綱領了。「目」的部分，自「拋家」句起至篇末，採「主、賓、主」的形式來組合：頭一個「主」，為「拋家」九句，以楊花之飄落、飛舞來寫「惜」意，在此，先以「無情有思」作一總括，再分兩目，即枝葉與花加以具寫，這是「目一」的部分；而「賓」，為「不恨」二句，

36 見唐圭璋《唐宋詞簡釋》（臺北：木鐸出版社，1982 年 3 月初版），頁 90。

特以百花之飄落作陪襯，使「惜」之意更深，這是「目二」的部分；至於後一個「主」，則為「曉來」八句，其中「曉來」六句寫楊花之蛻變，「細看來」二句寫楊花之歸宿，用畫龍點睛的手法點出楊花是離人之淚，將全篇提醒，這是「目三」的部分。[37]

如此詠來，果真就像沈謙所說的「直是言情，非復賦物」(《填詞雜說》)，而所言之情，除了楊花之魂——離情外，當也寄寓了自己不得志之哀。王水照說：「至於所言之情，也非單一而是多層次的：既有藉楊花自開自落的寂寞傳遞出感時傷春的幽怨之情，又有思婦念遠的別緒離愁，更寄寓了作者正遭貶謫的抑鬱之思，其精神內蘊是頗為豐富的，極大地提高了詠物詞的品位，是蘇詞中婉約風格的代表作。」[38]很有見地。據此，其結構可呈現如下表：

37 見陳滿銘《詞林散步——唐宋詞結構分析》(臺北：萬卷樓圖書公司，2000年1月初版)，頁190。

38 王水照評析，見陳邦炎主編《詞林觀止》上（上海：上海古籍出版社，1994年4月一版一刷)，頁269-270。

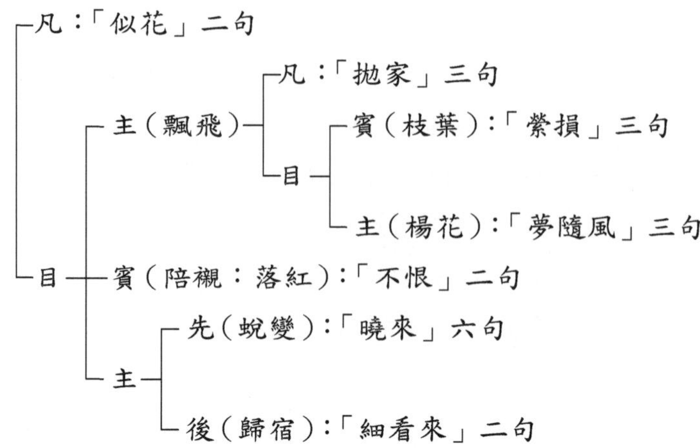

由此看來，此詞主要在底層用了「先賓後主」、三層用了「先凡後目」與「先『先』後『後』」形成其移位結構，次層用了「主、賓、主」形成其轉位結構，以組合成「章」，而在上層用了「先凡後目」的移位結構，以統「章」成「篇」，統一全詞的意象，凸顯其整體之邏輯層次。附分層簡圖如下：

上層　　次層　　三層　　底層

「目←凡」◀——「主←賓」

「目←凡」◀——「主←賓←主」◀——

「後←先」

如對應於「多、二、一（0）」來看，則由底層「賓主」、三層「凡目」和「先後」各一疊所形成之移位性調和結構與節奏，與由次層「賓主」一疊所形成之轉位性調和結構與節奏，可視為「多」；由上層「凡目」自為陰陽，徹下徹上所形成之移位性調和結構與節奏、韻律，可視為「二」；而由此呈現的「藉詠楊花來抒發離情」之主旨與「幽怨纏綿」的風格、韻律，則可視為「一（0）」。

可見首例由「章」（先後→內外、因果）而成「篇」（虛實）的三層邏輯結構來連結、統合各個意象，次例由「章」（兩疊遠近、圖底）而成「篇」（內外）的兩層邏輯結構來連結、統合各個意象，末例由「章」（賓主→凡目、先後→賓主）而成「篇」（凡目）的四層邏輯結構來連結、統合各個意象。如此由各層章法結構來連結、統合各個意象，似乎比較能在「輻射」之外具體而完整地藉「外→內→外」、「主→賓→主」為基礎之「邏輯結構」來呈現作品內蘊，以見出「其深層的因素和邏輯」。不過，在「邏輯結構」之外多出「輻射」之意涵，對「意象之組合」之掌握而言，是有加分作用的。

十、交錯的意象組合方式

對此組合方式，趙山林認為：「還有一種意象組合，不像對比式那樣自首至尾採取同一的對稱形式，只是兩組意象交錯言之，紐結成型，我們稱之為交錯式意象組合。」

他舉王維〈送梓州李使君〉詩為例作說明：

萬壑樹參天，千山響杜鵑。山中一夜雨，樹杪百重泉。

並解釋說：「第一聯寫『樹——山』，第二聯寫『山——樹』，交錯成文而又不挺拔流走，一瀉直下。紀昀評此四句『高調摩雲』（《瀛奎律髓刊誤》卷四引），這與意象組合方式是有關係的。」（頁 131-132）

這是王詩的前兩聯，後兩聯為：

漢女輸橦布，巴人訟芋田。文翁翻教授，不敢倚先賢。

整體而言，此乃「一首投贈詩，是寫當地（梓州）的風景土俗，並寓歌頌之意」[39]。

它採「先實後虛」的結構寫成：「實」的部分，含前三聯，先以開端四句，寫「梓州」遠近之風景，再以「漢女」二句，寫「梓州」特別之土俗。其中「萬壑」二句，一訴諸視覺，一訴諸聽覺，來寫遠景；「山中」二句，藉「先聽覺後視覺」的結構，以寫近景：「漢女」二句，用「先正後反」的條理，來寫土俗。而「虛」的部分，則爲末二句，以「寓歌頌之意」作結。這樣一路寫來，可說「切地、切事、切人」，十分得法。對此，喻守真解析云：

39 見喻守真《唐詩三百首詳析》（臺北：臺灣中華書局，1996 年 4 月臺二三版五刷），頁 147。

> 此詩首四句是懸想梓州山林之奇勝，是切地。同時領聯重複「山樹」二字，即是謹承起首「千山萬壑」而來。律詩中用重複字，此可爲法。頸聯特寫「巴人漢女」，是敘蜀中風俗，是切事。有此一聯就移不到別處去。結尾尋出文翁治蜀化民成俗，是切人，以文翁擬李使君，官同事同，是很好的影戤，是切人。這兩句意謂梓州地雖僻陋，然在衣食既足之時，亦可施以教化，不能以人民之難治，就改變文翁教授之政策，想來梓州人民亦不敢倚仗先賢而不遵使君的命令。[40]

解析得很深入，有助於對此詩的瞭解。依此可梳理出其全篇之邏輯結構如下表：

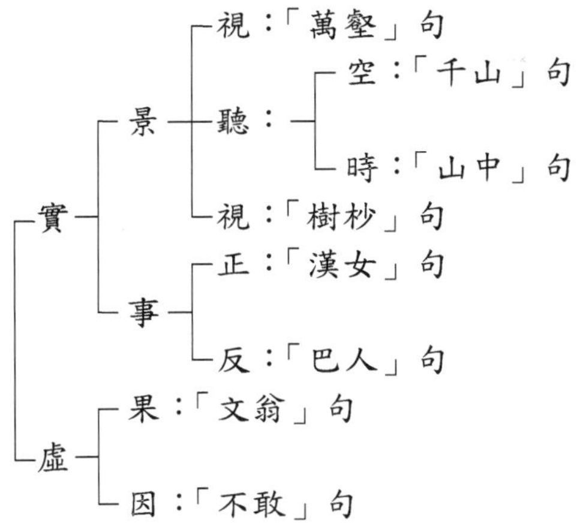

40 見《唐詩三百首詳析》，同注 39，頁 148。

由此看來，此詩結構，主要在底層用了一疊「先空後時」的移位結構，三層用了一疊「先正後反」的移位結構，與一疊「視、聽、視」的轉位結構，次層用了「先景後事」、「先果後因」各一疊的移位結構，組合成「章」；而在上層則用一疊「先實後虛」的移位結構，以統「章」成「篇」，統一全詩的意象，凸顯其整體（含「交錯」）之邏輯層次。附分層簡圖如下：

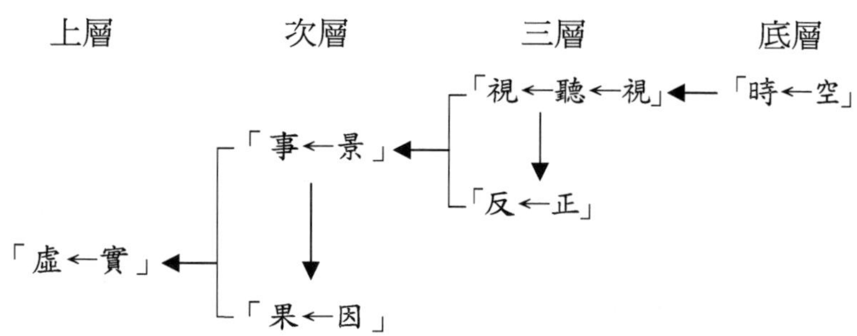

由此可見此詩之結構由四層重疊而組成，如對應於「多、二、一（0）」[41]來看：它的次層有「先景後事」（順）、「先果後因」（逆）等兩個「移位」結構，三層有「視、聽、視」（拗）的轉位結構與「先正後反」（順、對比）的「移位」結構，底層有「先空後時」（逆）的個「移位」結構，此為「多」；而最上層之「先實後虛」（逆、移位）乃其核心結構[42]，自為陰陽，造成徹下徹上之效果，這是

41 參見陳滿銘〈章法「多、二、一（0）」邏輯結構論〉，同注 8。
42 參見陳滿銘〈論章法「多、二、一（0）」的核心結構〉（臺北：臺灣師

「二」；至於由此凸顯「藉梓州風景土俗，以寓歌頌之意」的主旨與「清遠中有雄渾」風格的，則為「一（0）」。周振甫分析說：

> 對王維這首詩的前四句，紀昀評爲「高調摩雲」，許印芳評爲「筆力雄大」，可歸入剛健的風格。值得注意的，是許印芳提出王維這類詩，兼有清遠、雄渾兩種風格，就意味講是清遠的，像寫既有萬壑的參天大樹，又有千山的杜鵑啼叫。經過一夜雨，看到山上的百重泉水。這裡正寫出山中雄偉的自然景象，沒有一點塵囂，透露出清遠的意味來。但從自然的景物看，又是氣勢雄渾的。假使不能賞識這種清遠的意味，就不能讚賞這種自然景物，寫不出雄渾的風格來。這個意見是值得探討的。[43]

內容情意，亦即意味，就辭章而言，是決定一切的根源力量，既然本詩就「意味講是清遠的」、就景象講是「雄渾」的，那麼這首詩就當以「清遠」（陰柔）爲主、「雄渾」（陽剛）爲輔，也就是說此詩的風格是「清遠中有雄渾」的。大致說來可算屬於「剛柔相濟」之作，而「剛柔

大《師大學報．人文與社會類》48 卷 2 期，2003 年 12 月），頁 71-94。

43 見周振甫《文學風格例話》（上海：上海教育出版社，1989 年 7 月一版一刷），頁 49。

相濟」，在美學中是受到極高之推崇的[44]。

此外，趙山林又舉杜甫〈賓至〉為例作說明：

> 幽棲地僻經過少，老病人扶再拜難。豈有文章驚海內？漫勞車馬駐江干。竟日淹留佳客坐，百年麤糲腐儒餐。不嫌野外無供給，乘興還來看藥欄。

並且解釋說：「全詩意象分屬一主一賓，其分配為：賓——主，主——賓，賓——主，主——賓。首聯迎賓，儀容莊重。頷聯謝賓，態度謙謹。頸聯留賓，熱情而真率。尾聯邀賓，懇切而殷勤。全詩能夠取得這樣的藝術效果，得力於意象結構不少。正如朱瀚所評：『對仗成篇，而錯綜照應，極結構之法。』(《杜詩評注》卷九引)」(頁 132)

這種分析十分簡明。如果梳理其邏輯層次，則可用如下結構表來呈現：

44 見陳望衡《中國古典美學史》(長沙：湖南教育出版社，1998 年 8 月一版一刷)，頁 184。

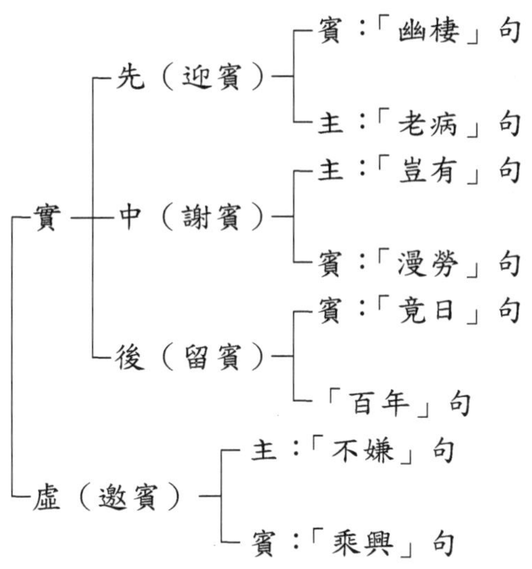

由此看來，此詩主要在底層用了二疊「先賓後主」與一疊「先煮後賓」的移位結構、次層用了「先、中、後」與「先主後賓」各一疊的移位結構，以組合成「章」；而在上層則用一疊「先實後虛」的移位結構，以統「章」成「篇」，統一全詩的意象，凸顯其連續「交錯」之邏輯層次。附分層簡圖如下：

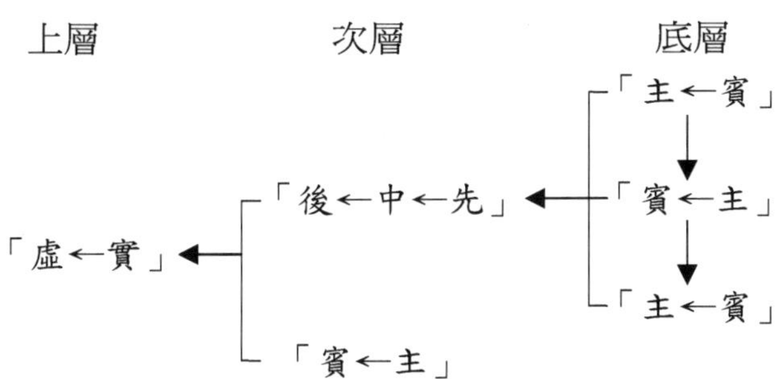

如對應於「多、二、一（0）」來看，則由「賓主」四疊與「先後」一疊所形成之移位性調和結構與節奏（韻律），可視為「多」，由「虛實」自為陰陽，徹下徹上所形成之移位性調和結構與節奏、韻律[45]，可視為「二」，而由此呈現的「藉款客而表現熱情與直率」之主旨與「錯綜綿密」的風格、韻律，則可視為「一（0）」。

可見首例由「章」（時空→視聽）的兩層邏輯結構來連結、統合各個意象。次例由「章」（三疊賓主→先後、賓主）而成「篇」（虛實）的三層邏輯結構來連結、統合各個意象。這樣，似乎比較容易在「錯綜」之外呈現作品內蘊，以見出「其深層的因素和邏輯」。雖然如此，在「邏輯結構」之外又多出「交錯」之意涵，對「意象之組合」之掌握而言，和「輻射」一樣，是有加分作用的。

十一、疊映的意象組合方式

對此組合方式，趙山林認為：「把不同時間、不同空間，甚至表面看來毫不相干的幾個（或幾組）意象疊映在一起，常常會引起讀者豐富的聯想，產生意想不到的藝術效果。」

他舉司空曙〈喜外弟盧綸見宿〉中之兩句為例作說明：

45 參見陳滿銘〈論章法「多、二、一（0）」結構的節奏與韻律〉，同注10。

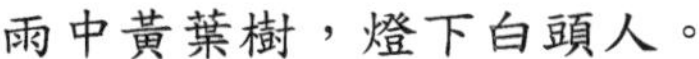

並加以解釋說：「這裡有兩個畫面：風雨飄搖，樹上黃葉紛紛墜落；孤燈獨坐，愁人白髮分外觸目。這兩個畫面疊映在一起，便使人想到樹葉在秋風中飄搖，與人的風燭殘年正相類似，一種衰颯的氣象，一種淒涼的感覺，便躍然紙上。意象的疊映有一個要訣，就是意象之間的聯繫不宜點明，要盡量隱蔽，讓讀者自己去玩味。如錢起的〈傷秋〉:『歲去人頭白，秋來樹葉黃。搔頭向黃葉，與爾共悲傷。』意思與司空曙詩一樣，但由於採取敘述的口氣，把兩組意象之間的聯繫揭示得過於明白，結果便沒有多少詩味。韋應物的『窗前人將老，門前樹已秋』(〈淮上遇洛陽李主簿〉)、白居易的『樹初黃葉日，人欲白頭時』(〈途中感秋〉)，比錢起的詩好一些，但詩句中的『將』與『已』,『日』與『時』，也多少揭示出兩組意象之間的聯繫，所以疊映的效果仍不顯著。而司空曙的兩句詩，不僅多了秋雨、昏燈這兩個形象，使得意象的內涵更為豐富，而且並不揭示兩組意象之間的聯繫，只將它們疊映起來加以組合，便取得了耐人尋味的藝術效果。謝榛《四溟詩話》在評論上述韋應物、白居易、司空曙三詩時說：『三詩同一機杼，司空為優：善狀目前之景，無限淒感，見乎言表。』這是說得不錯的。」(頁 137-138)

他引「同一機杼」之他作加以比較，很能凸出司空曙此詩「疊映」之妙。此詩屬五律，全篇八句，是這樣子的：

> 靜夜四無鄰，荒居舊業貧。雨中黃葉樹，燈下白頭人。以我獨沉久，愧君相見頻。平生自有分，況是蔡家親。

對這首詩，喻守真解析說：

> 本詩首從夜說起，頷聯融情入景，經過千錘百鍊，鑄成此十字。前句含有飄零意，後句含有老大意，其景固可繪，其情尤可憫。頸聯「獨沉久」即承「雨中」句而來，「相見」即承「燈下」句而生。結末謂平生友朋離合自有緣分，何況爾我親誼，聚首一室，也是有分了。[46]

而普利則指出：

> 這首詩，近人俞陛雲《詩境淺說》中評曰：「前半手寫獨處之悲，後半首言相逢之喜。反正相生，為律詩一格。」從章法上看，卻是如此。正因為前悲後喜，喜中含悲，悲喜交集，才產生了感人的力量。[47]

46 見喻守真《唐詩三百首詳析》，同注 39，頁 190。
47 普利評析，見見孫育華主編《唐詩鑑賞辭典》，同注 14，頁 491-492。

其內容如此，如要分辨其邏輯關係，則可借助下列結構表：

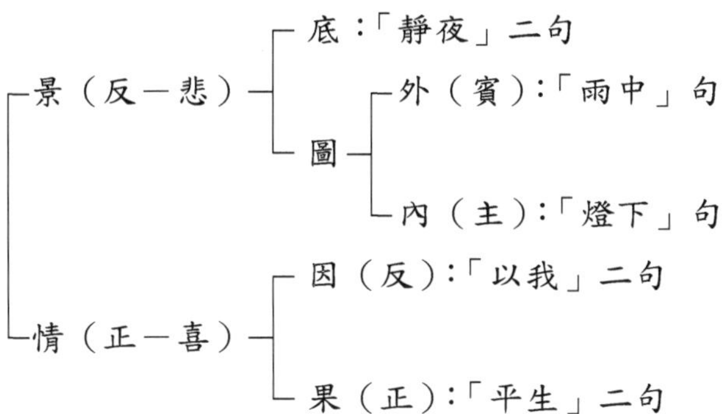

由此看來，此詩主要在底層用了一疊「先外（賓）後內（主）」的移位結構、次層用了「先底後圖」、「先因（反）後果（正）」各一疊的移位結構，以形成「章」，在上層用了一疊「先景（反）後情（正）」的移位結構，以統「章」成「篇」，統一全詩的意象，凸顯其整體（含「疊映」）之邏輯層次。附分層簡圖如下：

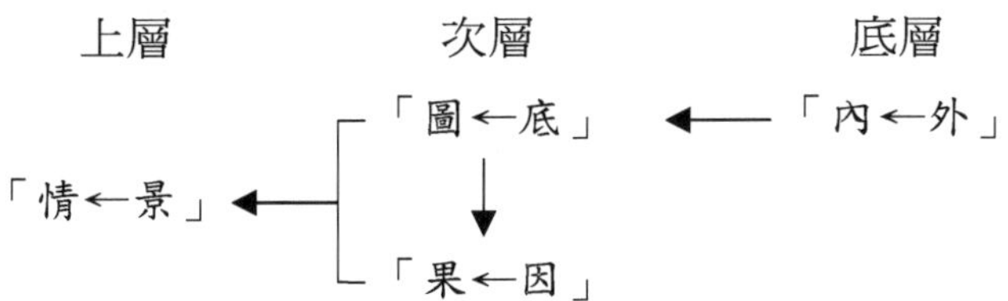

如對應於「多、二、一（0）」來看，則由「內外」、「圖

底」與「因果」各一疊所形成之移位結構與節奏（韻律），可視為「多」，由「情景」自為陰陽，徹下徹上所形成之移位結構與節奏、韻律，可視為「二」，而由此呈現的「與外弟相逢的悲喜之情」之主旨與「細密淒婉」的風格、韻律，則可視為「一（0）」。

在此必須一提的是：同樣此例，就其意象之組合而言，譚德晶歸入「喻式並置」一類，他認為：

> 司空曙的這首詩整體看十分平常，但「雨中」一聯歷來為人稱道。這聯詩妙就妙在它採用了意象的喻式並置手法。它頗類似於兩個互相生發的電影蒙太奇：它呈現出的第一個鏡頭是一棵在雨中的秋天的黃葉樹，呈現的第二個鏡頭便是昏暗的燈光下的一個滿頭白髮的老人。在這兩個「鏡頭」之間，沒有任何說明，沒有任何連接，詩人只是將它們並置在一起，讓它們互相生發、互相映襯，但其中所包含的暗示意義，讀者能從中很清楚地感受到。[48]

這樣看來，切入之角度不一樣，結果就不同。但相同的是，由各層章法結構來連結、統合各個意象，似乎比較容易在「疊映」或「喻式並置」之外，呈現作品整體內蘊，以見出「其深層的因素和邏輯」。即以此例而言，以

48 見譚德晶《唐詩宋詞的藝術》（上海：學林出版社，2001 年 9 月一版一刷），頁 141-142。

「外（賓）→內（主）」的邏輯結構以凸顯「疊映」之內容，顯然會比較具體一些。

十二、結語

綜上所述，以趙山林所舉十式意象組合方式方式來觀察意象之組織，已大致可看出它們雖能凸顯某些特色或作用，卻往往「籠統」了一些，並且也大都僅限於「局部」，因此難免會有「見淺而不見深」、「見樹而不見林」之缺憾。對此，如追根究柢地來看，則「意象之組合」，乃屬於「邏輯思維」的範疇；而所謂「層遞」、「反諷」、「輻輳」、「輻射」、「交錯」與「疊映」等，卻是牽扯了「形象思維」來說的[49]。因此以「邏輯結構」呈現作品整體之內蘊，以見出「其深層的因素和邏輯」，當然就比較具體而完整；就像陳慶輝所說的「複合意象的構成，作為一種審美創造，是一個複雜的心理過程」，如果僅僅用承續、層遞、逆推、並置、對比、反諷、輻輳、輻射、交錯，與疊映等組合方式加以概括，「似乎是粗糙的、膚淺的」；而試著用「層次邏輯」所形成之「章法（邏輯）結

49 一篇辭章是由「形象思維」、「邏輯思維」與「綜合思維」統合而成，其中「形象思維」統合「詞彙」與「修辭」等，「邏輯思維」統合「文法」與「章法」等，「綜合思維」統合全篇，以凸出「主旨」與「風格」等。見陳滿銘〈論語文能力與辭章研究——以「多」、「二」、「一（0）」螺旋結構作考察〉（臺北：臺灣師大《國文學報》36 期，2004 年 12 月），頁 67-102。

構」切入，則「其深層的因素和邏輯」，已可試著「去挖掘和探索」[50]，以收「綱舉目張」之效。不過，「形象」中是有「邏輯」，「邏輯」中是有「形象」的，因此「意象之組合」雖屬「邏輯思維」的範疇，卻最好能兼顧「形象思維」的部分，使兩者「互補與融合」，以求更趨完善。

（2007.8.24.修正）

50 均見陳慶輝《中國詩學》，同注 4。

引用文獻

仇小屏〈論章法的移位、轉位及其美感〉，《辭章學論文集》上冊，福州：海潮攝影藝術出版社，2002 年 12 月一版一刷，頁 98-122。

王長俊等《詩歌意象學》，合肥：安徽文藝出版社，2000 年 8 月一版一刷。

任自斌、和近健主編《詩經鑑賞辭典》，北京：河海大學出版社，1989 年 12 月一版一刷。

周振甫《文學風格例話》，上海：上海教育出版社，1989 年 7 月一版一刷。

唐圭璋主編《唐宋詞鑑賞集成》，香港：中華書局香港分局，1987 年 7 月初版。

唐圭璋《唐宋詞簡釋》，臺北：木鐸出版社，1982 年 3 月初版。

孫育華主編《唐詩鑑賞辭典》，北京：北京燕山出版社，2000 年 11 月一版三刷。

袁行霈主編《歷代名篇賞析集成》，北京：中國文聯出版公司，1988 年 12 月一版一刷。

張秉戍主編《山水詩歌鑑賞辭典》，北京：中國旅遊出版社，1989 年 10 月一版一刷。

陳邦炎主編《詞林觀止》，上海：上海古籍出版社，1994 年 4 月一版一刷。

陳望衡《中國古典美學史》，長沙：湖南教育出版社，1998 年

8 月一版一刷。

陳滿銘《詞林散步——唐宋詞結構分析》，臺北：萬卷樓圖書公司，2000 年 1 月初版。

陳滿銘《章法學新裁》，臺北：萬卷樓圖書公司，2001 年 1 月初版。

陳滿銘〈論幾種特殊的章法〉，臺北：臺灣師大《國文學報》31 期，2002 年 6 月，頁 175-204。

陳滿銘《章法學論粹》，臺北：萬卷樓圖書公司，2002 年 7 月初版。

陳滿銘〈論章法「多、二、一（0）」結構的節奏與韻律〉，臺北：臺灣師大《國文學報》33 期，2003 年 6 月，頁 81-124。

陳滿銘〈論章法「多、二、一（0）」的核心結構〉，臺北：臺灣師大《師大學報・人文與社會類》48 卷 2 期，2003 年 12 月，頁 71-94。

陳滿銘〈論語文能力與辭章研究——以「多」、「二」、「一（0）」螺旋結構作考察〉，臺北：臺灣師大《國文學報》36 期，2004 年 12 月，頁 67-102。

陳滿銘〈章法風格論——以「多」、「二」、「一（0）」螺旋結構作考察〉，臺南：成功大學《成大中文學報》12 期，2005 年 7 月，頁 147-164。

陳滿銘〈章法「多、二、一（0）」邏輯結構論〉，平頂山：《平頂山學院學報》20 卷 4 期，2005 年 8 月，頁 68-72。

陳滿銘〈論章法結構與意象系統——以「多」、「二」、「一

（0）」螺旋結構切入作考察〉，無錫：《江南大學學報・人文社會科學版》4 卷 4 期，2005 年 8 月，頁 70-77。

陳滿銘〈層次邏輯系統論——以哲學與章法作對應考察〉，錦州：《渤海大學學報・哲學社會科學版》27 卷 6 期，2005 年 11 月，頁 1-7。

陳滿銘〈論意與象之連結——以格式塔「異質同構」說切入〉，貴州畢節：《畢節學院學報》總 84 期，2006 年 2 月，頁 1-5。

陳滿銘〈論意象與聯想力、想像力之互動——以「多」、「二」、「一（0）」螺旋結構切入作考察〉，金華：《浙江師範大學學報・社會科學版》31 卷 2 期，2006 年 4 月，頁 47-54。

陳慶輝《中國詩學》，臺北：文史哲出版社，1994 年 12 月初版。

喻守真《唐詩三百首詳析》，臺北：臺灣中華書局，1996 年 4 月臺二三版五刷。

賀新輝主編《元曲鑑賞辭典》，北京：中國婦女出版社，19885 月一版一刷。

趙山林《詩詞曲藝術論》，杭州：浙江教育出版社，1998 年 6 月一版一刷。

譚德晶《唐詩宋詞的藝術》，上海：學林出版社，2001 年 9 月一版一刷。

趙山林之意象組合說與章法結構

摘要

意象之組合方式，已有多人作過有益之探討，其中以趙山林《詩詞曲藝術論》所舉最為多樣，而受到重視。前此，即曾以他所舉十種方式為範圍，分別用層次邏輯所形成之章法結構切入，作一觀察，以見其深層因素和邏輯。而本文則進一步在相關理論之基礎上，特就「籠統與具體」、「部分與完整」、「互補與融合」三方面加以綜合探討，以見意象組合與章法結構不可分之關係。

關鍵詞：意象組合、章法結構、邏輯思維、形象思維

一、前言

對於詩歌意象結構的組合方式，盛子潮、朱水湧《詩歌形態美學》（1987）、陳振濂《空間詩學導論》（1989）、李元洛《詩美學》（1990）、陳植鍔《詩歌意象論》（1990）、陳慶輝《中國詩學》（1994）等，已進行過一些有益的探討，而趙山林《詩詞曲藝術論》（1998）則總結為承續、層遞、逆推、並置、對比、反諷、輻輳、輻射、交錯與疊映等十式、作了進一步之展開和深入討論，受到學界之重視。而這些意象之組合方式，雖呈現其多樣面貌，卻正如王長俊等《詩歌意象學》所言「那些起連接作用的紐帶隱蔽著，並不顯露出來」[1]，因而以「論意象之組合方式——以趙山林《詩詞曲藝術論》所論為考察範圍」為題[2]，曾試著由直接與「意象之組合」相關的「章法結構」[3] 切入作一系列探討，以挖掘「其深層的因素和邏輯」[4]。而本

1 王長俊等：「中國古典詩歌的意象雖然可以直接拼接，意象之間似乎沒有關聯，其實在深層上卻互相勾連著，只是那些起連接作用的紐帶隱蔽著，並不顯露出來，這就是前人所謂的『斷峰雲連』、『辭斷意屬』。」見《詩歌意象學》（合肥：安徽文藝出版社，2000 年 8 月一版一刷），頁 215。

2 見陳滿銘〈論意象之組合方式——以趙山林《詩詞曲藝術論》所論為考察範圍〉（臺北：《東吳中文學報》14 期，2007 年 11 月），頁 89-128。

3 參見陳滿銘〈論章法結構與意象系統——以「多」、「二」、「一（0）」螺旋結構切入作考察〉（無錫：《江南大學學報．人文社會科學版》4 卷 4 期，2005 年 8 月），頁 70-77。

4 陳慶輝：「應該說意象的組合方式是多種多樣的，上述所舉只怕是掛一

文則在此基礎上，進而先探討「意象之組合」與「章法結構」之相關理論，再就「籠統與具體」、「部分與完整」、「互補與融合」等三方面加以綜合探討，以見意象組合與章法結構「二而一、一而二」之關係。

二、意象結構之相關理論

辭章是結合「形象思維」、「邏輯思維」[5]與「統合思維」所形成的。而這三種思維，各有所主。就形象思維來說，如果將一篇辭章所要表達之「情」或「理」，也就是「意」，主要訴諸各種偏於主觀的聯想、想像，和所選取之「景（物）」或「事」，也就是「象」，連結在一起，或者是專就個別之「情」、「理」、「景」（物）、「事」等材料本身設計其表現技巧的，皆屬「形象思維」；這涉及了「取材」與「措詞」等問題，而主要以此為探討對象的，就是意象學（狹義）、詞彙學與修辭學等。就邏輯思維來看，如果整個就「景（物）」或「事」（象）等各種材料，對應於自然規律，結合「情」與「理」（意），主要訴諸偏於客觀的聯想、想像，按秩序、變化、聯貫與統一之原

漏萬；而且複合意象的構成，作為一種審美創造，是一個複雜的心理過程，用所謂並列、對比、敘述、述議等結構形式加以說明，似乎是粗糙的、膚淺的，其深層的因素和邏輯還有待我們去挖掘和探索。」見《中國詩學》（臺北：文史哲出版社，1994 年 12 月初版），頁 74。

5 見吳應天《文章結構學》（北京：中國人民大學出版社，1989 年 8 月一版三刷），頁 345。

則，前後加以安排、佈置，以成條理的，皆屬「邏輯思維」；這涉及了、「佈局」（含「運材」）與「構詞」等問題，而主要以此為研究對象的，就字句言，即文（語）法學；就篇章言，就是章法學。就綜合思維而言，乃統合形象思維（偏於主觀）與邏輯思維（偏於客觀）兩者，在一篇辭章之內，形成「主旨」與「風格」（韻律）等，這就涉及「立意」、「決定體性」等問題，而主要以此為研究對象的，為主題學、文體學與風格學等。而以此整體或個別為對象加以研究的，則統稱為辭章學或文章學[6]。

而其中所謂的意象學，為研究辭章有關意象的一門學問。我國對這種文學中的「意象」，很早就注意到，以為它是「馭文之首術、謀篇之大端」（見《文心雕龍．神思》）。而所謂「意象」，簡單地說就是「客體物象嶼主體意念的融合而形成的文學基本元素」[7]，亦即「作者的意識與外界的物象相交會，經過觀察、審思與美的釀造，成為有意境的景象」[8]。這裡所說的「物象」，所謂「物猶事也」（見朱熹《大學章句》），該包含「事」才對，因為「物（景）」只是偏就「空間」（靜）而言，而「事」則是偏就「時間」（動）來說罷了。這樣自然就能貫穿了一篇

6 參見陳滿銘《章法學綜論．自序》（臺北：萬卷樓圖書公司，2003 年 6 月初版），頁 1。

7 見孫耀煜《中國古代文學原理》（南京：江蘇教育出版社，1996 年 4 月一版一刷），頁 187。

8 見黃永武《中國詩學．設計篇》（臺北：巨流圖書公司，1999 年 6 月初版十三刷），頁 3。

辭章的整個內涵，而成為多種意象的組合體。它不僅是指狹義的個別意象而已，還包括有廣義之整體意象的。廣義者指全篇，屬於整體，可以析分為「意」與「象」；狹義者指個別，屬於局部，往往合「意」與「象」為一來稱呼。而整體是局部的總括、局部是整體的條分，所以兩者關係密切。不過，必須一提的是，狹義之「意象」，亦即個別之「意象」，雖往往合「意」與「象」為一來稱呼，卻大都用其偏義，譬如草木或桃花的意象，用的是偏於「意象」之「意」，因為草木或桃花都偏於「象」；如「桃花」的意象之一為愛情，而愛情是「意」；而團圓或流浪的意象，則用的是偏於「意象」之「象」，因為團圓或流浪，都偏於「意」；如「流浪」的意象之一為浮雲，而浮雲是「象」。因此前者往往是一「象」多「意」，後者則為一「意」多「象」。而它們無論是偏於「意」或偏於「象」，通常都通稱為「意象」。由於「形象思維與邏輯思維是人類思維的基本型態」[9]，因此底下就著眼於整體（含個別）的「意象」（意與象），試著用它來統合形象思維與邏輯思維，並貫穿辭章的各主要內涵，以見意象在辭章上之地位。

先從「意象」之形成與表現來看，是與形象思維有關的，而形象思維所涉及的，是「意」（情、理）與「象」（事、景）之結合及其表現。其中探討「意」（情、理）

9 見黃順基、蘇越、黃展驥主編《邏輯與知識創新》第二十章（北京：中國人民大學出版社，2002年4月一版一刷），頁425。

與「象」（事、景）之結合者，為「意象學」（狹義），探討「意」（情、理）與「象」（事、景）本身之表現者，為「修辭學」。再從「意象」之組合來看，是與邏輯思維有關的，而邏輯思維所涉及的，則是意象（意與意、象與象、意與象、意象與意象）之組合，其中屬篇章者為「章法學」，主要探討「意象」之篇章結構，而屬語句者為「文法學」，主要由概念之組合而探討「意象」。至於綜合思維所涉及的，乃是核心之「意」（情、理），即一篇之中心意旨——「主旨」與審美風貌——「風格」[10]。

由此看來，形象思維、邏輯思維與綜合思維三者，涵蓋了辭章的各主要內涵，而都離不開「意象」。如對應於「多、二、一（0）」[11]的逆向邏輯結構來說，則所謂的「多」，指由「意象」（個別）、「詞彙」、「修辭」、「文（語）法」，與「章法」等所綜合起來表現之藝術形式；「二」指「形象思維」（陰柔）與「邏輯思維」（陽剛），藉以產生徹下徹上之中介作用；而「一（0）」則指由此而凸顯出來的「主旨」與「風格」等，這就是「修辭立其誠」《易・乾》之「誠」，乃辭章之核心所在。這樣以「多」、「二」、「一（0）」來看待辭章內涵，就能透過「二」（「形象思維」與「邏輯思維」）的居間作用，使

10 見陳滿銘〈辭章意象論〉（臺北：臺灣師大《師大學報・人文與社會類》50 卷 1 期，2005 年 4 月），頁 17-39。

11 見陳滿銘〈論「多」、「二」、「一（0）」的螺旋結構——以《周易》與《老子》為考察重心〉，（臺北：臺灣師大《師大學報・人文與社會類》48 卷 1 期，2003 年 7 月），頁 1-20。

「多」(「意象」(個別)、「詞彙」、「修辭」、「文(語)法」與「章法」等)統一於「一(0)」(「主旨」與「風格」等)了。它們的關係可呈現如下表：

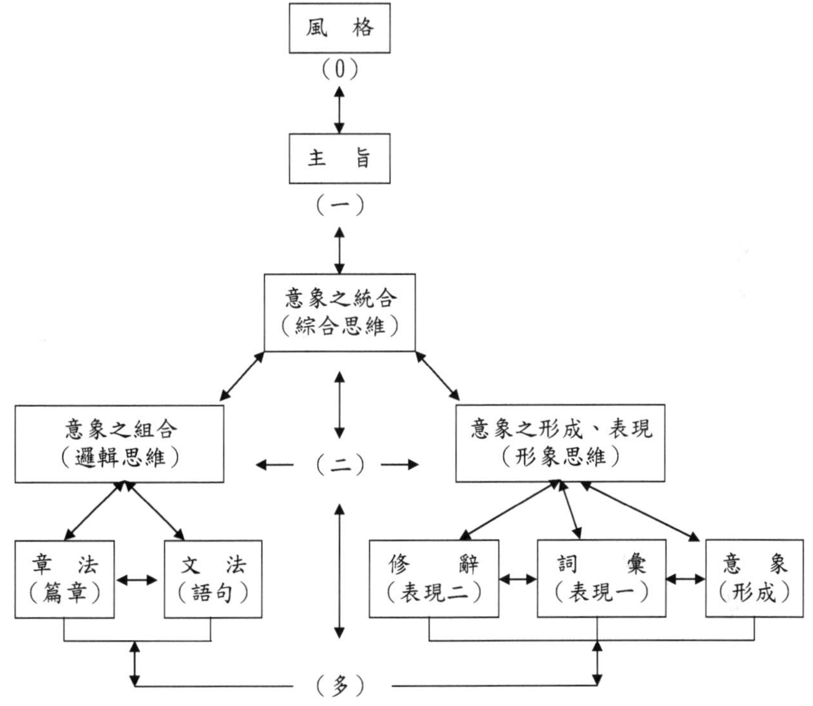

因此，辭章是離不開「意象」的，就是主旨與風格，也是如此。由於「主旨」是核心之「意」，而風格是以主旨統合各「意象」之形成、表現與組合所產生之一種抽象力量[12]。因此可以這麼說，如離開了「意象系統」就沒有辭

12 見陳滿銘〈章法風格論——以「多、二、一(0)」結構作考察〉(臺南：《成大中文學報》12期，2005年7月)，頁147-164。

章，其地位之重要，可想而知。

可見辭章確實離不開「意象」之形成、表現與其組合，並由此而凸顯出一篇主旨與風格來，這就是所謂的「意象系統」，亦即「多」、「二」、「（0）一」的螺旋結構[13]。而其中「意象之組織」，涉及「語句」的是「文法」、涉及「篇章」的是「章法」。由於「章法」是「客觀的存在」[14]，與其他的語文能力一樣是先驗的[15]，因此作者創作時，便不自覺地運用「邏輯思維」，靠「客觀存在」的「章法」[16]，亦即「邏輯條理」，由「章」而「篇」地組合各個意象，以形成完密之組織，反映其「其深層的因素和邏輯」。這樣，透過後天辭章學之研究來確認這種先驗

13 見陳滿銘〈意象「多」、「二」、「一（0）」螺旋結構論——以哲學、文學、美學作對應考察〉（濟南：《濟南大學學報·社會科學版》17 卷 3 期，2007 年 5 月），頁 47-53。

14 見王希杰〈章法學門外閑談〉（臺北：《國文天地》18 卷 5 期，2002 年 10 月），頁 92-101。

15 先驗之能力必須經由後天之研究加以確認，見陳滿銘〈論語文能力與辭章研究——以「多」、「二」、「一（0）」螺旋結構作考察〉（臺北：臺灣師大《國文學報》36 期，2004 年 12 月），頁 67-102。

16 章法，含篇法而言，所探討的是篇章內容的邏輯關係。到目前為止所發現的章法約四十種，如今昔法、久暫法、遠近法、內外法、左右法、高低法、大小法、視角變換法、時空交錯法、狀態變換法、知覺轉換法、本末法、淺深法、因果法、眾寡法、並列法、情景法、論敘法、泛具法、空間的虛實法、時間的虛實法、假設與事實法、凡目法、詳略法、賓主法、正反法、立破法、抑揚法、問答法、平側法、縱收法、張弛法、插敘法、補敘法、偏全法、點染法、天人法、圖底法、敲擊法等。見仇小屏《文章章法論》（臺北：萬卷樓圖書公司，1998 年 11 月初版）頁 1-510、《篇章結構類型論》上下（臺北：萬卷樓圖書公司，2000 年 2 月初版），頁 1-620。又見陳滿銘《章法學綜論》，同注 6，頁 17-58。

之「邏輯」能力，自然會比「承續」、「層遞」、「對比」、「反諷」、「輻輳」、「輻射」、「交錯」與「疊映」等偏於「形象思維」來著眼的[17]，來得「具體」而「完整」些。不過，「邏輯思維」與「形象思維」是彼此互動的，亦即「形象」中是有「邏輯」、「邏輯」中是有「形象」的，因此兩者也往往有著「互補與融合」之功用。

三、籠統與具體

在此，特舉「承續」、「並置」與「交錯」各一例作考察：

首先看「承續」，趙山林指出：「十八世紀德國美學家萊辛在《拉奧孔》一書中，對詩與畫的差別作了論述，其要點是：就媒介而言，畫用顏色與線條展開一個具有一定廣延的空間，而詩則用語言造成時間上前後連貫的延續的直線；就題材而言，畫的媒介長於表現空間中並列的物體，詩的媒介長於敘述時間上的先後承續的動作；就藝術的接受而言，畫是通過視覺來感受的，畫面上的形象可以同時被攝入眼簾，而詩主要是通過聽覺來感受，欣賞者是從先後承續的聲音中，亦即從事物的動作中得到滿足。萊

17 修辭方式有順敘（即承續）、層遞、倒敘（即逆推）、對比、諷刺（含反諷）、錯綜（含交錯）、線索或渲染（類似輻輳）、疊映等。見向宏業、唐仲揚、成偉鈞主編《修辭通鑒》（北京：中國青年出版社，1998 年 5 月一版二刷），頁 374-873。

辛此處著重論述詩畫的差別，對於詩畫的聯繫未作深入闡述，因而是不夠全面的，特別是當我們對中國古典詩歌時，尤其有這種感覺；但從總體上看，畫是空間藝術，詩是時間藝術，與畫相比，詩總是具備過程性，更注意縱向的時間延伸性，更適宜表現精神的運動、情感的流程，卻是沒有疑問的。由此表現在意象結構的組合上，承續式成為一種最常見的組合方式，便是可以理解的了。」[18]他舉章質夫詠「楊花」之〈水龍吟〉詞為例作說明：

> 燕忙鶯懶芳殘，正堤上、柳花飄墜。輕飛亂舞，點畫青林，全無才思。閑趁游絲，靜臨深院，日長門閉。傍珠簾散漫，垂垂欲下，依前被、風扶起。
>
> 蘭帳玉人睡覺，怪春衣、雪霑瓊綴。繡床旋滿，香球無數，才圓卻碎。時見蜂兒，仰粘輕粉，魚吞池水。望章臺路杳，金鞍遊蕩，有盈盈淚。

趙山林解釋說：「此詞摹寫楊花隨風飄舞情態，十分生動。把楊花想像為一群天真無邪、調皮嬉鬧的孩子，也很傳神。從結構安排上說，由長堤而青林，而深院，而空閨，而蘭帳，而繡床，而轉入園中，其間承續遞進的脈絡十分清晰。下片帶入了思婦的意象，但相比之下，仍以楊

18 見趙山林《詩詞曲藝術論》（杭州：浙江教育出版社，1998 年 6 月一版一刷），頁 123。本論文以趙說為討論重心，為免繁瑣，後文凡在此範圍引用其說者，一律只於引文後標註頁碼，不再一一附註。

花意象為主，所以全詞仍屬於一種平面的承續式的意象組合方式。」（頁 136）

如著眼於其層次邏輯，則此詞可用如下結構表來呈現：

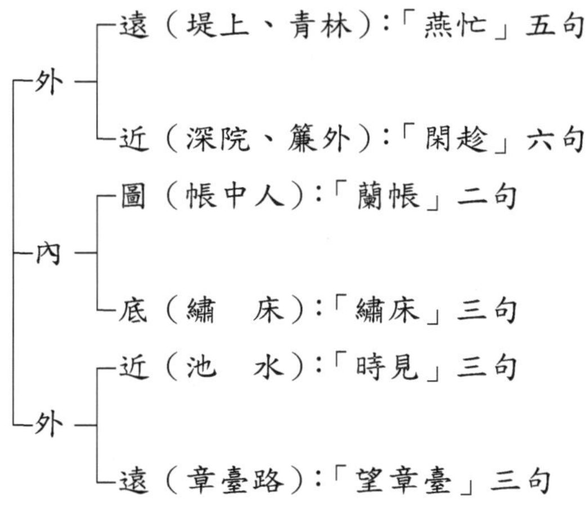

由此看來，此詞主要在次層用了「先遠後近」、「先圖後底」、「先近後遠」各一疊的移位結構形成「章」，在上層用了一疊「外、內、外」的轉位結構，以統「章」成「篇」，統一全詞的意象，凸顯其「平面承續」之邏輯層次。附分層簡圖如下：

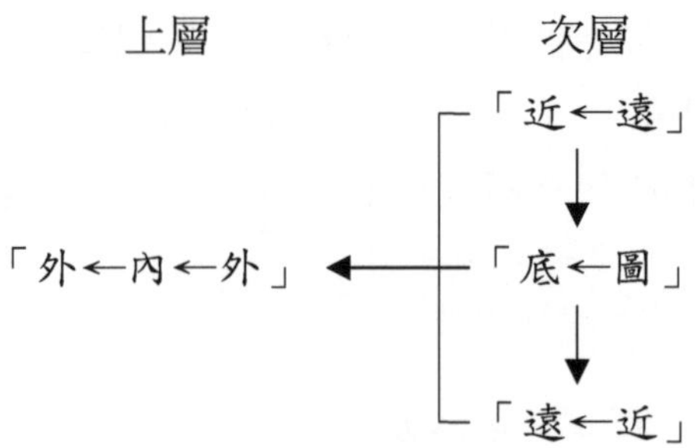

如對應於「多、二、一（0）」來看，則由「遠近」二疊與「圖底」一疊所形成之移位性調和結構與節奏（韻律），可視為「多」，由「內外」自為陰陽，徹下徹上所形成之轉位性調和結構與節奏、韻律，可視為「二」，而由此呈現的「閨怨」之主旨與「舒捲盡致」的風格、韻律，則可視為「一（0）」。

這樣，由「章」（兩疊遠近、圖底）而成「篇」（內外）的兩層邏輯結構來連結、統合各個意象，顯然比較能在「承續」之外具體而完整地藉「外→內→外」為基礎之「邏輯結構」來「具體」地呈現作品內蘊，以見出「其深層的因素和邏輯」。

其次看「並置」，趙山林認為：「無論承續式、層遞式、逆推式意象組合中的哪一種，其意象之間存在的都是縱的方向上的承續關係。而當意象之間主要表現為平行的並置的關係的時候，便產生了並置式意象組合。明人謝榛《四溟詩話》曾按寫法將詩分為兩種，一種是『一篇一意』，『摘一句不成詩』，如前舉金昌緒〈春怨〉；另一種是

『一句一意』，『摘一句亦成詩』。」他舉馬致遠〈天淨沙．秋思〉中之前三句為例作說明：

枯藤老樹昏鴉，小橋流水人家，古道西風瘦馬。

他說：「馬致遠〈天淨沙．秋思〉在並置三組九種意象以後，接以『夕陽西下，斷腸人在天涯』，便給全詩的畫面抹上了一層統一的感情色調，完成了這幅天涯遊子秋思圖。如果沒有這後兩句，沒有這種統一的感情基調和情緒色彩，那麼這首小令是無論如何不會成為千古傳誦的『秋思之祖』的。」（頁 126-128）

此例補上結二句「夕陽西下，斷腸人在天涯」，即為完整之一篇。而本曲旨在寫流浪天涯之苦，是採「先底後圖」的結構寫成的。在「底」的部分，主要用以寫景，它先就空間，以「枯藤」兩句寫道旁所見，以「古道」句寫道中所見；再就時間，以「夕陽」句指出是黃昏，以增強它的情味力量；在「圖」的部分，則由景轉情，點明浪跡天涯者「人生如寄」、「漂泊無定」的悲痛，亦即「斷腸」作結。

就在這首曲裡，可說一句一意象（狹義），形成了豐富之「意象」群，其中以「枯藤」、「老樹」、「昏鴉」、「古道」、「西風」、「瘦馬」、「夕陽西下」（黃昏）等「物」與「人在天涯」之「事」，針對著「斷腸」之「意」，透過

「異質同構」[19]之作用，而形成正面「意象」，很技巧地與「小橋」、「流水」、「人家」等「物」所形成的反面「意象」，把流浪的孤苦與團圓的溫馨作成強烈對比，以推深作者「人在天涯」的悲痛。這種內容組織，可用如下結構表加以呈現：

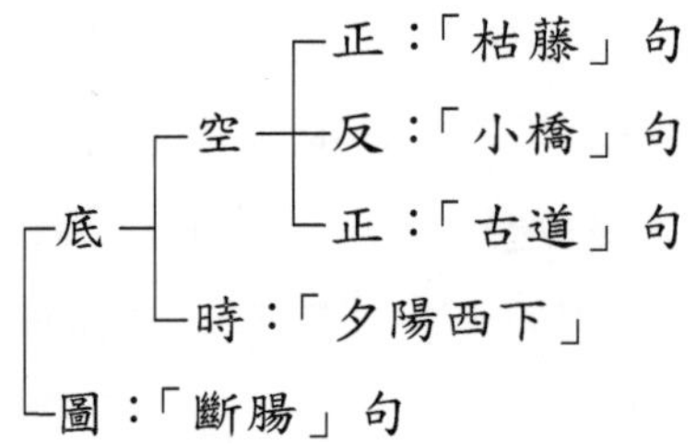

由此看來，此曲主要用了「正、反、正」、「先空後時」（章）與「先底後圖」（篇）各一疊的移位結構，以組合篇章，統一全曲的意象，凸顯其整體之邏輯層次。附分層簡圖如下：

上層　　　　次層　　　　底層

「圖←底」←——「時←空」←——「正←反←正」

19 見陳滿銘〈論意與象之連結——以格式塔「異質同構」說切入〉（貴州畢節：《畢節學院學報》總 84 期，2006 年 2 月），頁 1-5。又見陳滿銘〈論辭章意象之形成——據格式塔「異質同構」說加以推衍〉（高雄：中山大學《文與哲》8 期，2006 年 6 月），頁 475-492。

如對應於「多、二、一（0）」來看，則由底層「正反」一疊所形成之轉位性對比結構與節奏與次層「時空」一疊所形成之移位性調和結構與節奏，可視為「多」，由上層「圖底」自為陰陽，徹下徹上所形成之移位性結構與節奏（韻律），可視為「二」，而由此呈現的「流浪之苦」之主旨與「自然精煉」[20] 的風格、韻律，則可視為「一（0）」。

這樣，趙山林所舉之三句形成「章」，而由「章」（正→反→正）的一層邏輯結構來連結、統合各個意象，顯然在「並置」之外，可「具體」地尋繹出作品之內蘊，以見出「其深層的因素和邏輯」。

然後看「交錯」，趙山林說：「還有一種意象組合，不像對比式那樣自首至尾採取同一的對稱形式，只是兩組意象交錯言之，紐結成型，我們稱之為交錯式意象組合。」（頁 131）他舉杜甫〈賓至〉為例作說明：

> 幽棲地僻經過少，老病人扶再拜難。豈有文章驚海內？漫勞車馬駐江干。竟日淹留佳客坐，百年麤糲腐儒餐。不嫌野外無供給，乘興還來看藥欄。

對此，趙山林解釋說：「全詩意象分屬一主一賓，其分配為：賓──主，主──賓，賓──主，主──賓。首聯迎

20 隋樹森評析，見賀新輝主編《元曲鑑賞辭典》（北京：中國婦女出版社，19885 月一版一刷），頁 218-219。

賓，儀容莊重。頷聯謝賓，態度謙謹。頸聯留賓，熱情而真率。尾聯邀賓，懇切而殷勤。全詩能夠取得這樣的藝術效果，得力於意象結構不少。正如朱瀚所評：『對仗成篇，而錯綜照應，極結構之法。』(《杜詩評注》卷九引)」(頁 132)

這種分析十分簡明。如果梳理其邏輯層次，則可用如下結構表來呈現：

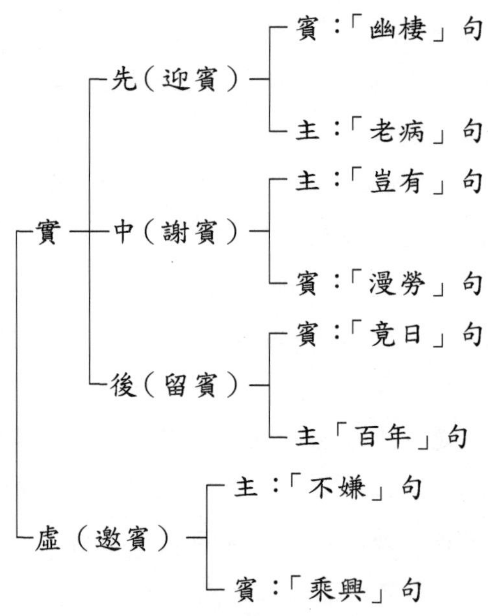

由此看來，此詩主要在底層用了二疊「先賓後主」與一疊「先煮後賓」的移位結構、次層用了「先、中、後」與「先主後賓」各一疊的移位結構，以組合成「章」；而在

上層則用一疊「先實後虛」的移位結構，以統「章」成「篇」，統一全詩的意象，凸顯其連續「交錯」之邏輯層次。附分層簡圖如下：

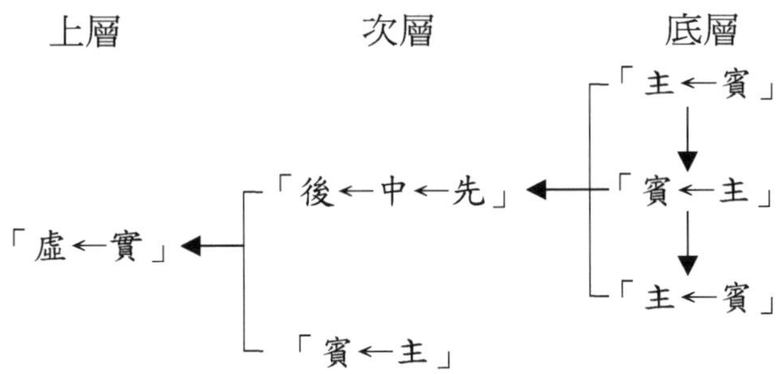

如對應於「多、二、一（0）」來看，則由「賓主」四疊與「先後」一疊所形成之移位性調和結構與節奏（韻律），可視為「多」，由「虛實」自為陰陽，徹下徹上所形成之移位性調和結構與節奏、韻律[21]，可視為「二」，而由此呈現的「藉款客而表現熱情與直率」之主旨與「錯綜綿密」的風格、韻律，則可視為「一（0）」。

這樣，由「章」（三疊賓主→先後、賓主）而成「篇」（虛實）的三層邏輯結構來連結、統合各個意象，顯然比較容易在「交錯」之外「具體」地呈現作品內蘊，以見出「其深層的因素和邏輯」。

21 參見陳滿銘〈論章法「多、二、一（0）」結構的節奏與韻律〉（臺北：臺灣師大《國文學報》33 期，2003 年 6 月），頁 81-124。

可見用層層「章法結構」代替「承續」、「並置」、「交錯」……等來呈現「意象之組合」，是比較有「具體」之效果的。

四、部分與完整

在此，特舉「逆推」、「對比」與「疊映」各一例作考察：

首先看「逆推式意象組合」，趙山林認為它「與承續式意象組合均為直線型，不同處在於一者為順行，一者為逆行。現在我們就來討論逆行的逆推式意象組合。」他舉唐金昌緒〈春怨〉詩為例作說明：

> 打起黃鶯兒，莫教枝上啼。啼時驚妾夢，不得到遼西。

他說：「此詩起句有些突兀。好好的黃鶯，為什麼偏要打起？原來是不要牠啼。圓轉悅耳的黃鶯啼聲，為何不要聽？原來是怕啼聲驚夢。什麼好夢，值得如此留戀？原來是夢中與在遼西的親人相會。這首詩在意象組合上，雖採取倒敘的方式，但仍然表現出兩個特點：一是層次性，猶如剝蕉抽繭，剝去一層，又有一層；二是連續性，正所謂『篇法圓緊，中間增一字不得，著一意不得』（王世貞《藝苑卮言》卷四），『就一意中圓淨成章』（王夫之《薑

齋詩話》卷下），『一氣蟬聯而下』（沈德潛《唐詩別裁集》卷十九）。」（頁 125-126）

梳理此詩內容之章法結構，可用下表來呈現：

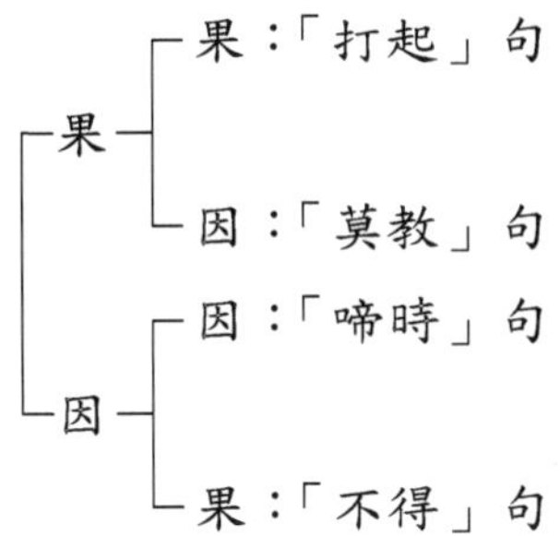

由此看來，此詩主要用了「先果後因」與「先因後果」（章）各一疊與一疊「先果後因」的移位結構，以組合篇章，統一全詩的意象，凸顯其「逆推」之邏輯層次。附分層簡圖如下：

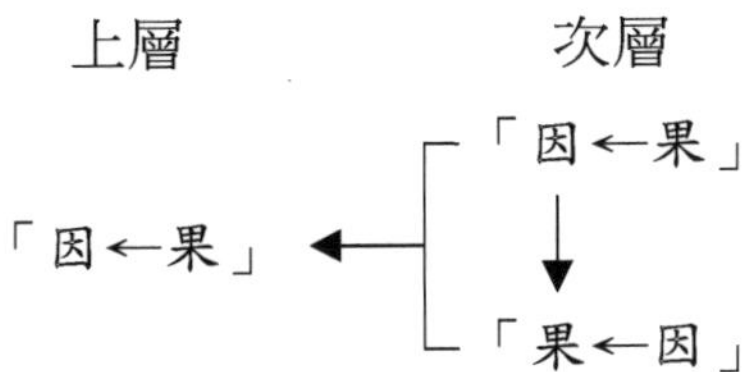

如對應於「多、二、一（0）」[22]來看，則由次層「因果」

22 參見陳滿銘〈章法「多、二、一（0）」邏輯結構論〉（平頂山：《平頂山學院學報》20 卷 4 期，2005 年 8 月），頁 68-72。

兩疊所形成之移位性調和結構與節奏，可視為「多」，由上層「因果」自為陰陽，徹下徹上所形成之移位性結構與節奏（韻律），可視為「二」，而由此呈現的「懷念征夫的悲怨之情」之主旨與「自然天成」[23]的風格、韻律，則可視為「一（0）」。

這樣由「章」（「果→因」、「因→果」）而成「篇」（果→因）的兩層邏輯結構來連結、統合各個意象，顯然在「順推」（「因→果」）之外，比較能呈現以「果→因」為基礎之「逆推」的「完整」內蘊，見出「其深層的因素和邏輯」。

其次看「對比」，趙山林說：「在並置式意象組合中，有一種特殊形態——對比式意象組合，它通過揭示意象之間的矛盾和對立，產生相反相成，相得益彰的藝術效果。關於對比的作用，古人有過很多論述。如晉人葛洪《抱朴子・廣譬》說：『不睹瓊琨之熠爍，則不覺瓦礫之可賤；不覿虎豹之彧蔚，則不知犬羊之質漫；聆〈白雪〉之九成，然後悟〈巴人〉之極鄙。』清沈宗騫《芥舟學畫編》也說：『將欲作結密鬱塞，必先之以疏落點綴；將作平衍紆徐，必先之以峭拔陡絕；將欲虛滅，必先之以充實；將欲幽邃，必先之以顯爽。』他們都十分重視對比產生的非同一般的藝術效果……有些對比意象的組合不止一個層次，而是有幾個層次，由這多層次對比形成一種有縱深感

23 狄寶心評析，見孫育華主編《唐詩鑑賞辭典》（北京：北京燕山出版社，2000 年 11 月一版三刷），頁 931-932。

的立體意象組合。」他舉梅堯臣之〈陶者〉詩為例作說明：

> 陶盡門前土，屋上無片瓦。十指不沾泥，鱗鱗居大廈。

趙山林解釋說：「前兩句是第一組對比意象，說的是勞者不獲。後二句是第二組對比意象，說的是不勞而獲。這兩組對比意象之間又產生強烈的對比，形象地表現出當時社會裡處處存在的貧富不均的不平等現象。」（頁 128-129）

如以層次邏輯切入，則其結構可依次呈現如下表：

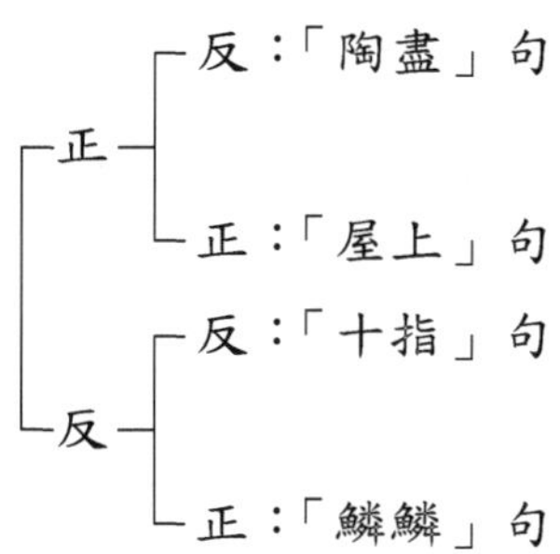

由此看來，此詩主要用了兩疊「反→正」（章）與一疊「正→反」（篇）的對比性移位結構[24]，以組合篇章，統一

24 見陳滿銘〈論辭章章法的四大律〉，《章法學論粹》（臺北：萬卷樓圖書公司，2002 年 7 月初版），頁 3-18。又見仇小屏〈論章法的移位、轉位及其美感〉，《辭章學論文集》上冊（福州：海潮攝影藝術出版社，2002

全詩的意象，凸顯其反覆「對比」之邏輯層次。附分層簡圖如下：

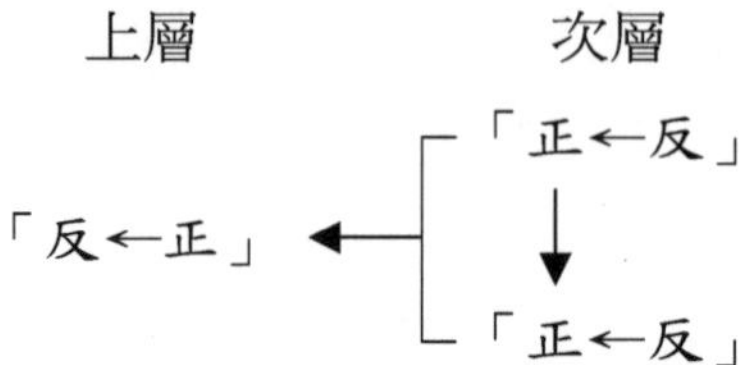

如對應於「多、二、一（0）」[25]來看，則由次層「正反」兩疊所形成之移位性對比結構與節奏，可視為「多」，由上層「正反」自為陰陽，徹下徹上所形成之移位性對比結構與節奏（韻律），可視為「二」，而由此呈現的「為貧富不均而不平」之主旨與「樸實無華」[26]的風格、韻律，則可視為「一（0）」。

這樣，由「章」（兩疊「反→正」）而成「篇」（「正→反」）的兩層邏輯結構來連結、統合各個意象，顯然比較能凸顯以「正反」為基礎之「對比」的「完整」內蘊，以見出「其深層的因素和邏輯」

然後看「疊映」，趙山林指出：「把不同時間、不同空間，甚至表面看來毫不相干的幾個（或幾組）意象疊映在

年 12 月一版一刷），頁 98-122。

25 參見陳滿銘〈章法「多、二、一（0）」邏輯結構論〉，同注 22。

26 陳光明析評，見袁行霈主編《歷代名篇賞析集成》下（北京：中國文聯出版公司，1988 年 12 月一版一刷），頁 1345-1347。

一起，常常會引起讀者豐富的聯想，產生意想不到的藝術效果。」他舉司空曙〈喜外弟盧綸見宿〉詩中之兩句為例作說明：

雨中黃葉樹，燈下白頭人。

並加以解釋說：「這裡有兩個畫面：風雨飄搖，樹上黃葉紛紛墜落；孤燈獨坐，愁人白髮分外觸目。這兩個畫面疊映在一起，便使人想到樹葉在秋風中飄搖，與人的風燭殘年正相類似，一種衰颯的氣象，一種淒涼的感覺，便躍然紙上。意象的疊映有一個要訣，就是意象之間的聯繫不宜點明，要盡量隱蔽，讓讀者自己去玩味。如錢起的〈傷秋〉：『歲去人頭白，秋來樹葉黃。搔頭向黃葉，與爾共悲傷。』意思與司空曙詩一樣，但由於採取敍述的口氣，把兩組意象之間的聯繫揭示得過於明白，結果便沒有多少詩味。韋應物的『窗前人將老，門前樹已秋』(〈淮上遇洛陽李主簿〉)、白居易的『樹初黃葉日，人欲白頭時』(〈途中感秋〉)，比錢起的詩好一些，但詩句中的『將』與『已』，『日』與『時』，也多少揭示出兩組意象之間的聯繫，所以疊映的效果仍不顯著。而司空曙的兩句詩，不僅多了秋雨、昏燈這兩個形象，使得意象的內涵更為豐富，而且並不揭示兩組意象之間的聯繫，只將它們疊映起來加以組合，便取得了耐人尋味的藝術效果。謝榛《四溟詩話》在評論上述韋應物、白居易、司空曙三詩時說：『三

詩同一機杼，司空為優：善狀目前之景，無限淒感，見乎言表。』這是說得不錯的。」（頁 137-138）

他引「同一機杼」之他作加以比較，很能凸出司空曙此詩「疊映」之妙。此詩屬五律，全篇八句，是這樣子的：

> 靜夜四無鄰，荒居舊業貧。雨中黃葉樹，燈下白頭人。以我獨沉久，愧君相見頻。平生自有分，況是蔡家親。

對這首詩，喻守真解析說：

> 本詩首從夜說起，頷聯融情入景，經過千錘百鍊，鑄成此十字。前句含有飄零意，後句含有老大意，其景固可繪，其情尤可憫。頸聯「獨沉久」即承「雨中」句而來，「相見」即承「燈下」句而生。結末謂平生友朋離合自有緣分，何況爾我親誼，聚首一室，也是有分了。[27]

而普利則指出：

> 這首詩，近人俞陛雲《詩境淺說》中評曰：「前半

27 見喻守真《唐詩三百首詳析》（臺北：臺灣中華書局，1996 年 4 月臺二三版五刷），頁 190。

手寫獨處之悲，後半首言相逢之喜。反正相生，為律詩一格。」從章法上看，卻是如此。正因為前悲後喜，喜中含悲，悲喜交集，才產生了感人的力量。[28]

其內容如此，如要分辨其邏輯關係，則可借助下列結構表：

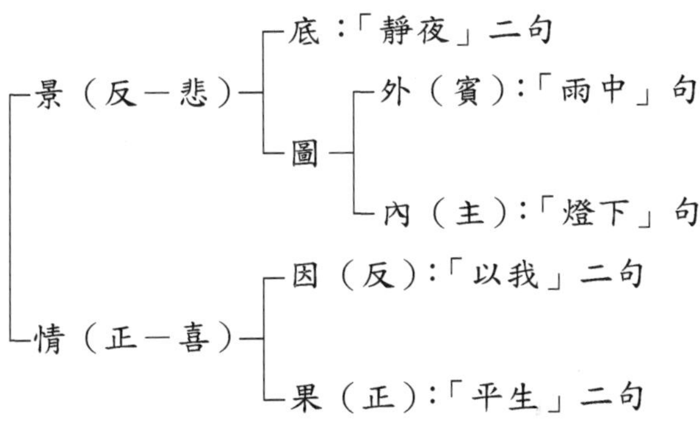

由此看來，此詩主要在底層用了一疊「先外（賓）後內（主）」的移位結構、次層用了「先底後圖」、「先因（反）後果（正）」各一疊的移位結構，以形成「章」，在上層用了一疊「先景（反）後情（正）」的移位結構，以統「章」成「篇」，統一全詩的意象，凸顯其整體（含「疊映」）之邏輯層次。附分層簡圖如下：

28 普利評析，見孫育華主編《唐詩鑑賞辭典》，同注 23，頁 491-492。

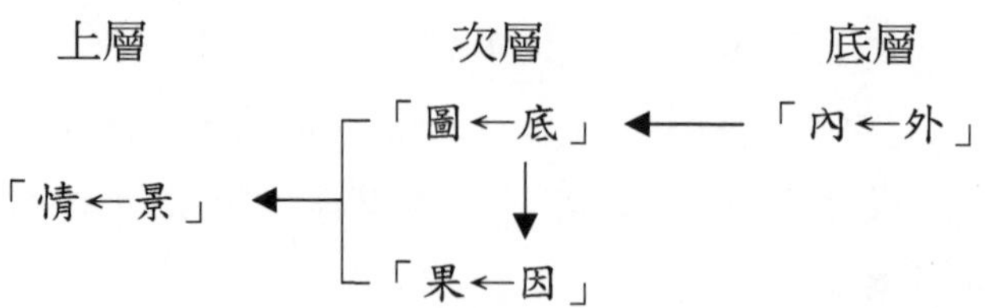

如對應於「多、二、一（0）」來看，則由「內外」、「圖底」與「因果」各一疊所形成之移位結構與節奏（韻律），可視為「多」，由「情景」自為陰陽，徹下徹上所形成之移位結構與節奏、韻律，可視為「二」，而由此呈現的「與外弟相逢的悲喜之情」之主旨與「細密凄婉」的風格、韻律，則可視為「一（0）」。

在此必須一提的是：同樣此例，就其意象之組合而言，譚德晶歸入「喻式並置」一類，他認為：

> 司空曙的這首詩整體看十分平常，但「雨中」一聯歷來為人稱道。這聯詩妙就妙在它採用了意象的喻式並置手法。它頗類似於兩個互相生發的電影蒙太奇：它呈現出的第一個鏡頭是一棵在雨中的秋天的黃葉樹，呈現的第二個鏡頭便是昏暗的燈光下的一個滿頭白髮的老人。在這兩個「鏡頭」之間，沒有任何說明，沒有任何連接，詩人只是將它們並置在一起，讓它們互相生發、互相映襯，但其中所包含

的暗示意義，讀者能從中很清楚地感受到。[29]

這樣看來，切入之角度不一樣，結果就不同。但相同的是，由各層章法結構來連結、統合各個意象，似乎比較容易在「疊映」或「喻式並置」之外，呈現作品之整體內蘊，以見出「其深層的因素和邏輯」。即以此例而言，以「外（賓）→內（主）」的邏輯結構以凸顯「疊映」之內容，顯然會比較「完整」一些。

可見用層層「章法結構」代替「逆推」、「對比」、「疊映」……等來呈現「意象之組合」，是比較有「完整」之效果的。

五、互補與融合

在此，特舉「層遞」、「反諷」與「輻輳」為例加以考察：

首先看「層遞」，趙山林說：「承續式意象組合中有一種表現出明顯的層次遞進性，可以稱為層遞式意象組合。」他舉劉皂（一說賈島）〈渡桑乾〉詩作說明：

客舍并州已十霜，歸心日夜憶咸陽。無端更渡桑乾水，卻望并州是故鄉。

29 見譚德晶《唐詩宋詞的藝術》（上海：學林出版社，2001 年 9 月一版一刷），頁 141-142。

他說：「詩人故鄉為咸陽，而作客於咸陽以北的并州已經十載，心中無日不起歸思，此為第一層；思歸不得，卻又出於某種原因，北渡桑乾，連住并州亦不可得，更不知何日能返咸陽。此又進一層。詩人的鄉思便在這兩層遞進中抒發得淋漓盡致。俞陛雲《詩境淺說續編》評此詩『曲折寫出而仍能一氣，最為難到之境』，正好指出了此詩意象組合上層遞性的特點。」（頁 124）

梳理此詩之內容，其章法結構可用下表來呈現：

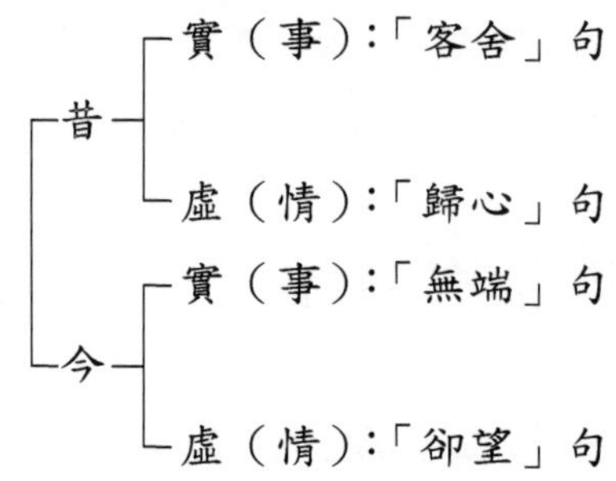

由此看來，此詩主要用了兩疊「先實後虛」（章）與一疊「先昔後今」的移位結構，以組合篇章，統一全詩意象，凸顯其「層遞」之邏輯層次。附分層簡圖如下：

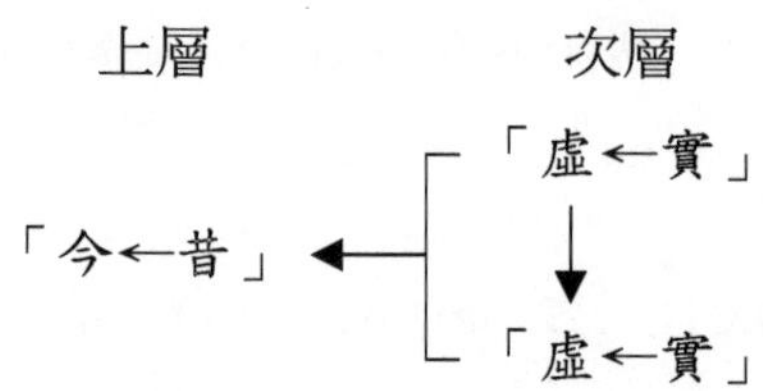

如對應於「多、二、一（0）」來看，則由「虛實」兩疊所形成之移位性調和結構與節奏，可視為「多」，由「今昔」自為陰陽，徹下徹上所形成之移位性結構與節奏（韻律），可視為「二」，而由此呈現的「思歸之切」之主旨與「曲折而迫切」的風格、韻律，則可視為「一（0）」。

這樣，由「章」（兩疊虛實）而成「篇」（今昔）的兩層邏輯結構來連結、統合各個意象，顯然比較能具體而完整地呈現以「實→虛」為基礎之「層遞」的內蘊，見出「其深層的因素和邏輯」。不過，也很明顯地在「邏輯結構」之外，如兼顧「形象思維」，而多出「層遞」之意涵，這對「意象之組合」之掌握而言，是有加分作用的。

其次看「反諷」，趙山林認為：「在對比式意象組合中，還有一種特殊的情況，就是對比的雙方不是勢均力敵，而是有著明顯的懸殊。詩人有意要打破均衡，以取得某種特殊的效果。」他舉李白的〈越中覽古〉詩為例作說明：

> 越王勾踐破吳歸，戰士還家盡錦衣。宮女如花滿春殿，只今唯有鷓鴣飛。

對此，他解釋說：「按照黃叔燦《唐詩箋注》的說法，前三句極力渲染越王勾踐破吳的『雄圖伯業，奕奕聲光』，最後追出『鷓鴣』一句結局，是弔古傷今也。前三句推出一系列意象，但它們所構成的，只不過是一幅表象，是外在的、表層的；後一句意象較少，但它所表現的卻是一個內在的、深層的事實。這種『一次事實和一次表象之間的對比』（哈肯．傑弗利語，轉引自盛子潮等《詩歌形態美學》頁 77，厦門大學出版社 1987 年版），便是反諷式意象組合的基本特徵。」（頁 130-131）

這首詩由層次邏輯切入，其結構可呈現如下表：

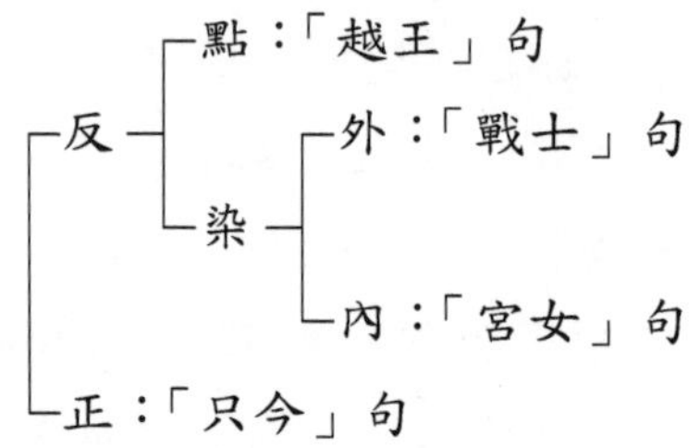

由此看來，此詩主要在「章」部分，用「先外後內」、「先點後染」各一疊的調和性移位結構，形成其邏輯層次；而在「篇」部分，則以一疊「先反後正」的對比性移位結構，以統「章」成「篇」，統一全詞的意象，凸顯其「反諷」之邏輯層次。附分層簡圖如下：

上層　　　　次層　　　　底層

「正←反」 ⟵ 「染←點」 ⟵ 「內←外」

如對應於「多、二、一（0）」來看，則由「內外」、「點染」各一疊所形成之調和性移位結構與節奏，可視為「多」，由「正反」自為陰陽，徹下徹上所形成之對比性移位結構與節奏（韻律），可視為「二」，而由此呈現的「弔古傷今」之主旨與「流轉自然」的風格、韻律，則可視為「一（0）」。

這樣由「章」（內外→點染）而成「篇」（正反）的三層邏輯結構來連結、統合各個意象，顯然比較能具體而完整地呈現以「正反」為基礎之「反諷」的內蘊，見出「其深層的因素和邏輯」；不過，「正反」的邏輯結構本身，只能凸顯「對比」現象，卻不能凸顯「反諷」之意，這就表示在「邏輯結構」之外，還需兼顧「形象思維」，而注意其義蘊、情味，因此兩者最好是要加以兼顧的。

然後看「輻輳」，趙山林指出：「承續、層遞、逆推式意象組合是直線型的，並置、對比、反諷式意象組合是平行型的，而下面要討論的輻輳式、輻射式意象組合均有一個中心點，可以說是環形的。在輻輳式意象組合中，有一個主導意象，其他意象都由外而內地趨向於這一主導意象，猶如車輪上的輻條都導向車輪中心的車轂一樣。」他舉杜甫的〈望嶽〉詩為例作說明：

> 岱宗夫如何？齊魯青未了。造化鍾神秀，陰陽割昏曉。盪胸生層雲，決眥入歸鳥。會當凌絕頂，一覽眾山小。

他解釋說：「全詩字面上無一『望』字，但句句寫向嶽而望，視線是由遠而近，由下而上。首聯將泰山放到整個齊魯大地上來看，以距離之遠、範圍之廣來烘托出泰山之高。次聯是近望，是從整體上來看泰山：它神奇秀麗，彷彿大自然情之所鍾；它高峻挺拔，故山南為陽，山北為陰，判割分明。三聯是細望，觀察的重點是在泰山的上部。那裡雲氣層出不窮，使詩人心胸為之蕩漾；詩人目不轉睛地凝望著投林之鳥，直到眼眶有似決裂。末聯是由望嶽而產生的登嶽的意願，但詩人的視線此時必然集中於泰山絕頂，這是完全可以想像的。全詩四聯，遠望→近望→細望→極望，範圍逐漸收縮，恰如一組由外向內、逐層縮小的同心圓，最裡面的一個圓（『會當凌絕頂，一覽眾山小』）即是全詩的主導意象所在，也是全詩情感上的一個聚焦點。浦起龍《讀杜心解》說：『末聯則以將來之凌眺，剔現在之遙觀，是透過一層收也。』這是說得有道理的。」（頁 133-134）

依此內容可梳理出其邏輯結構如下：

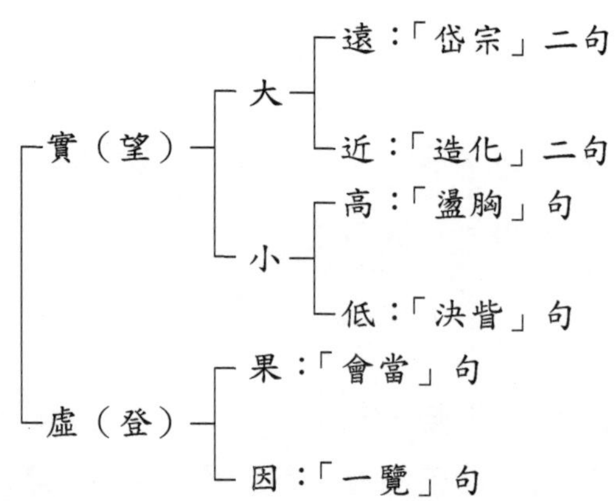

由此看來，此詩主要在底層用了「先遠後近」與「先高後低」、次層用了「先大後小」與「先果後因」」的移位結構形成「章」，在上層用了「先實後虛」的移位結構，以統「章」成「篇」，統一全詩的意象，凸顯其整體（含「輻輳」）之邏輯層次。附分層簡圖如下：

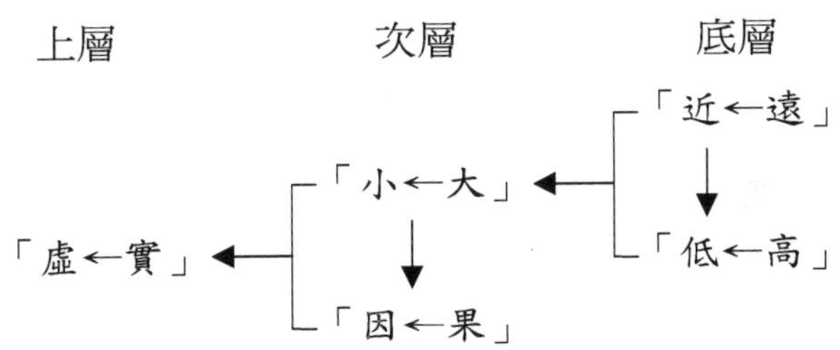

如對應於「多、二、一（0）」來看，則由底層「遠近」、「高低」各一疊所形成之移位性調和結構與節奏，與次層「大小」、「因果」各一疊所形成之移位性調和結構與節奏，可視為「多」，由上層「虛實」自為陰陽，徹下徹上所形成之移位性調和結構與節奏、韻律，可視為「二」，而由此呈現的「寄托宏大抱負」之主旨與「崢嶸雄渾」[30]的風格、韻律，則可視為「一（0）」。

這樣由「章」（遠近、高低→大小、因果）而成「篇」（虛實）的三層邏輯結構來連結、統合各個意象。如此，顯然比較能在「輻輳」之外具體而完整地呈現作品內蘊，

30 韓兆琦評析，見張秉戍主編《山水詩歌鑑賞辭典》（北京：中國旅遊出版社，1989年10月一版一刷），頁241-242。

以見出「其深層的因素和邏輯」。不過，這些形成「輻輳」現象之「邏輯結構」本身，並不能直接凸顯這種「輻輳」之效果，因此在探討「意象之組織」（邏輯思維）之同時，有必要兼顧「意象之表現」（形象思維），以免顧此失彼。

可見用「章法結構」之外，用「層遞」、「反諷」、「輻輳」……等來呈現「意象之組合」，是可以產生「互補與融合」之效果的。

六、結語

綜上所述，以趙山林所舉各種「方式」來觀察「意象之組合」，已大致可看出它們往往有「籠統」或陷於「局部」之缺憾，所以陳慶輝指出：「用所謂並列、對比、敘述、述議等結構形式加以說明，似乎是粗糙的、膚淺的。」[31]對此，如追根究柢地來看，則「意象之組合」，乃屬於「邏輯思維」的範疇；而所謂「承續」、「層遞」、「逆推」、「對比」、「反諷」、「輻輳」、「交錯」與「疊映」等，卻是大都偏於「形象思維」（意象之表現）來著眼的[32]。

31 見陳慶輝《中國詩學》，同注 4。

32 見陳滿銘〈論語文能力與辭章研究——以「多」、「二」、「一（0）」螺旋結構作考察〉，同注 15。對此，王德春指出：「（陳）滿銘認為辭章是結合『形象思維』與『邏輯思維』而形成的，這是正確的看法。他認為風格學合形象思維與邏輯思維而為一，這也是正確的看法。他又認為修辭學主要以形象思維為對象，章法學主要以邏輯思維為對象，這大體上也

因此以「邏輯結構」呈現作品整體之內蘊，以見出「其深層的因素和邏輯」，當然就比較具體而完整。不過，「邏輯思維」與「形象思維」是彼此互動的，亦即「形象」中有「邏輯」，「邏輯」中是有「形象」，因此「意象之組合」雖屬「邏輯思維」的範疇，卻最好能兼顧「形象思維」的部分，注意到「意象之表現」，使兩者「互補與融合」，以求更趨完善。

（2007.8.30.完稿、12.24 修正）

是正確的看法。」（〈適應語言發展趨勢的論著——評陳滿銘教授的辭章學〉，《陳滿銘與辭章章法學——陳滿銘辭章章法學術思想論集》，臺北：文津出版社，2007 年 12 月初版一刷），頁 49。

引用文獻

王希杰〈章法學門外閑談〉，臺北：《國文天地》18 卷 5 期，2002 年 10 月，頁 92-101。

王長俊等《詩歌意象學》，合肥：安徽文藝出版社，2000 年 8 月一版一刷。

王德春〈適應語言發展趨勢的論著——評陳滿銘教授的辭章學〉，《陳滿銘與辭章章法學——陳滿銘辭章章法學術思想論集》，臺北：文津出版社，2007 年 12 月初版一刷。

仇小屏《文章章法論》，臺北：萬卷樓圖書公司，1998 年 11 月初版。

仇小屏《篇章結構類型論》，臺北：萬卷樓圖書公司，2000 年 2 月初版。

仇小屏〈論章法的移位、轉位及其美感〉，《辭章學論文集》上冊，福州：海潮攝影藝術出版社，2002 年 12 月一版一刷，頁 98-122。

向宏業、唐仲揚、成偉鈞主編《修辭通鑑》，北京：中國青年出版社，1998 年 5 月一版二刷。

吳應天《文章結構學》，北京：中國人民大學出版社，1989 年 8 月一版三刷。

孫育華主編《唐詩鑑賞辭典》，北京：北京燕山出版社，2000 年 11 月一版三刷。

孫耀煜《中國古代文學原理》，南京：江蘇教育出版社，1996 年 4 月一版一刷。

袁行霈主編《歷代名篇賞析集成》下，北京：中國文聯出版公司，1988 年 12 月一版一刷。

張秉戍主編《山水詩歌鑑賞辭典》，北京：中國旅遊出版社，1989 年 10 月一版一刷。

陳滿銘《章法學論粹》，臺北：萬卷樓圖書公司，2002 年 7 月初版。

陳滿銘《章法學綜論》，臺北：萬卷樓圖書公司，2003 年 6 月初版。

陳滿銘〈論章法「多、二、一（0）」結構的節奏與韻律〉，臺北：臺灣師大《國文學報》33 期，2003 年 6 月，頁 81-124。

陳滿銘〈論「多」、「二」、「一（0）」的螺旋結構——以《周易》與《老子》為考察重心〉，臺北：臺灣師大《師大學報・人文與社會類》48 卷 1 期，2003 年 7 月，頁 1-20。

陳滿銘〈論語文能力與辭章研究——以「多」、「二」、「一（0）」螺旋結構作考察〉，臺北：臺灣師大《國文學報》36 期，2004 年 12 月，頁 67-102。

陳滿銘〈辭章意象論〉，臺北：臺灣師大《師大學報・人文與社會類》50 卷 1 期，2005 年 4 月，頁 17-39。

陳滿銘〈章法風格論——以「多、二、一（0）」結構作考察〉，臺南：《成大中文學報》12 期，2005 年 7 月，頁 147-164。

陳滿銘〈論章法結構與意象系統——以「多」、「二」、「一（0）」螺旋結構切入作考察〉，無錫：《江南大學學報・人文社會科學版》4卷4期，2005年8月，頁70-77。

陳滿銘〈章法「多、二、一（0）」邏輯結構論〉，平頂山：《平頂山學院學報》20卷4期，2005年8月，頁68-72。

陳滿銘〈論意與象之連結——以格式塔「異質同構」說切入〉，畢節：《畢節學院學報》總84期，2006年2月，頁1-5。

陳滿銘〈論辭章意象之形成——據格式塔「異質同構」說加以推衍〉，高雄：中山大學《文與哲》學報8期，2006年6月，頁475-492。

陳滿銘〈意象「多」、「二」、「一（0）」螺旋結構論——以哲學、文學、美學作對應考察〉，濟南：《濟南大學學報・社會科學版》17卷3期，2007年5月，頁47-53。

陳滿銘〈論意象之組合方式——以趙山林《詩詞曲藝術論》所論為考察範圍〉，臺北：《東吳中文學報》14期，2007年11月，頁89-128。

陳慶輝《中國詩學》，臺北：文史哲出版社，1994年12月初版。

喻守真《唐詩三百首詳析》，臺北：臺灣中華書局，1996年4月臺二三版五刷。

黃永武《中國詩學・設計篇》，臺北：巨流圖書公司，1999年6月初版十三刷。

黃順基、蘇越、黃展驥主編《邏輯與知識創新》，北京：中國人民大學出版社，2002年4月一版一刷。

賀新輝主編《元曲鑑賞辭典》，北京：中國婦女出版社，19885

月一版一刷。

趙山林《詩詞曲藝術論》，杭州：浙江教育出版社，1998 年 6 月一版一刷。

譚德晶《唐詩宋詞的藝術》，上海：學林出版社，2001 年 9 月一版一刷。

附錄

作文評改

王希杰之「三一理論」與作文評改

摘要

語言學界出現「三一」學派，由南京大學王希杰主導，提出「零度和偏離」、「潛顯」與「四個世界」三者統合為「一」的理論體系，應用於語言學、修辭學上，普受學界推崇。其中特別關注到零度和偏離——正偏離和負偏離之間的聯繫與轉化問題，成為他「三一語言學」理論之核心內容。由於這種理論可徹上徹下，形成「螺旋系統」，適用面甚廣，因此本文試著將它運用到教師之作文評改上，期望對現在以至於未來的作文評改而言，都有較明確之理論依據，而收到更大效果。

關鍵詞：王希杰、三一語言學、偏離、潛顯、四個世界、螺旋、作文評改

一、前言

王希杰所提出之「三一」論，合「偏離、潛顯、四個世界」三者為「一」，成為「三一語言學」之一套完整理論體系[1]。而其核心理論為「偏離」，涉及「偏離」、「零點」與「正偏離」、「負偏離」之相互聯繫、轉化之問題。它用於作文評改之上，可形成如下意涵：即所謂「零點」是「正偏離」與「負偏離」之分界所在，有基礎或中等水準的意思；而「偏離」有兩種：一是整體的，一是部分；其中「正偏離」指表現優秀，而「負偏離」則指表現不良。作文可以由此評定其品級，必且將它由「負偏離」提升至「零點」甚至「正偏離」，而這些絕不是孤立的，一定牽扯其「潛顯」，且與「四個世界」融成一體。因此要從事「作文評改」的，如果能掌握這套有著「螺旋」[2]意涵之理論作為基礎，並結合寫作之相關理論作為指導準

1 見李名方、鐘玖英主編《王希杰與三一語言學》（北京：中國文聯出版社，2006 年 11 月一版一刷），頁 190-222。

2 「螺旋」一詞，本用於教育課程之理論上，早在十七世紀，即由捷克教育家夸美紐思所提出，乃「根據不同年齡階段（或年級），遵循由淺入深，由簡單到複雜，由具體而抽象的順序，用循環、往復螺旋式提高的方法排列德育內容。螺旋式亦稱圓周式」，見《簡明國際教育百科全書》（北京：新華書局北京發行所，1991 年 6 月一版一刷），頁 611。又，相對於人文，科技界亦發現生命之「基因」和「DNA」等都呈現螺旋結構。參見約翰．格里賓著、方玉珍等譯《雙螺旋探密——量子物理學與生命》（上海：上海科技教育出版社，2001 年 7 月），頁 271-318。

則，則將更可得心應手。以下就依序作一說明，俾供參考。

二、「三一理論」與「作文評改」相關理論

在實際世界裡，經驗往往先於理論，要等到理論出現後，才可反過來解釋經驗；這是天（經驗）、人（理論）合軌之結果。「三一理論」與「作文評改」也是這樣。茲概介如下：

（一）「三一理論」之提出

「三一理論」的核心為「偏離」，而所謂「偏離」是現代修辭學中最重要而基本的概念，源自於西方索緒爾（Ferdinand de Saussure，1875-1913）和葉爾姆斯列夫（Louis Trolle Hjelmslev，1899-1965）的理論，但王希杰雖受此啟發，卻未受侷限，而加以引申、開創，不僅注意「零度」與「偏離」之對立，更提出「正偏離」與「負偏離」，並重視兩者之間之聯繫與轉化，而且也和「四個世界」（語言、物理、文化、心理）作了連結[3]，形成他「三一語言學」之主體內容。他在其《修辭學通論》中說：

[3] 參見王希杰〈作為方法論原則的零度和偏離〉，收入王未主編《語言學新思潮》（北京：中國社會科學出版社，2005 年 7 月一版一刷），頁 17。

> 如果把規範的形式稱之為「零度形式」(0)，那麼對零度的超越、突破、違背或反動的結果，便是「偏離形式」(p)。零度和偏離存在於語言的四個世界之中，也存在於交際活動的一切因素和變量之中。偏離又可區分為「正偏離」(p +) 和「負偏離」(p -)。不但在零度和偏離之間是可以互相轉化的，而且在正偏離和負偏離之間也是可以互相轉化的。而轉化的關鍵就在於一定的條件。修辭學就是研究這種轉化的，也可以說，修辭學就是一門轉化之學。[4]

這種理論有著陰（零、正）陽（偏、負）二元互動、循環而提升之「螺旋」意涵[5]，王希杰在其〈零度和偏離面面觀〉中進一層地結合「潛顯」、「四個世界」與「陰陽對立」加以說明：

> 四個世界中都存在著零度和偏離兩個對立又相互聯繫相互轉化的方面。我的零度偏離論不是僵化的形而上學的。其實是隨著著眼點的不同而不同的。事

4 見王希杰《修辭學通論》(南京：南京大學出版社，1996 年 6 月一版一刷)，頁 211。

5 凡「二元對待」之兩方，都會產生互動、循環而提升的作用，而形成「多」、「二」、「一 (0)」的螺旋結構。參見陳滿銘〈論「多」、「二」、「一 (0)」的螺旋結構──以《周易》與《老子》為考察重心〉(臺北：《師大學報・人文與社會類》48 卷 1 期，2003 年 7 月)，頁 1-20。

> 實上，不僅每個世界中都存在著零度和偏離的關係。而且，在我看來，四個世界本身都有一各零度和偏離的問題。……如果仿造《周易》的陰陽對立的模式，我們可以把顯和潛的對立和聯繫看作一種相對的開放的模式：零度＝潛性＝語言＝物理世界＝本體＝規範＝理想，偏離＝顯性＝言語＝文化世界＝變體＝變異＝現實。在四個世界的任何一個世界中，零度形式總是顯性的，有限的，而其偏離形式總是潛性的，無限多的。[6]

這樣將「三一」理論提升到一種方法論原則的高度來看待，它的適用面當然就很廣。下文僅僅以「詞語搭配規則」與「詞語附加意義」為例，引王教授之「偏離論」作進一步之說明：

首先看詞語搭配規則，王希杰指出：語言作為人類最重要的交際工具，它的生命在於被人們使用。使用中的語言的基本單位是句子，而句子是由詞語組合而成的。詞語的組合其實正是詞語之間的搭配關係。因此我們說，詞語的生命和它的存在價值，就在於它的搭配。詞語的運用的基礎便是詞語的搭配規則。而詞語搭配不當的毛病就是對於詞語搭配規則的一種偏離——負面值的偏離，而詞語運用的藝術也是對詞語搭配規則的一種偏離——正面值的偏

6 見王希杰〈零度和偏離面面觀〉，收入鐘玖英主編《語言學心思維》（北京：中國文聯出版社，2004 年 6 月一版一刷），頁 26-29。

離。……詞語的搭配首先是依據語法規則進行的。在語法中，任何一個詞語都同能夠與它搭配的及不能與它相搭配的詞語構成了該詞語的語法場（gramatical field）。在實際操作過程中，為了簡明，我們只把語法場用來指稱一個詞語同能夠與之相搭配的全部詞語所構成的一個關係的網絡。因此這語法場便表示了一個詞語在交際活動中常規形式的一切合法的搭配的可能性。於是對語法場的偏離便是語法錯誤。如：

> 剛剛挑起副處長職務的安熔南，又挑起了生產混凝土大樑總指揮的重擔。（〈光明日報〉1987 年 2 月 2 日）／書啟蒙我走上船台。（〈新民晚報〉1986 年 8 月 26 日）／新開河人參媲美高麗參（〈人民日報〉1987 年 2 月 24 日）／它們釀造一斤蜜，大約要採 50 萬朵左右的花粉。（鄧拓〈燕山夜話．咏蜂和養蜂〉）／中國，是一個古老、勤勞、聰明而帶有神話色彩的民族。（〈人民日報．海外版〉1987 年 4 月 21 日）。

便是對語法場的負面值的偏離。

但是制約影響著詞語搭配的因素並不只是語法場，即語法場並不是詞語搭配美醜好壞得失的唯一因素。於是，如果這對語法場的偏離能夠在其他方面得到合理的解釋，而對於此時此刻這一話語這一方面又比語法場顯得更為重要的話，如：

在一傘松蔭下　披一襲青葱　採一筐秀色　話一夕柔情（胡品清〈款步〉）／默讀莫地格林少女畫像（李佩征〈家〉）如今　我們是兩匹靜靜的葉子默默地相對於　薄暮之中（馮青〈鈴蘭之歌〉）／讀您讀您的苦悶　您的冤屈　您的熱情和理想（鄭烱明〈牆〉）／您讀月光似的讀我的嘴唇（馮青〈鈴蘭之歌〉）

例如其中的動詞「讀」的用法已經偏離了「讀」的語法場，但由於隱含著一個比喻，把這些非書比喻為書籍了，於是便不再是語言錯誤，而是語言的藝術，這乃是對詞語搭配的語法場的正面值的一種偏離[7]。

接著看詞語附加意義，王教授以為：詞語附加意義，是修辭學研究的一個重要問題。首先要求交際中的詞語的附加意義同它自身所具有的附加意義相一致。換句話說，也就是避免和克服錯誤運用詞語的附加意義。詞語的附加意義是多種多樣的。其中每一種附加意義都是詞語運用中所不可以忽視的。一旦用錯了，就會損害交際效果，出現交際短路現象。這可以叫做「詞語附加意義的負偏離」，修辭學的任務就是詞語附加意義的負偏離的零度化，或者正偏離化。

倪寶元教授在《修辭學的新篇章——從名家改筆中學習修辭》中有許多這方面的精彩的例子。例如：

7　見何偉棠主編《王希杰修辭學論集》（廣州：廣東高等教育出版社，2000年9月一版一刷），頁408-410

【原句】……侵略者得寸進尺，氣勢越來越高。（巴金〈談春〉，見《新聲集》），按：「氣勢」改成「氣燄」。

【原句】敵人是相當狠毒，頑強的，要打他就不要教他有還手的機會。（吳伯蕭〈打簍子〉，〈解放日報〉1944年10月23日）按：「頑強」改「冥頑」。

【原句】他二十年沒摸過公事，說不上劣跡，於是自然而然聯想到對方唯一特長：造謠。（沙汀〈炮手〉）按：「唯一特長」改成「慣放使用的伎倆」。

【原句】我們就不談太廣泛的事情，單談文學藝術，那句話也很能揭發真理的。（秦牧〈惠能和尚的偈語〉）按：「揭發」改成「揭示」。

原句中詞語的附加意義的運用都偏離了本來的含義，損害了表達效果，是負的偏離現象。修改之後，在附加意義方面才是準確的，合適的（正偏離）[8]。

以上雖只從兩個層面加以舉例說明，卻已經可以看出王希杰「偏離論」之梗概，而與「作文評改」之關係，也可從中窺之一、二。尤其是「零偏、正負（二元）」與「轉化」的說法，有著（二元）互動、循環而提升之「螺旋」意涵，與「多」、「二」、「（0）一」的螺旋結構，關係是十分密切的。大致而言，「多」指各種「零點」與「偏

8 見王希杰《修辭學導論》（杭州：浙江教育出版社，2000年12月一版一刷），頁122-123。

離」現象，涉及「四個世界」（語言、物理、文化、心理）；「二」指「零偏、正負、潛顯」徹下徹上之二元（陰陽）作用，而「一（0）」則指將「偏離」、「潛顯」與「四個世界」統合為「一」的原動力[9]。通常，我們把一篇文章看做是一個「小宇宙」，而「多」、「二」、「（0）一」的螺旋結構，恰足以反映宇宙創生、含容之規律，這樣，「小宇宙」所呈現的，不就是有著「螺旋」意涵的「三一」系統嗎？

（二）「作文評改」之相關理論

作文評改，涉及寫作理論，而寫作之相關理論卻牽扯甚廣，所以在此僅就以「語文能力」所開展之「思維系統」或「意象系統」，連同評改原則加以探討，以見它們與「三一理論」之關係。

首先看以「語文能力」所開展之「思維系統」或「意象系統」，大家都知道「寫作」是離不開「意象」的，而一般用之於文學之「意象」，如歸根於人類的「思維」來說，則由於「思維」是人類一切知行活動的原動力，而「思維」又始終以「意象」為內容，所以「意象」是可以通貫「思維」之各個層面，而形成「意象（思維）系統」的。而「意象（思維）系統」是直接與「語文能力」的開

9 關於此點，將另文作進一層探討。餘參陳滿銘《「多」、「二」、「（0）一」螺旋結構論——以哲學、文學、美學為研究範圍》（臺北：文津出版社，2007 年 1 月初版一刷），頁 1-298。

展息息相關的。一般而言，語文能力可概分為三個層級來加以認識：即「一般能力」（含思維力、觀察力、記憶力、聯想力、想像力等）、「特殊能力」（含立意、運用詞彙、取材、措辭、構詞與組句、運材與佈局、確立風格等能力）、「綜合能力」（即整體創造力）等。不過，這三層能力的重心在「思維力」，經由「形象」、「邏輯」與「綜合」等思維力作用下，結合「聯想力」與「想像力」的主客觀開展，進而融貫各種、各層「能力」，而產生「創造力」[10]。

所謂「一般能力」，正如彭聃齡主編《普通心理學》所言：「一般能力指在不同種類的活動中表現出來的能力。」[11] 也就是說，不只是寫作時必須具備，從事其他學科的學習時也都需要，因此是相當基礎、運用相當廣泛的能力；細分起來，其中包括思維力、觀察力、記憶力、聯想力、想像力……等。

而這些「思維」、「觀察」、「記憶」、「聯想」、「想像」與「創造」之運作，都離不開「意象」，而以「意象」為內容。如果扣到人類的「能力」來看，則它由於隸屬於「一般能力」的層面，可通貫於各類學科，乃形成下一層面「特殊能力」之基礎。而「特殊能力」，則專用於某類學科。就以「辭章」而言，是結合「形象思維」、「邏輯思

10 見陳滿銘〈論語文能力與辭章研究──以「多」、「二」、「一（0）」螺旋結構作考察〉（臺北：臺灣師大《國文學報》36 期，2004 年 12 月），頁 67-102。

11 見《普通心理學》（北京：北京師範大學出版社，2001 年 5 月二版，2003 年 1 月 15 刷），頁 392。

維」與「綜合思維」而形成的。這三種思維，各有所主。如果是將一篇辭章所要表達之「意」，訴諸各種偏於主觀之聯想、想像，和所選取之「象」連結在一起[12]，或者是專就個別之「意」、「象」等本身設計其表現技巧的，皆屬「形象思維」；這涉及了「取材」、「措詞」等有關「意象」之形成與表現等問題，而主要以此為研究對象的，就是意象學（狹義）、詞彙學與修辭學等。如果是專就各種「象」，對應於自然規律，結合「意」，訴諸偏於客觀之聯想、想像，按秩序、變化、聯貫與統一之原則，前後加以安排、佈置，以成條理的，皆屬「邏輯思維」；這涉及了「運材」、「布局」與「構詞」等有關「意象」之組織等問題，而主要以此為研究對象的，就語句言，即文（語）法學；就篇章言，就是章法學。至於合「形象思維」與「邏輯思維」而為一，探討其整個「意象」體性的，則為「綜合思維」，這涉及了「立意」、「確立體性」等有關「意象」之統合等問題，而主要以此為研究對象的，為主題學、意象學（廣義）、文體學、風格學等。而以此整體或個別為對象加以研究的，則統稱為辭章學或文章學[13]。

因此辭章的內涵，對應於學科領域而言，主要含意象

12 見陳滿銘〈論意象與聯想力、想像力之互動——以「多」、「二」、「一（0）」螺旋結構切入作考察〉（金華：《浙江師範大學學報．社會科學版》31 卷 2 期，2006 年 4 月），頁 47-54。

13 見陳滿銘〈論思維力與語文螺旋結構之形成——以「多」、「二」、「一（0）」螺旋結構加以考察〉（廣州：《肇慶學院學報》總 79 期，2006 年 6 月），頁 34-38。

學（狹義）、詞彙學、修辭學、文（語）法學、章法學、主題學、文體學、風格學……等。這是辭章研究的寶貴成果。

至於所謂的「綜合能力」，則包含「一般能力」與「特殊能力」，如將它們綜合在一起，可形成「意象（思維）系統」。

為此，必須先一提的是：在哲學或美學上，對所謂「對立的統一」、「多樣的統一」，即「二而一」、「多而一」之概念，都非常重視，一向被視為事物最重要的變化規律或審美原則，似乎已沒有進一步探討之空間。不過，「對立的統一」，指的只是「一」與「二」；而「多樣的統一」指的則是「多」與「一」。這樣分別著眼於局部，雖凸顯出焦點之所在，卻往往讓人忽略了徹上徹下之「二」（陰陽）的居間作用，與其一體性之完整結構。若從《周易》（含《易傳》）與《老子》等古籍中去考察，則可使它更趨於精密、周遍，不但可由「有象」而「無象」，找出「多、二、一（0）」之逆向結構；也可由「無象」而「有象」，尋得「（0）一、二、多」之順向結構；並且透過《老子》「反者道之動」（四十章）、「凡物芸芸，各復歸其根」（十六章）與《周易・序卦》「既濟」而「未濟」之說，將順、逆向結構不僅前後連接在一起，更形成循環不已的螺旋結構，以反映宇宙萬物生生不息的基本規律[14]，

14 見陳滿銘〈論「多」、「二」、一（0）」螺旋結構──以《周易》與《老子》為考察重心〉，同注5。

可適用於事事物物。這樣，此種規律、結構，用於「寫作」一面，自然可呈現「（0）一、二、多」；而落到「閱讀」一面，則自然可呈現「多、二、一（0）」。而由於「閱讀」與「寫作」是互動的，當然就形成「多」、「二」、「一（0）」螺旋結構，以反映「思維系統」或「意象系統」[15]。

如此結合「意象系統」與「多」、「二」、「（0）一」的螺旋結構，是可用下圖來表示的：

15 見陳滿銘〈論章法結構與意象系統——以「多」、「二」、「一（0）」螺旋結構切入作考察〉（無錫：《江南大學學報．人文社會科學版》4 卷 4 期，2005 年 8 月），頁 70-77。

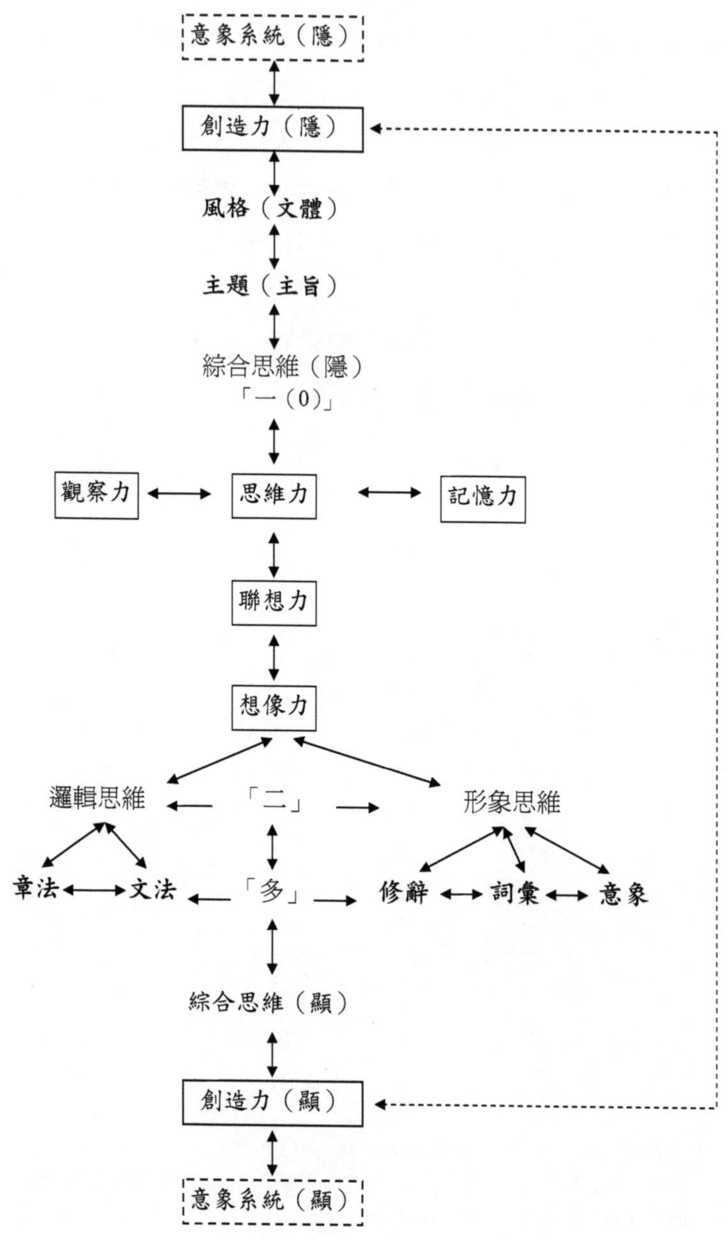
意象系統（隱）
創造力（隱）
風格（文體）
主題（主旨）
綜合思維（隱）
「一（0）」
觀察力
思維力
記憶力
聯想力
想像力
邏輯思維
「二」
形象思維
章法
文法
「多」
修辭
詞彙
意象
綜合思維（顯）
創造力（顯）
意象系統（顯）

而這種系統或結構，如就同一作品來說，作者由「意」而「象」地在從事順向（「（0）一、二、多」）創作的同時，也會一再由「象」而「意」地如讀者作逆向（「多、二、一（0）」）之檢查；同樣地，讀者由「象」而「意」地作逆向（「多、二、一（0）」）鑑賞（批評）的同時，也會一再由「意」而「象」地如作者在作順向（「（0）一、二、多」）之揣摩。這樣順逆互動、循環而提升，形成螺旋結構，而最後臻於至善。由於「主旨」是核心之「意」，而「風格」是以主旨統合各「意象」之形成、表現與組織所產生之一種整體性的「審美風貌」[16]。這樣，自然使得「寫」（創作）與「讀」（鑑賞）合為一軌了[17]。

其次看作文評改準則，教師對此必須歸本於由語文能力所形成之意象系統加以掌握，才能達成實際效果。它們可著眼於三層能力之任何一層來進行，可著眼於「一般能力」之「聯想力」或「想像力」之上，也可分別著眼於「特殊能力」之「個別意象」、「詞彙」、「修辭」、「文法」、「章法」、「主題」與「風格」之上，更可著眼於「綜合能力」（整體創造力）之上。如就整個評量而言，寫作或閱讀，無論分開或合起來都一樣，都可以用各種題型來

16 顧祖釗：「風格的成因並不是作品中的個別因素，而是從作品中的內容與形式的有機整體的統一性中所顯示的一種總體的審美風貌。」見《文學原理新釋》（北京：人民文學出版社，2001 年 5 月一版二刷），頁 184。

17 見陳滿銘〈論讀、寫互動〉（泉州：《泉州師範學院學報》23 卷 3 期，2005 年 5 月），頁 108-116。

測驗[18]。而這種評量之內容，已在國內開始採用。即以教育部「高級中等以下學校及幼稚園教師資格檢定考試」中「國語文能力測驗」考科「選擇題」之內容而言，就定為：

> (一)字形、字音、字義(意象、詞彙)，(二)詞彙，(三)文法與修辭，(四)篇章結構(章法)，(五)風格欣賞，(六)內容意旨(主題、意象、文體等)，(七)國學常識與應用文(記憶、主題、文體等)，(八)綜合。

而且各佔一定之比率。再者，依據國民中學學生基本學力測驗推動工作委員會所編製「國民中學學生寫作測驗評分規準一覽表」，特分如下四項：

> (一)「立意取材」(主題、意象、文體、風格等)、(二)「結構組織」(章法)、(三)「遣詞造句」(詞彙、修辭、文法)、(四)「錯別字、格式及標點符號」(含詞彙、文體，文法、章法、風格等)。

此外，普林斯頓圖書公司出版之《大學國文選》(2006)、萬卷樓圖書股分有限公司出版之《新式寫作教學導論》

18 參見陳滿銘、蔡信發、簡宗梧等《國家考試國文科命題參考手冊》(臺北：考試院考選部，2002年6月初版)，頁1-112。

（2007）、文揚資訊股份有限公司推出之《文采飛揚——新型基測作文教學題庫》（2006）與《國民中學學生寫作測驗》（2006-）等，其注釋、賞析與命題、習作、評閱，皆本此原理而設計、編纂，受到令人相當鼓舞之回響。

因此，這些理論不但可直接應用於經典作品之分析，更可應用於習作之命題、評改加以驗證的。

由上述可知：這種「思維系統」或「意象系統」足以凸顯寫作（含閱讀）原理，而其中任何層面之語文能力，包含有「一般能力」（含思維力、觀察力、記憶力、聯想力、想像力等）、「特殊能力」（含立意、運用詞彙、取材、措辭、構詞與組句、運材與布局、確立風格等能力）、「綜合能力」（即整體創造力）等。就是以將「辭章內涵」簡化為而「立意取材」（主題、意象、文體、風格等）、「結構組織」（章法）、「遣詞造句」（詞彙、修辭、文法）、「錯別字、格式及標點符號」（含詞彙、文體，文法、章法、風格等）等，也還是離不開這些能力。

而這些能力，如用「思維力」加以統合，並結合「多」、「二」、「（0）一」螺旋結構來梳理，則「綜合思維」統合「風格」與「主旨」，為「（0）一」；這與「三一」之「一」（零點與偏離、潛顯、四個世界之統合）有關。「形象思維」（陰）與「邏輯思維」（陽）之互動為「二」；這與徹上撤下之「零偏、正負、潛顯（陰陽）二元」作用有關。其中「形象思維」所統合之「意象」、「詞彙」、「修辭」，與「邏輯思維」所統合之「文法」、「章法」為「多」；這與「三一」之「三」（零點與偏離、潛顯、四個世界之表現）有關[19]。凡此落到寫作之上，就最基本之「偏離理論」來看，則經過「零偏、正負、潛顯（二元）」與「轉化」之作用，無論著眼於「整體」或「局部」，凡是表現中等者為「零點」（0）、表現優異者為「正偏離」（p +）、表現不良者則為「負偏離」（p -）。由此看來，辭章結構或意象系統都與「偏離」、「潛顯」、「四個世界」及其統合息息相關，這樣，將它作為「作文評改」之理論依據，可說是最適當不過的，這可從以下評改實例中獲得證明。

三、「三一理論」與「作文評改」舉隅

在作文評改上，主要是由「偏離論」切入的。教師經過指引，讓學習者依所命的題目習作之後，必須對這些習作一一給予批評改正，使他們除了知道自己所寫的有什麼不妥的地方外，更能使他們「取法手上」，逐漸地掌握到作文的要領與技巧，把作文寫得更好。因此，批評改正在寫作指導上是件重要的事。而所謂的「批評」，用以批評並批示修改的理由或指導改進的方法；所謂的「改正」，是用以改正不妥的地方。一個教師對於學習者習作的思想材料以及用詞、作法有不妥之處，不但要修改，還要加以

19 關於此點，將另文作進一層探討，同注 9。餘參陳滿銘〈論語文能力與辭章研究——以「多」、「二」、「一（0）」螺旋結構作考察〉，同注 10。

批指，讓學習者確實曉得自己文章的缺陷，這樣才能收到批評改正的真正效果。這可以說是使學習者的習作由「負偏離」（p -）提升至「零點」（0）甚至「正偏離」（p +）所必須做的努力。單就評分上來看，如依「六級分」，可呈現如下圖：

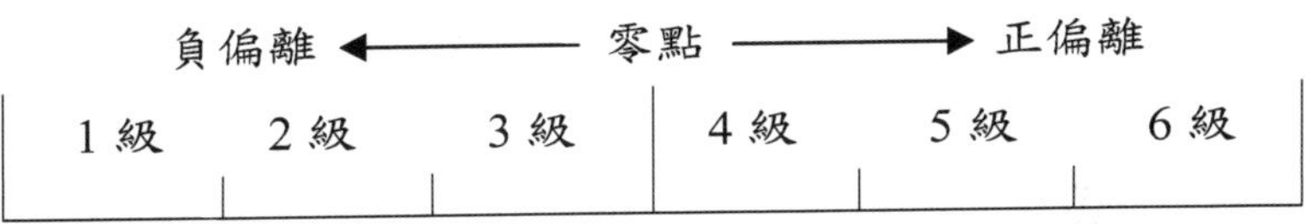

據此，「零點」（0）介於「3 級」與「4 級」間，而「正偏離」（p +）與「負偏離」（p -）個別為 3 刻度，即「正偏離」（p +）有「4」、「5」、「6」等三刻度，「負偏離」（p -）有「3」、「2」、「1」等三刻度。如為「九級分」則可呈現如下圖：

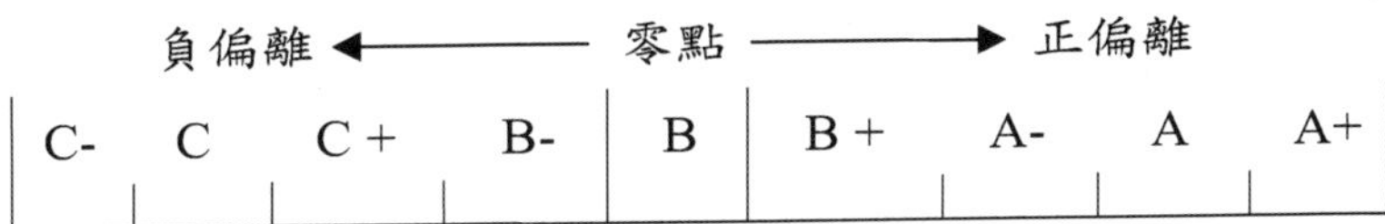

據此，「零點」（0）在正中間「B 級」，而「正偏離」（p +）與「負偏離」（p -）個別為 4 刻度，即「正偏離」（p +）有「B +」、「A-」、「A」與「A +」等四刻度，「負偏離」（p -）有「B-」、「C +」、「C」與「C-」等四刻度。

因此，這種以「潛顯」與「四個世界」來支撐的「偏離」理論，是可用於作文等級之評定與提升的。茲為操作方便，並與經驗結合，特將「辭章內涵」大分為「立意取材」（主題、意象、文體、風格等）、「結構組織」（章法）、「遣詞造句」（詞彙、修辭、文法）、「錯別字、格式及標點符號」（含詞彙、文體，文法、章法、風格等）等加以凸顯，舉例說明如次：

（一）就等級之評定來說，著眼於整體，可評定為「零點」或「正偏離」、「負偏離」，舉採用「六級分」之基測習作為例：

1、題目：幸福很簡單

說明：什麼是幸福？事業有成？高官厚祿？還是金榜題名時？其實，只要我們懂得珍惜身邊擁有的人事物，懂得知足，心懷感激與感恩，幸福就在我們身旁。

請你寫出一篇至少涵蓋下列條件的文章：

◎「幸福」的定義。

◎「幸福很簡單」的原因。

◎請舉一個以上的例子，證明「幸福很簡單」。

※不可在文中暴露自己的姓名

※請勿使用詩歌體

2、例文：

我覺得要得到幸福很簡單，因幸福它代表了很

多，而我覺得心中只要有愛與包容，有一顆關懷別人的心就會很幸福，這也是我對幸福的定義。

而要得到幸福很簡單，例如：和男朋友一起出去會讓你感到有幸福的感覺或是和家人一起去旅遊，吃飯等等的事情都會有幸福的感覺，但對我來說幸福是一個很重要的寶物，因為一個人沒有了幸福，他就沒有了愛與包容跟關懷，而且幸福的感覺有好幾百種，所以幸福很簡單。對我來說，我很珍惜我所得到的幸福，因為幸福是一種讓人感到很安心的寶物，而選擇自己想要的幸福去好好的真惜及保護它。

3、評析：

（1）**立意取材**：表現在一般水準以下。

甲、本文舉簡單的「男朋友」及「家人」共處的感覺為材料，藉以敘述「幸福很簡單」之題旨。不過，「男朋友」及「家人」兩樣重要材料都沒有展開，也幾乎看不到具體事例，因此在取材上尚有未盡之處。

乙、立意方面，本文雖已具備題旨的三項要求，但就題旨的發揮而言則相當有限。首先，本文對「幸福」的認識很淺，僅反覆地以「愛與包容」、「關懷」等詞彙取代說明，在這幾個有限的詞彙之外，作者對「幸福」幾無個人見解。就更深一層的「很簡單」來說，本文的事例（第二段）敘寫流於浮泛，「很簡單」的論說更是點到為止，連「就在身旁」的簡單體認也很難看到，內心的刻畫幾乎沒有。整體而言，本文在立意雖勉強符合題旨，但存在著明顯的缺點，作者自身的體會極少，文章流於簡單的敘述與論說，讓本文的論述說服力極為薄弱。

總括來看，本文雖能舉出事例，但對於事例的敘寫以及論述等方面都有明顯的缺憾，因此是發展不充分的三級分水準。

（2）**結構組織**：屬一般以下水準。

甲、本文為「論→敘→論」的結構，而佈局安排與題目要求有明顯的關聯。首先，文中第一段先回答「幸福」的定義，第二段則寫幸福很簡單，佐以事例，第三段則抒發個人感想，作為議論以簡單作結。看起來三段各有重心，不過細看可以發現，文章的主體：第二段的敘述與論述未見條理，而第三段的內容則未能再次強調題旨，也不能與首段呼應。因此，本篇文章在結構組織上雖有大概雛型，但存在明顯的缺陷，屬一般水平以下的作品。

乙、段落銜接方面，文章各段之間頗多跳脫不連貫之處，第二段「而」的使用失當，但尚能讀懂。

（3）**遣詞造句**：在中等以下，為表現不足的水準。

甲、詞彙修辭方面，表現在水準以下。辭彙的表現上，變化有限，「幸福」「感覺」、「寶物」、「愛與包含」等重複出現，幾乎沒有什麼修辭技巧可言。

乙、文法方面，句型有限而簡單，其中雖有連接詞但運用不甚恰當，「因為」「所以」的運用尤其冗贅，以致文章讀來有生澀之感。

丙、冗詞贅句頗多，各段皆可見。如第一段：「因幸福代表很多」為贅句、第二段後半段與題旨「很簡單」的關係也不明顯，可以考慮刪除改寫。

（4）**錯別字及標點符號**：

甲、有錯別字，如末段的「~~真~~惜」。

乙、標點符號的運用有誤，各段皆僅有一個句號。

整體而言，本篇文章在立章取材、結構組織、遣詞造句為一般水準以下，但又勉強可見題旨，因此是三級分的不充分文章，其文章表述能力明顯不及格。[20]

因此，就國三學生寫作的整體表現來看，這篇例文是屬「負偏離」（p -：3 級分）之作。

20 見謝奇懿〈國中基本學力測驗寫作測驗評分實例舉隅〉（臺北：《國文天地》23 卷 1 期，2007 年 6 月），頁 57-66。

（二）就等級之提升來說，可著眼於部分，列舉文中何者為「正偏離」或「負偏離」，再加以調整，將全文提升至「零點」或「正偏離」，茲舉一例供參考：

1. 題目：現實與理想

2. 原文：

在每個人心中，都會存在有一個理想，它代表著希望與對未來的憧憬和幻想；現實則代表著真實，甚至真實到近乎殘酷。理想或是隨著理想的來到而現實，或是為現實所破滅，而這一切的實現與幻滅，往往都建立在個人努力的成果之下，所以，唯有努力不懈，才能使理想實現，過非的超現實，非但不能將理想實現，反而會因此而沉迷於烏托邦中不知自拔。

舉凡所有成功的人，其理想之所以實現，在於他們能夠量力而為而為，不作非份之想，循著既定的目標，按部就班遂步地完成。所以他們成功了，他們的成功，絕非一般淺見之人所說的「幸運」想一步登天，平步青雲，是萬萬不可能的，所謂「成功絕非偶然，失敗絕非命運」，就是這個道理。

現實與理想是息息相關的，而這種關係正有賴於精密的計畫與不斷的努力，理想絕非空想，而現實更是促成理想的催化劑。或許你曾因失敗而放棄；或許你會因理想的未完成而否認現實；但是，只要你秉承著「有恆」的原則，時間終究化理想為現實的。努力吧！朋友！成功的果實正等著你來採收呢！

3. 眉批與批改：

眉批	批改後文章
「有」字與「存在」重複，故刪去。 （遣詞造句）	在每個人心中，都會存在一個理想，它代表對未來的憧憬和幻想；現實則代表著真實，甚至真實到近乎殘酷。理想或是隨著理想的來到而現實，或是為現實所破滅，而這一切的實現與幻滅，往往都建立在個人努力的成果之下，所以，唯有努力不懈，才能使理想實現，過分的超現實，非但不能將理想實現，反而會因此而沉迷於烏托邦中不知自拔。
如舉歷史上的實例以說明，則更具體（立意取材）。此句（所以他們成功了）與下文重複，故刪去（結構組織）。	舉凡所有成功的人，其理想之所以實現，在於他們能夠量力而為，不作非分之想，循著既定的目標，按部就班逐步地完成。他們的成功，絕非一般淺見之人所說的「幸運」想一步登天，平步青雲，是萬萬不可能的，所謂「成功絕非偶然，失敗絕非命運」，就是這個道理。
全文並未提到「精密的計畫」，故刪去（立意取材、結構組織）。	現實與理想是息息相關的，只有在真實的基礎，腳踏實地不斷的努力才能達成理想。因為理想絕非空想，而現實更是促成理想的催化劑。有人常因一點小失敗而輕言放棄；有人又因為理想未完成就感慨現實殘酷；事實上，只要我們秉承著「有恆」的原則，時間終究會化理想為現實。看！那成功的果實正等著我們來採收呢！

4. 總評

（1）**內容方面（立意取材）**：

甲、能審辨題文「現實與理想」之要義，並就二者的關係發揮。

乙、提出努力不懈是達成理想的必要條件，並以此為全文中心，在二、三段分別呼應，使內容紮實。

丙、議論文可以使用人證、物證、事證、言證……等來加強自己的論點，在第二段使用「成功絕非偶然，失敗絕非命運」的言證，加強了力量；但是，如果能再安排幾個具體的實例，就可使內容不至於空洞抽象，而顯得生動豐富。

丁、最後一段一句話是「現實與理想是息息相關的」，下文就必須承接這個主張，深入發揮。

戊、結局流於呼口號的形式，而且教訓意味太濃厚，何不用比較婉轉的文詞以表達，不但期許讀者，也期許自己，那就不會顯得刺眼了。

（2）**結構方面（結構組織）**：

甲、首段點明題意，並提出努力不懈的見解，二段就由此承接，三段再與一段呼應，頗為嚴密。

乙、要在段落與段落之間，加入幾句承接上文的話，使銜接更為圓潤。

丙、詞句之間，轉折處宜恰當運用「因為……所以」「但是」……等連接詞，使詞句更為順暢。

（3）詞句方面（遣詞造句、錯別字）：

甲、使用烏托邦、催化劑等詞，生動而有創意。

乙、錯字：

（甲）「過分」誤寫為「過非」。

（乙）「逐步」誤為「遂步」。

丙、冗贅字：

（甲）存在有一個理想——「存在」與「有」重複，故刪去「有」字。

（乙）量力而為而為——重複「而為」，是謄稿時不慎所致。

丁、不通順的句子：

（甲）它代表著希望與對未來的憧憬和幻想。

（乙）這一切的實現與幻滅，往往都建立在個人的努力成果之下。

這兩個句子都犯了歐化語句的毛病，將動詞調到主詞與受詞的位置，顯得不流暢。若能多讀幾次，修改為平時口語用法，全文就順暢多了。

戊、運用成語自然而貼切，如「不知自拔」、「非分之想」、「一步登天」、「平步青雲」等。[21]

上舉原作是一高二學生之作品，如用「9 級分」加以評改，則從整體來看，屬「不及格」（B - 級）──「負偏離」（p -）；如從局部來看，各有各的優缺點──「正偏離」（p +）、「負偏離」（p -），這可從「眉批」與「總批」中分別看出；而全篇經修改後就成為「升級作文」（B 級 → B +級）──「正偏離」（p +）。

以上評改之例，雖然在表面看來，只就「偏離」切入，好像未涉及其他，但所謂「四個世界中都存在著零度和偏離兩個對立又相互聯繫相互轉化的方面」，而「四個世界的任何一個世界中，零度形式總是顯性的，有限的，而其偏離形式總是潛性的，無限多的」[22]，因此在實質上，完整之一套「三一理論」都融貫其間，與「立意取材」、「結構組織」、「遣詞造句」與「錯別字、格式與標點符號」等評改內容，都息息關聯，無所不在。

四、結語

綜上所述，可知王希杰這種「三一理論」是能靈活運用於「作文評改」之上的。以教師而言，以「零點與偏離」為基礎，連結其「潛顯」與「四個世界」，注意「一

21 見曾忠華《作文命題與批改》（臺北：臺灣師範大學中等輔導委員會，1992 年 6 月初版），頁 102-106。

22 見王希杰〈零度和偏離面面觀〉，同注 6。

以貫之」之統合功能，對學生之作文作評閱改正，從而使他們的寫作能力，藉著「零偏、潛顯、正負（二元）」與「轉化」之作用，產生（二元）互動、循環、提升之「螺旋」效果，以呈現「負偏離（p -）⟷ 零點（0）⟷ 正偏離（p +）」的正面過程。而這個過程正好可體現合「偏離、潛顯、四個世界」三者為「一」的理論。如此將這一套理論運用在作文評改之上，可與實際經驗完全配合，而全盤掌握其歷程，作最佳之指導。這樣，相信對現在以至於未來的作文評改而言，都可找到更明確之理論依據，而收到更大的效果。

（2007.8.5.修正）

引用文獻

王希杰《修辭學通論》，南京：南京大學出版社，1996 年 6 月一版一刷。

王希杰《修辭學導論》，杭州：浙江教育出版社，2000 年 12 月一版一刷。

王希杰〈零度和偏離面面觀〉，收入鐘玖英主編《語言學心思維》，北京：中國文聯出版社，2004 年 6 月一版一刷。

王希杰〈作為方法論原則的零度和偏離〉，收入王未主編《語言學新思潮》，北京：中國社會科學出版社，2005 年 7 月一版一刷。

李名方、鐘玖英主編《王希杰與三一語言學》，北京：中國文聯出版社，2006 年 11 月一版一刷。

何偉棠主編《王希杰修辭學論集》，廣州：廣東高等教育出版社，2000 年 9 月一版一刷。

約翰・格里賓著、方玉珍等譯《雙螺旋探密——量子物理學與生命》，上海：上海科技教育出版社，2001 年 7 月。

陳滿銘、蔡信發、簡宗梧等《國家考試國文科命題參考手冊》，臺北：考試院考選部，2002 年 6 月初版。

陳滿銘〈論「多」、「二」、一（0）」螺旋結構——以《周易》與《老子》為考察重心〉，臺北：臺灣師大《師大學報・人文與社會類》48 卷 1 期，2003 年 7 月，頁 1-19。

陳滿銘〈論語文能力與辭章研究——以「多」、「二」、「一（0）」螺旋結構作考察〉，臺北：臺灣師大《國文學報》

36 期，2004 年 12 月，頁 67-102。

陳滿銘〈論讀、寫互動〉，泉州：《泉州師範學院學報》23 卷 3 期，2005 年 5 月，頁 108-116。

陳滿銘〈論章法結構與意象系統——以「多」、「二」、「一（0）」螺旋結構切入作考察〉，無錫：《江南大學學報・人文社會科學版》4 卷 4 期，2005 年 8 月，頁 70-77。

陳滿銘〈論意象與聯想力、想像力之互動——以「多」、「二」、「一（0）」螺旋結構切入作考察〉，金華：《浙江師範大學學報・社會科學版》31 卷 2 期，2006 年 4 月，頁 47-54。

陳滿銘〈論思維力與語文螺旋結構之形成——以「多」、「二」、「一（0）」螺旋結構加以考察〉，廣州：《肇慶學院學報》總 79 期，2006 年 6 月，頁 34-38。

陳滿銘《「多」、「二」、「（0）一」螺旋結構論——以哲學、文學、美學為研究範圍》，臺北：文津出版社，2007 年 1 月初版一刷。

曾忠華《作文命題與批改》，臺北：臺灣師範大學中等輔導委員會，1992 年 6 月初版。

彭聃齡主編《普通心理學》，北京：北京師範大學出版社，2001 年 5 月二版，2003 年 1 月 15 刷。

謝奇懿〈國中基本學力測驗寫作測驗評分實例舉隅〉，臺北：《國文天地》23 卷 1 期，2007 年 6 月，頁 57-66。

顧祖釗《文學原理新釋》，北京：人民文學出版社，2001 年 5 月一版二刷。

國家圖書館出版品預行編目資料

當代辭章創作及研究評析／陳滿銘著. -- 初版.
-- 臺北市：萬卷樓, 2011.01
面； 公分
ISBN 978－957－739－700－3 (平裝)
1.漢語 2.修辭學

802.7 99027127

當代辭章創作及研究評析

—以成惕軒、羅門與王希杰、鄭頤壽、曾祥芹、趙山林等大師為對象

著　　者：陳滿銘
發 行 人：陳滿銘
出 版 者：萬卷樓圖書股份有限公司
臺北市羅斯福路二段 41 號 6 樓之 3
電話(02)23216565．23952992
傳真(02)23944113
劃撥帳號 15624015
出版登記證：新聞局局版臺業字第 5655 號
網　　址：http://www.wanjuan.com.tw
E－mail：wanjuan@seed.net.tw
承印廠商：百通科技股份有限公司
定　　價：460 元
出版日期：2011 年 1 月初版

ISBN 978－957－739－700－3